Er ist Tabu, Mann!

Kooky Rooster, Autorin aus Österreich, fabriziert homoerotische Liebesromane mit Witz und Charme. Ihre eindrücklichen Bilder und kreative Metaphern jagen den Leser über eine wahre Gefühlsachterbahn. Sie beschreibt die Welt in ihrer Hässlichkeit und verweist auf das Potential der Liebe. Ihre Helden agieren herzerfrischend menschlich und geraten in Peinlichkeiten und Missverständnisse. Dabei kommen Lust und Leidenschaft nicht zu kurz – ihre Texte berauschen durch heiße Liebesszenen.

KOOKY ROOSTER

*E*r ist TA**B**U, Mann!

Bibliografische Information der Deutschen
Nationalbibliothek:
Die Deutsche Nationalbibliothek verzeichnet diese
Publikation in der Deutschen Nationalbibliografie;
detaillierte bibliografische Daten sind im Internet über
http://dnb.dnb.de abrufbar.

© 2016 Kooky Rooster

Bild: © Kooky Rooster

Herstellung und Verlag:
BoD – Books on Demand, Norderstedt

ISBN: 978-3-7412-7462-6

1|Liebster Moritz

Liebster Moritz,

heute bin ich wieder im Morgengrauen am Bahnhof aufgewacht. Barfuß. Immerhin hatte ich diesmal meine Jeans an. Es war arschkalt. Acht Grad im Juli! Ich weiß nicht, wie lange ich am Bahnsteig gestanden bin, aber ich hatte davon noch den ganzen Vormittag Gänsehaut. Außerdem hat mein Gesicht gespannt und meine Augen waren geschwollen. Vermutlich habe ich wieder im Schlaf geweint. Seit einigen Tagen fühle ich eine seltsam distanzierte, endgültige Traurigkeit, als stünde ich an einem Grab – meinem Grab. Ich glaube, ich verliere den Verstand. Es ist so verlockend, loszulassen. Wozu soll ich noch kämpfen? Für den Laden? Für Papa? Die Malerei? Auch, wenn das undankbar klingt, mir reicht das nicht. Aber du ... Du würdest reichen.

Verzeih mir.

Philipp

2 | GELBSTRÄHNCHEN

Gegenwart

Elender, langweiliger Wichser. Du bist in meiner Wohnung, nicht in einem Porno. Genervt vom melodramatischen Gegrunze und Gestöhne trieb sich Moritz rücksichtsloser in den festen Arsch. *Nur drei Prozent Körperfett. Fühl mal. Kohlehydrate sind natürlich tabu.* Schätzchen, an deinem Hirn nagen Fliegen wie an den Ufern hungriger Kinderaugen. Dein Hirn braucht Zucker. Hundert Gramm pro Tag. Ein Fünftel bis ein Drittel deines Energiebedarfs!

Aber wozu Hirn, solange sich der Gluteus Maximus um den Schwanz zurrte wie die Faust eines Drehers?

Schweißperlen kitzelten an Moritz' Schläfen. Er unterbrach das rhythmische Stoßen, um sich nach dem Scotch auf dem Nachtkasten zu strecken. Ohne aus ... wem auch immer zu gleiten, trank er einen kräftigen Schluck. Der Alkohol versetzte ihm einen Schlag gegen den Kopf wie ein riesiges Daunenkissen. Ein scharfer Rülpser brannte in der Kehle. Obwohl Moritz gerade nichts tat – außer saufen – stöhnte der Kerl unter ihm unbeirrt weiter und wand sich wie eine rollige Katze.

»Yeah. Ah. Oh. Fuck. Yeah. Gibs mir. Fick mich mit deinem fetten Riesenschwanz.«

Scheiß zugedröhntes Arschloch.

Das Glas in der Hand verpasste Moritz dem Kerl einen solchen Stoß, dass die Dreihundert-Liegestütze-pro-Tag-Arme abknickten und er mit der Fresse ins Kissen knallte.

»Yeah. So geil. So geil«, brabbelte der Kerl gedämpft und umfasste, den Hintern hochgereckt, seine eigenen Kniekehlen.

Moritz war drauf und dran, die Sache abzubrechen. Er hängte sich an Kleinigkeiten auf. Wie etwa diesen lächerlichen gelben Strähnchen. Was sollte das? Der Schwanz des Kerls war in Stoppeln aus Teer gebettet, aber er brauchte scheißgelbe Strähnchen. Um jünger auszusehen? So weit Moritz schätzte, war der Typ keinen Tag älter als er selbst, und er war dreiundzwanzig.

Oder diese prollige Solariumbräune. Als der Kerl vorhin mit gespreizten Beinen und angezogenen Knien vor ihm auf dem Rücken gelegen hatte, schwitzend und ergeben – von der analen Dehnung eine fette Gänsehaut –, hatte er ausgesehen wie ein Brathähnchen.

»Stellungswechsel«, hatte Moritz skandiert wie ein müder Feldwebel, und der Kerl hatte sich jauchzend herumgedreht, das filigrane Kreuz seiner goldenen Halskette zwischen den Schulterblättern.

Seit wann fickst du Prolls?

Du fickst doch *alles*.

Prost.

Um ein Haar musste sich Moritz auf den Drei-Prozent-Körperfett-Rücken übergeben, aber er zwang die Brühe runter. Das Wort *Höllenritt* geisterte ihm durchs Bewusstsein. Beschrieb das den aktiven oder den passiven Part? Konzentriere dich! Der Schwanz drohte, sich aus dem Kondom zu häuten, das würde eine nervtötende Pfriemelei nach sich ziehen. Wobei der Gedanke, mit den Fingern im Arsch des Kerls herumzustöbern, überraschend anregend war.

Bleib bei dem Bild! Wie viel vertrug Gelbsträhnchen wohl? Während Moritz zustieß, betrachtete er nachdenklich seine Faust.

»Yeah! Geil, so geil«, brabbelte der Kerl ins Kopfkissen. Seine Trizepse spannten sich und das goldene Kreuz verschwand in einer Nackenfalte.

Und dann feuerte irgendein Neurotransmitter in Moritz' Hirn auf die entscheidende Synapse, und er sah einen See vor sich. Die von Schilf gesäumte Wasseroberfläche spiegelte einen Julihimmel. Neben sich, er konnte es nicht sehen aber spüren: ein Lächeln. Kitzeln im Bauch. Ein Ziehen in der Brust. Noch nichts war geschehen, zu diesem Zeitpunkt, nicht einmal ein Kuss, und doch war dieser Moment mehr Sex als das hier. Mehr Sex, als jeder Fick, den Moritz in den vergangenen fünf Jahren durchexerziert hatte, geduldig und tapfer wie ein Mönch. Selbstgeißelung. Jeder Five-Minute-Stand ein Peitschenhieb.

Doch es gab Schuld, die wurde nie vergeben. Allein, dass er an diesen See dachte, daran, wie er und Philipp nebeneinander nackt im stacheligen Gras gelegen und unter den Wassertropfen auf der Haut gefröstelt hatten. Die Unschuld war von allen Sünden die versauteste. Dabei war sich Moritz damals noch nicht ganz sicher gewesen, was er fühlte. Zugleich hatten die Götter der Sehnsucht bereits an seinem Schwanz geleckt. Nichts war so groß wie eine Möglichkeit, die man kaum ahnte.

Hätte ihm damals jemand erzählt, wie unfassbar banal und langweilig es sein konnte, jemandes Arsch zu ficken, er wäre rot geworden und hätte alleine von der Vorstellung abgespritzt. Er hätte blöd gekichert und gehofft, Philipp bemerkte nicht, wie scheißheftig ihn die reine Vorstellung antörnte. Damals hatte er noch nicht gewusst, dass eine Faust in einen Arsch passte, ein Finger sprengte schon seine keusche Vorstellungskraft. Scheiße, seine Fantasien waren vielleicht naiv gewesen! Und das, obwohl er schon siebzehn gewesen war. Ein waschechtes, frommes Landei, das Pornos freiwillig verpönte. Über viele Wochen hinweg hatte er sich einen Kuss zusammenkomponiert, sich bis ins Detail vorgestellt, wie Philipps Lippen wohl schmeckten, wie weich sie wohl waren, wie warm. Jede Zehntelmillimeterbewegung der Zunge hatte er sich ausgemalt – und damit gewiss eine ganze Badewanne mit Sperma gefüllt.

Da hatte er noch nicht gewusst, dass man Koitusejakulat in kleine Gummipäckchen sammelte. Dass man erst mit einem Pömpel in den Krieg ziehen und sich dann mit knallroten Ohren von einem Klempner belehren lassen musste, dass die Krönung der Lust für alle sichtbar in den Mülleimer gehörte.

Der Gedanke war nicht gerade hilfreich, aber das Brathähnchen wühlte weiter mit seinen gelben Strähnen im Kopfkissen herum und lobte stöhnend, wie geil es den *steinharten Riesenschwanz* fand.

»Genug!« Moritz hielt den Rand des Kondoms fest und zog die Ruine seiner Erektion zwischen den Felsen hervor.

Das Brathähnchen fasste das als Stellungswechsel auf, rollte sich begeistert herum und ... sah leicht irritiert zu, wie Moritz aus dem Bett stieg, das Kondom abzog und achtlos auf den Boden warf. Gelbsträhnchens Hirn griff nach der einzig verfügbaren logischen Konsequenz. Lasziv leckte es sich über die Lippen, doch statt eines *dicken, fetten Riesenschwanzes* in den Mund bekam es sein eigenes Muskelshirt an den Kopf.

»Hau ab!«

»Was?« Gelbsträhnchen befreite sich vom Stoff. Sein Schwanz wippte trotzig und aufgeregt himmelwärts.

Für den Bruchteil einer Sekunde erwog Moritz, sich davon den Arsch aufreißen zu lassen, verwarf den Gedanken aber gleich wieder. Nicht, dass er sich generell nicht ficken ließ, aber nicht von so einem Brathähnchen mit Katzenbuckel, dessen Nervenenden zwischen einem *steinharten Riesenschwanz* und einer Kompostgurke nicht unterscheiden konnten. *Wenn* Moritz anale Befriedigung suchte, dann musste der Kerl Dominanz ausstrahlen, er musste Moritz zu einem Ding machen, einem Stück, einem willenlosen Etwas, das nur empfing. Und da sich Moritz naturgemäß gegen diese Art von Erniedrigung sperrte, musste so ein Kerl verdammt überzeugend sein. Gelbsträhnchen war es definitiv nicht.

»Ich will, dass du gehst«, erklärte Moritz.

»Wieso? Hab ich was falsch gemacht?« Bestürzt schlüpfte Gelbsträhnchen in sein Muskelshirt, worin es komischerweise nackter aussah als ohne.

»Wo soll ich da anfangen?«

Betroffen klappte Gelbsträhnchen den Mund auf.

Moritz kam der Gedanke, dass der Kerl nicht bloß ein Proll war, der sein Gehirn aus purer Einfallslosigkeit dem Bizeps geopfert hatte, sondern dass er ebenfalls mit seinem Körperkult etwas kompensierte. Vielleicht war er als Kind oder Teenager fett gewesen. Vielleicht hatte er all die Mühe auf sich genommen, um endlich im Bett eines Kerls wie Moritz zu landen. Vielleicht hatte er mithilfe hunderter Pornofilmchen trainiert, wie man sich zu bewegen, wie man zu klingen und was man zu sagen hatte, um als verrucht zu gelten, ohne zu bedenken, dass Wiederholung dessen, was man sich per Mausklick holen konnte, lediglich eine Ode an die Langeweile war.

Sollte ihm das einer sagen?

»Es liegt nicht an dir.« Oh elender Feigling. Das Vaterunser der einstürzenden Erektionen. Und dann, als Moritz mit Gelbsträhnchen beinahe Mitleid hatte, dem vielleicht gemobbten Emporkömmling, der vielleicht pornoversauten Jungfrau, rutschte Gelbsträhnchen an den Rand des Bettes, die Beine gespreizt, das Becken einladend gekippt, und sagte:

»Kannst du mir dann wenigstens einen blasen?«

Moritz hob Brathähnchens String auf und schleuderte ihn ihm ins Gesicht. »Fick dich.«

Während sich Gelbsträhnchen anzog, betete es eine Salve an Aufwänden herunter, die es für diesen frustrierenden Abend auf sich genommen hätte. Denn genau jetzt, so war es sich nicht zu schade zu erwähnen, könnte es mit einem *richtigen* Mann im Bett sein. Es hätte – und dafür schaute es auf sein Smartphone – ganze fünfundvierzig Minuten vergeudet, und das an einem Samstagabend. Wer brächte ihm die wieder? Für immer dahin waren sie. Es hätte zwar gehört, dass Moritz' One-Hour-Stands legendär wären: Selten könne man sich von einem Kerl so benutzt fühlen. Aber es hätte das immer auf eine erotische Art aufgefasst, nicht so ... gegenständlich. Dabei hätte es Moritz sogar irgendwie nett gefunden. Ob er eigentlich wüsste, dass die halbe Szene auf ihn stehe.

Und so, wie es das betonte, meinte es: dass *ich* auf dich stehe.

»Nicht mein Problem«, sagte Moritz. Ich weiß, wie es sich anfühlt, jemanden zu lieben, den man nicht haben kann. Also komm mir nicht mit *dem* Scheiß.

»Du bist der einsamste Kerl, mit dem ich je gefickt habe«, erklärte Gelbsträhnchen trotzig.

»Ach ja? Mit wie vielen Kerlen hast du denn schon gefickt?«

Gelbsträhnchens Gesichtszüge entgleisten. Es schnappte nach Luft und konzentrierte sich darauf, die Füße in die Schuhe zu stopfen. »Genug.«

Wenn Moritz wetten müsste: zwei, höchstens drei.
»Ich bin kein Typ für Beziehungen.«

»Um das zu wissen, müsstest du es mal ausprobieren.« Gelbsträhnchen stand auf und streifte Moritz mit einem vorsichtig vorwurfsvollen Blick.

»Mit dir?«

Das Gesicht entflammte für ein *Ja*, doch Gelbsträhnchen zuckte betont lässig mit den Schultern. »Wem auch immer.«

Moritz griff nach dem Scotch und nahm einen kräftigen Schluck. Das Zeug brannte die Speiseröhre runter und rauf und hüllte sein Hirn in Watte. Melodramatisch betrachtete er das Etikett, sich zu bewusst, dass ihn das in den Augen von Gelbsträhnchen und Konsorten zum erotischen gebrochenen Helden machte, und sagte mit rauchiger Stimme: »Ich bin schon vergeben, Kleiner.« Theatralisch hob er die Flasche. »An Jim, Johnnie und Jack.«

Doch statt sich vor Rührung einen Dolch ins Herz zu rammen, sagte Gelbsträhnchen bloß trocken: »Alkohol macht impotent.« Dann schnappte es sein Smartphone und stakste davon. Noch ehe es aus der Wohnung war, begann es ein Telefonat mit den Worten: »Der totale Reinfall.«

So sehr ihn die Anwesenheit dieses Drei-Prozent-Körperfett-Prollhähnchens genervt hatte, so sehr vermisste Moritz plötzlich seine Nähe. So war es immer. Er ertrug niemanden um sich, aber noch weniger ertrug er niemanden um sich. Moritz trank einen weiteren Schluck aus der Flasche, nur um festzustellen, dass es ein Verbrechen war, Scotch aus einer Flasche zu trinken.

Er rülpste scharf und füllte sorgfältig sein Glas auf dem Nachtkasten. Dann setzte er sich aufs Bett und leerte es in einem Zug – der so schnell wieder hochkam, wie er den Weg in den Magen gefunden hatte. Doch Moritz war bereits auf einem Level, auf dem ihm egal war, dass er sich auf die Knie und Füße kotzte. Wenige Augenblicke faszinierte ihn die abgestreifte Schlangenhaut des Kondoms zwischen seinen Zehen, dann ließ er sich auf den Rücken fallen und sank in einen todesähnlichen Schlaf.

3 | BAUMKRONEN

Gegenwart

»Sie will, dass ich nach Hause komme.« Moritz warf den Kopf in den Nacken und seufzte. War da eine neue Kerbe an der Decke? Wie kamen wöchentlich neue Kerben an die Decke?

»Ihre Mutter?«, fragte Dr. Pichler, auf seine Unterlagen konzentriert.

»Meine Frau.«

Der Therapeut blickte Moritz über den Rand der Brille hinweg träge an. »Was haben wir in Bezug auf Sarkasmus vereinbart?«

Moritz rollte die Augen. »Meine Mutter.«

»Werden Sie ihrem Wunsch *diesmal* entsprechen?«

»Natürlich *nicht*.«

»*Natürlich* nicht«, wiederholte der Therapeut, blätterte durch seine Unterlagen, fand offensichtlich, was er gesucht hatte und machte eine Notiz. Eine ausschweifende Notiz. Er kritzelte und kritzelte als hätte er vergessen, dass Moritz ihm gegenübersaß. Sein ganzer Oberkörper bebte, so energisch führte er den Kugelschreiber übers Papier. *Sehr geehrte Stümper von der Stadtgartenverwaltung. Sagt Ihnen der Begriff »Baumkrone« etwas?*

Moritz kontrollierte die Länge seiner Fingernägel, dann starrte er aus dem Fenster – wo das Skelett einer Kastanie den ungehinderten Blick auf den azurblauen Himmel gewährte. Der leicht modrige Geruch von sonnenverbranntem Gras stieg ihm in die Nase, irgendwo in der Nähe quakte eine Ente. Etwas kitzelte sein Ohr.

Eine lästige Fliege. Moritz versuchte, sie zu verscheuchen und ertastete einen Halm. Sein Herz machte einen Hüpfer. Noch ehe er sich umdrehte, beschleunigte sich sein Atem und jede Faser seines Körpers begann zu kribbeln. Es war jedes Mal wie Achterbahn fahren, wenn *er* auftauchte. Ein süßer Schock. Manchmal so heftig, dass Moritz fürchtete, sich in die Hosen zu machen. In Philipps Nähe gehörte ihm sein Körper nicht mehr. Es war, als würde er von einer fremden Kraft gelenkt, die viel größer war als er selbst, die sich in ihn zwängte, sich verdichtete und verdichtete, bis es wehtat. Dann war ihm, als müsste er explodieren und könnte nur Linderung erfahren, wenn er Philipp berührte.

Moritz zog am Halm und als wäre er ein reißfestes Seil, ließ sich Philipp ziehen. Er lächelte scheu, ein wenig unsicher und so ... wissend. Den ganzen Tag hatten sie auf diesen Moment gewartet, ihn jede Sekunde herbeigesehnt. Durch die Schaufenster über die Straße hinweg hatten sie sich Blicke zugeworfen. Noch fünf Stunden. Noch drei. Eine. Ihre Lippen hatten seit jenem Augenblick pulsiert, da sie die Arbeit verlassen hatten, und obwohl sie sich so einig waren, obwohl sie sich nur *dafür* hier draußen trafen, war da wieder dieser Moment der Angst. Er würde nie verschwinden, und so schrecklich er war, so intensiv machte er alles. Sie schluckten, die Augen furchtsam geweitet, machten einen weiteren Schritt aufeinander zu, ein ungeduldiger Atemstoß ...

»Herr Kunert!«

Moritz zuckte und fand sich im Praxisraum wieder. Im ungewöhnlich hellen Praxisraum.

»Wo waren Sie gerade?«, wollte Dr. Pichler wissen.

Verlegen wischte sich Moritz über den Mund, die Haare und zuckte mit den Schultern. »Nirgends.«

»Muss ein schönes Nirgends gewesen sein«, stellte der Therapeut fest und schmunzelte. »Ich sehe Sie nicht sehr oft lächeln.«

Hitze schoss in Moritz' Wangen. Das war unfair. Er war so offen in diesem Moment, so verwundbar. Er hasste das. Rasch schaute er sich um, suchte einen Anker, irgendetwas, das ihn in die Realität zurückholte, das ihm half, die Mauern wieder hochzuziehen.

»Wo auch immer dieses Nirgends ist, dort sollten Sie öfter Zeit verbringen.«

»Oh, ganz gewiss nicht«, sagte Moritz bitter.

»Wollen Sie darüber reden?«

Moritz' Herz trommelte gegen die Brust. Lass mich raus. Lass mich endlich raus. »Nein.«

Der Therapeut musterte Moritz aufmerksam. »Sicher?«

Nein. »*Ganz* sicher.«

»Gut.« Dr. Pichler blickte hinab auf seine Unterlagen und tippte mit dem Kugelschreiber darauf. »Sie haben erwähnt, dass Ihre Mutter Sie wieder gebeten hat, nach Hause zu kommen. Möchten Sie *darüber* reden?«

Der azurblaue Himmel lockte. *Philipp* lockte, vor allem seine vollen, geschwungenen Lippen, glänzend vom Speichel – nervös von der blassrosa Zungenspitze aufgetragen. Moritz würde überrascht sein, wie unglaublich weich sie waren, weil er jedes Mal überrascht war, obwohl er wusste, wie sie schmeckten, ihren sanften Druck erwartete, sich Tag und Nacht danach verzehrte. Vor Aufregung würde er gar nicht richtig bei sich sein. Ich küsse ihn, würde der Kommentator in seinem Kopf sagen, ich küsse einen Jungen. Ich küsse Philipp. Und die Worte würden so schön sein, so verwegen wie die Berührung selbst.

»Herr Kunert?«

Moritz fuhr herum. »Ja?«

»Soll ich die Jalousien runtermachen? Es ist sehr grell, nicht war?« Ohne eine Antwort abzuwarten, stand Dr. Pichler auf und marschierte zum Fenster. »Sehen Sie sich nur an, was sie mit den Bäumen gemacht haben. Ein Verbrechen.« Mit einem blechernen *Ratsch* schnellte die Jalousie herunter und es war dunkel. Routiniert pfriemelte der Therapeut an der Einstellung der Lamellen herum und tauchte den Raum in das gewohnte Dämmerlicht, das sonst durch die Baumkronen der Kastanien erzeugt wurde. »Besser, oder?«

Moritz verspürte einen wehmütigen Stich in der Brust. Er nickte.

»Ich habe mir gedacht, wir versuchen heute mal einen neuen Ansatz«, begann Dr. Pichler und setzte sich. »Einverstanden?«

»*Sie* sind der Therapeut.« Moritz grinste schief.

Dr. Pichler bedachte ihn mit einem seltsam leeren Blick, dann wandte er sich den Unterlagen zu und stapelte sie Kante an Kante. »Also gut. Statt wie üblich aufzurollen, warum Sie *niemals* in Ihre Heimat zurückkehren wollen« – er lächelte Moritz freundlich an – »ich denke, den Streit mit Ihrem Vater haben wir erschöpfend behandelt – werde ich Sie in Ihrer Entscheidung bekräftigen.«

»Okay?«

»Was ich damit sagen will, ist, dass ich Sie *voll und ganz* in ihrem Entschluss unterstütze. Ich werde Sie nicht mehr nach Ihren Gründen fragen. Wir werden nicht mehr *daran arbeiten*. Wie Sie so oft betont haben, ändern unsere Gespräche ohnehin nichts an Ihrer Entscheidung, richtig?«

»Richtig«, sagte Moritz vorsichtig.

»Prima.« Der Therapeut lehnte sich selbstzufrieden zurück. »Bleiben Sie auf Ihrem Kurs, Herr Kunert. Lassen Sie Ihre Heimat hinter sich. Machen Sie einen sauberen Schnitt. Blicken Sie nicht zurück. Ihr Leben und Ihre Zukunft sind *hier*. Das muss auch Ihre Mutter akzeptieren. Lassen Sie sich bloß niemals weich kochen, irgendwann wird sie schon einsehen, dass Sie nicht mehr nach Hause zurückkommen. Sie müssen nach vorne schauen.«

Irritiert blickte Moritz Dr. Pichler an. »Verarschen Sie mich?«

»Aber nein.« Der Therapeut richtete sich auf. »Sie sollten *wirklich* nie wieder nach Hause zurückkehren. Am besten streichen Sie das Vokabular *zu Hause* für diesen Ort. Ihre *Wohnung* ist jetzt Ihr Zuhause, *diese Stadt* Ihre Heimat. Sie sind ein erwachsener Mann und haben Ihre Entscheidung getroffen. Davon sollten Sie sich *niemals* abbringen lassen. Durch nichts und niemanden. Verstanden?«

Moritz blinzelte verstört. »Verstanden.«

»Am besten festigen wir diesen Entschluss mit einer Visualisierung.«

»Was?«

»Eine Entspannungsübung, bei der wir im Geiste einen Film Ihrer gewünschten Zukunft durchspielen. Sie kennen das ja bereits.«

»Ich dachte, man kann nicht visualisieren, was ma *nicht* tun möchte, sondern nur, was man ...«

»... stattdessen tun will. Richtig.« Der Therapeut lächelte zuversichtlich. »Wir werden auf eine Zukunft fokussieren, in der Sie *nie wieder* nach Hause zurückkehren.«

Moritz schluckte.

»Das ist doch in Ihrem Sinne, oder?«

Moritz presste die Lippen zu einem Strich.

»Gut, dann fangen wir an. Lehnen Sie sich zurück, atmen Sie tief ein und aus ...«

Keine Lehrlinge, hatte Vater gesagt, ich bilde keine Lehrlinge aus. Du machst die Handelsakademie. Du studierst Betriebswirtschaft. Erst *dann,* und *nur* dann, kriegst du den Laden.

Der *Laden* hieß *Sport Kunert.* Ein Familienbetrieb in der dritten Generation – zumindest, falls ihn Moritz eines Tages übernahm. Vom Großvater zusammen mit seinem Sandkastenfreund gegründet. Zwei Kerle, die dem rebellischen Sturm der wilden Sechziger und Siebzigerjahre trotzten. In Zeiten, da Kapitalismus out war und ihre ehemaligen Schulfreunde auf Uni-Katheter kackten und in verrauchten Kellerlokalen darüber debattierten, wie sie die Welt retten konnten – und am Ende eben *nur* debattierten – gründeten Josef Kunert und Armin Rainer gemeinsam einen Sportartikelladen. Sie wollten jene Skifahrer abzocken, die ihre Almen ruinierten, und trieben – in den Augen der im Ort verbliebenen Rebellen – die Zerstörung der Umwelt voran. War ihnen scheißegal. Den Zwölf-Mann-Demonstrationen zum Trotz, ohne Know-how und ohne Kohle, bauten sie das florierendste Unternehmen der Region auf. Damals noch *Rainer und Kunert Sportwaren.*

Sie standen über den Dingen und über den regionalen Gepflogenheiten (denen sich irgendwann sogar die Langhaarigen beugten), wonach sie vom Elternhaus direkt in eine Ehe hineindriften und dort möglichst einen Erben und eine Weinkönigin zeugen mussten. Stattdessen zogen sie zusammen in ein Haus, das sie nach ihren eigenen Entwürfen bauen ließen, als reichten ihnen ihre gemeinsamen Sechzehn-Stunden-Schichten im Geschäft nicht aus, und fuhren jeder einen Sportwagen. Zwei Autos in einer Einfahrt – das war damals noch kein üblicher Anblick. Ebenso wenig wie ein englischer Rasen oder ein nackter Steinengel im Garten.

Für Moritz duftete die Sache zehn Kilometer gegen den Wind und über fünf Jahrzehnte hinweg, aber weder sein Vater noch seine Mutter noch sonst irgendjemand hatte je auch nur das Sterbenswörtchen eines Verdachts geäußert. Wozu auch? Die Freundschaft zerbrach an einer Frau. Überraschte niemanden. War der Lauf aller Dinge. Am Ende waren es *doch immer* die Frauen. Josef Kunert habe, so lautete zumindest die Sage, Armin Rainer die Frau ausgespannt. Ein fahrlässig heikler Punkt in der Geschichtsschreibung, fand Moritz. Ein – für damalige Verhältnisse – steinreicher Junggeselle musste für die Mädels einer vom Feminismus vernachlässigten Region so etwas wie der Olymp der weiblichen Selbstverwirklichung gewesen sein. Somit war es vermutlich Großmutter, die irgendwem irgendjemanden ausgespannt und aus Freunden Erzfeinde gemacht hatte.

Armin verzieh Josef den Verrat nicht. Er trennte sich von seinem langjährigen *Geschäfts*partner und eröffnete direkt gegenüber *Sportartikel Rainer*. Augenzeugen zufolge war es eine einwöchige Schlacht gewesen, in der Armin eigenhändig die Hälfte des Sortiments aus Josefs Laden über die Straße in sein Geschäft getragen hatte, was Josef zunächst nach Leibeskräften zu unterbinden versucht hatte, ehe er ihm in einer Art Tobsuchtsanfall sämtliche Lagerbestände nachwarf. Dann riss er das Schild von der Fassade und benannte den Laden um in *Sport Kunert*.

So die Legende. Ein Jahr später heiratete auch Armin. Das gemeinsame Haus blieb über Jahrzehnte hinweg

Gegenstand eines wüsten Rechtsstreits, der erst durch den mysteriösen Tod der beiden Sturköpfe beendet worden war. Sie verschwanden in jenem Winter, in dem Moritz geboren wurde, und wurden im darauffolgenden Sommer nur wenige Meter voneinander entfernt in einer Gletscherspalte gefunden. Obwohl allgemein die Auffassung herrschte, die beiden hätten sich dort oben die Schädel eingeschlagen, hatte Moritz eine grauenhaft traurig-romantische Vorstellung vom wahren Ausgang der Geschichte.

Statt das Kriegsbeil zu begraben, führten ihre Söhne die Feindschaft fort. Im Laufe der Jahre hatten sich tausend Gründe hinzuaddiert, warum die Sippschaft von der anderen Straßenseite aus Halunken, Verrätern, Halsabschneidern – und ja – Mördern bestand. Denn freilich wurde der tragische Unfall (oder – in Moritz' verklärter Fantasie – romantische Doppelsuizid) zu einem hinterhältigen Mordversuch uminterpretiert, bei dem sich der Mörder, typisch für die Gegenseite, so blöd angestellt hatte, dass er selbst mit in die Schlucht gestürzt war.

Moritz, der seinen Großvater nie kennengelernt hatte, liebte die Idee, mit ihm diese eine brisante Sache gemeinsam zu haben. Und daher gab es für ihn nichts Wichtigeres, als eines Tages seinen Laden zu übernehmen. Schon als Kind hatte er hinter dem Verkaufstresen mit seiner eigenen kleinen Spielzeugkasse Verkäufer gespielt und so manchem Kunden zu seinem üblichen Einkauf noch ein Schweißband oder eine Taschenlampe angedreht. In den Schulferien stand er lieber im Geschäft, statt mit seinen Mitschülern am See abzuhängen, und wem auch immer es wissen wollte, verkündete er, dass er nach dem Pflichtschulabschluss eine Lehre in Vaters Firma machen und mit achtzehn als gleichberechtigter Partner ins Geschäft einsteigen würde. Das war beschlossene Sache. In Stein gemeißelt. Für Moritz so derartig unverrückbar, dass er gar nicht auf die Idee kam, seine Eltern von diesen Plänen zu unterrichten. Wie selbstverständlich ging er davon aus, sie hätten für ihn *genau diesen Weg* vorgesehen.

Entsprechend groß war die Krise im Hause Kunert, als Moritz mit der Forderung der Eltern konfrontiert wurde, die Handelsakademie besuchen zu sollen. Und dann auch noch zu studieren. Tagelanges Türenschlagen und Schreien. Nass geheulte Kopfkissen. Ein paar zu Brennholz verarbeitete Möbel und ein erster Ausreißversuch, den Moritz nach nur sechzehn Stunden abbrach, weil es wie aus Eimern schüttete. Seine Eltern hätten fünfhundert Jahre alt werden müssen, um all das Unglück zu erleben, das er ihnen in diesen Wochen an den Hals wünschte.

Aber der Vater sagte: keine Lehre. Moritz fügte sich, besuchte die Handelsakademie und arbeitete jetzt vierzig Stunden die Woche im Großraumbüro eines Versicherungsunternehmens.

Danke Papa.
Du Arsch.
Du Arsch.
Du Arsch.

Moritz sprang so unvermittelt hoch, dass Dr. Pichler im Reflex ebenfalls aufstand.

»Schluss damit!«, knurrte Moritz.

»Habe ich einen wunden Punkt getroffen?«, fragte der Therapeut ein bisschen zu enthusiastisch.

Ich bin der wunde Punkt. Ich bin ein *einziger* wunder Punkt. »Das bringt nichts.«

»Sie meinen die Visualisierung?«

»Ich meine *alles*.«
»Definieren Sie ›Alles‹.«

Mit einem ratlosen Zischen ließ sich Moritz wieder in den Sessel plumpsen. Konnte er Dr. Pichler einen Vorwurf machen, dass er im Trüben fischte? Dass er nicht die allergeringste Ahnung hatte, worum es hier eigentlich ging? Für ihn war Moritz das wandelnde Beispiel eines Vater-Sohn-Konflikts. Er wollte Anerkennung. Die wurde ihm verweigert. Er rebellierte und provozierte, um endlich als *Mann* respektiert zu werden, und verbaute sich damit genau das. Und weil ihn der Vater nicht als gleichwertigen Geschäftspartner des Familienbetriebs akzeptierte, haute er ab und spielte in der fernen Großstadt beleidigte Leberwurst mit Scotch, Sex und Schadensfällen.

Wenn ihm Dr. Pichler also eine Zukunft fern der Heimat zeichnete, ein Leben ohne Vater, ohne Mutter, ohne *Sport Kunert* und *Sportartikel Rainer*, ohne Armin Junior und Melanie, ohne Touristen und Gletscherspalten – war das kein Schrecken. Es ziepte vielleicht ein bisschen. Es drückte ein wenig hier und da. Aber alles in allem war es eine Vision, mit der Moritz zurechtkommen konnte.

Womit er nicht zurechtkam, war das, womit er zurechtkommen *musste*. Und dieser Schmerz hockte fett und schwarz in seiner Seele wie ein Tumor und fraß ihn innerlich auf. Er jagte ihn nächtens wie hungrige Wölfe, er krallte sich in seine Lungen wie ein Fangeisen, er wisperte ihm Worte falschen Trosts zu, wenn er im Delirium lag, sang von Sehnsucht und Verlangen und verhöhnte ihn ob seiner bitteren Tränen, wenn er begriff, wieder einmal begriff, wie aussichtslos alles war.

Doch Moritz würde den Teufel tun, seinem Therapeuten davon zu erzählen. Er würde den Teufel tun, sich von diesem Schmerz heilen zu lassen. Was Dr. Pichler betraf, existierte Philipp nicht, und hatte nie existiert. Er wusste nicht, wer Moritz' Ein und Alles war. Sein Um und sein Auf. Die Nacht und der Tag. Der Morgen und der Abend. Das Atmen und der Herzschlag. Die nervösen Finger in der Hand, die weichen Lippen auf dem Mund, das scheue Lächeln am See. Das erregte Atmen, das Zittern, das leise Schmatzen heimlicher Zärtlichkeiten. Philipp war das Gewicht in jedem Schritt, das Seufzen der Träume, das Fühlen im Denken. Er war einfach alles.

Aber für Dr. Pichler existierte er nicht.

Und das war gut so.

Auch wenn die Therapie damit zum Selbstbeschiss wurde. Aber was tat man aus Buße, wenn man nicht bereuen wollte? Was ertrug man bereitwillig, um eine Liebe im Herzen zu bewahren, die nicht sein durfte?

Definieren Sie »Alles«.

Moritz stand auf und ging. Es war der siebte Therapieabbruch in zwei Jahren.

4|Scheissdrauf-Mentalität

Gegenwart

»Moritz. In. Mein. Büro. *Jetzt.*«

Moargh! Moritz warf sich mit dem Rücken gegen die Lehne des Drehstuhls, rollte einen Meter rückwärts, pfefferte die Maus so heftig von sich, dass sie auf den Rücken kullerte wie ein Käfer, und stand mit einem betont missmutigen Stöhnen auf.

Die Blicke der Kollegen wanderten vorsichtig von Moritz zum Chef – der abwartend die Stirn runzelte –, dann wieder zu Moritz. *Hah, jetzt kriegt ers ab. Gottseidank bin nicht ich dran.*

Moritz stakste am Chef vorbei, der ihm die Tür aufhielt, und fläzte sich in den Kundensessel.

»Setzen Sie sich doch«, murmelte der Chef, schloss die Tür und nahm hinter seinem Schreibtisch Platz.

»Was ist?«, fragte Moritz.

Der Chef lehnte sich in seinem bequemen Ledersessel zurück, wippte ein wenig und musterte Moritz herausfordernd.

Die Ellenbogen auf den Armlehnen, die Finger vor dem Bauch verschränkt, erwiderte Moritz den Blick. Mal sehen, wer es länger aushält.

»Ich hätte nicht gedacht, dass Sie schüchtern sind«, sagte der Chef schließlich.

Moritz entkam eine Art grunzendes Glucksen. »Wie bitte?«

»So, wie Sie alle paar Wochen hier hereingeplatzt kommen und sagen: *Ab nächsten Monat krieg ich mehr Geld, sonst bin ich hier weg,* hätte ich nicht angenommen, dass Sie ihre Mutter vorschicken müssen, um sich eine Woche freizunehmen.«

Moritz konnte richtig spüren, wie seine Gesichtszüge entgleisten. »Was?«

»Wissen Sie, ich *mag* Ihre provokante Art, erinnert mich ein wenig an mich selbst in Ihrem Alter.« Der Chef begann zu grinsen. »Aber das ...«

Moritz fühlte sich fallen. Wie kam seine Mutter verdammt noch mal dazu, hier anzurufen?

»Mich wundert das ein wenig, ehrlich gesagt. Bisher dachte ich bei Ihrer Scheißdrauf-Mentalität wäre Ihnen sogar egal, wenn ich Sie kündigen würde.«

»Nein«, krächzte Moritz und räusperte sich. Scheiße, er war völlig ausgehebelt. Mit Mühe kratzte er ein freches Grinsen zusammen. »Ich würde Sektkorken knallen lassen und hier raus *tanzen*.«

Der Chef lachte auf. »Sehen Sie, *das* meine ich. Ihnen ist offensichtlich egal, ob Sie hier arbeiten oder nicht. Deswegen verstehe ich nicht, warum Sie Ihre Mutter vorschicken, um für Sie einen Urlaub zu arrangieren.«

Moritz mahlte mit dem Kiefer, seine Schläfen pochten, er verkeilte die Finger so fest ineinander, dass die Knöchel knackten.

»Wissen Sie, was interessant ist?« Der Chef lehnte sich vor und schlug eine Mappe auf. »Ich habe nach dem Anruf Ihrer Mutter nachgesehen, wann Sie zuletzt Urlaub hatten.«

Moritz rollte die Augen und warf stöhnend den Kopf in den Nacken.

»In den letzten zwei Jahren hatten Sie – zumindest laut Unterlagen – keinen einzigen Tag Urlaub.« Gespielt ratlos öffnete der Chef die Hände. »Also entweder hat mein Vorgänger vergessen, Ihren Urlaub einzutragen, oder ... nun ...«

»Wenn Sie mich deswegen feuern wollen – nur zu.«

Der Chef runzelte die Stirn. »Wenn Sie es hier so sehr hassen, warum reizen Sie nicht jede Möglichkeit aus, zu Hause zu bleiben?«

Das geht dich einen Scheiß an! Moritz zuckte mit den Schultern. »Ich bin eben ein fleißiges Kerlchen.«

»Soso ...«, der Chef klappte die Personalakte zu und verschränkte die Hände darauf. »Dieses *fleißige Kerlchen* wird ab sofort Urlaub machen.«

Moritz richtete sich hektisch auf. »Nein. Nein, das können Sie nicht einfach so ... bestimmen.«

»Doch, ich *kann*.« Der Chef begann zu grinsen. »Ich weiß, Sie halten davon nicht viel, aber ich bin Ihr Chef, und ich befehle Ihnen, Urlaub zu machen.« Sein Grinsen wurde breiter. »Wenn es Ihnen leichter fällt, tun Sie einfach so, als hätte ich Sie für einen Monat gekündigt.«

Moritz schluckte. In der Hölle erwachten die ersten Dämonen, blinzelten, gähnten, stupsten einander an und blickten hungrig nach oben.

»Sie können gehen.«

»Bitte ...«, Moritz schlug den pragmatischsten Ton an, den er jemals in der Firma angeschlagen hatte. »Können wir nicht noch einmal darüber reden?«

Der Chef schüttelte den Kopf. »Wieso verbringen Sie den Urlaub nicht daheim bei Ihrer Familie? Ihre Mutter hat mir erzählt, dass sie nächste Woche ihren Fünfziger feiert und Sie *unbedingt* dabei haben möchte. Es klang so, als würde man Sie sehr vermissen.«

»Hast du den *Verstand* verloren?«, schrie Moritz ins Telefon und wischte einen Stapel Werbeprospekte und Rechnungen vom Küchentisch.

»Moizilein, Schatz ...«

»*Nichts* Moizilein! Du kannst nicht bei meinem Chef anrufen und für mich Urlaub aushandeln!« Aufgebracht grapschte Moritz nach einem der gebrauchten Gläser neben der Spüle, roch daran, schraubte mit einer Hand eine halb leere Flasche Scotch auf und schenkte sich ein.

»Aber du hast doch gesagt, das dir der Chef nicht frei ...«

»Das ist *noch lange* kein Grund, ihn einfach anzurufen, Scheißenochmal! Woher hast du überhaupt seine Nummer?« Mit einem herzhaften Schluck kippte Moritz den Inhalt des Glases runter, hustete. Verdammt, das Zeug brannte bis in die Lungen.

»Ich hab mich so lange weiterverbinden lassen ...«

»Das war eine *rhetorische* Frage«, brüllte Moritz. »Ist dir klar, wie ich jetzt vor meinem Chef dastehe?«

»Aber Moizilein, Schatz, mach dir keine Sorgen, er hält große Stücke auf dich ...«

»Hör auf ...« Raaarrr! Moritz boxte gegen den Türrahmen, lief wie ein Tier in Gefangenschaft im Flur auf und ab. »Ich will nicht, dass du je. Wieder. Bei meinem Chef anrufst. Verstanden?«

»Wenn es dir wichtig ist ...«, sagte die Mutter kleinlaut.

»Ja! Es ist mir *verdammt* wichtig!«

Leises Schniefen am anderen Ende der Verbindung.

Oh nein! Moritz stemmte eine Faust gegen die Wand, presste die Stirn darauf, schloss die Augen und seufzte. »Hey. Nicht ... Ich wollte dich nicht anschreien, Mama. Es ist nur ... Es war eine Scheißwoche und ... ich hätte dich nicht so anfahren dürfen. Okay? Tut mir leid.«

»Du bist nicht der *Einzige,* der eine Scheißwoche hatte«, piepste die Mutter und schnäuzte sich.

»Ich weiß«, sagte Moritz versöhnlich, drehte sich um, lehnte sich mit dem Rücken an die Wand und lauschte Mutters stockendem Atmen. Mit einem Mal war ihm, als wollte sein Herz platzen vor Heimweh. Seine Nase schwoll zu, sein Blick wurde verschwommen, sein Körper sehnte sich so sehr nach einer mütterlichen Umarmung, dass es wehtat.

»Hör zu, Mama«, krächzte er, stieß sich von der Wand ab, rieb sich übers Gesicht und wischte das Nass aus den Augenwinkeln. »Wie wäre es, wenn du nächste Woche hierherkommst? Wir gehen hübsch essen und in die Oper oder was immer du willst. Wir lassen dich hoch leben, hm?«

»Ach Moizilein, Schatz ...«

Moritz drückte die Stirn gegen den Türrahmen. »Sag ja«, bat er und presste die Augen zusammen. Sag ja.

»Ich kann nicht weg hier. Du weißt, ich hab am Freitag das Haus voller Gäste und ...« Sie seufzte.

»Die Woche darauf«, schlug Moritz vor und wischte sich rasch mit dem Handrücken über die Wange.

»Moizi ...«

»Ich *kann* nicht kommen«, flüsterte Moritz und schlug mehrmals mit der Stirn gegen den Türrahmen.

»Vielleicht springst du mal über deinen Schatten, hm? Wenn schon nicht meinetwegen, dann für Papa.«

»Papa?« Sollte das ein Witz sein?

»Er könnte deine Hilfe wirklich sehr gut gebrauchen.«

»Könnte er das«, sagte Moritz hart. »Und was ist mit ...?« Ein Bild drängte sich in seine Erinnerung: Philipp, der eine Lieferung Sportschuhe einsortierte, ein wenig langsam und umständlich, aber konzentriert. Kurze, erdnussblonde Haare, ein glatter Nacken, in den Moritz so gerne seine Nase presste, schöne, sehnige

Hände, die sinnlich die Schachteln berührten und viel später – leicht zitternd aber zielstrebig – Moritz' nackten Brustkorb.

»Ach, Schatz, es ist so furchtbar«, schlug die Mutter einen jammernden Tonfall an. »Der arme Junge. Wenn wir gewusst hätten, dass er ... Papa ist völlig fertig.«

Eine Eisfaust ballte sich in Moritz' Magen. Seine Schenkel begannen zu zittern, sein Arm war plötzlich kaum in der Lage, das Telefon ans Ohr zu pressen. »Philipp? Was ist mit Philipp?« Moritz schloss die Augen. Bitte, Gott, lass es ihm gut gehen! Lass es ihm gut gehen.

»Er – ich kann es gar nicht aussprechen«, die Mutter schniefte. »Philipp hat sich ... er hat sich ... hat sich vor den Zug geworfen.«

Moritz' Herz setzte aus.

Ihm fiel das Telefon aus der Hand – es krachte zu Boden und schlitterte klappernd über die Fliesen.

Dann sackten Moritz die Beine unterm Körper weg. Er plumpste auf die Knie, ohne etwas zu spüren, bekam keine Luft. Krampfartig zog sich sein Brustkorb zusammen, er würgte panisch, biss in die Luft, doch er war innerlich staubtrocken. Verzweifelt hämmerte er gegen den Türrahmen. Luft. Luft. Luft. *Philipp!* Aus seiner Kehle drang ein würdeloses Knarren – aus seinem weit aufgerissenen Mund lief Speichel. Er war ein Tier. Bloß noch Tier.

Nur am Rande, den Blick verschwommen, registrierte er, dass das Display seines Telefons noch leuchtete, dass aus dessen winzigen Lautsprechern Mutters Stimme drang. Er wollte danach greifen, aber die Dimensionen hatten sich verschoben und er tappte ins Leere.

5 | Zimtschnecken

Damals

Obwohl es so kühl war, dass sich auf den Armen Gänsehaut bildete, versprach es ein heißer Julitag zu werden. Beschwingt marschierte Moritz durch die noch menschenleeren Straßen, hörte nur das Knirschen der Schuhe unter seinen Sohlen und das Klack-Klack-Klack der Sprenkelanlagen in den Gärten. Ab heute würde er für zwei Monate im Laden arbeiten. Keine Schule, keine Lehrer, keine Hausaufgaben und keine Prüfungen bis zum Herbst.

Der Vater war schon weg gewesen, als Moritz aufgestanden war. Vermutlich hatte er vergessen, dass Moritz mit ihm mitfahren wollte. Seit einigen Wochen wirkte er ein wenig zerstreut und gestresst. Ein Grund mehr, warum sich Moritz auf den Job freute. Er würde seinem Vater tatkräftig unter die Arme greifen und vielleicht, wenn er sich geschickt anstellte, könnte er ihm sogar zu ein paar Tagen Urlaub verhelfen. Die Idee, alleine für den Laden verantwortlich zu sein, alle Entscheidungen zu treffen, mit Kunden zu plaudern, mit Lieferanten zu verhandeln, die Kasse zu machen, ... ließ Moritz ein paar Zentimeter wachsen. Er könnte beweisen, dass er es draufhatte, dass sich sein Vater voll und ganz auf ihn verlassen konnte. Vielleicht begriff dieser dann endlich, dass ein Studium gar nicht nötig war. Vielleicht war er so angetan von Moritz' Einsatz, dass er ihm erlaubte, direkt nach der Reifeprüfung im Laden einzusteigen.

Vor der Bäckerei hielt Moritz an, kramte in den Hosentaschen und wurde fündig. Zwei Euro, siebzig Cent. Er würde Vater eine Freude machen und ihm eine Zimtschnecke kaufen. Immerhin hatte er kein Frühstück gehabt, und er *liebte* Zimtschnecken. Für sich selbst kaufte Moritz auch eine. Sie würden sie zusammen im Büro verspeisen und bei einer Tasse Kaffee den Tag besprechen. Scheiße, Moritz wollte platzen vor Glück.

Die Papiertüte mit dem Gebäck in der Hand eilte Moritz die Straße hoch. Die Morgensonne ließ das Schild mit dem blau-roten Schriftzug *Sport Kunert* golden leuchten. Direkt gegenüber, dieselben Farben, fast der gleiche Schriftzug, aber verloren im Schatten: *Sportartikel Rainer*. Während Vater auch privat mit dem weißen Kastenwagen mit der Firmenaufschrift unterwegs war, traf man Armin Rainer Junior nur mit seinem Sportwagen an, den er stets prominent vor dem Laden parkte, damit die Kunden wussten, wann der Chef höchstpersönlich anwesend war. Vater war *immer* im Laden, aber er protzte nicht damit.

Moritz drückte gegen die Eingangstür. Verschlossen. Mit der Hand schirmte er den Blick von der Sonne ab und schaute durch die Glastür in den Verkaufsraum. Keiner da. Wahrscheinlich war der Vater im Büro. Moritz hämmerte gegen die Tür. Eigentlich sollte er einen Schlüssel bekommen, es war doch oberpeinlich, dass der Sohn des Besitzers wie ein Idiot vor dem Geschäft herumstand und nicht reinkonnte. Melanie Rainer *hatte* einen Schlüssel für den Laden ihres Vaters, dabei arbeitete sie noch nicht einmal dort. Ein kleiner, schmerzhafter Stachel.

Ein Kerl in Moritz' Alter tauchte im Verkaufsraum auf. Erdnussblond. Volle Lippen. Langer Hals. Er starrte

Moritz erschrocken an, dann drehte er sich um und verschwand wieder.

Wer war das?

Wenige Augenblicke später kam der Vater, erkannte Moritz, nickte ihm zu und eilte zur Eingangstür, um ihm aufzuschließen.

»Was machst du hier? Um diese Zeit?«, fragte der Vater ehrlich überrascht. »Solltest du nicht längst in der Schule sein?«

»Ich habe Ferien, schon vergessen?« Entschlossen marschierte Moritz an ihm vorbei in den Laden, als gehörte er ihm ganz allein, und sog den Duft von Kunststoff und Leder ein. »Ich hab Frühstück mitgebracht.« Er wedelte mit der Papiertüte, stakste durch den Verkaufsraum und schaute sich um. Neugierig reckte er den Hals Richtung Flur, der zum Lager und zum Büro führte, sowie zur Küche und den Toiletten. »Hast du Besuch?«

Der Vater schloss die Eingangstür ab und schob einen Kleiderständer zurecht. »Du willst also in deinen Ferien hier herumhängen, ja?«

Moritz' gute Laune bekam einen Dämpfer. »Ich *hänge* hier nicht *rum*, ich *helfe* dir! Ich *arbeite* hier.« Und dann, in einem jammernden Tonfall, für den er sich hinterher hasste: »Du hast es versprochen.«

»Natürlich. Natürlich ... Ich wusste nur nicht, dass schon Ferien sind.«

Du hast vor drei Tagen mein Zeugnis gelobt, dachte Moritz gekränkt. »Ich mach uns Kaffee.« Die Faust um die Papiertüte geballt eilte er Richtung Küche.

»Warte!«, rief der Vater, aber Moritz hatte keinen Bock zu warten. Er hatte geglaubt, Vater würde sich über seine Anwesenheit freuen, aber er tat geradewegs so, als wäre Moritz ein lästiges Kind. Dabei wusste er *sehr wohl*, welche Hilfe er ihm sein konnte. Immerhin hätte er die stressigen Wochen zu Ostern und in den Weihnachtsferien nie ohne seine Hilfe durchgestanden. Hatte er selbst gesagt. *Mehrmals.* Sogar zwei Hunderter extra hatte er Moritz in die Hand gedrückt aus Dankbarkeit.

Moritz eilte am Büro vorbei, hielt inne, machte einen Schritt zurück. Da stand er. Der Kerl von vorhin. Die Schultern etwas hochgezogen, die Fäuste in den Taschen des Kapuzenpullis geballt. Er presste die Lippen zu einem Strich, was vermutlich ein Lächeln sein sollte.

»Hallo?«, sagte Moritz in einem sarkastischen Was-zur-Hölle-tun-Sie-da-Ton. Platzhirschverhalten.

Der Kerl war ziemlich blass, seine Wimpern deutlich dunkler als die Haare, seine Augen dafür ungewöhnlich hell – vermutlich grau, so genau konnte Moritz das auf die Entfernung nicht feststellen. Der Hals wirkte so lang, weil sein Shirt einen für Kerle unüblich tiefen Ausschnitt hatte. In Kombination mit dem ausgeprägten Adamsapfel und seinem verschreckten Blick wirkte er irgendwie gläsern, verletzlich. Statt zu antworten, schaute er über Moritz' Schulter hinweg.

Da drängte sich schon der Vater an ihm vorbei ins Büro und berührte den Kerl am Oberarm. Er wirkte ein wenig gehetzt, als hätte sein Sohn etwas entdeckt, was er nicht hätte entdecken dürfen. »Moritz? Das ist Philipp.« Zu Philipp sagte er: »Das ist mein Sohn. Ich hab dir schon von ihm erzählt.«

Philipp nickte, seine Mundwinkel zuckten schief. Lächeln hatte er definitiv *nicht* drauf. Höflichkeiten auch nicht. Unverändert hielt er die Fäuste in den Taschen geballt.

»Okay?«, sagte Moritz abwartend. Eine seltsam aggressive Energie trieb seinen Rücken hoch. Ohne Philipp aus den Augen zu lassen, fragte er seinen Vater: »Und ... wer ist das? Was macht er hier in deinem Büro?«

»Ja ... also ...« Der Vater kratzte sich verlegen am Hinterkopf. »Er arbeitet hier.«

»Was?« Moritz fühlte sich, als hätte er soeben eine Ohrfeige bekommen. Seine Wangen brannten, sein Herz hämmerte. »Wieso ... wieso stellst du jemanden ein, wenn du weißt, dass ich ...?« Scheiße. Er benötigte alle Kraft, um halbwegs cool zu bleiben. Vor diesem *Philipp* wollte er auf keinen Fall wie ein winselndes Weichei wirken.

»Genau genommen ...« Der Vater setzte ein sehr schiefes, sehr schuldbewusstes Lächeln auf. »Ist Philipp mein Lehrling.«

Bamm.

Moritz' Bauchmuskeln verkrampften so spontan, als hätte er einen Hieb in den Magen bekommen. »Nein ... Nein.« Er begann, verkorkst zu lachen. Ein bitteres Ha-Ha-Ha. »Nein, das hast du nicht ...« In seinem Inneren detonierte eine Bombe aus Wut und Fassungslosigkeit. Hatte sein Scheißvater, dieser elende Verräter, nicht *tausend Mal* gesagt, er bilde keine Lehrlinge aus? Hatte er Moritz nicht *deswegen* zu dieser scheißbeschissenen Handelsakademie geschickt? Das Herz hämmerte Moritz bis zum Hals – er konnte nicht sagen, ob vor Hass oder Schmach. Als ihm die Augen zu brennen begannen, stürzte er aus dem Büro Richtung Verkaufsraum. Vor diesem stummen, blöden ... *Lehrling* wollte er auf keinen Fall in Tränen ausbrechen.

Während Moritz daheim problemlos toben konnte und durchaus Möbel zu Kleinholz verarbeiten, waren ihm die Waren im Laden heilig. Also boxte und trat er in die Luft und drehte sich dabei um die eigene Achse.

Der Vater kam in den Verkaufsraum gestürmt und schaute sich um, als erwartete er, dass bereits alles in Schutt und Asche lag. Er atmete erleichtert auf, dann sagte er beruhigend, und immerhin marginal schuldbewusst: »Moritz ...«

Mit einer Sekunde Verspätung tauchte Philipp auf. Er wirkte überfordert. Sein Blick huschte zwischen Boden, Vater und Moritz hin und her.

Aus irgendeinem Grund konnte Moritz vor ihm nicht austicken. Er schnaubte, ballte die Fäuste, mahlte mit dem Kiefer, mimte den aufgebrachten Sohn des Chefs, den Kerl, mit dem man sich nicht anlegen sollte. Aber er *mimte* es eben nur, dosiert, im Hinterkopf diesen bescheuerten Anspruch, vor Philipp nicht wie ein Primitivling zu wirken, sondern mehr wie ein zurecht aufgebrachter Geschäftspartner. Und diese bescheuerte Selbstkontrolle, woher auch immer sie plötzlich kam – denn typisch war sie beileibe nicht für ihn – sorgte dafür, dass seine Wut irgendwie ... nun, nicht verpuffte, aber niedergedrückt wurde.

»Wie...« Moritz schnaubte, fuhr sich durchs Haar, marschierte ungehalten auf und ab. Scheiße, er fühlte sich so ... so fremd im eigenen Körper. So durcheinander. So voll und leer zugleich. Vor allem aber fühlte er sich beobachtet. »Ich ... ich muss hier raus.« Wie ein Schauspieler in einer schlechten Soap, peinlich melodramatisch, stürzte er zur Eingangstür und versuchte vergeblich, sie aufzureißen. Abgeschlossen. Verdammt. Hektisch pfriemelte er am Schlüssel herum – ihm schien, als benötigte das scheiß Schloss tausend Umdrehungen – dann empfing ihn endlich die kühle Morgenluft.

6 | Klingeln im Wald

Gegenwart

Moritz stieg aufs Gas. Häuser flitzten an ihm vorbei, Strommasten, Bäume, Felder. Von all dem bekam er jedoch nichts mit. Die Fäuste ums Lenkrad geballt raste er erstmals seit fünf Jahren wieder Richtung Heimat. Gelegentlich wischte er sich aufkommende Tränen aus den Augenwinkeln. Gelegentlich musste er rechts ranfahren, wenn es ihn überkam. Dann prügelte er aufs Lenkrad ein, schluchzte, mahnte sich, sich zu beherrschen, atmete tief durch, marschierte eine Runde ums Auto, ratlos, überfordert, stieg wieder ein und fuhr weiter.

Er musste daran denken, wie er damals abgehauen war. Wie er entschlossen durchs Haus gestampft war und halb blind vor Tränen alles, was seine Finger zu fassen bekommen hatten, in seinen Rucksack gestopft hatte. Hinter ihm, auf Schritt und Tritt, jammernd, heulend: seine Mutter. Wo willst du hin? Was ist passiert? Wann kommst du wieder? In ihrer Verzweiflung wurde sie sogar handgreiflich, packte ihn, zerrte an ihm, wollte ihn festhalten, doch er riss sich immer wieder los, wandte ihr den Rücken zu, wich ihr aus. Er wusste nicht, wer mehr heulte, er oder sie, nur dass ihm der Rotz bis übers Kinn lief. »Frag Papa«, schrie er, ehe er nach drei Fehlstarts mit quietschenden Reifen davonbrauste. Kaum hatte er das Ortsschild passiert, läutete sein Handy. Ohne nachzusehen, wer ihn anrief, schleuderte er es in hohem Bogen aus dem Fenster, wo es in einem Waldstück landete und vermutlich noch den ganzen Tag mit seinem Geklingel Wildtiere verschreckte.

Jetzt lag sein Handy griffbereit auf dem Beifahrersitz. Er wünschte sich einen Anruf. Er wünschte sich …

Oh, wie sehr hatte er sich selbst belogen. *Nie wiedersehen?* Das war eine scheißromantische, idiotische, sture Nummer, solange es einen Weg zurück gab, solange es bloß eine Entscheidung war, weil es etwas zu entscheiden *gab.* Solange es *Optionen* gab. Aber wie scheiß endgültig, wie scheiß unfreiwillig, wie scheiß sauweh tat es, wenn einem diese Entscheidung aufgezwungen wurde. Wenn es keine Option mehr war, sondern … ein Fakt.

Moritz hatte immer gedacht, er wüsste nur zu gut, wie sich Schmerz und Angst anfühlten.

Er hatte sich geirrt.

7 | Ein Idiot

Damals

Nachdem sich Moritz von dem Schock über den Lehrling erholt hatte, schmiedete er einen Plan. Er würde beweisen, dass er fähiger war als Philipp. Er würde Philipp *überflüssig* machen, schlimmer, er würde seinem Vater klarmachen, dass Philipp ein Vollpfosten war und für die Arbeit im Laden völlig ungeeignet.

Der Plan erforderte nicht viel Raffinesse. Philipp *war* ein Vollpfosten, er *war* völlig ungeeignet für den Job. Wann immer Kunden den Laden betraten, war er eine Wolke. Drei Viertel des Tages verbrachte er im Lager, wo er weiß Gott was trieb. Erwischte ihn doch mal ein Kunde, schaute er sich hektisch um, stockstarr, nur Flucht im Blick. Nicht nur einmal musste ihm Moritz zur Hilfe eilen, was er anfangs auch mit vollem Einsatz machte, weil er dachte, er müsste Philipp aktiv als Deppen hinstellen. Aber Philipp *war* ein Depp. Wenn Kunden das Geschäft betraten, warf er Moritz einen panischen Blick zu und flitzte ins Lager, wo er abwartete, bis die Luft wieder rein war.

Der Vater schien davon nichts mitzukriegen. Dabei bemühte sich Moritz redlich, das *Philipp-flüchtet-vor-Kunden*-Spiel publikumswirksam zu inszenieren, indem er etwa lautstark sagte: »Wo ist er denn *jetzt schon wieder* hin?« Oder: »Hat jemand Philipp gesehen?« Oder: »Philipp, Kundschaft!«, nur um seinem Vater kopfschüttelnd zu zeigen, wie rasch Philipp aus dem Verkaufsraum verschwinden konnte.

Den Volltreffer erntete Moritz aber, als er eines Tages im Lager herumschnüffelte. Denn was zum Henker trieb Philipp hier hinten die ganze Zeit? Unter einem Schuhkarton fand er ein Buch. Zunächst vermutete er, es gehörte seinem Vater. Der Gedanke, dass sich Philipp im Lager verstecken könnte, um zu lesen, kam Moritz äußerst abwegig vor.

Doch dann erwischte er ihn.

Auf dem Boden kauernd, gerade so weit um die Ecke, dass man ihn vom Flur aus nicht sehen konnte, las er in dem Buch. Ein paar Augenblicke war Moritz paralysiert von dem Anblick. Philipp *privat*. Philipp, wenn er sich unbeobachtet fühlte. Philipp, wie er sich voll und ganz selbst genügte. Er hatte den Mund etwas geöffnet, die Unterlippe zuckte leicht und er zwirbelte eine Haarsträhne über der Stirn. Aus irgendeinem Grund kitzelte dieser Anblick in Moritz' Brust. Eine unerwartete Welle der Sympathie überkam ihn – ausgerechnet jetzt, wo er seinen Feind dabei ertappt hatte, wie er sich aktiv vor der Arbeit drückte; jetzt, da er endlich hatte, was er wollte.

Fast, aber nur fast, war er geneigt, Philipp sein Geheimnis zu lassen. Doch dann kam der Vater den Flur entlang. Moritz winkte ihn herbei und sorgte dafür, dass Philipp in flagranti vom Chef beim Faulenzen erwischt wurde.

Und was machte der Vater?

»Okay«, flüsterte er, als wollte er Philipp nicht bei seiner Lektüre stören, klopfte Moritz auf die Schulter – was auch immer das bedeuten sollte – und marschierte weiter ins Büro.

Moritz hinterher. Aufgebracht. Vor allem aber enttäuscht.

»Du lässt ihm das durchgehen?«

»Moritz ...«, sagte der Vater und seufzte. In Sachen Philipp schien es immer nur dieses eine Argument zu geben. *Moritz – seufz (– lass einfach gut sein.)*

»Er hockt den ganzen Tag im Lager und *liest!*«, rief Moritz.

»Bitte ...« Beschwichtigend hob der Vater die Hände.

»Hast du gesehen, wie er sich mit den Kunden anstellt? Nein? Das liegt daran, dass er vor den Kunden *davonläuft!* Er macht *nichts.* Er ist *total unfähig!*«

»Lass uns das ...«

»Ich verstehe nicht, warum du *ihn* als Lehrling einstellst, aber *ich* war dir nicht gut genug!«

»Da verstehst du etwas völlig falsch!«, erwiderte der Vater unerwartet streng. »Es geht nicht darum, dass du nicht gut bist, geschweige denn nicht *gut genug.* Du bist sogar *sehr* gut. Und *deswegen* sollst du *mehr* aus dir machen.«

»Ich *will* aber nicht *mehr* aus mir machen! Ich will *hier* arbeiten, *hier*, mit *dir!* In *deiner* Firma!«

»Jetzt beruhig dich ...«

»Nein! Ich beruhige mich *nicht!* Du erzählst mir dauernd, dass du keine Lehrlinge einstellst – *aus Prinzip* – und dann schleppst du ... ihn an! Ihn! Wenn du wenigstens jemanden genommen hättest, der was drauf hat, aber er ist ein *Idiot!*«

»Er ist *kein* Idiot«, stellte der Vater klar und blickte über Moritz' Schulter. »Tut mir leid, er meint es nicht so.«

Erschrocken fuhr Moritz herum.

Philipp stand hinter ihm und blickte getroffen zwischen Moritz und dem Vater hin und her.

Scheiße. So sehr er Philipp hatte schaden wollen, *das* hatte Moritz *nicht* gewollt. Beziehungsweise, *jetzt* wollte er es plötzlich nicht mehr.

Schweigend drehte sich Philipp um und marschierte aus dem Büro. Moritz kam, dass er ihn noch nie hatte reden hören.

»Du solltest dich bei ihm entschuldigen«, mahnte der Vater.

Du dich bei mir auch, dachte Moritz beleidigt, bedachte seinen Vater mit einem verächtlichen Blick und ging Philipp hinterher.

Er fand ihn im Verkaufsraum, wo er panisch auf eine vierköpfige Familie starrte, die gerade das Geschäft betrat.

»Ich mach das schon«, murmelte Moritz ihm im Vorbeigehen zu und kümmerte sich um die Kunden.

Als er fertig war, beobachtete er ein Gespräch zwischen seinem Vater und Philipp, wobei nur Vater sprach und Philipp ihn schuldbewusst anblickte und nickte. Worte wie ›bemühen‹ und ›so geht das nicht‹ flogen bis zu Moritz' Ohren herüber. Eigentlich hätte ihn die Standpauke freuen können, aber der Sieg schmeckte fahl.

Als der Vater und Philipp auseinandergingen, wirkten beide erschöpft und niedergeschlagen. Erstmals begann Moritz zu begreifen, warum sich sein Vater so hartnäckig weigerte, Mitarbeiter einzustellen. Er war nicht gut darin, den Chef raushängen zu lassen. Bisher hatte Moritz immer gedacht, das läge an ihm. Daran, dass er sein Sohn war. Aber der Vater schien unter dem Anschiss mehr zu leiden als Philipp, der, statt ins Lager, zu den Regalen wankte und begann, die Laufschuhe millimetergenau auszurichten.

Moritz marschierte zu Philipp und bemerkte, dass dessen Finger leicht zitterten. Ziemlich offensichtlich und sehr schlecht gespielt tat er so, als konzentriere er sich zu sehr auf seine Arbeit, um Moritz wahrzunehmen.

»Was ich vorhin gesagt habe ...« Moritz wurde bewusst, dass er sich gerade zum ersten Mal direkt an Philipp wandte.

»Schon gut.«

Oh-wow. *Definitiv* hatte er noch nie Philipps Stimme gehört. So fragil und irgendwie transparent der Kerl wirkte, seine Stimme war unerwartet tief, ziemlich ... *männlich.* Ein Kontrast, der Moritz völlig aus dem Konzept brachte.

»Es tut mir leid«, brabbelte er. »Das wollte ich nur sagen.« Plötzlich begann sein ganzer Körper zu pulsieren, Hitze stieg in ihm auf, seine Gedärme verknoteten sich, ihm wurde schwindelig. Er musste etwas Schlechtes gegessen haben. Lebensmittelvergiftung. Kreislaufkollaps. Darmvirus.

»Danke«, sagte Philipp, ohne Moritz anzusehen.

Scheiße. Fluchtartig verließ Moritz den Verkaufsraum und ließ sogar die Kunden, die gerade hereinkamen, links liegen.

8|Marienkäfer Fussabtreter

Gegenwart

Das Haus sah noch genau so aus, wie Moritz es vor fünf Jahren verlassen hatte. Ihm ging es ziemlich ... eigenartig. Seit zwanzig Minuten hockte er im Auto und rang mit sich, auszusteigen und gleich seinem Vater zu begegnen. Der mittlerweile betagte Kastenwagen stand in der Einfahrt, also war er daheim. Moritz' Herz klopfte zäh und heftig wie eine riesige, behäbige Maschine. Der Magen knarrte nervös. Als Moritz im sechsten oder siebten Versuch, sich aufzuraffen, Gesicht und Haare im Rückspiegel kontrollierte, bemerkte er, dass seine Hände zitterten.

Scheiße. Er war ein nervöses Wrack. Seine Augenlider sahen aus wie mit rotem Kajal geschminkt. Seine Mutter würde sofort bemerken, dass er geweint hatte, und was das für einen Eiertanz bedeutete, daran wollte er lieber nicht denken.

Und Vater?

Moritz atmete tief durch und packte den Türgriff. *Jetzt.*

Mit einem beherzten Ruck stieg er aus dem Wagen und sog den Duft der Heimat ein. Wehmut erfasste ihn. Wie sehr hatte er das hier vermisst! Der schwarz lackierte Gartenzaun, der Buxbaum im Steintopf, sich am Lieferwagen in der Einfahrt vorbeizwängen, das Namensschild aus Ton, das er im Kindergarten gemacht hatte, der Fußabtreter mit den Marienkäfern und dem Schriftzug *Willkommen* ...

Moritz hob die Hand, um anzuläuten, da wurde schon die Tür aufgerissen und im nächsten Augenblick steckte er in einer Umarmung, die ihm den Atem raubte.

»Moizilein!«, jauchzte die Mutter, drückte in noch fester an sich und machte Geräusche, die irgendwo zwischen Lachen und Weinen angesiedelt waren. Sie wiegte sich mit ihm hin und her und wiederholte immer wieder: »Mohizilahihin. Mohizilahihin.«

»Mama«, flüsterte Moritz erstickt, schlang die Arme um sie, schloss die Augen und fühlte sich zurückgeworfen in eine Zeit, als er noch nicht zu cool gewesen war, um ihre Umarmung zu genießen. Als sie sich voneinander lösten, war er fast überrascht, dass er auf seine Mutter runterschauen konnte.

»Endlich bist du da.« Ohne Scham, wie nur Frauen es konnten, wischte sich die Mutter Tränen von den Wangen und wackelte Moritz voraus ins Haus. »Wolfi, sieh mal, wer da ist!«

Moritz wurde schlecht. Am liebsten wäre er sofort die Treppe hoch in sein altes Zimmer gelaufen, statt in der Küche seinem Vater zu begegnen.

Da erschien er auch schon in der Tür. Er sah genau so aus wie vor fünf Jahren. Warum auch immer, Moritz hatte ihn in seinen Gedanken immer um mindestens fünfzehn Jahre älter gemacht und erwartet, einen alten Mann anzutreffen. Dass sein Vater noch genau so aussah wie an dem Tag, als er ihn zuletzt gesehen hatte, machte es Moritz nicht gerade einfacher. Sein Herz schlug noch ein wenig heftiger. Er ballte die Fäuste.

Schlagen oder umarmen?

Plötzlich brach der Vater in Tränen aus.

Atemlos starrte Moritz ihn an, dann entspannte er sich wieder. *Natürlich* brach der Vater in Tränen aus. Was sollte er auch *sonst* tun? Er war ja sein Sohn.

Ein Schluchzen brach aus Vaters Kehle dann prallte er gegen Moritz' Brust. Er drückte ihn nicht so innig und weich wie die Mutter. Die Muskeln verhärtet galt es, den männlichen Anstand zu wahren: herzlich, aber nicht schwul. Einundzwanzig, zweiundzwanzig – genug. Der Vater löste sich und klopfte Moritz auf die Schulter. »Schön, schön ...« Verstohlen wischte er mit den Handrücken über die Augenwinkel und setzte sich wieder zu seinem Bier.

»Setz dich. Iss was.« Die Mutter stellte einen Teller mit kaltem Wiener Schnitzel auf Schwarzbrot auf den Tisch. Moritz' Lieblingsspeise.

Als wollte er mit ihr darum wetteifern, wer das gastfreundlichere Elternteil war, sprang der Vater auf und holte eine Flasche Bier aus dem Kühlschrank. »Du hast sicher Durst.«

Moritz fühlte sich überfahren. »Ich würde gerne ...« Er nickte stockaufwärts, wo sein altes Zimmer und vielleicht eine Dusche auf ihn warteten.

»Aber natürlich«, flötete die Mutter eifrig, eilte an ihm vorbei und tummelte sich die Treppe hoch.

Moritz schaute ihr nach, blieb aber in der Küchentür stehen. Er spürte den Blick seines Vaters auf dem Körper. Wie er ihn präzise abtastete und registrierte, dass er zugelegt hatte. Acht Kilo reine Muskelmasse. Jahrelanges Training bis zum Exzess. Um zu vergessen. Er war als Junge gegangen und als Mann wiedergekehrt. Zumindest optisch. Innerlich fühlte sich Moritz keinen Tag älter als vierzehn.

»Das ist keine gute Idee«, sagte der Vater schließlich.

»Ich weiß«, antwortete Moritz und blickte ihm in die Augen. Der Moment addierte sich zu all den anderen, in denen sie einander direkt angesehen hatten, was auf die ganze bisherige Lebensspanne vermutlich kaum zehn Minuten waren.

»Moizilein, wo bleibst du?«, rief die Mutter vom oberen Stockwerk.

»Du solltest wieder fahren«, meinte der Vater.

»Wie gehts ihm?«, fragte Moritz zeitgleich.

Sie starrten einander an. Feinde. Wie gehabt.

Moritz wandte sich ab und eilte die Treppe hoch. »Ich komm schon, Mama!«

9|Schuld und Chance

Damals

Moritz stand hinterm Verkaufstresen und blickte aus dem Schaufenster zum gegenüberliegenden Laden. *Sport Kunert.* Der Kastenwagen fuhr vor. Vater hopste heraus, öffnete den Kofferraum und lud etwas aus. Die Eingangstür sprang auf und Philipp kam herausgeeilt und half ihm, die Kisten ins Geschäft zu tragen. Moritz' Blick verfing sich in Philipps langen Beinen. Warum auch immer fesselte es ihn, ihm zuzusehen. Er mochte die Art, wie er sich bewegte, dabei bewegte er sich doch nicht viel anders als die anderen. Oder? Vielleicht war es auch die Art, wie sich seine Kleidung an seinen Körper schmiegte. Die Jeans saßen recht stramm und aus der Entfernung stellte Moritz wieder einmal fest, was ihm nicht aufgefallen war, als er noch bei seinem Vater gearbeitet hatte: Philipp war kräftiger, als er zunächst wirkte.

Das Hirn hatte ihm einen Streich gespielt. Weil Philipp im direkten Umgang so eingeschüchtert und scheu wirkte, weil er so blass war und so unwirklich helle Augen hatte, weil er irgendwie wie Wasser war, hatte es ihm vorgegaukelt, er wäre schmächtig. Andererseits erinnerte sich Moritz *durchaus* an ansehnliche Schultern, wenn er Philipp von hinten dabei beobachtet hatte, wie er Regale schlichtete. Und er hatte einen ziemlich knackigen Hintern ...

Rums, Rums, knallten die Türen des Kofferraumes zu. Die beiden waren mit dem Ausladen fertig. Der Vater schaute über die Straße herüber. Rasch senkte Moritz den Blick und tat so, als tippte er etwas in die Kasse. Als er wieder hochschaute, war der Vater weg.

»Könntest du die hier einsortieren«, bat Armin Rainer Junior und stellte eine Kiste Sportsonnenbrillen auf den Verkaufstresen. Dann folgte er Moritz' Blickrichtung und rempelte ihn freundschaftlich an. »Er hatte seine Chance, oder?«

»Mh«, machte Moritz, schnappte den Karton und marschierte zum Ständer mit den Sonnenbrillen.

»Mach dir keinen Kopf«, rief ihm der Chef nach.

»Worüber denn?«, konterte Moritz grinsend.

Der Chef lachte – »so ists recht« – und marschierte wieder Richtung Lager.

Moritz lächelte vor sich hin. Wenn auch wehmütig. Er hatte erreicht, was er wollte: Er war Lehrling in einem Sportgeschäft. Vater spuckte Blut und Galle. Aber wie Armin Junior richtig sagte: Er hatte seine Chance. Jetzt musste er damit leben, dass sein Sohn nicht nur die Schule geschmissen hatte, sondern auch noch beim Erzfeind eine Lehre machte.

Selbst Schuld.
Selbst Schuld.
Selbst Schuld.

Auch wenn daheim Eiszeit herrschte. Auch wenn die Mutter auf sie beide einredete wie auf kranke Rösser. Auch wenn sie unermüdlich eine Woche lang zwischen den beiden Geschäften hin und hergerannt war, um zwischen ihren beiden Sturköpfen zu vermitteln. Der Vater war nicht bereit, Philipp zu entlassen und Moritz nicht, wieder in die Schule zu gehen, solange sein Vater *fröhlich* Lehrlinge ausbildete.

Kling-Kling. Die Glocke an der Tür kündigte einen Kunden an. Moritz ließ die Sonnenbrillen Sonnenbrillen sein, eilte zum Verkaufstresen – und blieb auf halber Strecke stehen.

»Philipp?«

Nervös trat Philipp von einem aufs andere Bein, warf einen hektischen Blick durchs Schaufenster zur anderen Straßenseite und sah dann Moritz mit diesen typisch verkniffenen Lippen an, die ein Lächeln darstellen sollten. »Hey.«

Vermutlich, weil er es nicht mehr gewöhnt war, Philipp den ganzen Tag um sich zu haben, traf Moritz der Blick bis ins Mark. »Was *willst* du hier?« Armin Junior würde nicht begeistert sein, den Lehrling der Konkurrenz in seinem Laden vorzufinden.

»Komm zurück«, bat Philipp, den Kopf leicht schief gelegt, ein Flehen im Blick.

In Moritz' Herz ging die Sonne auf. Er fühlte sich wie hochgehoben. Dann realisierte er, dass Philipp nur im Auftrag da war. »Ah, schickt er also schon seinen *Lehrling* vor«, knurrte er und betonte ›Lehrling‹ so verächtlich, als wäre er nicht selbst einer.

Ein flinkes Aufflackern von Qual schnitt durch Philipps Gesicht. Er senkte den Blick und schien auf dem Boden nach Wörtern zu suchen. »Er weiß nicht, dass ich hier bin.« Aus dem Augenwinkel blinzelte er scheu zu Moritz. Die Fäuste in seinen Taschen arbeiteten. »Ich will mich nicht zwischen dich und deinen Vater drängen.«

»Das hast du aber«, meinte Moritz barsch.

Von Philipps Nasenwurzel bis zu seinem Haaransatz zog sich eine tiefe Furche. »Ja.«

»Also …«, Moritz straffte die Schultern und hob das Kinn. »Was machst du dann hier! Verschwinde! Hau ab! Geh rüber zu deinem …«

Philipp nickte, presste die Lippen zu einem Strich und verließ ohne ein weiteres Wort den Laden.

Mit einem Anflug von Selbstekel schaute ihm Moritz nach und registrierte, dass er ihm auf den Hintern starrte. Rasch wandte er den Blick ab, linste aber dann doch wieder verstohlen ...

»Sei nicht so hart zu ihm.«

Erschrocken fuhr Moritz herum.

Armin nickte zur anderen Straßenseite. »Er kann doch nichts dafür, dass dein alter Herr ein Idiot ist.«

10|Unter Männern

Gegenwart

»Wo fährst du hin!«, rief der Vater und lief Moritz hinterher.

Geduscht, in frischer Kleidung, das Kinn brannte noch ein wenig vom Rasierwasser, eilte Moritz auf seinen Wagen zu und löste auf halbem Weg *Plip-Plip* die Zentralverriegelung. »Du weißt, wo ich hin will«, rief er und riss schwungvoll die Autotür auf.

»Oh nein! Auf gar keinen Fall!« Mit einem Satz war der Vater bei ihm und knallte die Tür zu, ehe Moritz einsteigen konnte. Einen Blick, glühend vor Entschlossenheit, stellte er sich vor den Wagen. »Du fährst *nicht* zu ihm.«

Moritz' Brustkorb ging heftig, so wild hämmerte sein Herz, so gierig verlangte sein Körper nach Luft. Er hatte gewusst, dass es schwierig werden würde. Er hatte gewusst, dass es auf eine Auseinandersetzung hinauslaufen würde. Aber nicht, dass es bereits eine halbe Stunde nach seiner Ankunft so weit sein würde.

»*Du* wirst mich davon *nicht* abhalten«, knurrte Moritz und funkelte seinen Vater düster an. Probeweise ballte er die Fäuste. Konnte er ihn nötigenfalls K.O. schlagen? Immerhin war das sein Vater und vor langer, langer Zeit hatte er ihn abgöttisch geliebt.

»Was versprichst du dir davon?«, fragte der Vater aufgebracht.

Gute Frage. »Ich will mich vergewissern, dass es ihm gut geht.«

»Natürlich geht es ihm *nicht* gut«, herrschte der Vater ihn an. »Ist dir eigentlich klar, was du anrichtest, wenn du einfach so auftauchst?«

Moritz geriet etwas ins Wanken. »Wie viel Schaden könnte *ich* denn noch anrichten! Er hat versucht, sich *umzubringen.*«

»Bitte lass ihn in Ruhe«, bat der Vater und berührte Moritz' Oberarm. »Auch deinetwegen. Es wird nicht besser, wenn du alles wieder aufreißt.«

Moritz fletschte die Zähne, seine Schläfen pochten. »*Ich* reiße etwas auf? Verdammt, Papa ...«

»Junge ...« Aufmunternd legte ihm der Vater die Hände auf die Schultern. »Komm schon ...«

Moritz neigte den Kopf, stand fast Stirn an Stirn mit ihm und schloss die Augen. In seinen Wimpern sammelten sich Tränen. »Ich halte das nicht aus«, flüsterte er. »Ich halte das nicht mehr aus.«

»*Natürlich* tust du das.«

»Fünf Jahre und ich hab nicht ... scheiße.« Moritz schüttelte den Kopf und wischte sich über die Augenwinkel.

»Du bist stark, Junge. Und du weißt, was *richtig* ist.«

»Ich bin nicht stark«, piepste Moritz und schniefte. »Ich bin nicht stark.«

»Fahr nach Hause und leb dein Leben. Wir kommen hier schon klar.«

Empört riss sich Moritz los. »*Ihr* kommt klar? Er ist vor einen scheiß *Zug* gesprungen! *Das* nennst du *klarkommen?*«

»Denkst du, das ist etwas *Neues?*«, konterte der Vater ebenso heftig. »Der Junge hatte schon *immer* Probleme. Das weißt du!« Er schnaubte verächtlich. »Oder bildest du dir etwa ein, *du* könntest daran etwas ändern?«

»Was willst du damit sagen?«

»Lass ihn in Frieden, *das* will ich damit sagen. Mama hätte dir nichts erzählen dürfen ...«

»Was sagst du da! So was muss ich wissen, verdammt!«

»Wozu! Damit du dann jedes Mal hier aufkreuzt, um ...« Der Vater verzog den Mund. »Glaub bloß nicht, ich wüsste nicht, was du vorhast ...«

»Jedes Mal?«, unterbrach ihn Moritz. »Was meinst du damit ... jedes *Mal* ...«

»*Nichts* meine ich damit.«

Moritz packte ihn am Kragen und presste ihn gegen das Auto. »Hat er das schon mal gemacht?! Los! Sag! Hat er das schon mal gemacht?!«

Schuldbewusst blickte der Vater an Moritz vorbei.

»WANN!«, schrie Moritz. Sein Herz hämmerte wie verrückt. Das Blut rauschte in seinen Ohren.

»Gleich, als du weg bist ...«

Moritz konnte spüren, wie ihm das Blut aus dem Körper sackte. Er ließ seinen Vater los und wankte rückwärts. Die Welt begann, sich zu drehen. »Wieso ... wieso weiß ich nichts davon ...?« Er krallte die Finger ins Haar. »Wieso weiß ich nichts davon?« Und schließlich so laut, dass das Echo über die Straße und von den Häuserwänden hallte: »WARUM VERDAMMT NOCH MAL WEISS ICH NICHTS DAVON!«

Plötzlich ging die Haustür auf und die Mutter kam heraus. »Was ist denn los? Wolfi?«

»Nichts!«, sagte der Vater und streckte die Hand zu einer Stopp-Geste in ihre Richtung. »Geh wieder rein. Ist eine Sache unter Männern.«

»Warum hast du mir nicht gesagt, dass Philipp versucht hat, sich umzubringen«, schrie Moritz seine Mutter an.

»Aber das hab ich doch, Schatz«, sagte sie verdattert, stieg die Stufen hinab und kam auf ihn zu.

»Nicht *diesmal.* Früher! Beim ersten Mal!«

Die Mutter blieb stehen und wechselte mit dem Vater einen alarmierten Blick. Sie hatte keine Antwort. Er hatte es ihr verboten! Nein, nicht *verboten,* er musste ihr einen guten Grund genannt haben, denn so leicht ließ sie sich nichts verbieten. Hatte er etwa ... Hatte er tatsächlich ...?

Moritz schüttelte den Kopf und packte den Türgriff seines Wagens. »Geh weg!«, knurrte er seinen Vater an. »Geh einfach nur weg, oder ich fahr dich übern Haufen!«

Widerwillig machte der Vater einen Schritt zur Seite und schaute zu, wie Moritz einstieg.

»Er sollte in diesem Zustand nicht fahren«, hörte Moritz seine Mutter sagen, ehe er die Tür zuknallte und Gas gab.

11|KRUDE KUSSUMSTÄNDE

Damals

Moritz lag auf seinem Bett, die Arme hinterm Kopf verschränkt, und lauerte darauf, endlich runter in die Küche huschen zu können, um sich eine Pizza in den Ofen zu schieben. Bis sie fertig war, würde er sich aufs Sofa im Wohnzimmer fläzen, den großen Fernseher aufdrehen und direkt aus der Packung Chips in den Mund stopfen.

Seine Eltern hatten heute Hochzeitstag. Das hieß: sturmfreie Bude. Daher warteten unter Moritz' Bett auch ein Sixpack Bier und auf seinem Nachtkasten ein Stapel DVDs. Nicht, dass ihm die Eltern grundsätzlich Alkohol verboten, aber sie fanden, dass er ihn nur zu besonderen Anlässen trinken sollte, wie Geburtstage, Weihnachten oder Grillfeste. Ebenso, wie sie fanden, dass er Filme in *Zimmerlautstärke* ansehen sollte, und zwar auf dem kleinen Fernseher in seinem Zimmer.

Moritz musste an Philipp denken. Das passierte zu oft in letzter Zeit – eigentlich ständig. Philipp war wie ein Song, der ihm einfach nicht mehr aus dem Kopf ging, und jedes Mal bekam er so ein komisches, beklemmendes Kribbeln im Bauch, ein bisschen wie Angst, nur in schön. Manchmal, wie jetzt, fing Moritz dann an, nicht bloß Erinnerungen abzurufen, sondern Szenarien zu erfinden, in denen er und Philipp durch irgendwelche krude Umstände gezwungen wurden, einander näherzukommen. Beispielsweise waren sie zusammen mit Freunden am See und Philipp drohte zu ertrinken. Moritz musste ihn aus dem Wasser zerren, ihre nackten

Körper Haut an Haut, und am Ufer Mund zu Mund beatmen. Oder sie wurden beim Flaschendrehen gezwungen, einander zu küssen. Sie wehrten sich natürlich, suchten Ausflüchte, aber das nützte ihnen nichts. Oder sie machten bei einem Spiel mit, wo einem die Augen verbunden wurden und man musste erraten, welches Mädchen einen küsste. Als Philipp mit der Augenbinde dran war, und – die Lippen erwartungsvoll geöffnet – darauf wartete, geküsst zu werden, schubste man Moritz hin ...

Nie stellte sich Moritz vor, dass sie es freiwillig tun könnten. Denn das hieße ja. Und er war nicht. Oder? Bis jetzt hatte es zumindest noch kein Mädchen gegeben, das ihm gefallen hätte. Bis jetzt hatte er sich aber auch total auf den Laden konzentriert und behauptet, dass er für den ganzen *Beziehungsquatsch* keinen Kopf hätte, dass es erst ein Thema werden würde, wenn er Geschäftspartner war. Also mit Mitte zwanzig oder so.

Aber manchmal fragte er sich, ob er sich vielleicht etwas vormachte. Ob seine Besessenheit von der Firma vielleicht nur ein Vorwand war, um nicht darüber nachdenken zu müssen, dass mit ihm etwas nicht stimmte. Denn mal ehrlich, wie viele Teenager stellten den Familienbetrieb über Sex? Und dann war da noch diese Sache mit den Prospekten und Katalogen für Kletterausrüstungen, Fahrräder, Laufschuhe, Taucherausrüstungen, Schwimmbekleidung, Pulsmesser ... Vorgeblich – und die meiste Zeit glaubte er es wirklich selbst –, sammelte er sie nur wegen des Sortiments. Wegen der technischen Angaben. Weil das zu seinem zukünftigen Job gehörte. Doch er verwendete mindestens ebenso viel Zeit darauf, die athletischen Körper der männlichen Models zu studieren. Vor sich selbst rechtfertigte er das einerseits mit beruflichem Interesse, andererseits damit, dass sie seine Inspiration wären, immerhin würde er gerne selbst mal einen solch muskulösen Körper haben.

Doch jetzt träumte Moritz ständig davon, Philipp zu küssen. Das würde aber nie passieren. Es würde nie zu einer Situation kommen, in der andere ihn dazu zwingen würden, und von sich aus würde er es niemals tun, nie, nie, nie, niemals. Träume waren eines. Realität etwas *ganz* anderes.

Moritz schloss die Augen und begann sich vorzustellen, wie er und Philipp auf einer Party waren. Mit fortschreitendem Alkoholkonsum protzten die Jungs von ihren sexuellen Errungenschaften und auf einmal kam das Thema auf, wie es wohl wäre, einen anderen Kerl zu küssen. Und weil es das Schicksal in Moritz' Träumen immer so wollte, mussten er und Philipp herhalten. *Feig, feig, feig,* skandierte die erhitzte Meute, was weder Moritz noch Philipp auf sich sitzen lassen konnten, also standen sie auf, kamen aufeinander zu und …

Pock-Pock-Pock.

»Moritz?« Ohne eine Antwort abzuwarten, platzte der Vater ins Zimmer. »Lass uns kurz …« – er warf einen hastigen Blick zurück in den Flur, als würde er von Geheimagenten verfolgt, und schloss behutsam die Tür hinter sich – »… reden.«

Moritz riss die Hand aus der Hose und setzte sich rasch auf. »Scheiße! Papa! Was willst du hier! Hau ab!« Seit Moritz bei Armin die Lehre begonnen hatte, waren sie sich krampfhaft aus dem Weg gegangen, was bedeutete, dass sich Moritz die meiste Zeit im Zimmer verbarrikadierte und so tat, als hätte er keinen Vater mehr.

Und jetzt stand der alte Sack einfach hier drin, sah aus wie ein Mafioso und stank den ganzen Raum mit seinem Rasierwasser voll. »Schsch«, machte er und hob beschwichtigend die Hände. »Lass uns das Thema für einen Augenblick vergessen, ja? Weil heute ein besonderer Tag ist.«

»Es ist nicht *mein* Hochzeitstag«, blökte Moritz.

»Junge ...«, begann der Vater und seufzte. »Ich bin auch nicht glücklich mit der Situation, aber können wir nicht ...« Sein Blick fiel auf den neuesten Katalog für Trekkingbikes und Kletterausrüstungen auf dem Boden. »Ist das der Neue?« Ohne zu fragen, hob er ihn auf. »Ihr habt den schon reinbekommen?« Interessiert blätterte er durch die Seiten. »Kann ich mir den ausleihen?«

»Nein!«, knurrte Moritz, sprang halb vom Bett und riss seinem Vater den Katalog aus der Hand. »Was willst du hier?«

»Dir nur sagen, dass Philipp nachher vorbeikommt.«

Rums. Eine heiße Nadel fuhr durch Moritz' Brust. Er schnappte erregt nach Luft. »Was? *Hier*her? Wieso? Du bist doch mit Mama weg.«

»Ich möchte, dass du ihn ein wenig unter deine Fittiche nimmst.«

Moritz prustete ungläubig. »Das ist ein Witz, oder? Das *kann* nur ein Witz sein.«

»Ich bitte dich darum.«

»Du weißt aber schon, dass *er* der Grund ist, warum alles ... so ist, wie es ist!« – und ich vielleicht schwul werde.

»Er ist *nicht* der Grund ...«, begann der Vater und seufzte. »Lassen wir dieses leidige Thema. Ich bin nicht hier, um mit dir zu streiten.« Sein Blick kreiste suchend durchs Zimmer, dann entdeckte er den Drehstuhl und setzte sich Moritz gegenüber. Sorgfältig strich er seine Krawatte glatt und richtete sie gerade über der Knopfleiste des Hemdes aus. »Du hast doch mitgekriegt, dass er ein paar Probleme hat.«

»Ja. Aber ich bin mir nicht sicher, ob *du* das mitgekriegt hast«, sagte Moritz giftig.

»In den drei Monaten, die er nun schon bei mir arbeitet, hat er noch nicht *einen* Menschen kennengelernt ... von uns beiden einmal abgesehen.«

»Moment ...« Moritz musste tief durchatmen. »*Drei Monate?* Er arbeitet seit *drei Monaten* bei dir?« Bis jetzt hatte er angenommen, Philipp hätte am selben Tag in Vaters Laden angefangen, an dem er ihn im Büro vorgefunden hatte.

»Das ist jetzt nicht das Thema«, wehrte der Vater ab.

»Du hast ihn *über zwei Monate* vor uns geheim gehalten?«

»Ich hab ihn nicht *geheim gehalten*«, berichtete der Vater. »Ich habe ihn nur nicht erwähnt. Wozu auch? Mama hat mit ihrem eigenen Geschäft genug zu tun und du warst in der Schule.«

Moritz war fassungslos. »Du stellst einen *Lehrling* ein und denkst, es wäre *monatelang* nicht erwähnenswert? Obwohl du mir lang und breit erklärt hast, dass es *nie* dazu kommen wird?« Moritz' Stimme überschlug sich fast.

»Ich verstehe, dass du sauer bist«, meinte der Vater beschwichtigend. »Aber ...«

»*Sauer* trifft es nicht ansatzweise.«

»Okay. Lass uns ein andermal darüber reden.«

»Da gibt es nichts mehr zu bereden«, knurrte Moritz.

»Auch gut.« Der Vater zuckte mit den Schultern. »Dann lass uns jetzt zu Philipp kommen: Ich möchte, dass du dich um ihn kümmerst.«

»Verdammt, Papa!« Moritz sprang auf.

»Er hat es im Moment nicht leicht«, erklärte der Vater. »Seine Mutter liegt im Krankenhaus und er hat Probleme damit, auf andere Menschen zuzugehen, wie du sicher schon bemerkt hast. Mir macht es Sorgen, dass er zurzeit völlig auf sich gestellt ist. Es ist nicht gut für ihn, allein zu sein – in seiner Situation. Daher bitte ich dich, unseren Streit mal ein wenig hintanzustellen und für ihn da zu sein. Geht das?«

»Warum ich?«, rief Moritz. »Wieso ausgerechnet ich?« Und warum wehre ich mich so dagegen, wenn alles in mir *ja* schreit? »In dieser gottverdammten Stadt bin ich der *Letzte*, der einen Grund hätte, für ihn da zu sein.« Und vielleicht der Einzige, der so scharf darauf ist.

»Weil er dich *mag!*«, rief der Vater.

Moritz' Herz donnerte mit voller Wucht gegen den Brustkorb. Perplex ließ er sich zurück aufs Bett plumpsen. »Wie kommst du darauf?«

»Weil ich noch nie erlebt habe, dass er jemanden von sich aus angesprochen hat. Sogar *ich* muss ihm jedes Wort mühsam aus der Nase ziehen. Aber heute ist er einfach zu dir rüber gegangen.«

Moritz wurde die Luft knapp.

»Kannst du dir vorstellen, was ihn das an Überwindung gekostet haben muss? Ich habe ihn nicht darum gebeten. Es war *seine* Idee, zu versuchen dich zurückzuholen.«

Und ich Idiot hab ihn zum Teufel gejagt.

»Ich hab ihm gesagt, dass du heute Abend allein bist und dich sehr freuen würdest, wenn er vorbeikäme.«

Moritz fuhr hoch. »Du hast *was?*«

»Hier«, der Vater zückte seine Brieftasche und pflückte einen Fünfziger heraus. »Bestellt euch eine Pizza oder so was.«

Moritz schlug die Hand mit dem Geld weg. »Spinnst du *komplett?*«

In dem Moment ging die Tür auf und die Mutter steckte den Kopf herein. »Ach *hier* bist du«, sagte sie zum Vater und schaute positiv überrascht zwischen ihren beiden Männern hin und her. »Sieht aus, als verträgt ihr euch wieder.«

Die Fäuste in den Hosentaschen geballt, die Schultern hochgezogen und den Kopf leicht zur Seite geneigt stand Philipp vor dem Bücherregal. Er hatte es schnurstracks angesteuert, nachdem er zuvor von einem Gemälde zum nächsten geschlendert war und jedes so eingehend betrachtet hatte, als wäre er auf einer Vernissage. Mutter hätte eine Freude mit ihm gehabt. Alle Bilder stammten aus ihrem Laden, eigentlich ein Souvenirshop, aber sie empfand sich als Galeristin und Kunsthändlerin, stets auf der Suche nach Talenten der Region. Wenn sie bemerkte, dass jemand auch nur den Hauch eines Interesses an dem ganzen Künstlerkram zeigte, ließ sie ihn nicht mehr los.

Moritz hasste das.

Ein wenig ratlos stand er mitten im Wohnzimmer und betrachtete Philipps Rückansicht. Zur Abwechslung trug er mal keinen Kapuzenpulli. Der dünne Stoff seines Shirts betonte seine Schulterblätter, floss die Furche der Wirbelsäule abwärts, und raffte sich über dem Hintern, wo sich ein Zipfel im Hosenbund verfangen hatte. Moritz fühlte das Verlangen, über den Stoff zu streichen und behutsam den Rücken darunter zu ertasten.

Welche Situation könnte sie beide dazu zwingen, einander heute Abend zu küssen? Einbrecher vielleicht. *Perverse* Einbrecher. Sie würden ihnen Pistolen an die Schläfen halten, und Anweisungen bellen. *Richtig* küssen! Schön weit auf den Mund! Und jetzt mit Zunge! Geht doch! Vielleicht würden sie beide Tränen vergießen, aus Angst und weil es demütigend war, einen anderen Jungen zu küssen, aber insgeheim wären sie total ...

Scheiße! Was denkst du denn da?

Moritz ließ sich aufs Sofa plumpsen und griff zur Fernbedienung. »Was möchtest du sehen?« Mit einem Fuß stupste er lässig den Stapel DVDs auf dem Couchtisch an. »Such dir was aus.«

Philipp tappte schüchtern herbei und hob die Filme auf, um sie sich durchzusehen. Er hatte nicht nur schöne Hände, sondern auch schöne Unterarme – nicht zu mager, nicht zu kräftig, sehnig, mit ein paar deutlichen Adern versehen. Eigentlich eine Schande, dass er sie ständig unter langen Ärmeln versteckte.

Konzentriert besah sich Philipp die Cover, strich mit den Fingerkuppen über die Hüllen, drehte sie um und las die Beschreibungen. Seine Hände zitterten leicht.

Wie schon während seiner Zeit in Vaters Laden betörte es Moritz, Philipp dabei zu beobachten, wie er sich selbst in kleinsten Tätigkeiten verlieren konnte. Er schien dann die ganze Welt auszublenden, den sonst so verkniffenen Mund entspannt, was Moritz die Chance bot, seine wunderschönen, sinnlichen Lippen zu bewundern.

»Und?«, fragte Moritz, als Philipp die DVDs wieder hinlegte.

»Sind *alle* okay.«

Nur okay? Moritz fühlte sich ein wenig gekränkt, als hätte er selbst die Filme gedreht. »Wenn du willst, können wir auch was anderes anschauen, in meinem Zimmer habe ich noch ein paar ...« Moritz wurde heiß. Auf einmal kam er sich vor wie ein billiger Gigolo, der unter platten Vorwänden versuchte, seine Opfer ins Bett zu kriegen.

»Gerne«, sagte Philipp und blickte Moritz scheu an.

Moritz schluckte. Betont cool warf er die Fernbedienung aufs Sofa, stand seufzend auf – scheiße, waren seine Knie auf einmal weich –, und stakste in großem Bogen an Philipp vorbei die Treppe hoch. »Komm.«

Als er sein Zimmer betrat, schaute er sich hektisch um. Irgendetwas da, das ihn bloßstellen könnte? Rasch schlug er die Bettdecke übers Laken und gab dem Sportkatalog auf dem Boden einen unauffälligen Tritt, sodass er unters Bett schlitterte.

»Hier.« Moritz deutete großzügig zum Regal mit Filmen, CDs und Computerspielen. »Such dir was aus.« Selbst zog er sich auf die andere Seite des Zimmers zurück, um Philipp aus einem Sicherheitsabstand zu beobachten.

Ehe sich Philipp den DVDs widmete, schaute er sich verstohlen um, wobei sein Blick ein wenig länger am Bett hängen blieb. Warum schaute er zum Bett? Moritz trat nervös von einem aufs andere Bein. Ahnte Philipp, dass er hier Nacht für Nacht zu Küssen gezwungen wurde?

Dann erinnerte sich Moritz an das Sixpack, das er hier versteckt hatte.

»Willst du ein Bier?«

Philipp drehte sich herum. »Nein danke.«

»Sicher?« Moritz ließ sich auf die Knie plumpsen, zog das Sixpack unterm Bett hervor und grinste blöd. »Ich hab genug für uns zwei.«

»Wirklich nicht.« Philipps Blick huschte verlegen zwischen Moritz' und seinem Bauch hin und her. Er schien sich gerade sehr unwohl zu fühlen.

Plötzlich kam sich Moritz vor wie ein elender Säufer. Bier unterm Bett? Wie jämmerlich. Rasch schob er das Sixpack wieder darunter und stand auf.

»Aber du kannst ruhig eines trinken«, meinte Philipp.

Zu gerne. »Besser nicht.«

»Das macht mir nichts aus.«

Moritz geriet ins Wanken. Er konnte wirklich ein wenig Alkohol gebrauchen. Um sich zu beruhigen. Um lockerer zu werden. Etwas, das Philipp auch nicht schaden konnte.

Kurz entschlossen plumpste er wieder auf die Knie, löste zwei Dosen aus dem Sixpack, sprang wieder hoch und streckte Philipp eine hin. »Eines, hm?« Und dann, tollkühn und nur, weil der Vater gesagt hatte, Philipp würde ihn *mögen*: »Für mich.« Aufmunternd wackelte er mit den Augenbrauen.

Philipp griff zögernd zu.

Geht doch.

Knack – Zisch. Betont cool setzte Moritz das Bier an die Lippen, warf den Kopf in den Nacken und trank ein paar herzhafte Schlucke. Als er absetzte, sah er, dass Philipp auf die noch verschlossene Dose in seiner Hand starrte.

»Was ist?«

»Ich ...« Auf Philipps Stirn entstand eine Furche. »Ich kann nicht.«

Er konnte keine *Bierdosen* öffnen? So absurd das war, es wunderte Moritz nicht. Rasch stellte er sein Bier auf den Schreibtisch, griff nach Philipps Dose, berührte dabei – es war keine Absicht, aber als es passierte, war es vielleicht doch ein wenig Absicht – seine Finger, und machte sie auf. Philipps Hände waren warm. Sie fühlten sich gut an ...

Plötzlich rutschte die Dose zwischen ihren Fingern zu Boden, schlug mit einer Kante auf und – *Pasch* –

spritzte den Inhalt in einer Fontäne aus der kleinen Trinköffnung.

Scheiße. Moritz machte einen Satz rückwärts, grapschte nach der über den Teppich kullernden Bierbombe und versuchte, die Öffnung zuzuhalten, mit dem Ergebnis, dass aus seiner Faust ein hysterischer Sprühnebel in alle Richtungen zischte.

»Scheiße, scheiße, scheiße.« Ratlos drehte sich Moritz im Kreis und verteilte das Bier so im ganzen Zimmer.

Im nächsten Moment umhüllte ein Stück Stoff seine Hände mit der Dose und beendete den Sprühregen.

»Gute Idee«, sagte Moritz anerkennend und erstarrte.

Philipp stand mit nacktem Oberkörper neben ihm. Er hatte sein eigenes Shirt zur Rettung über die Bierfontäne geworfen.

Wie Moritz bereits spekuliert und die Unterarme angedeutet hatten, hatte Philipp einen erstaunlich athletischen Körper. Und er war weiß, so weiß, dagegen wirkte das Gesicht nicht mehr blass.

»Tut mir leid«, sagte Philipp. »Ich dachte, du nimmst sie mir aus der Hand.«

»Nein, ich wollte sie dir nur aufmachen ... Mist.« Moritz blickte an sich runter. Sein Shirt klebte klatschnass am Körper, die Jeans sah aus, als hätte er sich angepinkelt.

Philipps Hose hatte ebenfalls ordentlich von der Biertaufe abgekriegt. Kurz verlor sich Moritz im Anblick der nackten, weißen Haut darüber, den Wölbungen der Muskeln, dem Bauchnabel und den centgroßen Nippeln – dann stellte er fest, dass kaum ein Fleck im Zimmer vom Sprühregen verschont geblieben war. Es würde Tage, wenn nicht Wochen nach Bier stinken.

Statt auf dem Sofa im Wohnzimmer zu fläzen und bei Pizza und Bier einen Film auf dem Riesenfernseher anzusehen, zogen Moritz und Philipp das Bett ab, studierten, wie die Waschmaschine funktionierte, um die Laken zu waschen, füllten Putzeimer mit Seifenwasser und machten sich daran, Moritz' Zimmer gründlich von oben bis unten zu reinigen. Zwischendurch pausierten sie, um auf dem Boden sitzend die bestellte Pizza zu mampfen und zu besprechen, was als Nächstes geputzt werden musste.

Normalerweise *hasste* es Moritz, sein Zimmer aufzuräumen, geschweige denn, etwas anderes zu reinigen als sein Fahrrad. Aber mit Philipp machte es Spaß. Es fühlte sich nicht an wie putzen. Sie ließen Musik laufen, wobei sie sich gegenseitig von ihren Lieblingssongs zu überzeugen versuchten, und hockten sich gelegentlich aufs Bett, um sich über Comics zu beugen, die Philipp in die Hände gefallen waren. Moritz hatte sein nasses Shirt ebenfalls abgelegt und mit jedem Heft, das sie von der Arbeit ablenkte, rückten sie ein wenig mehr zusammen.

Zunächst machte Moritz noch Verrenkungen oder verzichtete darauf, einen genaueren Blick auf eine Comiczeichnung zu erhaschen, um Philipp bloß nicht mit seinem nackten Oberkörper zu berühren. Aber als es dann unabsichtlich doch passierte, ihre Arme aneinanderstreiften oder ihre Schultern sanft kollidierten, und Philipp nicht empört abrückte, sondern so tat, als hätte er es gar nicht bemerkt, wurde Moritz kühn.

Aus *unabsichtlich* wurde ein verstohlenes Spiel, eine Aneinanderreihung von heimlichen Mutproben. Es ging nicht mehr um tolle Zeichnungen, wenn Moritz ein Comic, das Philipp in der Hand hielt, zu sich zog. Er suchte nach Nähe, fragte sich, wie viel von Philipps Körper er berühren konnte, ohne sich verdächtig zu machen. Nicht nur einmal griff er hinter Philipp vorbei zu einem Comicheft, das auf dessen anderer Seite lag, nur um mit seinem Arm *unabsichtlich* seinen Rücken zu streifen. Einmal traute er sich sogar, sich bei einer solchen Aktion mit Bauch und Brust an Philipps Rücken zu drücken. Ächzend natürlich, um zu demonstrieren, dass es nur passierte, weil er sich gar so weit hinter ihm rüberstrecken musste.

Manchmal, wenn Philipp konzentriert eine Zeichnung anschaute, nutzte Moritz die Gelegenheit, seinen Nacken zu betrachten, seine Schultern, seinen Hinterkopf und sein Profil. Er war schön. So schön. Immer wieder hielt er auch beim Putzen inne, um Philipp heimlich dabei zu beobachten, wie er eine Fläche sauber schrubbte, wie dabei die Muskeln unter seiner Haut spielten.

Das Beste von allem aber war, dass Philipp allmählich seine Nervosität ablegte. Er wurde immer lockerer, selbstbewusster und manchmal entkam ihm sogar ein *echtes* Lächeln. Keines dieser verkniffenen Dinger, sondern ein gelöstes, richtig offenes Lachen.

Zum Niederknien.

Oder küssen.

Aber je mehr Zeit sie zusammen verbrachten, umso unwahrscheinlicher schien es Moritz, dass es jemals zu einem Kuss zwischen ihnen kommen könnte. Das hier war die Realität. Selbst *wenn* sie in irgendeine der Situationen kommen würden, die sich Moritz so gerne ausmalte, hieß das noch lange nicht, dass Philipp mitmachen würde. Außerdem waren diese Fantasien idiotisch. Peinlich. Naiv. Denn wenn es so einfach wäre ... wäre es nicht schon längst passiert? Sie verbrachten immerhin bald zwei Stunden zusammen in einem

Zimmer, ihre nackten Oberkörper hatten sich mehrmals berührt, aber sie hatten nicht erstaunt innegehalten, sich lange angesehen und schließlich vor ihren Gefühlen kapituliert. Dabei hatte Moritz sogar einmal so halb versucht, so eine Gelegenheit zu forcieren, aber Philipp hatte das überhaupt nicht bemerkt, beziehungsweise nur verwundert die Augenbrauen gehoben und sich mit einem seltsamen Lächeln abgewandt.

Aber eines stand ihnen noch bevor, und das nagte restlos an Moritz' Verstand: Wenn sie mit der Putzaktion fertig waren, würden sie ihre Jeans ablegen müssen, um sie zu waschen. Und so, wie sie beide nach Bier stanken und bei der Arbeit schwitzten, mussten sie auch unter die Dusche. Genug Stoff für komplexe Überlegungen. Wer duschte zuerst? Wer zog sich wo und wann aus? Oder beide gleichzeitig? Schämte sich Philipp vor ihm? Würde Moritz einen Blick auf *ihn* werfen können? Würde sich Moritz trauen, vor Philipp die Hosen runterzulassen?

Moritz wollte allmählich der Kopf explodieren. Vor allem, weil er nicht wusste, was er wollte. Beziehungsweise, sich dagegen wehrte. Unablässig schwankte er hin und her zwischen Angst und Mut, Scham und Verlangen. Er schalt sich in einem Moment dafür, so einen *perversen Schwachsinn* zu denken, im nächsten wollte er auf alles scheißen und Philipp einfach nur packen. Dieses ständige Hin und Her war echt anstrengend und verwirrend.

»Deine Mutter ist im Krankenhaus?«, fragte Moritz schließlich, um sich von seinem Gedankenchaos abzulenken.

»Ja.«

»Was hat sie denn?«

»Krebs«, sagte Philipp und wischte sorgfältig in langen, ruhigen Bahnen über das Kopfteil des Bettes.

Geschockt hielt Moritz inne. »Wirklich? Ich meine: Scheiße. Ich meine: Tut mir leid.«

»Ja«, meinte Philipp und machte sich über den Nachtkasten her.

Moritz starrte ihn betroffen an. Wie konnte er so ruhig bleiben? »Ist es ... äh ... wird sie, du weißt schon ...«

»Sterben?«, fragte Philipp, ohne das Putzen zu unterbrechen. »Ja.«

Moritz tastete nach seinem Drehstuhl und setzte sich. Wusste sein Vater davon? War er *deswegen* so loyal Philipp gegenüber? Nahm er *deswegen* hin, dass sein verwöhnter Sohn aus Trotz beim Erzfeind eine Lehre begann? Hatte er Philipp sogar deswegen die Chance einer Ausbildung geboten?

Und wenn ja, warum hatte er Moritz nichts davon gesagt? ›Liegt im Krankenhaus‹ war ja doch eine andere Aussage als ›Hat Krebs. Stirbt.‹ Hielt er Moritz für zu ... engstirnig, das zu verstehen?

Moritz wurde schlecht. Vielleicht war sein Vater gar nicht so ein Arsch, wie er glaubte, sondern im Gegenteil. Ein selbstloser Samariter. Half einem Jungen, der niemanden hatte, und ertrug still die Hasstiraden seines Sohnes. Seines hirnlosen, egozentrischen, perversen Sohnes, der nur an seinem eigenen Glück interessiert war und in seinen Fantasien Menschen für erotische Spielchen missbrauchte. Armer Philipp. Und er hatte versucht, ihn in die Pfanne zu hauen.

Jetzt verstand Moritz auch, warum Philipp nicht richtig lachen konnte. Ihm würde es auch vergehen, wenn seine Mutter ..., daran mochte er gar nicht denken. Er würde sich an Philipps Stelle auch lieber irgendwo verkriechen, als sich die dummen, oberflächlichen Wünsche irgendwelcher Kunden anzutun. Wie banal musste es ihm erscheinen, über Profile von Wanderschuhen zu debattieren, wenn der Tod auf seine Mutter lauerte? Wie absurd verwöhnt mussten ihm Leute vorkommen, die aus Belanglosigkeiten wie das richtige Material für Rennräder eine Weltanschauung machten?

Und dann bat der Vater Moritz um nur *einen* Gefallen: Philipp ein paar schöne Stunden zu bereiten. Nur einen Abend Ablenkung von dem Horror, der Tag für Tag auf ihn lauerte, und was machte Moritz? Er spritzte ihn mit Bier voll und ließ ihn dann sein Zimmer putzen!

»Lass stehen!«, sagte Moritz entschlossen und sprang hoch. »Genug geputzt. Wir schauen uns einen Film an! Und *du* suchst aus.«

Verwundert sah sich Philipp um. »Wir sind doch noch gar nicht fertig.«

»Egal. Das kann ich auch alleine machen. Nachher. Morgen.«

»Aber ...«

»Nichts aber ...« Moritz riss den Kleiderschrank auf und klaubte für sich und Philipp Jeans, Shirts, Unterhosen und Socken heraus. »Komm mit.«

Im Bad türmte er die Kleidungsstücke auf einen Hocker. »Such dir irgendwas davon raus.« Als hätte Philipp noch nie zuvor eine Dusche gesehen, erklärte ihm Moritz, wie man das Wasser aufdrehte – und demonstrierte es –, wie man die Intensität des Wasserstrahls verstellte – und schraubte am Duschkopf herum –, hob nacheinander Shampoo und Duschgel auf und erklärte, was für die Haare und was für den Körper und was für beides und was für Männer und was für Frauen war, schob die Duschwand hin und her, um ihren Mechanismus zu verdeutlichen, drehte sich um und ...

Philipp stand nackt vor ihm. *Splitter*nackt.

Moritz klappte den Mund auf und zu, wollte nicht starren, musste starren. Philipp war ... er war nicht direkt steif, aber ... auch nicht un... Er war ... Scheiße, er stand verdammt dicht vor Moritz und blickte ihm abwechselnd in die Augen und auf die Lippen.

Moritz' Herz begann so heftig zu hämmern, dass es in den Ohren dröhnte. War *das* der Moment, nach dem er sich die ganze Zeit gesehnt hatte? Er schluckte, kam kaum mit dem Atmen hinterher – dann machte Philipp einen Schritt an ihm vorbei in die Duschkabine und zog die blickdichte Plastikwand zwischen sie beide.

Mist.

12 | SCHWANKENDE KORRIDORE

Gegenwart

Moritz stapfte die Korridore des Krankenhauses entlang. Bereits zum dritten Mal hatte man ihn in eine andere Abteilung geschickt. Sein Bauch spielte Schleudergang. Manchmal, wenn er dachte, jetzt hätte er das richtige Zimmer gefunden, wurden seine Knie so weich, dass er sich fast setzen musste. Er war jedes Mal gleichermaßen enttäuscht wie erleichtert, wenn er Philipp nicht vorfand.

Er versuchte sich vorzustellen, wie er jetzt aussah. Fünf Jahre. Zwei Suizidversuche. Ein Sprung vor den Zug. Das konnte *alles* bedeuten. Moritz hatte nicht so sehr Angst, einen körperlich ramponierten Philipp wiederzufinden, was er wirklich fürchtete, war, dass sein Ein und Alles so geworden war, wie einige der Patienten, die er hier schon gesehen hatte. Apathisch. Leer. Hohler Blick. Vor und zurück wippend. In einer eigenen Welt gefangen.

Was, wenn Moritz zu spät kam?

Er wollte seine Mutter am liebsten umbringen dafür, dass sie ihm nichts gesagt hatte, damals. Er wäre sofort umgekehrt. Er hätte sich niemals ein Leben in der Stadt aufgebaut, wenn er gewusst hätte, wie schlecht es Philipp mit all dem ging. Und er hatte immer gedacht, *er* würde leiden. Scheiße. In manch bitteren Stunden hatte er sich ausgemalt, Philipp wäre glücklich – mit einem anderen. In den noch viel bittereren Stunden aber hatte er sich gewünscht, Philipp möge mindestens so sehr leiden wie er selbst – nur ohne Sex. Und sogar jetzt, wo er durch die Tunnel eines Albtraums watete, fragte er sich, ob ihm das nicht immer noch lieber war, als sich Philipp glücklich in den Armen eines anderen vorzustellen.

Elendes, egoistisches Arschloch, schalt er sich. Was, wenn er beim ersten Mal erfolgreich gewesen wäre und du vielleicht erst Jahre später von seinem Tod erfahren ...

Scheiße. Der Korridor begann sich zu drehen wie ein Karussell.

Verdammt! Krieg dich wieder ein!

Fluchend stützte sich Moritz an einer Wand ab. Ihm war speiübel.

»Kann ich Ihnen helfen?«, fragte eine freundliche Krankenschwester, die gerade des Weges kam, und berührte ihn sanft an der Schulter. »Geht es Ihnen nicht gut?«

»Philipp Zisser?«, ächzte Moritz und wischte sich kalten Schweiß von der Stirn. »Liegt er hier?«

»Einen Moment. Ich schau gleich nach.« Die Schwester eilte dienstbeflissen davon. »Kommen Sie.«

Knieweich wankte Moritz hinter ihr her, die Kleidung klebte an seinem Körper. Als er das Schwesternzimmer erreichte, hatte die Gute bereits eine Mappe mit Akten geöffnet.

»Sie sind ...?«, fragte sie beiläufig, während sie durch die Seiten blätterte.

»Sein ... Freund ... äh ... Fam...Familie ...« Er schüttelte den Kopf und fuchtelte neben seiner Schläfe herum. »Entschuldigung ... ich bin nur ...« Zerstreut? Nervös? *Panisch?*

»Kein Problem«, sagte die Schwester und schenkte ihm ein strahlendes Lächeln. »Zisser Philipp. Ist hier.« Sie schlug die Mappe zu und eilte den Flur runter. »Folgen Sie mir.«

Ein heißer Pfropfen löste sich in Moritz' Magen. Er registrierte noch, dass der Raum so komisch schwankte, dann prallte er mit der Schulter gegen die Wand und rutschte abwärts. Seine Knie waren wie Gummi.

13|Philipps Slip

Damals

»Hai«, sagte Melanie, presste ihre Hüften gegen den Verkaufstresen und strahlte Moritz an.

»Hey«, nuschelte Moritz und versuchte, maximales Desinteresse auszustrahlen.

»Geiles Shirt.«

»Danke.«

»Hast du das von ...« Melanie beugte sich über den Tresen und flüsterte lasziv: »*Philipp?*«

Moritz wurde heiß. »Nein«, krächzte er, räusperte sich und fragte betont cool: »Wieso?«

»Weil er auch immer solche Shirts trägt.« Sie sagte das in einem leicht verträumten Tonfall.

Nicht nur Shirts, dachte Moritz und zupfte unauffällig an seinem Hosenstall. Philipps Slip saß ein wenig knapp – zumindest wenn sich Moritz bewusst machte, dass er gerade auf der Haut trug, was *er* auf der Haut getragen hatte.

»Ach so? Hm, keine Ahnung, ich achte da nicht so drauf«, log Moritz.

Ohne die Hüften vom Tresen zu lösen, drehte sich Melanie um und schaute zur anderen Straßenseite. »Seid ihr befreundet? Weil er doch bei deinem Vater arbeitet.«

»Nö«, log Moritz, packte einen Stapel Laufhosen und marschierte zum Regal, um sie einzusortieren.

Wie krank war es eigentlich, Philipps Sachen zu tragen, um ihm näher zu sein?

»Denkst du, er würde mit jemandem wie mir ausgehen?«, fragte Melanie.

Was? Moritz prustete belustigt. »Ich glaube nicht, dass er mit *irgendwem* ausgeht.«

»Was meinst du damit?«, fragte Melanie bestürzt.

Dass ich alles tun würde, um das zu verhindern. »Keine Ahnung.«

Nachdenklich blieb Melanie neben ihm stehen und schaute ihm beim Arbeiten zu. »Denkst du, du könntest ihn ... na ja ... ein bisschen für mich ... aushorchen?«

Moritz runzelte die Stirn. »Ich soll ihn fragen, ob er mit dir geht?«

»*Nein!* Sondern nur ... ach ich weiß nicht ... ihn *fragen* halt, auf was er so steht. Du weißt schon. Bei Mädchen.«

»Ich hab dir doch gesagt, dass ich nichts mit ihm zu tun habe.« Ich trage nur seine Kleidung.

»Du könntest dich mit ihm anfreunden. Für *mich*.«

»Warum gehst du nicht selbst zu ihm rüber, wenn du was von ihm willst?«

»Ach nein ...«, sagte Melanie mit leicht bebender Stimme. »Das wär doch *komisch*, oder? Wenn ein Mädchen *anfängt*.«

»Wie du meinst.« Moritz zuckte mit den Schultern und eilte zurück zum Verkaufstresen.

Melanie hinterher. »Wie ist er so?«

»Wer?«

»Na Philipp. Du hast doch mit ihm zusammengearbeitet, oder? Ist er nett?«

»Er ist ...« Moritz seufzte. Er dachte daran, wie sie zwar nach der Dusche einen Film eingelegt, dann aber die Lautstärke immer leiser gedreht hatten, um zu quatschen. Philipp, der Kerl, der im Laden nicht den Mund aufkriegte, redete auf einmal wie ein Wasserfall – und kannte dabei keine Scham und keine Grenzen und vertraute Moritz offensichtlich Dinge an, die er noch nie jemandem erzählt hatte.

Beispielsweise, dass er sich für insgesamt fünf höhere Schulen qualifiziert hatte, aber keine davon besuchen konnte, weil er kein Klassenzimmer betreten konnte. Seiner Mutter hatte er vorgelogen, er wäre abgelehnt worden. Während rund zwei Dutzend Vorstellungsgespräche hatte er sich in Wahrheit daheim im Keller versteckt und seiner Mutter gegenüber nur so getan, als wäre er dort gewesen. Und das, weil er bei seiner ersten Stelle kolossal versagt hatte, wovon seine Mutter aber auch nichts wusste: Er hatte sich am ersten Arbeitstag auf dem Klo verbarrikadiert und man hatte extra einen Schlosser kommen lassen, um ihn nach rund fünf Stunden zu befreien. Den Einsatz hatte er selbst zahlen müssen, als rauskam, dass er sich *freiwillig* eingeschlossen hatte.

Er konnte außerdem nicht in Busse und Züge einsteigen. Fast jeder seiner Ängste lag ein einzelnes Ereignis zugrunde, das Philipp durch seine Schüchternheit ausgelöst und ins Exorbitante hatte eskalieren lassen. Der Hammer war jedoch, dass er sich einbildete, seine Mutter hätte *seinetwegen* Krebs. Weil er ihr solchen Kummer bereitete. Weil er, ehe er in Vaters Laden angefangen hatte, zwei Jahre lang fast ausschließlich in seinem Zimmer verbracht hatte.

Er erzählte, dass er und seine Mutter hierhergezogen waren, weil die Luft hier besser war, was gut für ihre Gesundheit war, aber auch, weil sie – und an dieser Stelle waren Philipp erstmals die Tränen in die Augen gestiegen – immer schon in der Nähe der Berge hatte leben wollen und sich diesen Wunsch noch erfüllen wollte. Er betonte, wie unendlich dankbar er Moritz' Vater für die Chance war, bei ihm eine Ausbildung machen zu dürfen, und dass er diese Chance auf gar keinen Fall vergeigen wollte. Denn seine Mutter wäre unendlich erleichtert, dass er doch noch was gefunden hatte und sie sich nun nicht mehr zu ihrer Krankheit auch noch Sorgen um ihn machen musste.

Ihm wäre durchaus bewusst, gestand er, dass er als Verkäufer nichts tauge, mit seinen speziellen Problemen, aber zumindest so lange seine Mutter noch lebe, wolle er durchhalten. An dem Punkt hätte Moritz ihn am liebsten umarmt und nie wieder losgelassen. Wie viel Scheiße vertrug ein Mensch? Und wie einsam konnte einer sein? Philipp gestand, dass er noch nie Freunde gehabt hatte, dass die Schulkollegen ihn bestenfalls ignoriert hatten, meistens aber gemobbt, und in Sportmannschaften im Turnunterricht oder in Arbeitsgruppen war er nie gewählt, sondern unter Protest zugewiesen worden. Er erzählte, dass er außer einer Tante irgendwo in Schweden keine Familie mehr hatte. Dass sein Vater seiner Mutter ein paar Hunderter für die Abtreibung hingeblättert hatte, als sie mit ihm schwanger geworden war und dass er sie hatte stehen lassen, als sie sich für Philipp entschied.

Und als Moritz schon dachte, in Philipps Leben gäbe es nicht einen einzigen schönen Moment, begann dieser davon zu reden, dass er selbst Comics zeichnete, dass er malte, dass es sein Traum wäre, mal ein eigenes Comic herauszubringen oder eine Vernissage zu machen. Sogar ein Buch zu schreiben konnte er sich vorstellen, er hätte eine Menge Ideen. Während er von diesen Dingen schwärmte, leuchtete sein Gesicht, er strahlte, saß aufrecht, vibrierte nahezu vor Begeisterung. Moritz war völlig hingerissen davon, wie ein Mensch von einem zum nächsten Moment so aufblühen konnte. Wie in ihm trotz (oder wegen?) allem so viel positive Energie schlummern konnte. Wie einer einem quasi Fremden so intime Dinge anvertrauen konnte, und so ruhig dabei bleiben.

Denn Moritz war es nicht.

Er durchlebte eine Achterbahnfahrt der Gefühle, wurde nervös und hibbelig, wenn Philipp seine Angstsituationen schilderte, traurig, wenn er von seiner Mutter sprach, zornig, wenn er von seinem Vater erzählte und er hatte Herzklopfen, als er über die Kunst redete. Philipp war anders als sein blasses, fast transparentes Äußeres: Er war intensiv. Er war geballtes Leben. Er war Höhen und Tiefen. Als er später nach Hause gefahren war – beziehungsweise Moritz' Vater ihn heimgeführt hatte –, hatte sich Moritz gefühlt wie nach einem Sturm. Er war noch Stunden im Sog gefangen gewesen, hatte die ganze Nacht immer und immer wieder all die Dinge abgespult, von denen Philipp so bildhaft erzählt hatte. Und irgendwann gegen vier Uhr früh wurde ihm mit einem Mal bewusst: Er hatte sich in Philipp verknallt. Auch wenn er nach wie vor zweifelte, dass jemals etwas zwischen ihnen laufen würde – es war allein *sein* Problem –, wollte er fast platzen vor Glück, weil er sich das endlich eingestehen konnte.

Das war nun drei Tage her und Moritz hatte kaum geschlafen und gegessen und grübelte über einen guten Vorwand nach, unter dem er Philipp wiedersehen konnte. Er war süchtig nach ihm. Er wollte wieder in diesen Wirbelsturm gezogen werden. Und ja, natürlich, er wollte wieder eine Gelegenheit bekommen, ihn nackt zu sehen. Moritz hatte da auch schon eine Idee.

»Und, wie ist er?«, bohrte Melanie nach.

»... eigen«, sagte Moritz. »Er ist *eigen.*«

Melanie brannte regelrecht. »*Gut* eigen oder *schlecht* eigen?« Sie wollte keine Informationen, sie wollte Bestätigung. Sie war ebenfalls in ihn verknallt. Aber, wie Moritz jetzt fast abgebrüht wusste, weil er es selbst hinter sich hatte: nur in sein Aussehen und seine scheue Art.

»*Gut* eigen oder *schlecht* eigen? Los, sag schon.«

Moritz seufzte. »Ich weiß nicht ... Was willst du von mir hören?«

Plötzlich stieß sich Melanie heftig vom Verkaufstresen ab und wich einen Schritt zurück.

Armin Junior kam herein und warf seiner Tochter einen strengen Blick zu. »*Was* haben wir besprochen?«

»Ich geh ja schon«, maulte Melanie und schlenderte provokant an ihrem Vater vorbei, ehe sie Richtung Büro flitzte.

»Hat sie dich genervt?«, fragte der Chef.

»Geht schon«, log Moritz.

»Wenn sie nervt, sag mir das!«

»Nein, nein ... sie hat nicht genervt.«

Armin durchbohrte Moritz mit finsterem Blick. »Moritz. Eine Sache.« Er winkte ihn zu sich, eine Miene wie ein Häuptling vor einem Stammeskrieg.

Oje. Krampfhaft überlegte Moritz, was er falsch gemacht hatte.

»Finger weg von Melanie«, sagte Armin düster.

Erleichtert prustete Moritz los. »Oh, ich hab nicht ...«

»Wenn du ihr zu nahe kommst, fliegst du hier hochkant raus. Aber zuerst breche ich dir alle Knochen.«

Moritz schluckte. »Das war deutlich.«

Armin funkelte ihn grimmig an. »Ich mache keine Scherze. Melanie ist *tabu* für dich. *Absolut* tabu. Hast du das verstanden.«

»Ich will doch eh nichts von ...«

»*Hast* du mich verstanden«, fragte der Chef streng. »Ja oder nein.«

»Nein ... Ja, meine ich. Ja! Ja, ich hab verstanden.«

»Gut.«

Und dann, als wäre ein Gewitter vorbeigezogen, als hätte sich ein Schleier gelüftet, war Armin Junior wieder ganz Kumpel und väterlicher Lehrherr.

14|Das hören wir öfter

Gegenwart

Obwohl er mehrmals betont hatte, dass *alles Okay* wäre, hatte die Schwester darauf bestanden, Moritz in ein Behandlungszimmer zu bringen, den Blutdruck zu messen und einen Arzt zu rufen.

»Niemand kippt einfach so um«, hatte sie ihm in tadelndem Tonfall erklärt und wieder auf die Liege zurückgedrückt.

Doch Moritz wollte nicht auf einen Arzt warten, er wollte Philipp sehen.

»Herr Zisser schläft aktuell ohnehin, machen Sie sich keinen Stress«, hatte die Schwester ihn beruhigt. Und weil er sie so kritisch oder panisch angesehen hatte: »Er läuft Ihnen schon nicht davon.«

Wie sollte er ihr erklären, dass er zwar irgendwie – und wie, war ihm ein Rätsel – fünf Jahre ohne ihn durchgehalten hatte, jetzt aber keine fünf Minuten mehr warten konnte.

»Wie geht es ihm?«, fragte er.

»Den Umständen entsprechend.«

»Was heißt das?«

»Er schläft viel.«

Moritz musste ordentlich Mut für die nächste Frage sammeln: »Und wie sieht er aus?«

»Ein bisschen blass, aber das scheint bei ihm normal zu sein.«

»Ich meine ... die Verletzungen.«

»Verletzungen?«

»Er ist doch vor den Zug gesprungen ...«

»Hat man Ihnen das so erzählt?«, fragte die Schwester.

Moritz richtete sich auf. »Stimmt das denn nicht?«
Papa, ich bringe dich um. Und dich auch, Mama.

»Bitte bleiben Sie liegen, bis der Arzt Sie untersucht hat«, sagte die Schwester und drückte ihn auf die Liege zurück.

»Was ist *genau* passiert?«, fragte Moritz.

»In welcher Beziehung stehen Sie noch mal zu Herrn Zisser?« Die Schwester blickte auf das Krankenblatt, das sie angefertigt hatte. »Herr Kunert?« Sie hob die Augenbrauen. »*Der* Kunert? Von *Sport Kunert?*«

»Ist mein Vater«, knurrte Moritz. »Was ist nun passiert mit Phil... Herrn Zisser?«

»Er wurde auf den Gleisen liegend gefunden«, erzählte die Schwester. »Das heißt, Sie sind ...«

»Auf den Gleisen liegend?« Moritz setzte sich wieder auf. »Was soll das bedeuten?«

»Wir vermuten einen Suizidversuch.«

»Sie *vermuten* es?«

»Den meisten Patienten ist es hinterher peinlich, zuzugeben, dass sie so verzweifelt waren, dass sie sich das Leben nehmen wollten. Ist ja immer noch ein Tabu und ein Zeichen für Schwäche ...«

»Das heißt, Sie sind sich nicht sicher?«

»Das heißt, dass er es abstreitet. Er sagt, er wüsste nicht, wie er dorthin gekommen ist, dass er geschlafwandelt hätte.« Die Schwester seufzte. »Das ist typisch für so einen Fall. Vermutlich glaubt er das sogar selbst.«

»Er ist also *nicht* vor einen Zug gesprungen?«, bohrte Moritz nach.

»Die Absicht ist doch offensichtlich.«

»Aber er wurde nicht von einem Zug erfasst«, nagelte Moritz sie fest.

»Nein. Ein Bahnbeamter hat ihn gefunden. Und er war nackt.«

»Nackt?«

»Das ist gar nicht so unüblich, wie Sie vielleicht denken mögen.«

»Noch einmal.« Moritz' Herz hämmerte wild. »Er ist *nicht* gesprungen. Er wurde *nicht* von einem Zug erfasst. Und er sagt, er wollte sich *nicht* umbringen?«

»Lassen Sie sich nicht täuschen.«

»Es geht ihm also gut«, beharrte Moritz.

»Wie gesagt ...«

»Er ist unverletzt«, wiederholte Moritz.

»Wenn einer nackt auf Gleisen liegt, ist das ein Hilferuf«, erklärte die Schwester. »Hätte man ihn nicht gefunden ... der erste Zug wäre in einer halben Stunde gekommen ...«

Der Gedanke ließ Moritz kurz taumeln. »Es geht ihm gut. Er ist gesund.«

»Wenn Sie es aufs Körperliche herunterbrechen wollen ... ja, dann geht es ihm gut.«

Moritz rutschte von der Liege. »In welchem Zimmer liegt er?«

»Legen Sie sich wieder hin«, befahl die Schwester.

»Ich muss ihn sehen.«

»Jetzt beruhigen Sie sich, oder ich gebe Ihnen etwas zur Beruhigung.«

»Nur kurz«, begann Moritz zu verhandeln. »Der Arzt kann mich nachher auch noch untersuchen.«

»Damit Sie mir im Flur wieder zusammenklappen?«

»Mir geht es gut«, behauptete Moritz.

»Ja«, sagte die Schwester trocken. »Das hören wir hier öfter.«

15|Herzrasen und Bauchkribbeln

Damals

♥ ♥ ♥ *Lieber P.* ♥ ♥ ♥

Es fällt mir nicht leicht, in Worte zu fassen, was ich dir sagen möchte. Ich habe den Brief schon sicher hundertmal angefangen, aber ich glaube, es ist am besten, wenn ich einfach direkt schreibe, was ich empfinde.

Schon als ich dich das erste Mal gesehen habe, habe ich gewusst, dass du für mich mehr bist. Nicht nur, weil du gut aussiehst (auch, wenn das ein Pluspunkt ist ☺), sondern auch, weil du nicht so oberflächlich bist wie alle anderen. Deswegen glaube ich auch, dass ich dir vertrauen kann, auch wenn es mir schwerfällt, einem Jungen mein Herz zu öffnen. Aber ich finde, du solltest es wissen, auch wenn du meine Gefühle vielleicht nicht erwiderst. ☹

Wenn ich dich sehe, habe ich Herzrasen und Bauchkribbeln. Nur schon zu wissen, dass es dich gibt, und du da auf der anderen Straßenseite bist, macht mich zum glücklichsten Menschen auf Erden. Ich weiß, es ist vielleicht unangebracht, dir hier und jetzt die berühmten drei Wörter zu sagen, aber das sind meine Gefühle, und gegen die kann man ja bekanntlich nichts machen. Ich sehne mich Tag und Nacht nach deiner Nähe und hoffe, dass du vielleicht auch etwas für mich empfindest. Und ich hoffe, dass diese ganze Feindschaft wegen dem Geschäft nicht zwischen uns steht.

Falls du nichts von mir willst, dann ignoriere einfach, was ich hier geschrieben habe. Es würde mir zwar das

Herz brechen, aber ich kann dich ja nicht zwingen, meine Gefühle zu erwidern. Ich bitte dich dann nur, den Brief zu verbrennen und niemandem davon zu erzählen. ☹

Falls du dich aber über diesen Brief freust und mir auch näherkommen willst, dann lass es mich wissen, du weißt ja, wo ich bin. ☺

(Nur sei bitte diskret wegen meinem Vater.)

In Liebe ♥ ♥ ♥
M. ♥ ♥ ♥

16|Apokalyptisches Gelb

Damals

»Lass mich in Frieden«, zischte Moritz. »Dein Vater macht mir deinetwegen eh schon die Hölle heiß.«

»Ach bitte«, flehte Melanie und fächelte mit einem kleinen lavendelfarbenen Kuvert herum.

Moritz schnaubte. »Was *ist* das überhaupt?«

Mit großen Augen presste Melanie den Brief an ihre Brust. »Du darfst ihn *nicht* lesen!«

»Was *ist* das?«

»Nur eine ... Nachricht.«

»Schon mal was von SMS gehört? E-Mail? Facebook?«

»Er ist nicht auf Facebook«, erklärte Melanie. »Und ich hab weder seine Telefonnummer noch seine E-Mail-Adresse.«

Ich auch nicht. »Und warum gibst du ihm das nicht selbst?«

Melanie stockte. Ihre Wangen wurden rosa. »Kannst *du* nicht ...?«

Nie-mals! »Du könntest es drüben in den Briefkasten werfen.«

»Und wenns dein Vater findet?«

Moritz schnaubte genervt und verdrehte die Augen.

»Bitte, bitte, bitte. Ich geb dann auch bestimmt Ruhe.«

»Melanie?«, drang es vom Büro her. Armin Juniors Schritte näherten sich.

Mist.

»Okay. Gib her«, flüsterte Moritz rasch, pflückte das Kuvert aus ihren Fingern und stopfte es flink in seine Gesäßtasche.

»Danke«, hauchte Melanie, warf ihm eine Kusshand zu und rannte an ihrem Vater vorbei nach hinten.

»Da war nichts«, sagte Moritz rasch, als er das finstere Gesicht seines Chefs sah.

»Das will ich aber schwer hoffen.«

Moritz drehte den Kopf und betrachtete den Verkaufsraum in apokalyptischem Gelb. Das Preisschild der Fahrradbrille baumelte über seiner Nase.

»Er kommt gleich«, sagte der Vater. »Heute dauert es bei ihm ein bisschen länger auf dem Klo.«

So genau wollte es Moritz nicht wissen.

Der Vater warf einen prüfenden Blick über seine Schulter den Flur abwärts, dann beugte er sich über den Verkaufstresen und sagte leise: »Danke, dass du dich um ihn kümmerst. Das bedeutet mir viel.«

Ich tu es nicht deinetwegen. Moritz steckte die Brille mit den gelben Gläsern zurück in den Ständer und pflückte eine verspiegelte Pilotenbrille heraus.

»Ist er *okay?*«, fragte der Vater. »Geht er wenigstens bei *dir* ein bisschen aus sich raus? Erzählt er was?«

»Pffft«, machte Moritz, zuckte mit den Schultern und betrachtete sich mit der coolen Pilotenbrille im kleinen Spiegel am Ständer. Warum wollte bloß jeder von *ihm* wissen, was Philipp dachte und machte? So weit Moritz feststellen konnte, redete Philipp gerne und viel, wenn man ihn nur ein wenig anstupste. Und was ihm Philipp erzählte, ging keinen was an.

»Kommt ihr miteinander aus?«, bohrte der Vater weiter nach.

Moritz dachte daran, wie sie am See ihre Fahrräder ins Gebüsch warfen, hastig die Kleider abstreiften, ins Wasser sprangen und um die Wette bis ans andere Ufer schwammen. Wie sie splitternackt im Gras lagen, sich von der Sonne die Wassertropfen von der Haut pflücken ließen, und – den Blick über den blauen Himmel schweifend – ihren Gedanken nachhingen. Lauten Gedanken, was Moritz betraf. Obwohl er vermied, Philipp anzuschauen – er fürchtete, Philipp könnte ihm sein Begehren ansehen –, war er sich seiner Nähe so intensiv bewusst, als lägen sie Haut an Haut und streichelten sich. Daher sprang Moritz auch ständig auf, flitzte Philipp voraus zum See, rief: »Wer als Erstes am anderen Ufer ist!«, und sprang ins eiskalte Wasser. Wenn er abends heimkam, schmerzte sein ganzer Unterleib vor unterdrücktem Verlangen.

War das *miteinander auskommen?*

»Geht so«, behauptete Moritz.

»Ah, da ist er ja schon«, rief der Vater und wandte sich lächelnd Philipp zu.

Mit zitternden Fingern stopfte Moritz rasch die Pilotenbrille in den Ständer zurück und strich sich durchs Haar. Seine Knie schlotterten, sein Herz wummerte gegen die Brust, die Eingeweide verknoteten sich und er kam kaum mit dem Atmen hinterher. Er fühlte, wie er rot wurde, und betete inständig, weder sein Vater noch Philipp bemerkten es. Sein Körper spielte jedes Mal total verrückt, wenn er Philipp erstmals an einem Tag direkt gegenüberstand und sich ihre Blicke trafen, wenn er wusste, jetzt begann die Philipp-Zeit – *die schönste Zeit des Tages.*

Moritz war im Arsch. Denn so sehr er diese ein bis zwei Stunden mit Philipp herbeisehnte, so sehr litt er darunter. Aber trotz der mörderischen Qualen gab es kaum etwas, das er mehr fürchtete, als dass ihm diese Philipp-Zeit genommen werden könnte.

Ich bin ein Masochist, dachte er manchmal besorgt, wenn er im Bett lag und sich, obwohl er Philipp erst vor drei Stunden verabschiedet hatte, schon wieder mit jeder Faser seines Körpers nach ihm sehnte. Ich empfinde Vergnügen an Leid und Schmerz. Ich bin nicht nur schwul, ich bin ein Masochist.

»Fahrt ihr an den See?«, fragte der Vater fröhlich.

Philipp blickte Moritz scheu an, die Schultern hochgezogen, die Fäuste in den Hosentaschen geballt. In Vaters Gegenwart war er nach wie vor der verklemmte Kerl, der nicht richtig lächeln konnte und die meiste Zeit den Blick gesenkt hielt, in der stillen Hoffnung, der Moment möge vorübergehen. Manchmal fürchtete Moritz, dass Philipp tatsächlich wieder in dieses Vor-Bierunglück-Stadium zurückgekehrt war, aber kaum waren sie alleine, konnte er richtig zusehen, wie sich Philipps Schultern entspannten, sein Gesicht weich wurde, seine Lippen ihren sinnlichen Schwung zurückeroberten, seine Fäuste aus den Taschen rutschten und die schönen Finger sichtbar wurden. Es war eine beeindruckende Verwandlung, die sich ebenso schnell wieder umkehren konnte, wenn Philipp einen anderen Menschen in der Nähe witterte.

Die Sache mit dem Nacktschwimmen war Moritz' Idee gewesen, wenn auch nicht so richtig geplant. Irgendwie war es zu einer unausgesprochenen Mutprobe geworden, nach dem Motto, wer die Hosen anbehält, verliert. Wider aller Erwartungen – beziehungsweise hätte es Moritz nach dem unerwarteten Strip vor der Dusche durchaus voraussehen können – machte Philipp mit. Seitdem war Nacktsein fixer Bestandteil ihrer Treffen, aber sie sprachen es beide nicht an. Weil es dann vielleicht kompliziert wurde und Moritz fürchtete, das könnte die Sache beenden.

»Wissen wir noch nicht«, log Moritz.

»Seid ihr beim Abendessen dabei?«, fragte der Vater, und obwohl er *eigentlich* fragte, ob Philipp dabei sein würde, schaute er Moritz erwartungsvoll an. »Damit ich Mama sagen kann, dass sie mehr machen soll.«

Moritz und Philipp wechselten einen Blick und an irgendetwas, zu fein, um es benennen zu können, erkannte Moritz, dass Philipp heute nicht mit zu ihm nach Hause kommen wollte.

»Nein.«

»Ich sag ihr, sie soll trotzdem was kalt stellen«, meinte der Vater, dann geleitete er Moritz und Philipp zur Eingangstür, um hinter ihnen abzusperren. »Viel Spaß.«

Moritz fuhr hinter Philipp her und genoss den Anblick, wie die Kombination von Sattel und engen Jeans dessen knackigen Hintern quetschten. Gelegentlich stand Philipp auf, um kräftiger in die Pedale zu treten, dann wackelte sein Arsch verführerisch vor Moritz' Nase hin und her – er war definitiv verkehrsgefährdend unterwegs. Moritz konnte es kaum abwarten, diesen festen Po nackt zu sehen. Ein weißes, freundliches Lächeln, in das er sein Gesicht drücken wollte.

Als sie an ihre Stelle am See kamen, warf Moritz noch halb darauf sitzend das Fahrrad ins Gebüsch und riss sich bereits auf dem Weg zum Ufer das Shirt vom Leib. Hastig löste er den Gürtel, streifte die Jeans ab und warf einen prüfenden Seitenblick zu Philipp. Er musste schneller im Wasser sein als er, um vor ihm zu verbergen, was sich bei der Herfahrt aufgebaut hatte.

Doch Philipp zog sich nicht aus, sondern setzte sich mitsamt Kleidung ins Gras und schlang die Arme um die Knie.

Moritz spürte, wie ihn ein Gewicht schwer wie ein Mühlstein runterzog. Enttäuschung und Angst packten ihn so heftig, dass er aufschreien wollte.

»Was ist los?«, fragte er über die Schulter, Philipp penibel den Rücken zugewandt, die Hände am Bund seines Slips, bereit, ihn runterzuziehen.

»Heute nicht«, sagte Philipp, und so, wie er seine Knie umschlang, sah es alarmierend nach Rückzug aus.

»Wieso?«, fragte Moritz und hasste sich für den verzweifelten Ton in seiner Stimme.

»Ich kann nicht ..., *sollte* nicht.«

Als Philipp einen Augenblick wegschaute, ging Moritz rasch in die Hocke und griff wie beiläufig nach seinem Shirt, um es sich unauffällig vors Zelt im Schritt zu halten. »Was ist denn los?«

»Es ist mir peinlich«, sagte Philipp, warf einen Blick auf das Shirt in Moritz' Hand und drückte dann die Lippen auf seine über den Knien verschränkten Unterarme.

»Sag schon«, bat Moritz und berührte Philipp an der Schulter.

»Ich hab Schmerzen.«

»Wo?«

»Im ... beim ...« Mit einem kurzen Blick deutete Philipp zwischen seine Schenkel abwärts.

Moritz wurde schlecht. »Du musst zum Arzt. Sofort.«

»Nein«, presste Philipp hervor und schüttelte den Kopf. »So schlimm ist es nicht. Ich hab mich sicher nur verkühlt.«

»Trotzdem. Damit ist nicht zu spaßen.«

»Ich will aber nicht«, rief Philipp, und dann leiser: »Ich *kann* nicht.«

»Was heißt ... Du meinst ... wegen deiner Angst vor Menschen?«

Philipp nickte beschämt.

»Soll ich mitgehen?«

Gequält blickte Philipp ihn an. »Das würdest du?«

»Aber klar«, entschlossen schnappte Moritz seine Jeans, um hineinzuschlüpfen.

»Jetzt?«, stieß Philipp panisch hervor.

»Klar, wann sonst?«

Gehetzt schaute sich Philipp um. »Aber jetzt hat doch kein Arzt mehr offen. Außerdem braucht man doch einen Termin.«

»Dann ab ins Krankenhaus.«

»So schlimm ist es nicht«, behauptete Philipp rasch. »Nicht ins Krankenhaus. Bitte!«

Seufzend setzte sich Moritz neben ihn. »Du kannst das nicht anstehen lassen, wenn du Schmerzen hast.«

»Ich will jetzt nicht ins Krankenhaus«, flehte Philipp. Seine Augen waren geweitet, er atmete heftig. »Lass uns einfach nur hier sitzen und den Abend genießen, okay? Bitte!« Tiefe Furchen durchschnitten seine Stirn. Er war blass, so blass.

»Philipp ...«

»Ich spüre jetzt auch schon eine Weile gar nichts mehr. Vielleicht ist es ja längst vorbei.«

»Philipp ...«

»Wenn es morgen nicht vorbei ist, dann gehe ich ohne Widerrede, okay?«, begann Philipp zu verhandeln.

Moritz seufzte. Nicht, dass er die Angst nicht verstehen konnte. Er selbst hasste es, zum Arzt zu gehen. Ins Krankenhaus hatte er noch nie gemusst. Und er wollte sich nicht vorstellen, wie peinlich es sein musste, vor einem Arzt die Hosen runterzulassen. »Versprochen?«

»Versprochen. Wenn es morgen Abend nicht vorbei ist, mache ich einen Termin bei einem Arzt.«

»Nein«, widersprach Moritz scharf. »Wenn du morgen *früh* noch Schmerzen hast, fahren wir *sofort* ins Krankenhaus.«

Philipps Gesicht war pure Angst. »Kommst du mit?«

»Hab ich doch gesagt.«

»Kriegst du nicht Probleme mit deinem Chef?«

»Das lass mal meine Sorge sein.«

Philipp fuhr sich mit zitternden Fingern durchs Haar. »Ich müsste deinem Vater bescheid sagen.«

»Kann ich machen«, bot Moritz an.

»Aber sag nicht ..., ich will nicht ...«

Beruhigend schob ihm Moritz eine Hand in den Nacken. »Ist doch selbstverständlich. Ich werde ihm sagen, du müsstest wegen deiner Mutter rein, das ist doch wahrscheinlich, oder?«

Philipp nickte und senkte den Blick.

»Vielleicht ... können wir sie ja auch gleich besuchen. Ich würde sie gerne mal kennenlernen.«

Verwundert fuhr Philipp zu ihm herum. »Wieso?«

»Äh ...« Moritz zuckte mit den Schultern. »So halt? Weil sie ... äh ... deine Mutter ist?«

»Okay.«

»Also abgemacht?«, fragte Moritz.

Philipp nickte.

In der Ferne quakten ein paar Enten. Moritz kämpfte dagegen an, den Kopf auf Philipps Schulter zu legen.

»Würde es dir etwas ausmachen, wenn ich eine Runde schwimme?«, fragte er.

»Nein, mach nur.«

»Ich bin gleich wieder da«, sagte Moritz, schlüpfte rasch aus dem Slip und rief Philipp zu: »Nicht weglaufen.«

Philipp schenkte ihm ein wunderschönes Lächeln. »Bestimmt nicht.« Verstohlen musterte er Moritz' Körper und schaute einen Tick länger auf seinen Hintern. Rasch senkte er den Blick und runzelte die Stirn. Er griff ins Gras und hob ein lavendelfarbenes Kuvert auf.

Oh. Mist. Melanie. Scheiße. Moritz schnaubte verärgert. »Ist für dich.« Dann nahm er Anlauf und machte eine Arschbombe ins eiskalte Wasser. Er sank so tief, dass seine Fußknöchel die Algen am Grund streiften. Als er prustend auftauchte und suchend zum Ufer blickte, hockte Philipp da, den lavendelfarbenen Brief in der Hand, und las.

Scheiße. Was, wenn Philipp auf ihre Avancen einging? Was, wenn ihm Melanie Philipp wegnahm? Moritz sah es schon vor sich, wie er alleine mit sich um die Wette schwamm, während Philipp mit Melanie am Ufer turtelte. Die Eifersucht grub Löcher in Moritz' Herz. Was, wenn Philipp sich dann *ihr* anvertraute und ihm gegenüber wieder der stumme, verklemmte Klotz wurde?

Um nicht aufzuschreien, drehte sich Moritz um und schwamm so schnell er konnte, ans andere Ufer. Als er dort ankam und sich umsah, las Philipp noch immer. Was konnte in dem Brief schon drinstehen, dass man so lange daran lesen musste? Oder las Philipp ihn noch einmal? Gefiel er ihm? *Natürlich* gefiel er ihm. Wer würde sich nicht von einem Liebesbrief geschmeichelt fühlen? Noch dazu, wenn man wie Philipp nicht gerade mit Aufmerksamkeit verwöhnt worden war.

Moritz tauchte den halben Weg zum Ufer zurück und schwamm ab der Mitte, die Lippen so weit unter Wasser, dass es seinen Mund flutete. Philipp las noch immer oder schon wieder, den Blick so gebannt auf den Scheißbrief geheftet, als gäbe es nichts sonst mehr auf der Welt. Als wäre Moritz Luft. Erstmals *hasste* es Moritz, dass sich Philipp so in etwas verlieren konnte. Frustriert konzentrierte er sich auf die kleinen Wellen, die sein Körper vorausschickte.

Dabei hatte *er* Philipp gerade getröstet. *Er* hatte ihm angeboten, ihn ins Krankenhaus zu begleiten. *Er* stand ihm bei. Was hatte diese blöde Melanie schon gemacht? Außer Moritz zu nerven? Sie kannte Philipp doch gar nicht. Warum, verdammt noch einmal, ließ sich Philipp von ihrem dummen Brief so beeindrucken?

Immerhin. Seine Lust war dahin. Mit Ärger im Bauch stampfte Moritz aus dem Wasser und warf sich schnaubend neben Philipp ins Gras, der – welch Wunder – immer noch auf den Brief starrte.

»Und?«, knurrte Moritz.

Im nächsten Augenblick spürte er weiche, warme Lippen auf seinem Mund. Er erstarrte zur Salzsäule. Wie paralysiert nahm er wahr, dass sich Philipp – die Augen geschlossen – halb über ihn beugte und ihn direkt auf den Mund küsste.

»Ich dich auch«, flüsterte Philipp, als er sich löste, und schaute Moritz verliebt in die Augen. Er atmete so heftig, als wäre er gesprintet. »Ich liebe dich auch«, wiederholte er. Er glühte förmlich. Mit einem glücklichen Lächeln hob er ein Bein über Moritz, setzte sich auf sein Becken, schmunzelte, als er den Ständer bemerkte, und neigte sich wieder so nah zu ihm herunter, dass sich fast ihre Nasen berührten.

Moritz schluckte. Er spürte Philipps Atem auf seinem Gesicht, roch seinen Mund, fühlte die Hitze seines Körpers. Auf den Lippen schmeckte er noch den Kuss, Philipps trockene Kleidung rieb betörend rau über seine nackte Haut, sein Schritt drückte ihm gegen die Hoden. Gras pikste ihm in den Rücken, Wassertropfen kitzelten an seinen Seiten. Panik und Glück tobten in Moritz' Brust. Sein Herz hämmerte, sein Körper vibrierte vor Aufregung. Überfordert starrte er zu Philipp hoch, öffnete den Mund, um etwas zu sagen, wusste aber nicht, was ...

... da landeten erneut weiche Lippen auf seinen. Die Augen geschlossen schnappte Philipp nach seiner Oberlippe, der Unterlippe, drückte den Mund behutsam auf beide und ...

... die Augen weit aufgerissen registrierte Moritz, wie sich etwas Warmes, Nasses in seinen Mund schlängelte und seine Zunge anstupste. Oh Gott! Das war ... war das ...? Überwältigt stöhnte er auf. Stockstarr schielte er zwischen dem tiefblauen Himmel und Philipps zuckenden Lidern hin und her, völlig überfordert von dem fremden Körperteil in seinem Mund. Erst dann begriff er, was er zu tun hatte. Vorsichtig stupste er Philipps Zunge an, schloss die Augen und lernte, einen Kuss zu fühlen, zu schmecken, mit einem anderen Mund zu spielen.

Immer wieder riss ihn sein völlig überrumpeltes Hirn aus dem Kuss, wollte – *konnte* – nicht glauben, was gerade passierte. Dann blinzelte er, um sich bewusst zu machen, dass der schöne, scheue Philipp rittlings auf ihm saß und ihn küsste. Mit Zunge und allem. Seine sinnlichen Lippen waren wie geschaffen für Leidenschaft, seine Fingerkuppen streichelten ihm leicht zitternd über die Wangen, den Hals, die Schultern, die Brust. Sie kitzelten ein wenig, erzeugten Gänsehaut. Zaghaft legte ihm Moritz die Hände auf die Taille, krallte die Finger in den Bund der Jeans, schloss wieder die Augen und öffnete den Mund ein wenig weiter ...

Da bäumte sich sein Schwanz auf und drängte sich gegen Philipps Schritt. Vielleicht Absicht, vielleicht Reflex, begann Philipp mit dem Becken ein wenig vor und zurückzukippen, und schürfte so fatal über Moritz' Erektion.

Statt sich auf die Leidenschaft einzulassen, geriet Moritz gewaltig in Stress. Was, wenn er Philipps Jeans einsaute? Minutenlang kämpfte er gegen seine Erregung an, ächzte, wand sich, versuchte, auszuweichen, nur um festzustellen, wie sehr er es brauchte, sich an Philipp zu drücken ...

... und plötzlich erreichte er einen Punkt, an dem ihm alles egal war. Warum Philipp plötzlich so leidenschaftlich war, warum er ihm die Liebe gestand, warum er auf ihm hockte und ihn küsste, als hätte er seit Wochen nur darauf gewartet. Ihm war egal, ob er ihm die Hosen einsaute, sich mit einem Orgasmus lächerlich machte, oder damit, sich bedürftig zu zeigen. Seufzend schloss er die Augen, schob ihm die Hände unters Shirt, berührte erstmals die heiße, samtige Haut und stöhnte lustvoll auf.

Moritz wusste nicht, wie lange sie sich küssten, nur, dass es bereits dämmerte, als sie voneinander abließen. Sie lagen einige Meter von der Stelle entfernt, wo seine Kleidung und ein lavendelfarbener Brief lagen. Auf Moritz' nacktem Körper klebte Gras. Auch in Philipps Kleidung hatten sich Halme und Unkraut verfangen. Moritz vermisste Philipps Gewicht, kaum dass sie sich voneinander lösten. Ungläubig vor Glück strahlten sie sich an, begeistert von der Wucht der Gefühle, und dann, ermutigt, weil Philipp es vor zwei oder drei oder hundert Stunden gesagt hatte, traute sich auch Moritz und sprach es erstmals aus:

»Ich liebe dich.«

17|Diffuser weisser Berg

Gegenwart

»Das soll wohl ein Scherz sein«, knurrte Moritz die Schwester an, als er das belegte Sechsbettzimmer sah. »Wie können Sie ihn in ein derartig überfülltes Zimmer legen?«

»Das ist doch nicht *überfüllt* ...«

»Für seine Verhältnisse ist das hier ein brodelndes Fußballstadion«, zischte Moritz fassungslos. »Er braucht ein Einzelzimmer!«

»Wir sind kein Hotel«, gab die Schwester beleidigt zurück.

»Lesen Sie keine Krankenakten? Dort ist sicher vermerkt, dass er an Sozialphobie leidet. Schauen Sie nach! Herrgott!«

»Das wissen wir. Er ist sediert.«

»Sediert? Damit er hier drin nicht durchdreht? Inwiefern soll ihm *das* helfen?«

»Nach so einem Vorfall steht er ein paar Tage unter Beobachtung. Das ist Vorschrift. Es ist weder Platz noch Budget da, auf *alles* Rücksicht zu nehmen. Aber es steht seinen Angehörigen durchaus frei, ihn in eine Privatklinik verlegen zu lassen.«

»Er ...« Moritz unterbrach sich, schnaubte. »Okay. Ich melde mich nachher noch mal bei Ihnen.«

Kopfschüttelnd wackelte die Schwester davon.

Moritz atmete tief durch und betrat das Krankenzimmer. Nicht nur lag Philipp in einem Sechsbettzimmer, er lag sogar noch zwischen zwei Patienten. Der pure Albtraum für jemanden wie ihn. Das Herz hämmerte Moritz bis zum Hals, als er vorsichtig auf sein Bett zumarschierte. Von Philipp konnte er noch nichts erkennen. Die Decke bis über den Kopf hochgezogen, schien er fest zu schlafen.

Moritz überkam es bereits, als er durch die Bettdecke hindurch nur Philipps Körper erahnte. Von einer Sekunde zur nächsten stürzten Tränen über seine Wimpern.

»Oh Philipp«, flüsterte er, schniefte und ging neben dem Wulst, unter dem der Kopf versteckt war, in die Hocke. Tiefe aber stockende Atemzüge drangen zwischen Kopfkissen und Decke hervor. Moritz drückte die Nase in den Bezug und atmete den Duft ein, den Philipps Kopf hinterlassen hatte. Eine Welle von Liebe, Sehnsucht und Traurigkeit überkam ihn. Er sah bloß noch verschwommen – einen diffusen weißen Berg. Moritz wischte sich über die Augen und hob die Hand übers Bett, um vorsichtig an der Decke zu zupfen.

Das Erste, was er sah, war erdnussblondes, langes Haar.

Langes Haar!

Niemand hatte ihm gesagt, dass sich Philipp die Haare hatte wachsen lassen.

Wieso auch.

Moritz ließ eine Strähne durch seine Finger gleiten, rückte näher und roch daran. Ein Stich fuhr ihm durch den Bauch, so schmerzhaft, dass er beinahe aufjaulte. Dann entdeckte er unter dem Vorhang aus verschwitzten Haaren Philipps schlafendes Gesicht.

Ein wunderbarer Frieden übermannte Moritz, eine innere Ruhe, wie er seit Jahren nicht mehr gespürt hatte. Er war da. Er war angekommen. Er war endlich, endlich dort, wo er all die Jahre hingewollt hatte. Wo er nie fortgewollt hatte. Er war wiedergekommen und Philipp war noch hier.

Alte Gefühle strömten in seine Seele, Erinnerungen an den See, an ihre erste wilde Knutscherei am Ufer, an ihre Nacht im Hotel. Moritz strich Philipp zärtlich die Haare aus dem Gesicht, legte Strähne für Strähne dieses geliebte, schlafende Gesicht frei. Philipp hatte sich verändert, war männlicher geworden. Ebenso überrascht wie angetan fuhr Moritz über den ungewohnten Dreitagebart. Philipp war noch immer so blass. Und so schön. Vielleicht sogar noch schöner als damals, da sich sein Körper mittlerweile in die endgültige Form gegossen hatte.

Moritz musste lächeln, sein Gesicht ließ nichts anderes zu, während ihm immer noch Tränen über die Wangen liefen. Scheiße, wie sehr liebte er diesen Kerl. Wie sehr konnte man einen anderen lieben? Für Minuten vergaß er alles, was vorgefallen war, all die Jahre, alles, was sie getrennt hatte. Jetzt gab es nur sie beide, wieder vereint. Auch, wenn nur einer wach war. Auch, wenn einer von ihnen schlief. Es war trotzdem gut. Es war trotzdem vollkommen.

Moritz neigte sich über Philipp und drückte ihm einen Kuss auf die Schläfe. Direkt über ihm war sein Duft noch intensiver. Behutsam streichelte er ihm über das lange Haar und betrachtete den ungewohnten Anblick, wie die erdnussblonde Seide über seinen Kopf floss. Versehentlich tropfte eine Träne auf Philipps Wange. Vorsichtig wischte Moritz sie weg, lehnte die Stirn gegen Philipps Schläfe, vergrub das Gesicht in seinem Haar, steckte die Nase in seinen Nacken.

»Ich liebe dich«, hauchte er. »Ich liebe dich mehr als alles, *egal*, ob ich darf ...« Tränen schossen ihm nun wieder heftiger aus den Augen. »Oh Gott, ich liebe dich so sehr.« Moritz begann zu schluchzen. »Du wolltest mich doch nicht verlassen, oder? Du wolltest mich doch nicht verlassen.«

Philipp machte einen heftigen Atemzug, als tauchte er aus einem tiefen Gewässer auf.

Moritz zuckte hoch. »Philipp?«

Philipps Augenbrauen und Mundwinkel begannen zu zucken. Er schnupperte, hielt inne, schnupperte noch mal. Er atmete heftiger, auf seiner Stirn entstand eine Furche, glättete sich, vertiefte sich wieder.

»Ich bins«, hauchte Moritz und streichelte ihm über die Schläfe.

Und dann ... endlich ... schlug Philipp die Augen auf. Diese blassgrauen Iriden, diese Zerbrechlichkeit, und zugleich ein Feuer, das sich durch den Restschleier des Schlafs durchsetzte. Zunächst blickte Philipp Moritz so überrascht und verwundert an, als hätte er ihn noch nie gesehen, dann kam so sanft und schön das Erkennen, dann die Erkenntnis und mit ihr das Entsetzen.

Philipp ruckte hoch, fuhr zurück, schnaubte erschrocken wie ein Tier und wirkte im ersten Moment auch wie eines, mit der wilden Mähne und dem Dreitagebart. Er keuchte, hyperventilierte fast, die Hände, die er in die Bettdecke krallte, zitterten.

Oh Gott. Moritz hielt sich eine Hand vor den Mund, heulte. Was ist passiert? Was ist bloß mit dir passiert?

Flehend blickte Moritz seinen Liebsten an, der ihn kritisch und aus Distanz musterte. »Philipp«, flüsterte Moritz heiser und ließ schluchzend das Gesicht ins Kissen fallen.

Er hatte sich nicht getraut, sich vorzustellen, wie es sein würde, das Wiedersehen, aber insgeheim hatte er wohl erwartet, Philipp würde ihm um den Hals fallen, und nicht so ... so ... verstört sein.

Vielleicht sollte Moritz stark sein, vernünftig, *männlich*, und kein Häufchen Elend, das vor einem Krankenbett hockte, das Gesicht ins Kissen presste, und schluchzte. Aber er konnte nicht mehr. Die letzten Stunden waren der reinste Horrortrip gewesen, ach was, die letzten fünf Jahre! Ganze zwei Stunden hatte er geglaubt, Philipp wäre tot, hatte die Wohnung kurz und klein gehauen, ehe er seine Mutter angerufen hatte, um zu erfahren, wann das Begräbnis war.

Und dann die Nachricht: Philipp lebt.

Moritz war ein Nervenbündel. Er war hysterisch. Er wollte nicht mehr vernünftig sein. Vielleicht wurde er auch nur endlich verrückt, dann konnten sie ihn gleich hierbehalten.

Auf einmal berührte ihn etwas sanft am Kopf. Eine Hand. Noch eine Hand. Und dann drückte ihm jemand eine Stirn und eine Nase in den Nacken. Heißer Atem blies über Moritz' Haar.

»Du bist da. Du bist da. Du bist da«, wisperte Philipp und schniefte. »Du bist da. Du bist da. Du bist da.«

»Ja«, hauchte Moritz und hob den Blick – Philipps Gesicht so nah. Da war er endlich. Er. Den Moritz so vermisst hatte.

»Oh Gott«, stieß Philipp hervor, umfasste Moritz' Wangen, presste Stirn an Stirn und schloss die Augen. »Du bist da. Du bist endlich da.«

»Ich geh nicht mehr weg«, versprach Moritz und setzte sich aufs Bett.

»Du gehst nicht mehr weg«, wiederholte Philipp.

»Ich geh nicht mehr weg.«

Philipp fiel Moritz um den Hals und Moritz drückte ihn fest an sich. Die Gesichter jeweils an der Schulter des anderen vergraben, hielten sie sich eng umschlungen und schluchzten.

Plötzlich spürte Moritz einen festen Griff am Oberarm.

»Genug jetzt!«

Vater.

Erschrocken löste sich Philipp aus der Umarmung und starrte ihn mit großen Augen an.

Moritz riss sich los und legte Philipp die Hände an die Wangen, drückte Stirn an Stirn. »Ich liebe dich. Was auch passiert. Ich liebe dich.«

18|GLANZLEISTUNG

Gegenwart

»Wieso erzählt ihr mir« – Moritz raufte sich die Haare, Tränen in den Augen, und lief auf der Grünanlage vor dem Krankenhaus auf und ab – »dass er vor den Zug gesprungen ist?«

»Wie gesagt, du hättest davon nicht erfahren sollen«, meinte der Vater in einem Selbst-Schuld-Tonfall.

»Das ist kein Grund«, fuhr Moritz ihn an. »Ich dachte ... ich habe zwei Stunden lang geglaubt ... Hast du eine Ahnung, was ich *durchgemacht* habe? Ich war *krank* vor ... Scheiße!« Die Handballen auf die Augen gepresst, setzte sich Moritz auf eine Bank, stützte die Ellenbogen auf die Schenkel und rang damit, nicht völlig die Nerven zu verlieren.

Eine kleine Erschütterung verriet, dass sich sein Vater neben ihn setzte. »Junge ... ich hab doch *gesagt*, dass es keine gute Idee ist, dass du hierherkommst.«

Moritz mahlte mit dem Kiefer, Wut flutete seinen Bauch. »Weil du nicht wolltest, dass ich sehe, dass es ihm gut geht?«

Der Vater seufzte.

»Das ist es, oder?« Moritz setzte sich auf. »Du hast Angst, dass wir wieder ... zusammenkommen.«

»Herrgott!«, knurrte der Vater.

»Ob es dir passt oder nicht, ich liebe ihn.«

»Hör auf damit! Hör mit diesem Schwachsinn auf!«

»Nein!«

»Das ist *krank*. Ist dir das eigentlich klar? Es ist *krank*!«

Moritz verbarg das Gesicht in seinen Händen und schüttelte den Kopf.

»Du hast mich wirklich *schwer* enttäuscht«, sagte der Vater. »Ich war so stolz auf dich. Du warst klug, ehrgeizig, vernünftig. Ein bisschen starrköpfig manchmal, aber das ist nicht immer eine schlechte Sache.« Er lachte traurig. »Sogar, als du wutentbrannt zu Armin rüber bist, habe ich dich bewundert für deinen Mut und deinen rebellischen Geist. So wäre ich in meiner Jugend gerne gewesen. Hast du gewusst, dass ich mal studieren wollte?«

Moritz warf seinem Vater einen grimmigen Blick zu.

»Aber dein Opa hat Studieren für Zeitverschwendung gehalten. Wäre nur was für Faulpelze, die sich zu schade sind fürs Arbeiten, hat er immer gesagt. Er hat darauf bestanden, dass ich eine Verkäuferlehre mache und den Laden übernehme.« Der Vater zischte bitter. »Ich wollte dir dieses Schicksal ersparen, und was machst du? Rennst über die Straße und versaust dir deine Zukunft bei Armin.«

»Ich bin nicht du«, knurrte Moritz. »Und es ist nicht mein Job, aufzuholen, was *du* verpasst hast. Wenn du den Laden nicht wolltest, warum hast du ihn nicht verkauft? Armin hätte sicher nichts dagegengehabt.«

»So einfach ist das nicht. Ich hatte Frau und Kind.«

»Ja. Klar«, meinte Moritz spöttisch.

»Mir ist schon bewusst, dass *du* kein Verständnis dafür hast«, meinte der Vater verärgert und schüttelte den Kopf. »Ich hab dich für besser gehalten, als du bist.«

»Tja. Pech gehabt. Wir alle müssen mit Enttäuschungen fertig werden«, knurrte Moritz und verknotete die Finger ineinander, so fest, dass die Knöchel weiß hervortraten.

»Sei mal ehrlich, Junge.« Der Vater blickte ihn traurig an. »Hast du das *wirklich* nötig? Bist du dir nicht zu schade dafür?«

Moritz runzelte die Stirn. »Was?«

»Wenn du schon *unbedingt* diesen Lebensstil führen musst ... warum *er?* Was *willst* du von ihm? Abgesehen von ..., spielst du doch in einer ganz anderen Liga.«

»Papa!«

»Das ist doch wahr! So sehr es mir das Herz bricht, das zu sagen, aber der Junge ist krank. Hier oben.« Der Vater tippte sich gegen die Schläfe. »Du ahnst nicht, was ich in den letzten Jahren mit ihm durchgemacht habe. Eine sinnlose Therapie nach der anderen, vorausgesetzt er geht überhaupt hin. Einen Klinikaufenthalt, der ihm helfen würde, verweigert er kategorisch. Einmal ist er für zwei Wochen einfach verschwunden. Hat sich im Wald versteckt, weil er geglaubt hat, ich würde ihn einliefern lassen. Mindestens einmal im Monat darf ich ihn nachts vom Polizeirevier abholen, weil er mal wieder im Schlaf nackt durch die Stadt gewandelt ist.«

Moritz' Brust zog sich zusammen.

Der Vater rollte mit den Augen. »Diesmal hat er sich aber wirklich in Gefahr gebracht. Dummer Junge.«

»Nicht ...«, bat Moritz. »Nenn ihn nicht so.«

»Du musst doch zugeben, dass es nicht gerade eine Glanzleistung ist, sich auf aktive Gleise schlafen zu legen. Kein Wunder, dass sie denken, er wollte sich umbringen. Na ja, vielleicht ist es gar nicht so schlecht, dass es so gekommen ist. Immerhin muss er jetzt erst mal eine Weile hierbleiben.«

»Wie kannst du so etwas sagen!«, fuhr Moritz ihn an. »Hast du nicht gesehen, wie es ihm geht? Sie stellen ihn ruhig, damit er es da drin überhaupt aushält! Er muss da *raus*, verdammt! Und zwar besser jetzt als gleich!«

»Das ist nicht *deine* Angelegenheit!«

»Entweder holst *du* ihn hier raus, oder *ich* machs!«

»Damit du *was* tun kannst! Ihn ... vögeln?«

Moritz schnappte nach Luft.

»Ist dir noch nie der Gedanke gekommen, dass du ihn ausnutzt?«, fragte der Vater. »Du bist der Einzige, bei dem er sich öffnen kann. *Natürlich* macht er alles mit, was du von ihm verlangst. Wahrscheinlich glaubt er sogar selbst, dass er dich ... auf *diese Art* mag ...«

»Hör auf!«, schrie Moritz.

»Die Wahrheit tut weh, was?«

»Das ist nicht die ...« Moritz wurde schlecht. Er hatte Philipp verschwiegen, dass der Liebesbrief nicht von ihm gewesen war. Hatte seine Liebe dankbar angenommen, ohne den Irrtum aufzuklären. War es möglich, dass Philipp ihm wirklich bloß gefallen wollte? Dass er nur deswegen auf ihn eingegangen war, weil er befürchtete, den einzigen Menschen zu verlieren, dem er sich öffnen konnte, wenn er dessen Gefühle nicht erwiderte?

Aber nein! Philipp liebte ihn! *Wenn* es jemanden gab, der sich lieber mit grotesk peinlichem Verhalten zum Idioten machte, statt etwas zu tun, was er nicht wollte, war es Philipp. Hätte er nicht gewollt, wäre er nach dem Lesen des Briefes davongeradelt und hätte mit Moritz kein Wort mehr gewechselt. Dessen war sich Moritz sicher. Philipp konnte sich nicht verbiegen. Aber wie sollte der Vater das verstehen? Sein Leben bestand doch von vorne bis hinten aus nichts anderem als Lügen und sich verbiegen.

»Du kennst ihn nicht.« Moritz sprang auf. »Ich gehe jetzt da rein und hole ihn raus. Hilf mir oder lass es bleiben, aber verhindern wirst du es nicht.«

19 | WASSERPERLEN

Damals

»Mo... was ... Du hast doch noch gar nicht den Führerschein.« Nervös schaute sich Philipp nach Zeugen um, die Fäuste in den Taschen der Regenjacke vergraben, die Kapuze ins Gesicht gezogen.

Es war Sonntag, sechs Uhr dreißig am Morgen. Alles schlief. Nur der Regen trommelte monoton aufs Dach des Kastenwagens und schmatzte auf dem Asphalt.

»Steig ein!« Moritz neigte sich über den Beifahrersitz und öffnete die Tür.

Philipp zögerte. »Weiß dein Vater ...«

»Na was denkst du?«

»Aber ...«

»Los, steig schon ein.«

Philipp musste schon länger auf Moritz gewartet haben. Seine Regenjacke und Schuhe glänzten von der Nässe, seine Jeans hatte dunkle Flecken und auf seinem Gesicht hockten verführerische kleine Wasserperlen. Moritz hätte sie ihm am liebsten Stück für Stück weggeküsst.

»Ich weiß nicht«, sagte Philipp und zappelte. Ihm war kalt.

»Je länger wir hier herumstehen, umso auffälliger wird es«, meinte Moritz.

Mit einem beunruhigten Schnauben setzte sich Philipp ins Auto und zog die Kapuze in den Nacken. Moritz' Bauch kitzelte. Die Sehnsucht fuhr wie ein süßer, heißer Stromstoß von seinem Herzen bis in den Schritt.

Wie sehr wollte er jetzt gleich diese Lippen küssen, Philipp mit kleinen Zärtlichkeiten die Angst nehmen.

Mit großen Augen schaute Philipp aufs Armaturenbrett, den Schalthebel, die Pedale. »Kannst du überhaupt schon fahren?«

»Na, was denkst du, wie ich hierhergekommen bin?«

»Wir sollten lieber nicht«, meinte Philipp. Seine Stimme vibrierte leicht. »Ich hab kein gutes Gefühl dabei.«

»Du willst es bleiben lassen?«, stieß Moritz aus. Seine Stimme überschlug sich. Seit Tagen hatte er diesen Ausflug geplant, hatte kaum schlafen können vor Aufregung und Vorfreude. War es ideal? Nein. Aber es war eine Gelegenheit. Die *einzige* Gelegenheit. Moritz war am Ende mit seinem Latein.

»Was, wenn dein Vater entdeckt, dass der Wagen weg ist?«

Er würde es *todsicher* entdecken, und er würde alles andere als glücklich darüber sein. Aber das hatte Moritz bereits fest einkalkuliert. Die Schreierei, die Vorwürfe, die Schuldgefühlsnummer, die Strafe. Das alles war er bereit, hinzunehmen. Er hatte sogar schon seine Spielekonsole zurechtgelegt, die vermutlich für Tage oder sogar Wochen konfisziert werden würde. Ein lächerlicher Preis dafür, mit Philipp ein paar Stunden zu haben, um ... um endlich ...

»Er wird es nicht entdecken«, log er.

»Wie kannst du dir sicher sein?«

Moritz' Herz schlug bis zum Hals. Die reine Vorstellung, sie würden das hier abbrechen, es würde *nicht* passieren, er könnte Philipp heute wieder nicht küssen und wer wusste schon, wann wieder, erzeugte in ihm Panik. Jetzt wusste er, wie es Philipp fast die ganze Zeit über ging. Moritz atmete heftig, sein ganzer Körper fühlte sich an wie Plastilin, wie ein eingeschlafener Körperteil. Sein Kopf dröhnte.

»Bitte lass uns das durchziehen«, flüsterte er, die Stirn aufs Lenkrad gepresst.

Philipp knetete seine Fäuste im Schoß. Er atmete stockend. Die Angst hatte ihn ebenso im Griff wie Moritz, nur aus anderen Gründen.

Moritz langte zu ihm rüber, tippte seinen Handrücken an und fast augenblicklich, wie eine Blume, die sich öffnete, löste Philipp die Fäuste und schlang die Finger um Moritz' Hand. Er war erstaunlich warm. Nicht nur Moritz beruhigte sich, auch Philipp entspannte sich mit jedem weiteren Atemzug.

»Okay«, hauchte er schließlich und drückte Moritz' Finger. Sein Blick leuchtete, strahlte, ein Versprechen auf aufregende Stunden zu zweit.

Am liebsten hätte Moritz ihn vor Dankbarkeit sofort auf den Mund geküsst, stattdessen ließ er seine Hand los und startete den Wagen.

Alles, was Moritz wollte, war wieder mit Philipp schmusen wie an dem Tag, als sie zusammengekommen waren. Stundenlang küssen, die Welt vergessen, nur er und Philipp. Und vielleicht, ja, vielleicht ein wenig anfassen, da unten. Moritz wollte Philipps Hand an seinem Teil spüren und er wollte wissen, wie sich Philipps Teil anfühlte. Vielleicht könnten sie einander einen runterholen. Das wäre doch geil. Und vielleicht ... der Gedanke war so kühn, dass Moritz' Schenkel zuckten, könnten sie mit dem Mund ...

Seit über drei Wochen war er jetzt mit Philipp zusammen und die Hälfte der Zeit hatte er ihn weder küssen noch berühren können. In den ersten Tagen hatten sie sich noch nach der Arbeit am See getroffen und geschmust. Da Philipp wegen seines Harnweginfekts nicht ins Wasser konnte, war auch Moritz im Trockenen geblieben. Züchtig in Kleidung hatten sie mit Lippen und Zunge den Mund des anderen erforscht und waren mit den Fingern unter den Shirts auf Entdeckungsreise gegangen. Aber wegen des Infekts hatte sich Moritz nicht getraut, Philipp in die Hose zu fassen, *ihn* anzufassen, und aus Gründen der Fairness und Ritterlichkeit, hatte er auch darauf verzichtet, dass Philipp *ihn* anfasste. Sie würden es gleichzeitig machen, so ihre Übereinkunft.

Moritz konnte es kaum erwarten, hatte im Internet nach Informationen gesucht, wie lange so ein Infekt dauern konnte. Doch noch ehe Philipp wieder gesund geworden war, hatten ein paar Sommerfrischler ihren Platz am See entdeckt. Nicht einmal mehr irgendwo in der Nähe konnten sie weitermachen, da Philipp total zumachte, aus Angst, jemand könnte sie entdecken.

Naiverweise hatte Moritz geglaubt, sie könnten einfach in seinem Zimmer rummachen, aber Philipp wanderte mit einer Gehirnhälfte ständig durchs Haus, scannte, wo sich Moritz' Mutter aufhielt, wo sein Vater, und berechnete, wie hoch die Wahrscheinlichkeit war, dass sie hereinplatzen könnten. Eine sehr unpräzise Berechnung, wonach sie selbst dann jederzeit die Tür aufreißen konnten, wenn sie hinten im Garten waren. Es reichte das reine Wissen, dass noch jemand im Haus war, und es war unmöglich, Philipp näherzukommen. Zwar war er nicht ganz so verspannt, wie in Gegenwart anderer, aber er war meilenweit von dem gelösten, fröhlichen Kerl entfernt, der er sein konnte, wenn er sich mit Moritz völlig allein wusste.

Philipps Zimmer fiel auch aus, seit seine Mutter nach der letzten Chemo wieder zu Hause war. Aber selbst Moritz wäre schwergefallen, neben einer todkranken Frau herumzuknutschen. Er tat sich schwer, Philipps

Mutter anzusehen, ohne dauernd zu denken: Tod, Tod, Tod. Er hasste sich dafür, wollte es nicht, aber sie war eben der erste Mensch, den er kannte, der bald sterben würde. Das machte ihm Angst. Es faszinierte ihn aber auch auf eine seltsame Art. Vor allem bewunderte er Philipp, wie selbstverständlich er mit seiner Mutter umging. Als hätte er vergessen, dass sie Krebs hatte, dass sie sterben würde, und vor allem, dass man es ihr ansah. Er machte ihr Komplimente, sagte ihr, sie sähe gut aus, *wie das blühende Leben*, während Moritz danebenstand und Angst hatte, sie könnte auf der Stelle tot umfallen oder einen Körperteil verlieren oder zerbrechen. Was Moritz ebenfalls verstörte, war, wie ähnlich Philipp seiner Mutter schaute. Es war gruselig, in dieser Frau dieselben hellgrauen Augen zu entdecken, dasselbe Lächeln. Nein, es war unmöglich, Philipp auch nur begehrlich anzuschauen, solange sie in derselben Wohnung war. Also mimte Moritz den Kumpel, den Berufskollegen, und in ihrer Gegenwart war er das auch. Nicht mehr.

In der Not hatte Moritz irgendwann vorgeschlagen, sich abends im Lager zu treffen, um ein wenig rumzumachen. Aber Philipp horchte dauernd, ob der Vater kam, fürchtete, den Ausbildungsplatz zu verlieren, falls sie hier entdeckt würden. Ein paar Minuten hatte Moritz versucht, seine angespannten Lippen weich zu küssen, seinen brettharten Körper geschmeidig zu streicheln – aber es war sinnlos. Als Philipp realisierte, dass Moritz aufgab, schlitterte er direkt in eine Nervenkrise, von wegen, seine Angst mache alles kaputt, Moritz würde sich – zu Recht – von ihm abwenden, er hätte keine Liebe verdient, so gestört, wie er wäre und so weiter und so fort. Er steigerte sich in eine Runde Selbsthass hinein, die Moritz das Herz brach. Wie konnte der Kerl, den er so liebte, so über sich selbst denken.

Statt Schmusen war also Aufbauarbeit angesagt gewesen. Was Moritz erstaunlich wenig ausmachte. Der zu sein, der bis in Philipps Seele greifen konnte, um ihn mit Worten zu streicheln, um ihn wieder hochzuheben, erfüllte ihn mit ... nun ... nicht *Stolz*, aber er fühlte sich privilegiert, beschenkt. Außerdem war es wunderschön, zu sehen, wie Philipp wieder Kraft bekam, zuversichtlicher wurde und, Moritz mochte sich das einbilden, aber seitdem schien er insgesamt stabiler. Mutiger. Zwar konnte er in Gegenwart anderer noch immer nicht aus sich heraus, aber in seinen Gefühlen für Moritz schien er viel sicherer, und er schien sich Moritz' Liebe sicherer. Zumindest hatte er seitdem ein neues, viel intensiveres Funkeln in den Augen, das Moritz jedes Mal die Knie so weich machte, dass er sich wo anlehnen musste.

Obwohl Moritz mit jeder Faser seines Körpers genoss, Philipp in seiner Nähe zu haben, wenn auch schweigend und verkrampft, Hauptsache, er war da, starb er doch halb vor Sehnsucht danach, ihn endlich wieder küssen und berühren zu dürfen. Und seit er wusste, wie Küsse in Realität schmeckten, waren seine Träume kühner geworden. Er zog Philipp in seinen Fantasien nun nackt aus, küsste ihn überall – na ja, *fast* überall.

Irgendwie konnte sich sein Hirn nicht ausmalen, wie es wäre, *ihn* zu küssen, oder gar in den Mund zu nehmen. An der Stelle stoppten seine Fantasien regelmäßig. Vielleicht auch, weil es ihm wie ein heiliger Akt vorkam, dem er nichts vorwegnehmen wollte. Er wollte diese Erfahrung unvoreingenommen machen. Auch, weil er selbst erlebt hatte, wie total überfordert er von seinem ersten Kuss gewesen war, weil er ihn im Vorfeld so mit Erwartungen überfrachtet hatte.

Den Fehler wollte Moritz kein zweites Mal begehen, auch, wenn es ihm verdammt schwerfiel. Vor allem, seit er die Idee geboren hatte, mit Vaters Kastenwagen ins Grüne zu fahren. Irgendwohin, wo bei dem Sauwetter kein Schwein hinkommen würde. Kilometerweit von jedem potenziellen Störenfried entfernt. Immerhin bot der Laderaum genug Platz, um sich ein wenig auszubreiten und sich in den Armen zu liegen. Und wenn alles gut lief, würden sie heute ... *weiter* gehen. Yeah!

Moritz jagte den Wagen über die verwaiste Landstraße und so ziemlich in der Mitte zwischen zwei Ortschaften lenkte er auf einen Feldweg und folgte ihm bis in den Wald. Das Auto rumpelte über den Schotter, dichtes Gestrüpp klatschte gegen das Blech der Karosserie. Und dann, endlich, im Nirgendwo, hielt er an. Auf die letzten Meter platzte ihm beinahe die Hosennaht aus Vorfreude.

Er stellte den Motor aus und blickte zu Philipp. Seine Lippen pulsierten vor Verlangen, sie fühlten sich richtig geschwollen an. Verstohlen zupfte er im Schritt an der Hose, um Platz für seine Erektion zu schaffen, dann – immerhin war Philipp sein Freund, und wenn alles gut lief, würde er heute noch aus nächster Nähe sehen, was sich hinterm Hosenstall verbarg – drückte er ein wenig angeberisch an der Beule herum.

Philipp schmunzelte. Sein Blick war Feuer. Aber auch Angst. Moritz konnte ihm ansehen, dass ein Teil seines Hirns daheim bei Vater war und sich dauernd fragte, wann er entdecken würde, dass der Wagen verschwunden war, und was dann passieren würde. Moritz würde nicht wundern, wenn sich Philipp vorstellte, mehrere Hubschrauber könnten nach ihnen suchen, wie in

Straßenräuber-Dokus aus Amerika. Sie würden in Handschellen abgeführt, ein Sheriff drückte sie mit dem Kopf voran in einen Polizeiwagen mit blinkendem Blaulicht, Kameras hielten auf sie drauf und Millionen Zuseher, prosteten sich auf dem Sofa vor der Glotze zu. Saubere Arbeit. Ab in den Knast. Todesstrafe.

Moritz rückte näher zu Philipp und legte ihm eine Hand in den Nacken. »Alles gut?«

Philipp nickte, aber seine geweiteten Augen sagten das Gegenteil.

»Sollen wir zurückfahren?«, krächzte Moritz. Der bloße Gedanke zerdrückte seine Brust.

Philipp schüttelte den Kopf, obwohl alles an ihm *ja* schrie, dann holte er nervös Luft, gab sich einen Ruck und drückte Moritz einen Kuss auf den Mund. Oh Gott, waren seine Lippen weich und warm! Wie sehr hatte Moritz sie vermisst. Sein Hirn begann zu kribbeln, er stöhnte, rückte ungeduldig näher, sperrte den Kiefer auf, fing Philipps Zunge. Er schmeckte so gut. Moritz wollte fast heulen, so weh tat das Glück, dieses unsägliche Glück, Philipp nahe sein zu können. Halb kletterte er über den Schaltknüppel, um Philipp besser umarmen zu können, um seinen Körper an seinem zu spüren, diesen festen, kompakten, wunderbaren, warmen ...

Philipp stöhnte tonlos auf, schnappte mitten im Kuss nach Luft und schien loszulassen. Er konzentrierte sich nur noch aufs Fühlen und Geben, was Moritz an ihm liebte, umso mehr, wenn er selbst das Ziel seiner Hingabe war.

Minutenlang war nichts weiter zu vernehmen, als ihr heftiges Atmen, ihr Schmatzen, das Rascheln der Regenjacke und das stetige Klopfen des Regens aufs Autodach.

»Ich liebe dich«, nuschelte Moritz und küsste an Philipps Mundwinkel vorbei, küsste seine Wange, küsste zum Ohr hin, vergrub das Gesicht an seinem Hals und sog gierig seinen Duft ein. Gott, Philipp roch so phänomenal, er war so ... *alles*. Moritz wollte mehr und mehr, konnte ihm nicht nahe genug sein. Er öffnete den Mund und nahm so viel von Philipps Hals zwischen die Lippen, wie sein Kiefer zuließ, drückte ihm die Zunge auf die salzige Haut und saugte an ihm.

Philipp stöhnte, sein ganzer Körper zitterte unter einem Schauer.

»Lass uns nach hinten gehen«, hauchte ihm Moritz ins Ohr.

Statt etwas zu sagen, nickte Philipp eifrig.

Nur ungern unterbrach Moritz die stürmische Nähe, aber auf der Ladefläche würden sie Platz haben, sie würden ... oh ja, sie würden *alles* tun, sie würden sich näher sein, als sich Moritz in seinen kühnsten Träumen ausmalen konnte. Er war bereit. So bereit.

Sie hüpften in den Regen hinaus, zwängten sich zwischen klatschnassen Grashalmen und dem Auto vorbei nach hinten. Moritz konnte kaum stehen, so sehr schlotterten seine Knie. Wie nah lag die Angst an der Lust, manchmal kaum noch zu unterscheiden. Hektisch riss er eine der Türen auf und gab Philipp den Vortritt. Am liebsten wollte er ihm in den knackigen Hintern beißen. Zu spät kam ihm, dass er es einfach hätte tun können. Er durfte doch jetzt. Philipp war sein Freund. Immer noch ein komischer Gedanke.

Rasch schlüpfte Moritz hinter Philipp in den Wagen und schlug die Tür zu.

Philipp wirkte wieder ein wenig verschlossen, schaute sich unsicher um. Bis jetzt hatte er sich dem Wagen nur genähert, wenn er Vater half, ihn zu beladen oder auszuräumen. Und genau daran dachte er wohl gerade, das sah ihm Moritz an. Er musste ihm diese Gedanken unbedingt wegküssen.

»Komm her«, flüsterte er und kroch auf Philipp zu, schnappte nach seinen Lippen, kletterte halb über ihn.

Philipp erwiderte den Kuss zurückhaltend, bewegte sich sonst nicht.

»Was ist?«, fragte Moritz und wünschte, er hätte nicht gefragt.

»Denkst du, er hat schon entdeckt, dass der Wagen weg ist?«

Seufzend setzte sich Moritz auf und fuhr sich durchs Haar. »Willst du zurückfahren?«

»Nein. Ich weiß nicht.«

»Selbst *wenn* er es entdeckt ... was soll er schon tun?« Und dann, nur um Philipp zu beruhigen, log Moritz: »Ich hab den Wagen schon einmal genommen und *nichts* ist passiert.«

Hoffnung glimmte in Philipp auf. »Wirklich?«

Moritz lächelte, neigte sich vor und gab Philipp einen kurzen, weichen Kuss. »Du liebst einen Autodieb.«

Als hätte er damit genau das Richtige gesagt, schloss Philipp die Augen und küsste Moritz so wild, als ginge es um Leben und Tod. Wow. Das Gesetzlose schien ihn ziemlich anzutörnen. Moritz wurde mutig und suchte mit den Fingern zwischen Regenjacke, Pulli, Shirt und Jeans den Weg zur Verheißung. Ein wenig knifflig, da er vor Sehnsucht zitterte, dann, endlich, landeten seine Fingerkuppen auf heißer, samtiger Haut.

Philipp zuckte, doch er wich nicht zurück, also schob Moritz die ganze Hand unters Shirt. Wow – es fühlte sich so gut an, so verdammt gut, ihn endlich, endlich zu spüren, dass Moritz' Gesicht verdächtig zu brennen begann. Was sollte das jetzt? Er würde doch nicht heulen, bloß, weil er Philipp berührte!

Aus Angst, Philipp könnte bemerken, wie ergriffen er war, wie überwältigt, küsste er ihn wild bis unters Ohr und knabberte an seinem Hals.

Philipp atmete heftig, doch er rührte sich weiterhin kaum, legte nur die Hände auf Moritz' Schulter, zuckte gelegentlich und wand sich stöhnend. Wo bist du, mein Schöner, komm hervor, niemand ist hier, lass dich gehen.

Von seiner eigenen Gier ermutigt streifte Moritz die Regenjacke von Philipps Schultern, schob ihm den Pulli mitsamt dem Shirt hoch und wollte ihm beides ausziehen. Da Philipp nicht sofort kooperierte, beließ er beides vorerst auf Höhe des Schlüsselbeins, rutschte an ihm runter und begann, auf seiner Brust flinke Küsse zu verteilen. Er schielte zu den Nippeln, näherte sich ihnen, schloss abwechselnd die Lippen darum und betastete mit der Zungenspitze die winzigen Kiesel.

Philipp stöhnte so zuckersüß auf, dass er Moritz' Ehrgeiz weckte, weitere Laute aus ihm herauszuküssen. Als Moritz versuchte, eine etwas bessere Position einzunehmen, und sich zwischen Philipps Beinen abstützte, bemerkte er den harten Wulst, der sich gegen den Hosenstall drängte.

Er war hart! Philipp war hart!

Begeistert, neugierig, fasziniert blickte er hoch zu Philipp, der – die Augen genießerisch geschlossen – gegen die Seitenwand gelehnt dasaß, eine tiefe Furche auf der Stirn, die Moritz von seinen Sorgen kannte, nur dass sie ein wenig weicher und kläglicher wirkte. War das Philipps ... Sexgesicht?

Moritz schaute wieder runter auf die verheißungsvolle Beule und drückte, einem Impuls folgend, sein Gesicht dagegen.

Philipp zuckte, keuchte auf und schob Moritz an den Schultern von sich.

Mist.

Zu weit gegangen? Ein wenig schuldbewusst suchte Moritz Philipps Blick. Er hatte doch nur getan, was er selbst gerne an sich erlebt hätte. War das nicht eine Art Leitfaden? Sagte man nicht, tue einem anderen nur, was du auch an dir selbst getan haben willst?

»Warte«, faselte Philipp schnaufend und begann – Moritz konnte sein Glück kaum fassen – den Gürtel zu lösen und die Jeans aufzuknöpfen. Verblüfft schaute ihm Moritz dabei zu, wie er Stück um Stück das Zelt befreite. Philipp hob leicht den Hintern an und zerrte so selbstverständlich die Hosen über die Hüften runter, als gehörte das schon längst zu ihrer ... Zweisamkeit. Seine Erektion wippte befreit hoch, schlug gegen den Bauch und blieb über dem Schambein stehen wie eine Sonnenuhr.

Moritz wagte kaum, zu atmen. Der intensive Geruch von Erregung stieg ihm in die Nase, erfüllte den ganzen Laderaum. Die Eichel hockte wunderschön glatt auf dem Stamm und verlangte keck, mit der Zunge gekostet zu werden. Moritz schluckte, leckte sich über die Lippen, fühlte ein Kribbeln in den Fingern. Er konnte sich nicht entscheiden, womit er Philipps schönes Glied zuerst berühren wollte.

Da ertönten plötzlich Motorengeräusche. Sie näherten sich rasch.

Philipp keuchte geschockt auf. Flink zog er die Hosen hoch, schob Pulli und Shirt über den offenen Hosenstall und schaute Moritz panisch an.

Behutsam drückte ihm Moritz den Zeigefinger auf die Lippen. Schschsch. Sie horchten. Der Motor wurde abgestellt. Dann knallte eine Autotür. Schritte knirschten auf Kies, näherten sich, marschierten ums Auto herum.

Verdammt.

»Runter«, flüsterte Moritz Philipp zu und ging selbst in Deckung.

Jemand klopfte gegen die Seitenscheiben. Machte ein paar Schritte. Klopfte wieder. »Wolfgang?«

Moritz kannte die Stimme. Sie gehörte Baumann, einem von Vaters Stammkunden. Ein leidenschaftlicher Wanderer, Skifahrer, Kletterer und Jäger. Bis auf die Waffen stammte vermutlich seine gesamte Ausrüstung von *Sport Kunert*. Er gehörte zu jenen Kunden, die durch die Konkurrenz zu besonderer Loyalität ermuntert wurden und aus ihrem bevorzugten Sportgeschäft eine Art Weltanschauung machten. Über *Sportartikel Rainer* herzuziehen gehörte zu fünfzig Prozent seines Gesprächsstoffs. Die andere Hälfte war schnöde Fachsimpelei. Moritz wusste noch nicht, wie er aufnahm, dass der Sohn seines Lieblingshändlers bei der verhassten Konkurrenz arbeitete. Vermutlich nicht gut.

»Wolfgang, bist du da drin?«, rief Baumann noch einmal und klopfte gegen die Scheiben.

Moritz legte einen Arm um Philipp, der sich unter ihm verspannte wie ein Stück Holz. Sie atmeten flach und vorsichtig, horchten. Dann ertönte ein leises Piepsen. Baumann rief jemanden an. Vermutlich den Vater.

Scheiße.

»Bleib da. Rühr dich nicht«, flüsterte Moritz Philipp zu, drückte ihm einen Kuss auf die Schläfe, warf eine Decke über ihn und rutschte rückwärts aus dem Wagen.

»Aha«, sagte Baumann, als er Moritz entdeckte, der sich flink Haare und Kleidung glatt strich, drückte eine Taste und senkte das Telefon. »Der Überläufer.«

»Wenn Sie meinen Vater suchen, er ... ist ...« – Moritz machte eine ausladende Geste Richtung Wald – »irgendwo ... da. Wollte nur was nachsehen, wegen ... hat einen Tipp bekommen ...« Verdammt, verdammt.

Baumann runzelte die Stirn. »Und du hockst derweil im Kofferraum?«

»Ja ...« Verlegen kratzte sich Moritz am Hinterkopf. »Ich mach mir nicht so viel aus ... Natur.« Und dann: die rettende Idee. »Ehrlich gesagt haben wir uns gestritten. Wegen, na Sie wissen schon. Er hat gesagt, er muss eine Runde Luft schnappen, sonst bringt er mich um.« Moritz grinste schief und zuckte mit den Schultern.

»Ja ... das glaub ich ihm sofort«, meinte Baumann und musterte Moritz von Kopf bis Fuß. »Eine Schande machst du ihm. Vor der ganzen Stadt stellst du ihn bloß. Wenn du *mein* Sohn wärst, hättest du schon längst eine Tracht Prügel eingesteckt. Dein Vater ist viel zu weich.«

Moritz grinste und strich mit den Schuhen über ein Büschel Gras mitten am Weg. »Ich bin aber nicht Ihr Sohn.«

»Froh kannst du sein«, knurrte Baumann, schüttelte den Kopf und stapfte zu seinem Auto zurück. »Er hat das nicht verdient. Nein, das hat er nicht verdient.«

»Schönen Sonntag noch!«, rief ihm Moritz nach, doch Baumann winkte nur ab, stieg in den Wagen und rollte den Feldweg rückwärts Richtung Straße.

»Puh!« Moritz ließ einen Stoßseufzer fahren, wartete, bis Baumann außer Sichtweite war, und öffnete den Kofferraum. Philipp lag so still und flach da, dass man ihn wohl selbst bei einer Inspektion übersehen hätte.

»Die Luft ist rein«, ächzte Moritz und schlüpfte wieder auf die Ladefläche. Sachte schlug er die Decke zurück. Philipp lag, das Gesicht in die Handflächen gepresst, unverändert da. »Er ist weg.« Moritz strich ihm über den Nacken, neigte sich über ihn und streifte mit der Nase sein Haar. Genussvoll schloss er die Augen, sog den Duft tief in sich auf und säuselte: »Wir können weitermachen, wo wir aufgehört haben.«

Philipp atmete ein, als hätte er die ganze Zeit über die Luft angehalten, und setzte sich hölzern auf. Sein Blick verriet, dass er an vieles dachte, nicht aber daran, dort weiterzumachen, wo sie aufgehört hatten. Trotzdem legte ihm Moritz eine Hand in den Nacken und drückte ihm einen Kuss auf die verkniffenen Lippen. Noch einen und noch einen. Doch Philipp wurde nicht weicher, hielt den Blick gesenkt, die Küsse, die er erwiderte, waren schwach, nicht mehr als ein kaum merkliches Schürzen der Lippen.

Seufzend ließ Moritz ab und drückte die Stirn gegen Philipps Stirn. »Sollen wir zurückfahren?«

»Es tut mir leid«, nuschelte Philipp.

»Das muss es nicht«, behauptete Moritz. »Ich kann das verstehen.«

Verunsichert hob Philipp den Blick. »Wirklich?«

»Ja.« Moritz nickte und streichelte ihm über die Wange. »Ja, mach dir keine Sorgen. Mir fällt schon was anderes ein.«

20|Feier des Tages

Gegenwart

Als Moritz vor dem Elternhaus vorfuhr, staunte er nicht schlecht: Ein silberner Sportwagen stand direkt davor und blockierte die Ausfahrt. Vaters Kastenwagen parkte auf der Straße.

Moritz stellte den Motor ab und lehnte sich seufzend zurück. Er fühlte sich, als wäre er tausend Jahre alt. Jedes Gelenk schmerzte, das Gesicht spannte sich, als trüge er eine Gummimaske. Philipp hatte schon wieder geschlafen, als er nach dem Gespräch mit dem Vater zu ihm zurück ins Krankenzimmer gekommen war. Diesmal hatte Moritz ihn nicht wecken wollen. Wenn er schlief, merkte er wenigstens nicht, was um ihn herum los war. Daher hatte sich Moritz einen Stuhl genommen und eine halbe oder ganze Stunde einfach nur neben ihm gesessen und seine Hand gehalten, über sein Haar und die Schläfen gestreichelt, sein Gesicht betrachtet. Und er hatte in seinem Inneren geforscht, ob Vater recht hatte und er ihn wirklich nur hier rausholen wollte, um ihn für sich zu haben. Um ihn zu ...

Als ihm bewusst geworden war, wie viele Kerle er gevögelt hatte, seit er Philipp zuletzt gesehen hatte, war eine Lawine von Schuldgefühlen über ihn hereingebrochen. Er konnte sich an keinen einzigen Typen konkret erinnern, was vermutlich daran lag, dass er dabei die meiste Zeit so besoffen gewesen war, dass er seinen eigenen Namen nicht mehr wusste. Ein einziger Rausch, das Stöhnen unzähliger Kerle, Schwanz rein, Schwanz raus, und gelegentlich das Gesicht ins Kissen gedrückt, während sich jemand in ihn rammte. Der ebenso jämmerliche wie vergebliche Versuch, zu verdrängen, zu vergessen. Aber *was* vergessen und verdrängen?

Ihn? Der hier vor ihm im tiefen Schlummer lag, in den Daunen eines Medikamentencocktails, der ihn ruhigstellte?

Nein. *Ihn* hatte er *nie* vergessen wollen. All die verzweifelten Ficks waren der Versuch gewesen, sich zu erinnern, die Berührungen und die Nähe aufrechtzuerhalten, nach der er sich so sehnte, zu vollenden, was sie nicht hatten vollenden können. Aber es gelang nicht. Diese Art von Nähe, dieses Gefühl, das er bei Philipp gehabt hatte, hatte sich nie einstellen wollen. Aber der Sex half ihm, sich zu erinnern. Bei jedem Fick kam irgendwann dieser wunderbare Augenblick, da es in seinem Hirn Klick machte, und er bei Philipp war. Sekunden nur, aber die waren es Wert. Wert, durch Clubs zu streunen, irgendwen aufzureißen, die nervtötenden Flirts durchzuexerzieren, den Kerl irgendwohin zu schleppen, wo man rammeln konnte, und dann darauf zu warten, dass er Philipps Stimme hörte, sein Lächeln spürte, einen intensiven Blick erntete.

Ihm war nie die Idee gekommen, dass er Philipp betrog. Denn Philipp war ja in allem. Außerdem konnte er ihn doch ohnehin nicht haben und würde ihn nie wiedersehen.

Aber jetzt ...

Moritz fühlte sich dreckig. Unwürdig. Vater hielt *Philipp* für krank? Er hatte nicht die geringste Ahnung, wie zerstört Moritz war. Philipp hatte einen Therapeutenverschleiß? Vermutlich nicht annähernd so einen hohen wie Moritz. Und was die Sache mit dem Schlafwandeln betraf ... Selbst da konnte Moritz mithalten. Es war der erste Jahrestag gewesen und er nur Tage zuvor aus der Kaserne gekommen, wo er den Wehrdienst abgeleistet hatte. Ein Novembertag. Fünf Grad über null. Die Polizei hatte ihn auf der Stadtautobahn aufgegabelt, barfuß, mit nacktem Oberkörper. Die Unterarme und Hüften waren später blau von den vielen Autospiegeln, die ihn gerammt hatten, aber sonst war ihm wie durch ein Wunder nichts passiert. Wie Moritz dort hingekommen war, wusste er nicht. Woher das Zeug in seinem Blut kam, auch nicht. Man erzählte ihm, er hätte immer wieder so verzweifelt und eindringlich nach Philipp gefragt, dass die Polizeibeamten dachten, da liefe noch ein zweiter Verrückter herum und die halbe Nacht vergeblich nach ihm suchten.

Also, Papa, wie gefällt dir das?

Oder ein Jahr darauf. Ein Sonntag. Ebenfalls November. Ebenfalls Jahrestag. Moritz absolvierte seine tägliche, morgendliche Jogginrunde und dann ... Der Sportfischer erzählte, er wäre wie ein Stein ins Wasser gefallen. Moritz wusste, wie es war, eines Suizidversuchs beschuldigt zu werden. Hundertmal hatte er betont, er wüsste nicht, warum er von der Brücke gesprungen war. Es hätte ihn einfach überkommen. Er hätte gedacht: warum nicht? Und keinen Grund gefunden. Ebenso gut hätte er sich ein Eis kaufen können, weil da gerade ein Eisgeschäft war. Nur war da eben diese Brücke.

Also Therapie. Und weil Moritz sonst niemanden zum Reden hatte, wurden Therapeuten seine teuren Freunde auf Zeit. Immer nur so lange, bis sie bemerkten, dass er sie nur an der Nase herumführte. Dass er ihnen den *richtigen* Brocken, das tiefe dunkle Tal in sich, verheimlichte. Schlimmer: Dass er davor meterhohe Mauern gebaut hatte, und schwere Tore mit Eisenketten, fest entschlossen, niemanden dorthin zu lassen.

Denn niemals, nie, nie, nie, würde er sich Philipp wegtherapieren lassen. Da litt er lieber wie ein Hund.

Ein schwuler Masochist eben. Er hatte es irgendwie schon immer gewusst.

Moritz hatte vorhin verbissen versucht, Philipp aus dem Krankenhaus zu holen. Ging natürlich nicht so ohne Weiteres, schon gar nicht sofort. Er solle morgen wiederkommen, hatte man ihm gesagt, am besten mit seinem Vater. Man würde das besprechen, auch und vor allem mit dem Patienten selbst. Denn der würde fürs Erste jemanden brauchen, der daheim auf ihn aufpasste. Auf keinen Fall dürfe er jetzt alleine sein. Ob sich überhaupt jemand dazu bereit erkläre, rund um die Uhr bei ihm zu sein und auf ihn zu schauen. *Natürlich*, betonte Moritz, nicht eine Sekunde würde er von Philipps Seite weichen.

Du willst ihn doch bloß vögeln.

Nein. Nein, Moritz wollte Philipp nicht vögeln. Er wollte nur einfach bei ihm sein. Das war alles. Sich um ihn kümmern. Ihm Gesellschaft leisten. Reden. Reden. Reden. Denn Moritz ahnte, dass Philipp in den vergangenen fünf Jahren mit niemandem gesprochen hatte. Mit wem auch? Vater?

Jetzt hockte Moritz in seinem Auto vor dem Elternhaus und sammelte seine Kräfte. Sein Vater würde triumphieren, weil er Philipp nicht hatte rausholen können. Vielleicht verweigerte er sogar, morgen mitzugehen und verhinderte damit, dass Philipp entlassen wurde. Sie würden wieder streiten und streiten und streiten, einander viele verletzende Dinge an den Kopf werfen. Ihm standen also vierundzwanzig scheiß anstrengende Stunden bevor, und wahrscheinlich würde Moritz stapelweise Zugeständnisse machen müssen.

Seufzend stieg er aus und schleppte sich zum Eingang, nicht, ohne kurz vor dem silberfarbenen Sportwagen stehen zu bleiben. So ein Angeber. Immer noch. Aber was machte er *hier?*

Aus dem Wohnzimmer drang Lachen. Wenn es überhaupt möglich war, verdüsterte sich Moritz' Stimmung noch weiter. Fröhlichkeit, während Philipp total zugedröhnt im Krankenhaus lag?

»Ah, da ist er ja, mein Lieblingslehrling«, rief Armin, als er Moritz entdeckte, und schwenkte sein Sektglas.

Sekt?

Was war hier los?

Neben Armin stand eine bildschöne Frau in Moritz' Alter. Eine Sekunde lang erkannte Moritz sie nicht. Sie hatte nichts mehr von dem nervtötenden Gör, das ihn ständig wegen Philipp gelöchert hatte.

»Komm her, mein Junge«, sagte Armin, stellte sein Sektglas auf den Couchtisch und eilte auf Moritz zu. »Schön, dich wiederzusehen.«

Völlig überfahren ließ Moritz die Umarmung seines ehemaligen Chefs über sich ergehen und warf Melanie einen hilfesuchenden Blick zu. Sie missinterpretierte das und kaum entließ ihn ihr Vater aus der herzlichen Umarmung, drückte sie sich an ihn und gab ihm je einen Kuss auf die Wange.

Was. War. Hier. Los?

Ratlos schaute sich Moritz nach seiner Mutter um. Sie hatte sich zurechtgemacht, hatte ihr Outfit an Armin und Melanie angepasst. Neureich. *Schnieke.* Sie pflückte einen Sektkelch vom Couchtisch, eilte auf Moritz zu und drückte ihn ihm in die Hand.

»Danke ... jetzt nicht ...«, murmelte Moritz und suchte nach einem Platz, wo er ihn abstellen konnte.

»Komm, stoß mit uns an. Zur Feier des Tages«, bat Armin und hob das Glas. Mutter und Melanie taten es ihm gleich.

»Ich will wirklich nicht ...«

»Deine Mutter hat uns Bescheid gesagt, dass du wieder da bist«, meinte Armin festlich. »Nach so vielen Jahren. Du hast uns allen sehr gefehlt, nicht wahr?« Als wäre eine ganze Gemeinde hier versammelt, schaute er sich um, dann sagte er gespielt tadelnd: »Ich habe gewiss ein Fünftel meines Umsatzes verloren, ohne meinen fleißigsten Mitarbeiter.« Er lachte über seine eigenen Worte, dann hob er wieder das Glas. »Also, lass dich feiern. Das bist du uns schuldig. Trink zumindest einen Schluck mit uns.«

Widerwillig ließ Moritz zu, dass seine Mutter, Melanie und Armin mit ihm anstießen. Der Form halber nippte er am Sekt und stellte ihn auf eine Kommode. »Entschuldigt, aber mir ist nicht nach ...«

Armin legte ihm eine Pratze auf die Schulter. »Du musst mir erzählen, was du in der großen weiten Welt getrieben hast.«

»Nicht jetzt ...« Moritz versuchte, auszubrechen, aber Armin zerrte ihn zum Sofa und zwang ihn, sich zu ihm zu setzen.

»Also. Nun sag schon. Wie ist es dir ergangen?«

»Ich bin müde«, sagte Moritz und versuchte, aufzustehen.

Armin hielt ihn fest. »Ein paar Minuten wirst du doch für deinen alten Chef erübrigen können, hm? Du hast mich einfach so sitzen lassen.«

»Ich bin wirklich. Nicht. In Stimmung«, betonte Moritz.

»Wirst du bleiben?«, ignorierte Armin Moritz' Einwand. »Du kannst sofort bei mir im Laden anfangen.«

»Jetzt lass ihn doch erst einmal ankommen«, meinte die Mutter.

Moritz warf ihr einen dankbaren Blick zu.

»Ich meine ja nur«, sagte Armin. »Du kannst jederzeit vorbeikommen. Meine Türen stehen immer für dich offen.«

»Danke ...«, murmelte Moritz überfordert. »Könnte ich jetzt ...«

»*Wenn* er hier arbeiten möchte, dann bei mir«, sagte der Vater.

Moritz fuhr herum. Er hatte ihn gar nicht kommen sehen.

Armin einen gefährlichen Blick zuwerfend, kam der Vater auf Moritz zu, setzte sich neben ihn auf die Armlehne und legte ihm eine Hand auf die Schulter. »Aber du wirst sicher nicht lange bleiben, nicht wahr?«

Im Augenwinkel sah Moritz, dass Mutter und Melanie tuschelten und zu ihm hersahen.

»... ein richtiger Mann geworden«, hörte er seine Mutter sagen, dann stupste sie Melanie an. »Ein *fescher* Mann, nicht wahr?«

Oh, Herr im Himmel.

Moritz riss sich von Vater und Armin los und eilte in sein altes Zimmer hoch, immer zwei Stufen auf einmal nehmend.

21|KÜNSTLERART

Gegenwart

Moritz stand mitten in einem Atelier. Zwei Wände waren komplett aus Glas und boten einen Blick auf eine verwilderte Wiese. Dahinter begann der Wald, darüber neigten sich die Berge. Ein malerischer Ausblick. Es war sehr hell hier. Überall standen Leinwände herum, größere, kleinere, einige auf Staffeleien, auf einem sehr großen Tisch lagen Tuben, Stifte, Pinsel, Töpfe und Skizzen. Alles war mit Farbe bekleckert, aber auf eine nette Art. Auf *Künstlerart*. Es war genau so, wie Moritz das aus dem Fernsehen kannte.

Das Haus stand am äußersten Ende der Stadt, in einiger Entfernung zu den Nachbarn. Es war das letzte Grundstück vor dem Wald und lag abgelegen, ohne abgeschieden zu sein. Man hätte für Philipp kaum ein besseres Haus finden können.

»Und ...?«, fragte Philipp leise. »Wie findest du es?«

Moritz fuhr herum. Sein Herz zog sich zusammen.

Die Schultern hochgezogen, die Lippen zu einem Strich gepresst, schaute sich Philipp um, als beträte er selbst zum ersten Mal das Atelier. Verlegen zerrte er die Ärmel seines weiten, eierschalenfarbenen Hemdes über die Handgelenke und tappte barfuß näher. Sein Haar war feucht, wellte sich um sein Gesicht, das Kinn hatte er frisch rasiert. Als sie vom Krankenhaus zurückgekommen waren, war sein erster Weg unter die Dusche gewesen.

»Es ist ... nett«, presste Moritz hervor und lehnte sich unauffällig gegen den Tisch. Seine Knie waren weich, sein Bauch zog sich zusammen und sein Kopf begann zu glühen. Er fühlte sich wieder wie der Teenager von einst, der Philipp nur scheu und verkrampft kannte und sich heimlich danach verzehrte, ihn zu küssen.

»Nicht wahr?« Philipp lächelte. Oh, er lächelte!

Moritz musste sich abwenden, um nicht in Tränen auszubrechen.

»Hat vorher einem Holzschnitzer gehört, aber der ist weggezogen und hat es deiner Mutter verkauft«, erklärte Philipp. »Gegen ein Bild pro Monat darf ich hier wohnen.«

Überrascht fuhr Moritz herum. »Meiner Mutter gehört ein Haus?« Warum hatte sie ihm das nicht erzählt? War das nicht ein einschneidendes Erlebnis, wenn man ein *Haus* kaufte? Da fiel sein Blick auf eine Leinwand. Sein Bauch verkrampfte sich. Es war ein Bild vom See. Von genau der Stelle, wo sie sich zum ersten Mal geküsst hatten. Bis ins kleinste Detail hatte Philipp ihr Ufer festgehalten, besser, als jedes Foto es könnte. Er hatte dieses ganz besondere Gefühl auf die Leinwand gebracht. Das *Philipp-Zeit-Gefühl.*

»Das ist unverkäuflich«, erklärte Philipp leise und stellte sich so nah neben Moritz, dass sich ihre Schultern berührten. Sein Körper strahlte noch die von der Dusche feuchte Hitze aus.

Hungrig nach noch mehr Nähe lehnte sich Moritz an ihn. Ihre Arme schmiegten sich aneinander, ihre Handrücken streiften sich und wie von selbst fanden sich ihre Finger. Hand in Hand, Schulter an Schulter standen sie da und genossen die Anwesenheit des anderen.

Moritz löste den Blick vom Gemälde und betrachtete Philipps Profil. Was für ein schöner Mann er geworden war. Gedankenverloren leckte sich Philipp über die weichen Lippen. Ein wehmütiges Seufzen drang aus seiner Kehle. Dann schien er Moritz' Aufmerksamkeit zu spüren, drehte den Kopf und schaute ihn voller Hingabe an ...

Noch ehe Moritz begriff, was er da tat, wandte er sich zu ihm herum, zog ihn an sich, legte ihm die Hände auf die Wangen, blickte ihm tief in die Augen – und hielt inne. Seine Lippen pulsierten, seine Zunge drängte sich zwischen die Zähne.

Ein Kuss. Nur ein Kuss. Es ist nichts Falsches an einem Kuss.

Philipp schluckte, schielte ihn aus dieser Nähe verzweifelt vor Verlangen an, dann schloss er die Augen und öffnete erwartungsvoll ein wenig den Mund. Sein Atem bließ stoßweise über Moritz' Lippen, schenkten ihm einen wunderbaren Vorgeschmack auf ...

Nein!

Moritz schob ihn von sich, machte einen Schritt zur Seite, fuhr sich durchs Haar. »Nein. Wir dürfen nicht.« Oh Gott, wie sehr hasste er sich für seine Vernunft.

»Aber es ist doch niemand hier«, meinte Philipp in flehendem Tonfall und machte einen Schritt auf ihn zu.

Moritz musste fast lachen, weil es so absurd war, dass gerade *er* dieses Argument brachte. »Das ändert nichts daran«, stieß er hervor und suchte noch ein wenig mehr Abstand.

»Es ist mir egal«, behauptete Philipp und blickte ihn vorsichtig an. »Ich habe viel nachgedacht. Und es ist mir egal.«

Moritz presste die Lippen zu einem Strich. Seine Augen brannten, füllten sich mit Wasser. »Mir aber nicht.«

Plötzlich veränderte sich Philipps Blick und er tat etwas, das Moritz noch nie an ihm beobachtet hatte: Er wischte so wütend über den Tisch, dass mindestens ein halbes Dutzend Farbtuben zu Boden polterte und Skizzen durch die Luft flogen. Er schnaufte, sein Blick loderte, seine Haare hingen ihm wild ins Gesicht. Er öffnete den Mund, wollte etwas sagen, oder schreien, stattdessen holte er aus, packte eine der Leinwände und warf sie mit einem heftigen Ruck um.

»Philipp ...«, sagte Moritz betroffen.

Philipps Kinn zitterte vor Wut. Er drehte sich um, gab einer der Staffeleien einen Tritt, sodass sie gegen eine weitere krachte, und stürzte aus dem Atelier. Hinter ihm fielen die Staffeleien mitsamt den Bildern klappernd zu Boden.

Geschockt schaute Moritz Philipp nach. Minutenlang wusste er nicht, wie er reagieren sollte. Sogar seine Tränen hatten sich vor Schreck zurückgezogen. Dafür schlotterten seine Knie. Dann setzte er sich in Bewegung, rannte ihm hinterher. »Philipp? Philipp?« Ihm raste durch den Kopf, dass er stundenlang geglaubt hatte, Philipp wäre vor einen Zug gesprungen, und auch, wenn es sich als Irrtum herausgestellt hatte, so fürchtete er jetzt doch ...

Drei Mal lief Moritz panisch durchs Haus, fürchtete schon, Philipp wäre hinausgerannt, ohne dass er es bemerkt hatte, dann fand er ihn im Schlafzimmer, eingepfercht zwischen Bett und Schrank – eine Nische, gerade breit genug für Philipps Körper. Er hatte die Beine zur Brust gezogen, die Arme schützend über dem Kopf, und schluchzte.

Moritz ging fast in die Knie, als er ihn so sah. »Philipp«, sagte er sanft und hockte sich zu ihm. Sein Blick wurde verschwommen. »Philipp ... bitte ...« Moritz streichelte ihm über Schienbeine, berührte seine Ellenbogen. Und so wie damals öffnete sich Philipp wie eine Blüte. Seine Arme folgten Moritz' Händen, sanken sanft, dann fanden sich ihre Finger, verknoteten sich. Philipps

Augen waren rot geschwollen. Moritz kippte vor, presste die Lippen auf Philipps Knie, schloss die Augen und genoss den Duft, den sein Liebster verströmte.

Philipp atmete stoßweise, blies durch Moritz' Haar, neigte sich vor und drückte ihm die Lippen auf den Scheitel. »Bleibst du hier?«, flüsterte er. »Heute Nacht. Bleibst du?«

Moritz nickte, küsste abwechselnd Philipps linkes und rechtes Knie. »Natürlich bleibe ich.«

22|Tusche und Aquarell

Damals

»Und? Was sagst du?« Moritz marschierte Philipp voraus ins Hotelzimmer und drehte sich um die eigene Achse. Es war kein besonderes Hotel, kein besonderes Zimmer, aber es war ein Raum, den sie abschließen konnten, fern der Eltern, fern der Stadt. Moritz fühlte sich ein bisschen, als hätte er das alles hier eigenhändig eingerichtet.

Offizieller Grund ihres Fortbleibens: Spritztour.

Moritz hatte den Führerschein bestanden und Armin ihm eines seiner Autos geliehen, um ein wenig Fahrpraxis zu sammeln. Leider keinen Sportwagen oder Oldtimer – er hatte einen echt beeindruckenden Fuhrpark –, sondern einen kleinen mädchenhaften Gebrauchtwagen, den, so erklärte er, Melanie bekommen sollte, sobald sie ihre Fahrprüfung bestanden hatte, was noch ein paar Wochen dauern würde, sie war durch die Praxisprüfung gerasselt.

Der Plan, ein Hotel aufzusuchen, stand schon länger. Der Weg dahin war kompliziert. So durfte das Hotel nicht in der Nähe sein, denn die Angst, dass dort einer herumschlich, der sie kannte, war zu groß. Doch Hotels in weiterer Entfernung erreichte man nur mit der Bahn. Sie hatten drei Fehlversuche hinter sich, weil Philipp zuerst todesmutig erklärt hatte, er würde es schon schaffen, aber dann wie festgewurzelt am Bahnsteig stehen geblieben war und keinen Schritt vor und keinen zurück hatte machen können, bis er Zug ohne sie abgefahren war.

Vorsichtig kam Philipp ins Zimmer, die Faust um den Trageriemen des Rucksacks geballt, und schaute sich um. Sein Blick fiel aufs Doppelbett. Er schluckte. Seine Wangen wurden leicht rosig.

Sie hatten lange darüber gesprochen, Für und Wider abgewogen. Ein weiteres Desaster, wie mit dem Kastenwagen des Vaters vor einigen Wochen, wollten sie nicht mehr durchmachen. Moritz hatte auch brav seinen Monat Spielkonsolenverbot durchgestanden. Für ... nichts. Und es wurde nicht besser. Zumindest was das *Mehr* betraf. Immerhin waren die Sommerfrischler wieder abgezogen und der Herbst schön genug, um ein wenig am Seeufer zu knutschen. Und nachdem sie sich einmal getraut hatten, beim Schmusen die Hand in die Hosen des anderen zu schieben, und *ihn* anzufassen, gehörte auch das meistens dazu. Aber immer nur voll bekleidet, immer nur die Hand in der Hose, Lippen an Lippen, immer gerade so weit, dass sie jederzeit auseinanderrücken und aufspringen konnten, falls sich doch wieder jemand in die Nähe verirrte.

Moritz wollte mehr. Mittlerweile waren seine Wünsche ziemlich konkret geworden. Mehrmals hatte er Philipp vorgeschlagen, *ihn* in den Mund zu nehmen, und Philipp war von der Idee auch mehr als angetan, aber es umzusetzen war noch einmal etwas anderes.

Deswegen das Hotelzimmer.

Um nicht den Eindruck zu erwecken, das Etablissement für ein *Stundenhotel* zu halten, hatte Moritz ganze drei Nächte gebucht, auch, wenn sie dort nicht übernachten würden. Sie würden nach der Arbeit hinfahren, abends wieder zurück, und wenn es gut lief, auch morgen wieder und übermorgen. Kostete ihnen eine Stange Geld, aber das war es ihnen Wert. Philipp hatte versichert, dass er in einem Hotel entspannen könne.

Essenziell wäre nur, dass sie absperren konnten, dass sie für den Raum bezahlten und sich dort legal aufhielten. Und das Allerwichtigste: dass Moritz mit war.

Der Abend dämmerte bereits. Moritz schaltete das Licht ein und machte die Vorhänge zu. Dann marschierte er zum Bett und prüfte die Federung. In seinem Rucksack hatte er Kondome und Gleitmittel. Für alle Fälle. Gekauft im Nachbarort – zwei verschiedenen Nachbarorten. Er hatte es unter einem Berg anderen Kram vergraben. Shampoo, Geschirrspülmittel, Taschentücher, Vollkornkekse. Aber dann hatte die Verkäuferin die Gummis oder das Gleitmittel so gelangweilt über den Scanner gezogen wie alles andere auch. Hinterher war sich Moritz ein wenig blöd vorgekommen, dass er sich so angestellt hatte.

Jetzt wartete das Zeug darauf, eingesetzt zu werden. Vielleicht. Als sie losgefahren waren, hatte Moritz kurz am Straßenrand gehalten und Philipp die Schätze gezeigt. Ein wenig nervös, was er dazu sagen würde. Aber Philipp hatte beides ohne Scheu genommen und von allen Seiten begutachtet. Wo genau er die Grenze zwischen Scham und Schamlosigkeit zog, wusste Moritz nach wie vor nicht. Wo er selbst total Schiss hatte, reagierte Philipp total cool, und wo eigentlich überhaupt nichts dabei war, nichts irgendwie Peinliches oder Seltsames, schob Philipp Panik. Aber irgendwie mochte Moritz genau das. Philipp kam ihm vor wie ein Juwel in einer sehr komplizierten Schatzkiste, die nur ein vom Schicksal auserkorener Ritter zu öffnen vermochte – und er war dieser Ritter.

Philipp legte seinen Rucksack auf einen Sessel und betrachtete die Bilder an der Wand. Keine besonderen Motive. Irgendwelche Aquarellbilder von Bäumen, mit Tusche kontrastiert. Ja. Genau. Moritz konnte mittlerweile zwischen Acryl und Aquarell unterscheiden, wusste, was Tusche war und einiges mehr. Er hatte Philipps Zeichnungen gesehen und war beeindruckt. Philipp hatte es echt drauf. Eigentlich war es eine Verschwendung, dass er seine Zeit in Vaters Geschäft vertrödelte.

Immerhin war Moritz' Mutter auf ihn aufmerksam geworden und hatte angeboten, nur mal so, um zu schauen, wie Philipps Kunst ankam, eines seiner Bilder ins Schaufenster ihres Ladens zu stellen.

Einen halben Tag hatte es dort gestanden, ehe es jemand gekauft hatte. Einer der Gründe, warum Philipp jetzt hier war. Er war ein paar Zentimeter gewachsen vor Stolz, hatte einen richtigen Selbstvertrauensboost erhalten. Und obwohl es Moritz' Mutter gewesen war, die ihm die Chance geboten und das Bild verkauft hatte, durfte Moritz die Dankbarkeit ernten: einen Blick voller Liebe, ein noch glücklicheres Lächeln, und Küsse, die mit den Sternen jonglierten.

Moritz holte eine Cola aus seinem Rucksack. Alkohol durfte Philipp nicht. Wegen der Medikamente. Gegen Panik, Stimmungsschwankungen und so weiter. Ob sie halfen, wusste Moritz nicht, auch Philipp konnte es nicht genau sagen, außer dass er – und das warf er Moritz hin, als wäre es kaum der Rede wert – nicht mehr zusammenklappte.

Zusammenklappen. Licht aus. Zu viel Panik. Sein Gehirn wurde nicht fertig mit zu viel Stress und er sackte in sich zusammen. Gottseidank hatte Moritz das noch nicht miterleben müssen.

»Willst du?«, fragte Moritz und streckte Philipp die Flasche hin.

»Nein danke«, murmelte Philipp, während sein Kennerblick auf einer Zeichnung haftete. »Ich bring jetzt nichts runter.«

Moritz schluckte. »Weil ... wegen ...«

»Ja.«

»Sollen wir ... abbrechen?«

»Was?« Philipp fuhr herum und blickte Moritz verstört an. »Wieso?«

»Weil ... ich dachte ... dass ...« Oh, verdammt. Moritz' Eingeweide bildeten einen einzigen festen Klumpen. *Er* war es, der Bammel hatte. *Er* war es, der insgeheim darauf hoffte, etwas möge ... dazwischenkommen. Er hatte Angst zu versagen. Der Weg bis hierher war so beschwerlich gewesen, dass es *auf jeden Fall* klappen musste. Dass *es* auf jeden Fall *passieren* würde.

Damit seine nervösen Finger etwas zu tun hatten, kramte er wahllos in seinem Rucksack herum. Auch, als Philipp auf ihn zu kam und über das Bett krabbelte. Auch, als ihm Philipp kleine Küsse in den Nacken drückte. Moritz hatte Gänsehaut, er war so hart, dass er befürchtete, zu kommen, ehe irgendetwas passiert war.

»Was suchst du denn?«, hauchte Philipp, griff an ihm vorbei in den Rucksack und pflückte die Kondome heraus. »Da sind sie doch.« Seine Hände glitten unter Moritz' Shirt. Heiße Finger, die sanft über Moritz' Haut streichelten, während er ihm seinen Atem stoßweise in den Nacken blies.

Stöhnend ließ Moritz den Rucksack zu Boden sinken, drehte sich herum und fing Philipps Lippen für einen Kuss.

Wenig später waren sie nackt, lagen aufeinander, nebeneinander, streichelten sich, genossen es, Haut an Haut zu sein. Moritz konnte sein Glück kaum fassen, Philipp endlich so nah bei sich zu haben. Immer wieder musste er sich mit dem ganzen Körper fest an ihn pressen, mit den Handflächen und Fingerkuppen jeden Zentimeter seiner Haut berühren.

Die Angst legte sich, die Anspannung fiel ab, und Moritz vergaß völlig, dass neben ihnen Kondome lagen. Sie waren vollständig mit Fühlen und Berühren beschäftigt. Irgendwann begann Moritz, nicht nur die Hände über Philipps Körper zu führen, sondern folgte ihnen mit den Lippen, zeichnete mit der Zunge kleine nasse Spuren auf die salzige Haut. Philipp wand sich, die Augen geschlossen, den Mund leicht geöffnet. Er gab sich ganz hin. All die Scheu und Verklemmung waren wie weggeblasen. Er ließ sich richtig gehen. Als Moritz über seinen Bauch abwärts küsste, schlug ihm Philipps Erektion gegen die Wange und ohne großes Drama öffnete er den Mund und fing damit die Eichel.

In seinem Hirn sprühte ein Funkenregen. Langsam schob er sich Philipps hartes Fleisch tiefer in den Mund, kostete ihn mit der Zunge und ließ sich von seinem Geschmack betören. Nie hätte er erwartet, wie sehr es ihn selbst antörnen würde, Philipp einen zu blasen. Er raste ungebremst aufs Finale zu, vor allem, als Philipp zuckersüß zu stöhnen anfing und mit dem Becken instinktive, kleine Stöße vollführte. Die leckere Härte rumpelte über Moritz' Lippen, die glatte Eichel stieß gegen seinen Gaumen, rutschte Richtung Kehle, und als Philipp kam und den feinen, heißen Strahl direkt in Moritz' Mund spritzte, kam auch Moritz. Ohne Hand an sich zu legen. Er saute einfach so die Bettdecke voll.

Es war vorbei. So schnell.

Keuchend und schwitzend lagen sie sich in den Armen, Haut an Haut, und verdauten, was soeben passiert war. Worte fanden sie beide keine. Das eben war mehr, als sie erwartet hatten. Und weniger.

Das künstliche Licht tauchte den Raum in sanftes Gelb. Menschen schlurften über den Flur, Stimmen ertönten, Schlüssel klapperten. Moritz machte sich schon darauf gefasst, dass ihr Schäferstündchen vorüber war, aber Philipp hielt zwar den Atem an, horchte, verspannte sich ein wenig, kaum waren die Leute jedoch in ihren Zimmern verschwunden, atmete er aus und entspannte wieder.

»Ich möchte noch mal«, sagte er vor sich hin.

Moritz sah ihm ins Gesicht. »Was?«

Ein verklärter Blick traf ihn, funkelnd, wie von einer anderen Welt herüber. »Ich würde das gerne noch mal machen.«

»Dass ich dir einen ...«

Philipp nickte und musterte Moritz glücklich. »Ja.«

23|Verwundetes Tier

Gegenwart

03:39

Die LCD-Anzeige der Mikrowelle tauchte die Küche in grünes Licht. Moritz lag rücklings auf einem Feldbett. Wenn er versuchte, die Arme auszustrecken, stieß er links an den Geschirrspüler und rechts an den Küchenschrank. Seit Stunden versuchte er, Schlaf zu finden, doch seine Augenlider klappten schneller hoch, als er sie schließen konnte. Sein Körper war bretthart. Durch seinen Bauch flog eine ganze Flugzeugflotte. Sein Herz wollte sich einfach nicht beruhigen, hämmerte und schlug in seinem Brustkorb wie eine Halle voller im Akkord arbeitender Metallarbeiter.

03:40

Moritz gab ein enerviertes Stöhnen von sich und setzte sich auf. Nur ein Zimmer weiter schlief Philipp – dank seiner Sedativa tief und fest. Vielleicht hätte Moritz auch welche nehmen sollen.

Bestürzt hatte Philipp mit angesehen, wie Moritz entschlossen das alte Feldbett zwischen die Küchenzeilen gequetscht hatte, um die Nacht dort zu verbringen. »Du kannst doch bei mir schlafen. Das Bett ist breit genug.«

»Kann ich *nicht*«, hatte Moritz erwidert, ohne ihn anzusehen, und über die verrosteten Gelenke des Feldbettes geflucht. »Neben dir kann ich nicht schlafen.« Und dann, ein wenig bitter, ein wenig traurig: »Das weißt du.«

Jetzt fragte sich Moritz, ob er nicht lieber in einem Schlafsack vor dem verriegelten Haus hätte schlafen sollen.

Geh nicht zu ihm!

Sein Bett ist Tabu!

Er ist Tabu!

Moritz rieb sich übers Gesicht, kratzte sich den Kopf und krallte die Finger ins Haar. Was hatte er denn erwartet? Dass er friedlich im Zimmer neben jenem Mann schlafen konnte, nach dem er sich seit fünf Jahren verzehrte? Nach dem er sich schon *immer* verzehrt hatte?

»Scheiße.« Moritz stand auf, hangelte sich am Feldbett vorbei und tappte zum Zimmer, in dem Philipp schlief. Es gab keine Tür. Fataleweise. Nichts, das sie trennte, nur die Willenskraft, und nach Stunden eisernen Kampfs war sie allmählich erschöpft. Moritz hätte sich mit Handschellen an ein Heizungsrohr ketten lassen sollen.

Es war zu dunkel, um etwas zu erkennen. Nur leises Schnarchen und Philipps Duft erfüllten den Raum. Moritz müsste nur einen Schritt machen und er könnte ins weiche Bett gleiten, sich an Philipp schmiegen ...

Nein! Verdammt!

Moritz ballte die Fäuste, mahlte mit dem Kiefer. Jede Faser seines Körpers zerrte an ihm, säuselte: *Leg dich zu ihm. Er will es. Du willst es. Niemand ist hier. Wen kümmerts?*

Und wenn er es tat?

Wenn er es einfach tat?

Er hatte wahrlich genug gekämpft.

03:43

Die Zeit schlich rückwärts. Die Sehnsucht dehnte jede Sekunde in die Unendlichkeit.

Nur neben ihm liegen – auf dem Rücken, die Hände auf dem Bauch verschränkt – nicht anfassen, nur genießen. Dem Atmen zuhören, dem Rascheln der Bettlaken, wenn sich Philipp umdrehte, vielleicht ein wenig die Hitze spüren, die sein Körper abstrahlte.

Moritz hatte das Bein bereits angehoben, um ins Zimmer zu gehen, dann drehte er um. Ein Impuls der Vernunft, nur eine Zehntelsekunde, aber er nutzte sie. So schnell er konnte, eilte er an seinem Feldbett vorbei, sprang halb drüber, rannte durch den Flur, riss die Haustür auf und stürzte hinaus in die Nacht.

Kühle Luft schlug ihm entgegen. Unter seinen nackten Füßen kitzelte kaltes, feuchtes Gras. Moritz stützte sich vornübergebeugt an seinen Oberschenkeln ab. Ihm war schlecht vor Sehnsucht. Gab es das? Kotzen vor Sehnsucht? Er blickte die Straße runter. Hier also lief Philipp entlang, wenn er schlafwandelte. Wenn er in seinen Träumen nach ihm suchte.

Ohne darüber nachzudenken, lief Moritz los, schneller und schneller, fiel in einen brutalen Sprint. Jeder Schritt zerrte an seinen Muskeln und Sehnen, die Steinchen unter den Fußsohlen stachen. Endlich raste das Herz nicht nur aus Nervosität, Angst und Verlangen. Selbst als seine Lunge brannte und die Schenkel zu schwächeln begannen, sprintete er weiter. Er suchte den Punkt, an dem er keine Sehnsucht mehr spürte. So hatte er es schon tausendmal gemacht. Sekunden, in denen sein Körper ums Überleben kämpfte.

Als Moritz um eine Hausecke sprintete und ob des Tempos einen etwas größeren Bogen nehmen musste, trat er auf den Grünstreifen einer Parkbucht, rutschte auf einem taunassen Büschel Gras aus und fiel der Länge nach hin. Noch fast zwei Meter weit radierte er über den Asphalt.

Er hatte den Punkt erreicht. Er war bloß noch Tier. Ein verwundetes Tier. Schnaufend stemmte er sich hoch. Sein Magen zog sich krampfhaft zusammen. Auf allen Vieren kniend erbrach er sich auf den Gehweg. Er wischte sich über den Mund, lehnte sich keuchend mit dem Rücken an eine Hausmauer und legte den Kopf in den Nacken. Die Augen geschlossen genoss er das Pulsieren und Brennen seines Körpers. Alles war rein. Alles war weg. Es gab nur ihn und die Maschine, der er wieder einmal alles abverlangt hatte.

Er war wohl *doch* ein Masochist.

Als das Herz wieder ruhiger schlug und ausreichend Luft in die Lungen strömte, rappelte sich Moritz hoch und hinkte heimwärts. Seine Kleidung war zerrissen und voller Blutflecken. Aber es war gut. Es war wirklich gut. Er war endlich frei.

Sogar, als er Philipps Haus betrat, spürte er noch diesen Frieden, hatte das Gefühl, dass ihm nichts und niemand etwas anhaben konnte. Er war stark, stärker als seine Natur, stärker als seine Sehnsucht, er schaffte *alles*. Dass Philipp hier war, konnte er jetzt nicht mehr spüren. Er war nur ein schlummernder Fakt irgendwo in diesem Haus. Nichts, das mit ihm zu tun hatte.

Leise kramte Moritz ein frisches Shirt und frische Unterwäsche aus seiner Reisetasche und tappte Richtung Bad.

Das heiße Wasser brannte höllisch auf den Schürfwunden. Träge schaute Moritz zu, wie rote Bäche von seinen Schienbeinen in die weiße Wanne stürzten, wo sie in kunstvoll kontrastreichen Schlieren Richtung Abfluss wirbelten.

Als er sich nach der ausgiebigen Dusche im Spiegel betrachtete, fühlte er sich auf einmal alles andere als unbesiegbar. Der Rausch war vorbei, der Kater kam.

Sein Gesicht war bleich, unter den Augen hingen tiefe, graue Schatten, sein Körper war mit Schürfwunden überzogen. So sah kein Gewinner aus. So sah keiner aus, der sein Leben im Griff hatte. Müde kramte er im Badezimmerschrank nach Verbandszeug, fand keines, ließ das Vorhaben bleiben. Die Wunden bluteten ohnehin nicht mehr.

Erschöpft tappte er in die Küche zu seinem Feldbett.

05:25

Die Dämmerung griff mit blauen Fingern durch die Fenster und direkt hinein in Moritz' Magen. Er hatte diese Zeit schon immer gehasst. Sie verkündete eine unwiederbringlich verlorene Nacht. Als er sich aufs Feldbett legen wollte, stieß er sich empfindlich den Knöchel.

»Ah! Verdammt!«

Warum auch immer – immerhin hatte er sich total verausgabt und sein Körper war eine einzige brennende Wunde –, dieser elende, sinnlose Schlag gegen den Knöchel schmerzte mehr als alles.

Der ultimative Schmerz der blauen Stunde.

Das gab ihm den Rest.

Die Mauern brachen.

»Scheiße, scheiße, scheiße«, fluchte er, sein Blick wurde verschwommen und er begann, auf seinen verdammten Fuß einzudreschen. »Scheiße, scheiße, scheiße.« Scheiß Welt. Scheiß Leben. Scheiß Liebe. Scheiß Ich.

»Hey, was machst du denn da?« Philipp fing behutsam seine Fäuste ab und strich ihm zärtlich über die Wangen. »Hey ... sieh mich an.«

Moritz blinzelte, eine Träne löste sich von seinen Wimpern, klärte den Blick.

Philipp lächelte ihn an. So zärtlich, so ... liebevoll. »Was ist los?«, fragte er und strich ihm mit einem Daumen die Träne von der Wange.

»Ich ... ich ...« – liebe dich so sehr, dass ich keine Luft mehr kriege – »... kann nicht mehr ... Ich kann nicht mehr dagegen ... an.«

Philipp rückte näher, schmiegte Schläfe an Schläfe, kraulte ihm den Nacken und flüsterte: »Dann lass los ...«

»Nein ...« Moritz schloss die Augen und genoss, wie Philipps Haar sein Gesicht kitzelte. In seinem Inneren wallte Verlangen auf, stieg und stieg und stieg. »Das wäre nicht ... das wäre nicht ...« Moritz streifte mit der Nasenspitze über Philipps Wange, bis sich ihre Nasenflügel berührten. Nervös schnaubend hielt er inne. Tu es nicht! Seine Lippen pulsierten, zuckten, sein Mund öffnete sich, seine Zunge bäumte sich erwartungsvoll auf. Tu es nicht! Tu es nicht! Tu es nicht!

Er tat es.

Zaghaft drückte er seinen Mund auf Philipps Lippen. In seinem Herzen ging ein Licht an. Wunderbare Wärme durchflutete ihn. Wie weich! Wie wunderbar weich diese geliebten Lippen waren! Wie sehr er sie vermisst hatte!

Philipp stöhnte leise auf – ein zuckersüßes *Endlich* –, öffnete den Mund, stupste ihn mit der Zungenspitze an, dann glitten sie so perfekt ineinander, als wären sie nur für diesen einen Kuss gemacht worden.

Die Grenze erst einmal überschritten, kam die Gier. Ihre Zungen fochten stürmisch miteinander, sie sperrten ihre Kiefer weit auf, um einander intensiver erforschen zu können, suchten den vertrauten Geschmack – und fanden ihn.

Moritz kam an.

Er wurde zurückgetragen ans Seeufer und für wunderbare Minuten hatte es die vergangenen fünf Jahre nie gegeben. Sie waren beide noch unschuldige Siebzehn, ihr gesamter sexueller Erfahrungsschatz bestand aus Zungenküssen, die Schenkel des anderen hoch streicheln und wie unabsichtlich mit den Fingerknöcheln die Beule im Schritt streifen.

Auch jetzt.

Während Moritz, die Augen geschlossen, mit Philipps Zunge spielte, vergrub er eine Hand in seinem immer noch ungewohnt langen Haar, die andere legte er auf Philipps Knie und streichelte den Schenkel hoch, bis die Fingerrücken die heiße Beule streiften. Obwohl Moritz in den vergangenen fünf Jahren unzählige Männer gehabt hatte, unzählige Schwänze gepackt, erfüllte ihn eine unschuldige Begeisterung, ihn, *ihn* durch ein Stück Stoff zu berühren. Fast im selben Augenblick legte sich eine warme Hand auf seinen Schritt und begann ihn zäh zu massieren. Moritz zuckte, stöhnte auf. Ja, es war wie damals, *genau* wie damals, ehe alles ... ehe sie ...

»Nein«, stöhnte er in den Kuss und packte Philipps Handgelenk. »Nein ...«

»Ich liebe dich ...«, nuschelte Philipp, küsste Moritz' Kiefer entlang bis zu seinem Hals, wand sich aus dem Griff – Moritz ließ zu bereitwillig los – und schob ihm die Hand in den Slip. Seine Finger stießen gegen Moritz' Eichel, rutschten am Schaft abwärts, umfassten seine Hoden.

Stöhnend bäumte sich Moritz auf, spreizte im Reflex die Schenkel und drängte sich Philipps Hand entgegen. »Ja«, entfuhr es ihm. Genau nach dieser Berührung hatte er sich so sehr gesehnt, diese zugleich scheue und zielstrebige Art, ihn zu erkunden, wie nur Philipp sie drauf hatte. Er schien genauso unschuldig wie damals und dieses Gefühl von gespannter Neugier und nervösem Überwältigtsein übertrug sich auf Moritz. Ihm war, als wäre er noch nie zuvor dort berührt worden.

Philipps Fingerspiel machte Moritz gefügig, willig. Er vergaß seine Einwände, seine Vorbehalte, vergaß alle guten, triftigen Gründe. Sein Körper wollte Erlösung. Er wollte Philipp. Jetzt. Und was immer das für Konsequenzen hatte, sie interessierten ihn in diesen Augenblicken nicht. Er war schwach, zu schwach, und er genoss es so sehr. Genoss es, die Vernunft abzugeben und Verbotenes zu tun.

Flink zog er sich das Shirt aus, schleuderte es über seinen Kopf hinweg – es landete auf dem Wasserhahn – und packte Philipps Shirt am Saum. Bereitwillig hob Philipp die Arme, doch statt danach die Hand wieder in den Slip zu graben, küsste er Moritz' Kinn, Hals, Brust abwärts, rutschte auf die Knie und verschob dabei das Feldbett, bis es gegen die Küchenfront rammte. Seine Zunge kostete von den Nippeln, fuhr die Furche der Bauchmuskeln abwärts und umkreiste den Nabel. Er küsste den Bund des Slips, nahm die Härte durch den Stoff in den Mund, hauchte seinen heißen Atem darüber, dann erst schob er die Finger unter den Bund, um den Slip runterzuziehen.

»Ja«, stöhnte Moritz, kippte zurück und prallte mit dem Rücken gegen den Geschirrspüler. Mit vor Lust verhangenem Blick schaute er zu, wie seine Erektion befreit hochwippte und Philipp ein begehrliches Lächeln entlockte.

Plötzlich rumpelte die Eingangstür.

»Jungs? Seid ihr schon wach?«, rief der Vater. Seine Schritte näherten sich rasch.

Philipp prallte zurück, die Augen vor Panik geweitet.

»Scheiße« Moritz zerrte den Slip über seine widerspenstige Härte und tastete um sich herum nach seinem Shirt. Er fand nur Philipps und warf es ihm zu.

Da erschien auch schon der Vater in der Tür.

Philipp sprang hoch und streifte flink das Shirt über. Verkehrt herum.

»Was macht ihr hier?«, fragte der Vater, als wäre es nicht offensichtlich, und warf Moritz einen düsteren Blick zu. »Lang hat es gedauert.«

Erst jetzt bemerkte Philipp das deutliche Zelt, das seine Noch-Erektion mit seiner Hose spannte. Erschrocken drehte er sich um und verstaute sie ordentlich.

»Was machst du hier? Um *diese* Zeit«, ging Moritz ihn an. Ein schwacher Gegenangriff.

Die Mikrowelle zeigte 06:23.

»Stören, wie es scheint.« Streng blickte der Vater zwischen Philipp, der versuchte, sich lässig mit dem Hintern gegen die Arbeitsplatte zu lehnen, und Moritz, der auf dem Feldbett hockte und sich die Schenkel kratzte, hin und her, schüttelte den Kopf, schnaubte. »Ihr enttäuscht mich. Alle beide.« Als er das Shirt auf dem Wasserhahn entdeckte, pflückte er es mit zwei Fingern und warf es Moritz ins Gesicht. »Anziehen! Mitkommen!«

»Nein«, beharrte Moritz, schlüpfte jedoch gehorsam hinein und stand auf.

Der Vater atmete tief durch. »Ich werde über das hier kein Wort verlieren, *wenn* du jetzt ohne Widerrede mit mir mitkommst.«

»Es ist doch nichts passiert«, rief Philipp und stieß sich von der Arbeitsfläche ab. Sein ganzer Körper vibrierte aus Angst vor der eigenen Courage.

»Lüg mich jetzt bloß nicht an«, knurrte der Vater. »Ich hab *genug* gesehen!«

Philipp presste die Lippen zu einem Strich und senkte den Blick.

»Wenn du sauer sein willst, sei es auf mich«, ging Moritz den Vater an. »Aber lass *ihn* in Ruhe.«

»Keine Sorge, *das* hab ich auch vor«, meinte der Vater und zeigte zur Jeans, die über einem Küchenstuhl hing. »Ist das deine?«

Moritz nickte. Der Vater grapschte danach, warf sie ihm zu, dann wandte er sich wieder Richtung Flur. »Ich warte im Auto auf dich.« Zu Philipp: »Können wir dich alleine lassen? Oder soll ich Susanne bitten, herzukommen?«

24|Ritterlich gekniffen

Damals

Moritz lag auf dem Bauch, das Gesicht ins Kissen gepresst, und atmete den Duft von frischer Bettwäsche ein.

»Bist du bereit?«, fragte Philipp über ihm. Er hockte auf Moritz' Oberschenkel und knetete seinen Hintern.

Moritz nickte und brummte ein »Ja« ins Kissen. Die Hände neben den Schultern ins Laken gekrallt harrte er aufgeregt dem, was gleich passieren würde.

Er hatte gut geklappt, ihr erster Trip ins Hotel. Drei Tage hintereinander waren sie nach der Arbeit hierher gefahren und hatten sich gegenseitig geblasen, bis ihre Lippen geschwollen und sie vor genitaler Erschöpfung nur noch knieweich dahergewankt waren. Niemand war dahintergekommen und Philipp war die ganze Zeit über richtig entspannt – und experimentierfreudig – gewesen. Sogar neunundsechzig hatten sie ausprobiert, obwohl es einige Anstrengungen bedurfte, zugleich zu geben und zu nehmen. Aber mit ein wenig Übung ...

Seitdem war alles viel ... intensiver zwischen ihnen. Als hätten sie damit ihre Beziehung besiegelt.

Daheim war es mit Zärtlichkeiten zwar einfacher geworden, seit Moritz ein eigenes Auto besaß – von seinen Eltern zum Geburtstag mit viel Tamtam übergeben –, aber der Kastenwagenvorfall nagte noch immer an Philipp. Das machte es ein wenig schwierig, Orte zu finden, an denen sie sich beide sicher genug fühlten, um mehr als nur zu knutschen. Sich völlig auszuziehen trauten sie sich ob möglicher Baumanns nicht. Das machte es, vor allem seit der Winter näher rückte und gelegentlich schon Schnee vorausschickte, immer umständlicher, in den beengten Verhältnissen des Autos unter den vielen Schichten Kleidung bis zur Haut vorzudringen. Trübte die Liebe jedoch nicht und hielt sie keinesfalls davon ab, heftig rumzumachen, aber sie sehnten die Bequemlichkeit des Doppelbettes im Hotelzimmer herbei. Sobald sie genug Geld beisammenhatten, buchten sie also wieder ein paar Nächte. Nur diesmal, so hatten sie sich mit nervösem Bauchkribbeln und dämlichem Grinsen ausgemacht, würden Kondome und Gleitgel zur Anwendung kommen.

Moritz bestand darauf, *zuerst* passiv zu sein. Dann hatte er es *hinter sich*, wie er tapfer dachte, auch wenn er eigentlich nicht so denken wollte, als wäre er beim Zahnarzt. Aber er hatte ein wenig Angst. Natürlich würde Philipp vorsichtig sein, und nichts tun, was ihm wehtat. Zudem hatten sie abgemacht, jederzeit aufzuhören, wenn einer von ihnen Muffensausen bekam. Doch Moritz hatte sich entschieden, also würde er es durchziehen, *egal* ob es wehtat oder nicht. Er würde auf keinen Fall kneifen.

Während er nun also auf dem Bauch lag und darauf wartete, dass ..., versuchte er sich damit zu beruhigen, dass so manches Geschäft, das er erledigt hatte, weit ... umfangreicher gewesen war als Philipps Schwanz. Dennoch krallte er die Fäuste ins Laken und presste in Erwartung an den Schmerz die Augen zusammen.

Wenn es ihm tatsächlich wehtun sollte, würde er es auf gar keinen Fall bei Philipp machen. Das war der eigentliche – der *ritterliche* – Grund, warum er es zuerst *hinter sich* bringen wollte.

Philipps Gewicht löste sich von seinen Schenkeln und verlagerte sich auf die Knie neben den Hüften.

»Mach langsam, ja?«, bat Moritz, das Gesicht ins Kissen gepresst.

Philipp neigte sich dicht an sein Ohr. »Was?«

»Vorsichtig, ja?«

»Okay«, hauchte Philipp, schnupperte an seinem Haar, küsste seinen Nacken abwärts bis zwischen die Schulterblätter, dann richtete er sich wieder auf. Einen Augenblick später drängte sein überwältigend hartes und von Gel glitschiges Glied zwischen Moritz' Backen. Als es die richtige Stelle berührte, kniff Moritz im Reflex den Hintern zusammen und Philipps Schwanz rutschte aus der Spalte.

»Entschuldigung«, sagte Philipp.

»Macht nichts«, nuschelte Moritz mit leichtem Bauchflattern, halb froh, noch ein paar Sekunden Aufschub zu bekommen.

Bei den nächsten Versuchen kam Philipp noch nicht einmal ansatzweise in die Nähe der begehrten Stelle, sondern schlitterte mit der Erektion über die zusammengepressten Backen und angespannten Oberschenkel. An seinem angestrengten Schnaufen, dem stockenden Atmen und dem verzweifelten Schnauben bemerkte Moritz, dass Philipp zunehmend mutloser wurde.

»Alles Okay?«, fragte er tapfer. Moritz wusste, dass es nicht an Philipp lag, dass er nicht eindringen konnte, aber wenn er zugab, dass er Schiss hatte, würde Philipp sofort aufhören, und das wollte er auch wieder nicht.

»Ja«, ächzte Philipp und startete einen weiteren Versuch. Er nahm die Hände zur Hilfe, quetschte seine Erektion in die Spalte, schaffte es sogar, seine Beine zitterten, aber dann rutschte er wieder ab und traf das Steißbein.

Die Wärme seiner Schenkel verschwand von Moritz' Hüften. Das Bett bebte, als er sich mit einem ungeduldigen Seufzen auf die Matratze plumpsen ließ. Gummi knisterte und schmatzte. Als Moritz einen Blick über die Schulter warf, sah er, dass Philipp sein Glied an die Luft gesetzt hatte und mit einer tiefen Furche auf der Stirn das Kondom in seinen Händen betrachtete.

Er hatte aufgegeben!

»Ich bin zu blöd dafür«, sagte er.

Moritz gab es einen Stich ins Herz. Sofort rollte er sich herum, setzte sich auf, rutschte zu Philipp und küsste seine Schulter. »Nein, bist du nicht.«

»Doch ... du hast ja selbst gemerkt ...« Philipps Ohren leuchteten rot, und einigermaßen geschockt stellte Moritz fest, dass seine Augen nass schimmerten.

In Tränen sollte das hier auf gar keinen Fall münden!

»Hey ... nicht ...« Moritz rückte noch näher und streichelte Philipp über die Wange. »Es ist *meine* Schuld.« Er lehnte Stirn an Stirn. »Ich hab ... ein wenig ...«, als er das Wort aussprach, richtete eine fette Gänsehaut die Härchen auf seinem Körper auf, »... Angst.«

Philipp löste die Stirn, musterte ihn besorgt und fragte: »Wieso sagst du das nicht?«

»Ich habe ... Angst davor, zu sagen, dass ich Angst habe.« Moritz grinste schief.

»Wieso? Ich meine ... wieso vor *mir*?« Philipp wirkte verzweifelt. »Du weißt, dass ich *immer* Angst habe ... na ja, außer ... bei dir.«

Moritz kippte vor und fing Philipps Lippen für einen Kuss. Sofort ging Philipp darauf ein und ein paar Minuten gab es nur das Spiel ihrer Zungen.

Als sie sich lösten, schaute Philipp Moritz forschend in die Augen, die Stirn angespannt. »Hast du Angst vor mir?«

»Was? Wie kommst du ... nein, ich habe keine Angst vor dir ..., ich *liebe* dich.« Um das zu beweisen, küsste Moritz Philipp ein weiteres Mal.

»Wieso kannst du mir dann nicht sagen, dass du Angst hast?«, bohrte Philipp weiter nach.

»Weil es unmännlich ist, Angst zu haben«, rutschte Moritz heraus und wollte sich im selben Moment auf den Mund schlagen. »Ich meine ... so meine ich das nicht ... das habe ich falsch ...«

»Du findest mich unmännlich?«, fragte Philipp.

»Nein ... nein ...« Moritz wurde zu einem bleiernen Klumpen. Erstmals, seit sie zusammen waren, hatte er Philipp verletzt. Ihm wurde abwechselnd heiß und kalt und in seinem Kopf herrschte panische Leere.

Philipps Blick suchte irgendwo Halt, fand ihn schließlich im Kondom, das er immer noch zwischen seinen Fingern knetete. Er atmete betont kontrolliert und Moritz spürte, wie sehr er mit sich rang. Sein eigener Freund, der Mann, dem er sein Herz ausschüttete, dem er alles anvertraute, dem gegenüber er frei von all seinen psychischen Problemen erzählen konnte, dem gegenüber er zugeben konnte, was ihm alles Angst machte, dem er sogar gestanden hatte, dass er nie geglaubt hatte, einen Freund zu finden, so verkorkst, wie er war – dieser Mann hatte nicht nur Angst, sich ihm gegenüber zu öffnen, er hielt ihn für *unmännlich*.

Moritz wollte sich selbst ohrfeigen. Wie konnte er Philipp zeigen, dass er überhaupt nicht so dachte, dass er ... ja ... dass er mit zweierlei Maß maß. Philipp war Philipp, er war, wie er war und genau deswegen so zauberhaft. Auch, wenn Moritz Philipp männlich fand – spätestens ein Blick auf seinen Körper wischte alle Zweifel weg, oder seine Stimme, oder diese nahezu arrogant wirkende Schweigsamkeit und seine überraschend große sexuelle Gier –, war er nicht vergleichbar mit anderen Männern. Er löste in Moritz so viel Wunderschönes aus, Gefühle, die zu fühlen er nie erwartet hätte. Aber wie sollte Moritz sie in Worte fassen? Wie sollte er Philipp sagen, dass er für ihn so wichtig, so derartig *alles* war, dass er panische Angst hatte, es kaputtzumachen oder nicht zu genügen? Denn er war nicht so besonders wie Philipp, er konnte nur mit dem Gewöhnlichen, dem Üblichen bestechen. Mut, Furchtlosigkeit, Stärke, all das. Er hatte nicht vor *Philipp* Angst, er ... hatte Angst, nicht der zu sein, für den er sich selbst hielt. Nicht so mutig, so stark und so furchtlos zu sein, wie er glaubte. Er hatte Angst vor sich selbst.

Scheiße.

Da Moritz keine Worte fand, oder die Worte sein Sprachzentrum nicht, versuchte er es körperlich. Er streichelte Philipps Schenkel hoch, und während er ihm die Hand um den Schwanz legte, fing er seine Lippen für einen Kuss. Moritz würde doch kaum Sex mit Philipp wollen, wenn er ihn nicht männlich fand, oder?

Philipp zuckte. Er machte den Kuss mit, aber nicht so fordernd wie sonst. Auch wurde er unter Moritz' Fingerspiel schnell hart, sein Atem ging schneller, er stöhnte leise, aber innerlich schien er weit weg. Er stellte keine echte Verbindung zu Moritz her, fasste ihn nicht an, und als ihn die Erregung allmählich die Kontrolle verlieren ließ, krallte er lieber die Finger neben seinen Hüften ins Laken, statt sich wie sonst an Moritz festzuhalten.

Moritz drückte Philipp zurück aufs Bett, küsste seinen Hals, seine Brust, den Bauch abwärts, fing die pralle Eichel mit den Lippen und besorgte es ihm so perfekt mit dem Mund, wie er nur konnte. Er spielte mit ihm, lockte ihn, ließ ihn zappeln, lockte ihn, ließ ihn zappeln, und frohlockte, als Philipp allmählich ungehalten wurde – und fordernd. Ja, weiter, komm zu mir. Verzeih mir. Begreife, dass ich dich liebe, dass ich dich geil finde, dass du alles für mich bist. Vergib mir meine Dummheit und mein blödes Mundwerk.

Erst, als ihm Philipp endlich die Finger ins Haar krallte, ließ Moritz ihn in seinem Mund kommen. Zum Abschluss leckte er ihm noch großzügig über die Hoden, dann kletterte er an ihm hoch und suchte seinen Blick.

»Ich liebe dich«, hauchte er, drückte ihm zum Beweis die Erektion gegen die Leisten und küsste ihn. Umarme mich. Berühre mich. Verzeih mir.

Philipp erwiderte den Kuss träge, seine Hände berührten nur beiläufig Moritz' Hüften.

»Du bist schön«, nuschelte Moritz, küsste über Philipps Kinn und den Kiefer zum Hals und ließ sich dann mit dem ganzen Gewicht auf ihn sinken. Ihm war zum Heulen. Hauptsächlich, weil er all das, was er dachte und fühlte, nicht in Worte packen konnte. Philipp wäre nicht eine Sekunde im Zweifel über Moritz' Gefühle, wenn er ihm ins Hirn sehen könnte, wenn er Gedanken lesen könnte. Alles, was Moritz hervorbrachte, war »ich liebe dich« und es schien nicht genug. Es schien stümperhaft und hilflos im Vergleich zu dem, was er eigentlich ausdrücken wollte.

»Wieso?«, flüsterte Philipp. »Ich kann dich nicht einmal ficken.«

Moritz erstarrte. Es war noch schlimmer als er gedacht hatte. Er hatte diesen dämlichen Unmännlich-Spruch im denkbar schlechtesten Moment losgelassen, ihn in eine gerade blutende Wunde gerammt. Seine Arme waren wie gelähmt und er brauchte alle Kraft, um sich aufzurichten und Philipp ins Gesicht zu sehen.

»Ich habe dir doch gesagt, dass es *meine* Schuld war.« Scheiße. Sie waren wieder an genau diesem Punkt. Mach es diesmal richtig, mahnte sich Moritz. »Ich habe ... *gekniffen.*«

Philipp blickte ihm einen Moment irritiert in die Augen, dann formte sich ein kleines Schmunzeln auf seinen Lippen und endlich, endlich ein Lächeln, dann ein Lachen.

Gott, wie schön. Moritz musste mitlachen, ihm fiel ein Stein vom Herzen und vor Erleichterung traten ihm die Tränen in die Augen. Ein paar Sekunden lang wusste er nicht, ob er jetzt lachte oder weinte, aber es war vielleicht auch egal. Philipp war wieder voll da, und das war das Einzige, was zählte. Endlich schlang Philipp die Arme um Moritz, hielt ihn fest, drückte ihn fester, presste ihn noch fester, rollte sich schließlich mit ihm herum und begrub ihn unter sich. Er küsste Moritz lachend, wurde von seiner eigenen Lust überrascht, verstummte und für Minuten versanken sie in einem wunderbaren Spiel ihrer Lippen und Zungen. Es war noch besser als sonst, inniger als sonst, intensiver als sonst.

»Versuchs jetzt noch mal«, nuschelte Moritz, als er Philipps Erektion an seinem Bauch spürte. Sein Anus zuckte erregt. »Jetzt klappt es bestimmt.«

»Nein«, hauchte Philipp.

Eine kühne Idee packte Moritz. »Soll ... darf *ich dich ...?*«

Philipp schien einen aufregenden Moment lang tatsächlich über diese Option nachzudenken. »Vielleicht ...« Er funkelte Moritz seltsam an, dann presste er die Lippen zu einem Strich.

Moritz' Herz polterte und von einer Sekunde zur nächsten war er steinhart. »Ich werde vorsichtig sein«, versprach er, während ihn in seinem Hinterkopf der

Kommentator daran erinnerte, dass er eigentlich aus *gutem Grund* zuerst hatte genommen werden wollen.

»Ich dachte eher ...«

»Ja?«, fragte Moritz aufgeregt und mahnte sich zu Geduld.

»Vielleicht sollten wir vorher ...« Philipp schluckte.

»Was denn?«

»Du weißt schon ...«

»Nein, weiß ich nicht.«

»Bevor wir mit ... also *richtig* ... sollten wir vielleicht ... mit ... äh ... *üben.*«

»Üben?« Wie konnte man ficken *üben*, ohne *richtig* ...?

Lasziv steckte sich Philipp den Zeigefinger in den Mund und lutschte ihn ab.

Ach so ... blasen! Nichts lieber als das. »Klar!«, rief Moritz begeistert aus. Er *liebte* es, in Philipps Mund zu sein und Philipp in den Mund zu nehmen und hatte ohnehin gehofft, es käme vor lauter ficken, (wie er sich das so vorgestellt hatte,) heute nicht zu kurz.

»Okay.« Philipp begann übers ganze Gesicht zu strahlen, setzte sich auf und griff nach dem Gleitmittel.

Leicht irritiert schaute ihm Moritz zu, wie er seinen Finger damit benetzte. Dann zündete der entsprechende Geistesblitz. Nicht der Finger war die Metapher gewesen, sondern der Mund!

Oh, wow, bei dem Gedanken begann es in seinem Bauch zu ziehen, und noch ehe er richtig einordnen konnte, was gleich passieren würde, streichelte Philipp bereits mit glitschigen Fingern vorsichtig über den Anus. Wie vorhin klemmte Moritz wieder im Reflex die Backen zusammen, dann aber entspannte er sie ebenso schnell wieder, wofür eher sein Schwanz verantwortlich war als sein Hirn. Irgendwie ging auf einmal alles so einfach und schnell. Philipps Finger glitt problemlos in ihn und derselbe Reflex, der Moritz dazu brachte, in Philipps Mund zu stoßen, sorgte nun dafür, dass er sich selbst den Finger tiefer rammte.

Moritz' Hirn spielte Rummelplatz. Sein eigenes Becken gehörte ihm nicht mehr. Es kippte und kreiste immer ungeduldiger, schien völlig verrückt nach dem, was Philipps Finger in ihm auslöste. Stöhnend wand er sich hin und her, bäumte sich auf und kam so explosiv, dass er erst an Philipps Hand auf dem Mund bemerkte, dass er geschrien haben musste.

Den Blick voller Sternchen schielte er Philipp dankbar an.

Total verknallt erwiderte Philipp den Blick, hob vorsichtig die Hand vom Mund und hauchte ihm einen Kuss auf die Lippen. »War es ... *gut?*«

Moritz fröstelte unter einem Schauer, den ihm der abklingende Orgasmus schenkte, sein Körper gehörte ihm noch nicht ganz. Er nickte heftig, und brabbelte, noch halb mit dem Kopf in den Sternen: »Wenn ich wieder gelandet bin, zeig ichs dir.«

Und das tat er auch.

Moritz war überwältigt davon, wie geil es sich anfühlte, in Philipp einzudringen, ihn auf diese Art zu erobern, und zu sehen, wie sein Liebster durch seine Massage fast den Verstand verlor.

Nachdem Philipp wieder gelandet war, machten sie es einander noch mal. Und noch mal. Auch in neunundsechzig und in Kombination mit blasen.

Irgendwann sahen sie sich intensiv in die Augen und wussten: Sie waren bereit, es *richtig* zu tun.

»Willst du immer noch zuerst?«, flüsterte Philipp.

Moritz nickte, dann schnappten sie nach ihren Lippen und küssten sich, ehe sich Philipp aufsetzte und das Bett nach den Kondomen abtastete. »Wo sind sie?«

Moritz rollte sich, einer Ahnung folgend, über die Bettkante und da lag die Packung auch schon, direkt neben dem Rucksack, dem Berg ihrer Kleider und Moritz' Sportarmbanduhr. Warum auch immer, eigentlich interessierte es ihn in diesem Moment überhaupt nicht, hob er sie an und schaute aufs Display.

23:19

»Scheiße!« Moritz fuhr hoch. Sie hatten um spätestens zehn wieder daheim sein wollen.

»Was ist?«, fragte Philipp alarmiert.

»Elf! Es ist elf vorbei!«

Philipp wurde blass. »Wie ... wie kann das sein?«

Und im Chor sagten beide: »Das kam mir vor wie eine Stunde.« Sie sahen sich an, mussten lachen, dann kam ihnen, dass sie die Sache abbrechen mussten, jetzt, wo es am schönsten war. Jetzt, wo sie endlich bereit waren. Und dann schoss ihnen beiden derselbe Gedanke in den Kopf.

»Was, wenn wir ...«

»... über Nacht bleiben?«

Ein verlockender Gedanke. Sie blickten auf die Kondome in Moritz' Hand, das Gleitmittel in Philipps Hand, einander ins Gesicht.

»Wir sind achtzehn«, meinte Moritz.

»Wir können tun, was wir wollen«, ergänzte Philipp.

Eine Minute lang schwebte diese Möglichkeit im Raum. Eine Minute, in der sie sich erst ausmalten, was die Nacht in diesem Zimmer für sie bereithielt. Eine Minute, in der sich in ihr Bewusstsein schob, was es für Konsequenzen hätte, einfach so über Nacht wegzubleiben. Philipps Mutter, die sich Sorgen machte. Moritz' Eltern, die sich Sorgen machten. Wenn es hart auf hart kam, würde sie dieser Ausflug outen.

»Morgen«, sagte Moritz schließlich schweren Herzens.

»Okay«, sagte Philipp enttäuscht und erleichtert zugleich.

Hastig schlüpften sie in ihre Kleider und verließen das Hotel.

Ein letztes Mal.

25|ANSTAND UND MORAL

Gegenwart

»Ich will nur eines wissen«, platzte der Vater schließlich heraus, während er den Kastenwagen durch die Stadt lenkte. Seit Minuten brütete er vor sich hin, die Fäuste so fest ums Lenkrad gespannt, dass die Knöchel weiß wurden. »Hast du wenigstens ein schlechtes Gewissen?«

In Moritz' Bauch ballte sich eine Faust.

»Oder gehört das zu ... deinem *Lebensstil*, keinerlei Sinn für Anstand und Moral zu haben?«

Moritz mahlte mit dem Kiefer und konzentrierte sich auf die vorbeifliegenden Häuser.

»Wie ist das, sich einen Scheiß darum zu kümmern, was richtig ist?«

»Fahr rechts ran«, knurrte Moritz und öffnete während der Fahrt die Autotür. »Das muss ich mir nicht geben.«

Der Vater stieg mit einem Ruck aufs Gas und die Tür klappte zu. »Jetzt tu nicht so. Das bisschen Kritik wirst du wohl einstecken können für das, was du getrieben hast! Oder ist es dir wirklich wurscht, dass Philipp ...«

»Nein! Es ist mir *nicht* wurscht!«, rief Moritz. »Ich *hasse* das. Ich hasse *mich*. Okay? Ich hasse das Leben. Und ich hasse dich. Ich hasse dich und zugleich ...« Moritz presste die Fäuste auf seine Schenkel. »Es ist so ...«

Der Vater tätschelte ihm das Knie. »Ich liebe dich auch, Junge.«

»Verdammt ... Papa!« Moritz rutschte auf dem Beifahrersitz zur Seite, entzog dem Vater das Bein und stützte den Ellenbogen auf den Fensterrahmen, um mit der Hand sein Gesicht zu verbergen.

»Du bist ein Kämpfer«, sagte der Vater. »Du schaffst das schon. Ich glaub an dich.«

»Ach ja?«, fragte Moritz scharf. »Klang aber eben nicht so.«

»Nur, weil ich dich kritisiere, heißt das nicht, dass ich nicht an dich glaube. Ich kritisiere dich, *weil* ich an dich glaube.«

»Klasse!«, knurrte Moritz.

»*Ihn* kritisiere ich *nie.*«

Moritz' Gedärme verknoteten sich. »Du glaubst nicht an ihn?«

»Alles, was ich bei ihm erreiche, ist, dass er zumacht und noch weniger funktioniert.«

Moritz zischte. »*Funktionieren?* Darum gehts dir? Und du wunderst dich, dass er zu macht?«

»Das ist doch das *Mindeste,* was man von jemandem erwarten kann, wenn er schon sonst nicht ...« Der Vater seufzte ungehalten. »Lassen wir das Thema.«

»Er kann sogar *sehr gut* mit Kritik umgehen«, fuhr Moritz ihn an. »Wenn sie aus mehr besteht, als aus süffisanten Sticheleien und diffusen Unterstellungen. Er ist sensibel, nicht dumm. Und es stimmt, mit Respektlosigkeit kann er nicht, da macht er zu.«

»Ach ja? Und das weißt du, weil du mit ihm ...«

»... weil ich ihn liebe. Ob es angebracht ist oder nicht, und daran wird sich nichts ändern.«

»Du bist ein Narr.« Der Vater schüttelte den Kopf.

»Ja«, murmelte Moritz. »Das bin ich wohl.«

»Wenigstens weißt du es selbst.«

»Ja. *Wenigstens* weiß ich das selbst.«

»Wir sind da«, sagte der Vater, setzte den Blinker und lenkte auf einen Parkplatz.

Moritz blickte aus dem Fenster. Hier war er noch nie gewesen. Das hieß, er war zwar schon mal hier gewesen, aber es hatte völlig anders ausgesehen. Offenbar hatte man in den vergangenen fünf Jahren die alten Häuser abgerissen und eine luxuriöse Wohnhausanlage hingebaut, mit riesigen Terrassen, hohen Fensterfronten und englischem Rasen. In den Einfahrten hockten große, teure, auf Hochglanz polierte Autos, schaute man etwas genauer hin, hingen an allen Ecken und Enden Alarmanlagen.

»Was wollen wir hier?«, fragte Moritz und stieg aus, um sich die Anlage in ihrer Gesamtheit anzusehen. Sah nicht übel aus. Ganz Armin-Stil. Hätte er nicht seine Villa mit angebauter Garage für seine Oldtimer und Sportwagen, wäre das glatt ein Ort, wo er sich wohlfühlen würde.

»Beeindruckend, was?«, meinte der Vater, als hätte er diese Häuser selbst errichtet, und stemmte die Hände in die Hüften. »Komm!« Entschlossen marschierte er Richtung Eingang.

»Besuchen wir jemanden?« Moritz ließ noch einmal den Blick über die Anlage gleiten. »Wen kennen wir hier?«

»Stell nicht so viele Fragen und komm einfach.«

Melanie!

Moritz' Stimmung verdüsterte sich. Es *konnte* nur Melanie sein. Für niemand geringeren waren Wohnungen wie diese errichtet worden, als für jemanden wie Armins hübsches, verwöhntes Töchterchen – das neuerdings mit Mutter im Wohnzimmer Sekt schlürfte und ihn begutachtete ...

Oh Scheiße.

Moritz blieb stehen. »Vergiss es. *Darauf* habe ich jetzt *echt* keinen Bock.«

»Du weißt doch noch gar nicht, was jetzt kommt«, meinte der Vater leicht amüsiert.

»Ich habe eine Vorstellung davon, und danke, *nein.*« Moritz wandte sich zum Kastenwagen um. »Das kannst du Mama übrigens auch gleich sagen. Schminkt euch das ab.«

»Bist du dir sicher? Möchtest du es nicht zumindest mal ...?«

»Nein!«

»Du würdest Mama aber sehr glücklich machen. Sie redet seit Jahren von nichts anderem.«

Seit Jahren? Na prima. »Pech für sie«, knurrte Moritz. Hatte der Vater ihr denn noch gar nicht erzählt, dass ihr Sohn schwul war? Oder war es ihr verzweifelter Versuch, die Sache zu verdrängen oder gar *umzukehren?*

»Fünf Minuten«, schlug der Vater vor. »Nur fünf Minuten. Dann kannst du immer noch Nein sagen.«

»Ich sage jetzt schon Nein«, betonte Moritz und als der Vater keine Anstalten machte, die Idee aufzugeben, seufzte er. »Okay. Fünf Minuten. Aber danach lasst ihr mich damit für immer in Ruhe.«

»Abgemacht«, sagte der Vater glücklich und wandte sich wieder dem Hauseingang zu.

Freu dich nicht zu früh, alter Mann, dachte Moritz bitter, gleich erlebst du ein Zwischen-Tür-und-Angel-Coming-out. Dreißig Sekunden und wir sind hier wieder draußen!

Der Vater griff in seine Jackentasche und zog eine Schlüsselkarte hervor. Ein kurzes Piep, und die Haustür öffnete sich.

Vater hatte schon eine Schlüsselkarte zu Melanies Wohnhaus? Waren sie sich ihrer Sache nicht ein bisschen *sehr* sicher? Ein wenig verunsichert folgte Moritz seinem Vater in den ebenso gemütlichen wie geräumigen Aufzug. Der Fahrstuhl fühlte sich nicht an wie ein Fahrstuhl, sondern mehr wie ein kleines, sanft hochschwebendes Foyer in einem Hotel. Moritz nickte anerkennend. An so etwas konnte man sich gewöhnen.

Im letzten Stockwerk stiegen sie aus. Der Vater eilte schnurstracks zur einzigen Tür im wartezimmerähnlichen Flur und zückte erneut die Schlüsselkarte.

Er hatte Zugang zur Wohnung seiner zukünftigen Nicht-Schwiegertochter? Ohne auch nur eine Sekunde zu zögern, entriegelte der Vater die Tür.

»Warte!« Moritz hielt ihn am Ellenbogen zurück. »Willst du nicht wenigstens vorher anläuten?«

»Anläuten?« Der Vater schüttelte belustigt den Kopf, als hätte Moritz nur verrückte Flausen im Kopf und stieß die Tür auf. Mit einem Selbstbewusstsein, als gehörte ihm die Wohnung, trat er ein und wandte sich zu Moritz herum, der im Türrahmen stehen blieb. »Nun komm schon.«

Sah nicht so aus, als wäre Melanie daheim. Sah nicht so aus, als wäre *überhaupt* jemand hier daheim. Zögernd trat Moritz ein und schaute sich um. Die Wohnung war praktisch nicht eingerichtet. Keine Bilder, keine Teppiche und außer zwei Barhocker an der Küchentheke und einem schwarzen Ledersofa, das richtig verloren wirkte, keinerlei Möbel. Nur weiße Wände und Parkett und riesige, also wirklich *riesige* Fensterfronten und ein sehr hoher Raum mit einer Art Zwischendecke im hinteren Bereich. Das hier war ein Loft! Ein ... atemberaubendes Loft. Hell und geräumig und einfach nur ... wow. Es gab Säulen, eine schneeweiße

Küchenzeile mit einer Theke, wie Moritz es aus amerikanischen Filmen kannte, und über Fernsteuerung bedienbare Jalousien und Lampen.

Erst, als der Vater ihn wissend angrinste, erinnerte er sich daran, dass er einen Unterkiefer hatte, und schloss den Mund.

»Komm mit, ich zeig dir was.« Der Vater führte Moritz zu einer Tür, hinter der sich ein geräumiges Badezimmer befand. Hell, mit einer Eckbadewanne, in die mindestens drei Leute passten, eine dieser modernen Duschen, die Regen simulierten und keine Tasse hatten, zwei Waschbecken ...

»Das kann was, hm?«, meinte der Vater begeistert.

»Ja.« Erneut registrierte Moritz, dass ihm der Mund offenstand.

»Und jetzt ...« Der Vater schloss das Bad vor Moritz' Nase und nickte zu einer Tür direkt daneben. »Mach auf.«

»Was?«

»Mach auf.«

In Moritz' Hinterkopf läuteten die Alarmglocken. Warum zeigte ihm der Vater ein unbewohntes Loft? Wieso hatte er die Tür zum Bad aufgerissen, ohne zu zögern, jetzt aber lauerte er auf Moritz' Reaktion? Das war doch eine Falle! Wahrscheinlich stellte er sich vor, Melanie und Moritz zogen hier ein. Also lauerten hinter dieser Tür vielleicht Armin, Melanie und Mutter mit Sekt.

»Los, mach schon auf«, forderte der Vater mit einem vielversprechenden Funkeln in den Augen.

»Was ist da drin?«

»Sieh einfach nach, Junge.«

Einen Augenblick war Moritz entschlossen, einfach umzudrehen und die Wohnung zu verlassen. Die fünf

Minuten waren sicher schon um. Aber dann ... die Neugier ... Also atmete er tief durch, schloss die Augen und machte die Tür auf.

Kein Gejohle. Kein Klatschen. Kein Gläserklirren und auch sonst war es mucksmäuschenstill, also hob er vorsichtig ein Augenlid.

Wow.

Moritz trat in den Raum und schaute sich um.

Wow.

Er stand in einer perfekt eingerichteten Kraftkammer. Eine Wand bestand nur aus Fenstern, eine nur aus Spiegel. In einer Ecke lagen Hanteln in allen Variationen und Gewichtsklassen. In der Mitte standen eine Hantelbank, daneben ein Fitnessturm und ein Laufband. Es gab eine Sprossenwand und einen Boxsack, eine Stange für Klimmzüge ... mit einem Wort: Es gab *alles*, was Moritz' Herz begehrte. Zumindest, wenn es um Krafttraining ging.

Ihm blieb die Spucke weg. Neugierig spazierte er herum und scannte mit seinem Kennerblick jedes Detail. Zunächst fühlte er nur pure Begeisterung, doch nach und nach wurde ihm mulmig zumute. Dieser Raum war zu perfekt nach genau seinen Wünschen zusammengestellt. Er erinnerte sich, wie er seinem Vater immer vorgeschwärmt hatte, dass er sich eine Kraftkammer einrichten würde, wenn er reich wäre. Und weil es so seine Art war, und es im Laden genug Kataloge dazu gab, hatte er stets angekreuzt, was er alles hineinstellen würde.

Moritz begannen die Knie zu schlottern. Das war gar nicht gut, was sein Vater da mit ihm abzog. Es war gemein. Es war hinterhältig. Hielt er Moritz für so korrupt, dass er wegen einer ... scheißperfekten Kraftkammer und einem atemberaubenden Loft und einem scheißezumniederknien geilen Badezimmer zu Frauen konvertierte?

Moritz' Kopf begann zu brennen. Sein Herz raste.

»Und?«, fragte der Vater triumphierend, als Moritz die Tür zur Kraftkammer schloss, nicht, ohne noch einen letzten, sehnsüchtigen Blick auf alles zu werfen. »Einigermaßen beeindruckt?«

»Was wird das hier?«, krächzte Moritz und räusperte sich. Dass sich sein Vater gegen ihn verschwor: klar. Dass sich Armin gegen ihn verschwor: wahrscheinlich. Dass die Mutter in einer Art Panik, ohne Enkelkinder auskommen zu müssen, bei so etwas Wahnsinnigem mitspielte: nicht ausgeschlossen. Aber Melanie? Was hatte sie davon? Sie hatten sich nie besonders gemocht. Vielleicht nicht direkt gehasst, aber da war nie etwas gewesen, das das hier auch nur ansatzweise rechtfertigte. Sie war doch ebenfalls in Philipp verknallt gewesen.

Oder wusste sie auch noch nichts von ihrem *Glück?*

»Nun sag schon«, bat der Vater ungeduldig. »Gefällt sie dir, oder nicht?«

»Die Wohnung?«, fragte Moritz sicherheitshalber. »*Natürlich* gefällt sie mir. Scheiße, sie ist ... perfekt.«

»Gut.« Der Vater zeigte zu den Barhockern an der Küchentheke. »Setzen wir uns.«

»Das können wir uns sparen«, meinte Moritz hart.

»Hör es dir zumindest einmal an.«

»Ich bin schwul und daran wird das hier ...«, Moritz breitete die Arme aus und blickte durch den Raum, »... nichts ändern.«

Irritiert runzelte der Vater die Stirn. »Das erwarte ich auch nicht.«

»Nicht?« Oh. Perplex schaute sich Moritz um, dann marschierte er zögernd zur Küchentheke und zog den

Barhocker zu sich. »Warum ... zeigst du mir dann das alles?«

»Eines nach dem anderen.« Der Vater schnappte sich einen der Barhocker und setzte sich Moritz gegenüber. Erst jetzt bemerkte Moritz, dass der Vater eine schwarze Ledermappe dabei hatte. Er legte sie verkehrt herum auf die Marmorplatte, daneben, jeweils in einem Abstand von zwanzig Zentimetern, die Schlüsselkarte und eine Kontokarte.

Nervös rutschte Moritz hin und her. Das mulmige Gefühl wurde schlimmer. Wenn es nicht um Melanie ging ...

»Also«, begann der Vater in einem geschäftlichen Tonfall und tippte auf die Schlüsselkarte. »Das hier ist die Wohnung, in der wir gerade sitzen. Sie gehört dir.«

Moritz' Mund wurde staubtrocken.

»Das hier«, der Vater tippte auf die Kontokarte. »Sind dreihunderttausend Euro. Du kannst sie für die Einrichtung verwenden, ein neues Auto, Urlaub, was auch immer du willst. Oder ...« Er packte die schwarze Ledermappe und drehte sie um. Darauf klebte ein zerkratzter Sticker mit dem Schriftzug: *Sport Kunert*. »... du investierst in den Laden. Du hattest immer viele gute Ideen.«

Moritz taumelte. »Moment ... *was?*«

»Der Notar ist bereits informiert. Wenn du also willst, können wir noch diese Woche einen Termin machen, und am Ende der Woche gehört der Laden dir.«

»Warte, warte, warte, warte ...« Moritz blinzelte, krallte sich so fest an die Theke, dass die Fingerknöchel knackten. Der Raum um ihn schien sich in Nichts aufzulösen. Er war körperlos. Alles, was existierte, war diese Marmorplatte mit den beiden Karten und der Mappe.

»Willst du ein Glas Wasser?«, fragte der Vater besorgt.

Moritz nickte und kippte kurz darauf das Glas runter, als wäre es Scotch. »Noch eines«, krächzte er. Während ihm der Vater ein weiteres Glas Wasser zubereitete, atmete Moritz konzentriert ein und aus. Er musste runterkommen. Aber sobald er auch nur versuchte, zu begreifen, was gerade passierte, drifteten die Wände und der Boden wieder weg.

»Soll ich es wiederholen?«, fragte der Vater schmunzelnd.

»Bitte. Aber langsam.«

»Gut.« Der Vater schob die Schlüsselkarte drei Zentimeter auf Moritz zu. »Das Loft gehört dir. Du kannst sofort einziehen, wenn du willst. Das Sofa ist ausziehbar.« Dann schob er die Kontokarte näher. »Da drauf sind dreihunderttausend Euro. Zu deiner freien Verfügung. Mach damit, was auch immer dich glücklich macht. Sie sind dein.« Zuletzt legte er die Hand auf die Ledermappe. »Seit du laufen kannst, redest du von nichts anderem, als Chef in unserem Laden zu werden. Jetzt ist es so weit. Du weißt, ich hatte für dich etwas Anspruchsvolleres vorgesehen, aber offensichtlich ist dieser Laden deine Berufung. Ich denke, er wird von deinem frischen Wind profitieren.«

»Musst du sterben?«, platzte Moritz heraus. »Bist du krank?«

Der Vater lachte. »Nein. Nein, ich habe nur beschlossen, ein wenig kürzer zu treten. Ich stehe seit meinem fünfzehnten Lebensjahr im Geschäft, und seit Opa tot ist, habe ich keinen Urlaub mehr gemacht. Außerdem war ich nie so wild drauf wie du, habe ihn immer als Bürde empfunden. Es wird Zeit, dass ihn jemand auf Vordermann bringt, dem er wirklich am Herzen liegt.«

Jede Zelle in Moritz' Körper vibrierte vor Aufregung. »Einfach ... so?«

Der Vater zuckte mit den Schultern und warf die Hände in die Luft. »*Einfach so.*«

»Wieso ... Ich meine ... Ich verstehe nicht ...«

»Mama möchte dich so gerne hier haben. Sie ist mir ständig damit in den Ohren gelegen.«

Und deswegen übergab er ihm den Laden, einen Haufen Kohle und kaufte ihm ein sündteures Loft, ohne zu wissen, wann und ob er je wieder heimkommen würde?

»Und du?«, krächzte Moritz. »Willst *du* mich hier haben? Ich meine, du hast mich, seit ich hier bin, mindestens fünf Mal aufgefordert, wieder abzuhauen. Das passt mit *dem hier* irgendwie nicht zusammen.«

»*Natürlich* hätte ich dich gerne hier«, sagte der Vater. »Du bist mein Sohn. Außerdem ...« Er wiegte den Kopf hin und her. »*Ihm* kann ich den Laden nicht übergeben. Du hattest recht: Er ist völlig unfähig. Ich habe ja immer gehofft, dass er mit der Zeit auftaut ...« Der Vater seufzte gequält. »Du weißt ja, wie es gelaufen ist.«

»Also ...« Moritz' Magen verkrampfte sich. »Also hast du all das eigentlich für *ihn* vorgesehen gehabt und nach der Sache mit den Gleisen hast du es dir spontan anders überlegt?«

»Nein ... nein, nein, so darfst du das nicht sehen«, bat der Vater.

»Wie denn dann? Ich verstehe das nämlich nicht. Du hast nicht einmal gewusst, ob und wann ich wiederkomme. Und du hast nicht gerade erfreut gewirkt, mich zu sehen. Dann rennt auch noch Armin bei euch ein und aus. Was läuft da eigentlich?«

»Armin hat damit nichts zu tun«, knurrte der Vater.

»Erklärs mir.«

Der Vater seufzte. »Ich habe gute Optionen bekommen, als die Wohnungen hier gebaut worden sind, da habe ich zugeschlagen.« Er zuckte mit den Schultern. »Immobilien sind eine gute Anlage, heutzutage.«

Das klang vernünftig, bis auf ... »Woher habt ihr auf einmal so viel Geld? Mama kauft ein Haus, du dieses Loft ...«

»Du weißt doch, dass dein Opa nicht gerade arm war, als er ... starb«, erklärte der Vater. »Ebenso wie Armins Vater. Während Armin sein Erbe sofort in eine protzige Villa und einen Fuhrpark voller Angeberautos gesteckt hat, haben wir es angelegt. Aber die Zeiten ändern sich und Geld ist nicht mehr das, was es mal war.«

»Also hast du das hier nicht für *mich* gekauft«, schloss Moritz.

»Jein. Mama ist von der Idee beseelt, dass ich dieses Loft für dich gekauft habe. Ich hätte es erst einmal vermietet ... oder wäre irgendwann selbst ... Aber schau, wichtig ist doch nur, dass es dir gehört, wenn du willst.«

»Und die Kraftkammer?«

»Wie gesagt, Mama ...«

»Sie weiß nichts von meinen Wünschen, was das betrifft.«

»Du bist nicht der Einzige, der sich eine eigene Kraftkammer wünscht.« Der Vater krempelte einen Ärmel hoch und spannte die Muskeln an. »Dein Alter Herr etwa. Ich habe hier öfter trainiert.« Er krempelte den Ärmel wieder runter. »Treibt außerdem den Preis für die Miete hoch.«

»Du bist unglaublich«, murmelte Moritz und schüttelte den Kopf.

»Ich bin nur pragmatisch«, erklärte der Vater. »Halte dir immer so viele Optionen offen wie mögl...« Er verstummte und senkte den Blick.

»Das hat ja schon immer geklappt, was?«, bohrte Moritz nach.

»Spiel dich bloß nicht als Moralapostel auf«, fuhr der Vater ihn an. »Nicht *du*. Im Gegensatz zu dem, was *du* getrieben hast, bin *ich* ein Engel! Okay, du hattest damals keine Ahnung – aber *heute!* Herrgott! Ich hätte nicht gedacht, dass du *das* durchziehst, obwohl du weißt ...«

»Schon gut«, knurrte Moritz. »Du kannst damit aufhören.«

»Wirklich ... Junge ... wie ... hast du nicht irgendeine ... Ich meine, jeder Mensch hat doch gewisse innere Schranken ...«

»Hör auf, hab ich gesagt.«

»Ich frage mich nur, ob wir was falsch gemacht haben. Mit deiner Erziehung. Oder vielleicht ist es ... irgendein Gendefekt. Das scheint vielleicht in der Familie zu liegen.«

»Hör auf!«, wiederholte Moritz düster. »Oder ich verschwinde von hier.«

Der Vater begann zu grinsen. »Das tust du nicht.« Er tätschelte die schwarze Ledermappe. »Ich weiß, die Wohnung und das Geld sind dir egal, aber das hier ...«

Arschloch. Moritz schnaubte. »Warum bietest du mir das alles an, wenn du mich für ... *degeneriert* hältst.«

»Jetzt bleib mal schön auf dem Teppich, Junge. Ich habe *nicht* gesagt, dass du degeneriert bist.«

»Natürlich hast du ...« Moritz verdrehte die Augen und seufzte.

»Du willst wissen, warum das alles?«, fragte der Vater. »Du hast recht, ich *wollte*, dass du wieder abreist. Aber das würde deiner Mutter das Herz brechen. Alleine, dass ich das vorgeschlagen habe, als Armin da war ... sie hat mir die halbe Nacht die Hölle heißgemacht.«

»Ich habs gehört«, murmelte Moritz.

»Na dann ...« Der Vater seufzte. »Wenn du gehst, verlässt sie mich. Sie gibt nämlich *mir* die Schuld daran, dass du abgehauen bist.«

»Zu Recht.«

»Der Punkt ist: Ich muss dich dazu bringen, hier zu bleiben, wenn mir etwas an meiner Ehe liegt, und zugleich kann ich nicht zulassen, dass du und *er* ...« Er schnaubte. »Dass ich mich mit so etwas überhaupt auseinandersetzen muss, ist eine Demütigung, weißt du das?«

»Dann lass es. Es ist *unsere* Sache«, knurrte Moritz. Für einen Augenblick musste er an heute Morgen denken, als Philipp ihm die Finger in den Slip ...

»Ist es *nicht*«, sagte der Vater scharf. »Angenommen, ich würde darüber hinwegsehen – was ich nicht *kann* und *werde*, möchte ich gleich mal betonen – aber *angenommen* ich würde es tun, und deine Mutter findet heraus, dass ich zugelassen habe ...«

»Sie weiß es also noch nicht?«, fragte Moritz.

Der Vater blickte ihn düster an. »Glaub nicht, dass du mich damit in der Hand hast. Du hast ein ebenso großes Interesse daran, dass sie es nicht erfährt, wie ich. Oder denkst du, sie würde begrüßen, was du treibst?«

»Ich habe *nur* gefragt.«

»Gut.« Der Vater schob die Karten und die Ledermappe herum. »Du weißt, dass all das hier an eine Bedingung geknüpft ist, ja?«

Moritz' Magen zog sich zusammen.

»Du hältst dich von ihm fern. Konsequent. Ansonsten, und das schwöre ich dir, selbst wenn es meine Ehe kostet: Ich erzähle deiner Mutter *alles* und du kannst mir glauben, sie wird *mich* zwar hassen, aber *dich* ...« Er lachte bitter. »Kannst du dir vorstellen, was du ihr damit antun würdest? Ich möchte dazu nur sagen, dass sie Philipp ins Herz geschlossen hat, auch geschäftlich. Mit seinen Bildern hat sich der Umsatz ihres Ladens verdoppelt ...«

»Also *funktioniert* er *doch*«, meinte Moritz bitter.

»Du findest das witzig?«

»Was soll ich denn *sonst* darauf sagen?«

»Danke für dein Entgegenkommen und die großartige Chance? *Selbstverständlich* lasse ich die Finger von ihm? Solche Dinge?«

»So einfach stellst du dir das vor? Du schenkst mir die Wohnung, einen Haufen Kohle und den Laden und schon sind meine Gefühle vergessen?«

»Du glaubst doch nicht etwa, dass es *irgendeine* Konstellation auf dieser Welt gibt, bei der er *wirklich* eine Option für dich wäre, oder?«

Moritz mahlte mit dem Kiefer, senkte den Blick.

»Wenn du das glauben würdest, wärst du nicht vor fünf Jahren abgehauen«, meinte der Vater. »Du hast das Richtige getan. Auch, wenn du mir das vielleicht nicht glaubst, aber ich bin stolz auf dich.«

Moritz schluckte. Seine Brust steckte in einem Fangeisen. Als sein Blick verschwommen wurde, wischte er rasch mit dem Handrücken über die Augenwinkel.

Der Vater tätschelte seine Hand. »Es tut mir leid, Junge.«

»Ich weiß nicht, ob ...« Moritz stockte. Er versuchte, die Tränen zurückzudrängen. Vor seinem Vater wollte er nicht heulen. Aber jedes Wort, das er aussprach, brachte eine Träne mit. »Ich kann das nicht ... Ich ... kann nicht ...«

»*Natürlich* kannst du das«, meinte der Vater tröstend. »Du hast es fünf Jahre lang geschafft.«

»Da war ich weit weg.«

»Sechs Stunden Autofahrt. Das ist nicht viel, wenn die Liebe ruft. Du hättest *jederzeit* zurückkommen können, aber du hast es nicht getan.«

Moritz schnappte nach Luft.

»Sechs Stunden, sechs Minuten.« Der Vater zuckte mit den Schultern. »Was spielt das für eine Rolle? Du hast dir selbst bewiesen, dass du dich von ihm fernhalten kannst. Solange du zumindest nicht mit ihm alleine unter einem Dach bist.« Immer noch fassungslos über die morgendliche Entdeckung schüttelte er den Kopf.

»Du willst nicht wissen, was ich getan habe, um das durchzuhalten«, sagte Moritz heiser. »Du weißt nicht, wie kaputt mich das alles macht.«

»Lass dir von einem alten Mann sagen: Die Liebe kommt, die Liebe geht. Auf jeden Fall flaut sie ab. Dir mag es jetzt vielleicht noch so vorkommen, als wäre Sex und diese ganze Gefühlsduselei alles im Leben. Aber so ist es nicht. Das sind nur Augenblicke. Das *wahre* Leben ist schnöder Alltag, auch in einer Beziehung. *Vor allem* in einer Beziehung. Irgendwann geht es nur um Zahnpastareste im Waschbecken und wer was auf dem Heimweg besorgt. Die große Leidenschaft« – der Vater zuckte mit den Schultern – »geht schneller vorbei, als du denkst. Also wozu die Quälerei? Lohnt es sich wirklich, sich für dieses Strohfeuer kaputtzumachen?«

Moritz funkelte ihn finster an. »Wenn alles so egal ist, wie du sagst, warum juckt es dich, ob Mama bei dir bleibt oder nicht?«

»Es ist nicht *egal* ...«, räumte der Vater ein. »Es ist nur alles nicht so ... *romantisch* und *lebenswichtig,* wie du vielleicht jetzt glaubst. Was ich sagen will, ist: Mein Leben wäre vermutlich nicht viel anders, wenn ich eine andere geheiratet hätte, eine, die ich mehr, weniger oder anders geliebt hätte. Am Ende ... ist es nur Alltag.«

»Du hast Mama nie richtig geliebt«, knurrte Moritz. »Sonst hättest du nicht ...«

»Das heißt, du warst die letzten fünf Jahre abstinent?«, fuhr der Vater dazwischen und funkelte Moritz herausfordernd an.

Moritz schluckte. »Das ist eine völlig andere Situation.«

»Wie du meinst.« Der Vater seufzte und betrachtete das Muster der Marmorplatte, während er die nächsten Worte zusammenklaubte. Schließlich blickte er Moritz prüfend an. »Du liebst ihn? Über alles?«

Moritz nickte.

»Du denkst, du wirst niemals mit einem anderen glücklich werden? Sondern nur mit ihm?«

Das Ja ploppte in Form einer Träne über Moritz' Wimpern. Er senkte den Blick.

»Aber du weißt, dass es diesen Weg niemals für euch geben wird. Ja?«

Moritz schloss die Augen, nickte. Tränen fielen auf seine Schenkel.

»Dann nimm dir eine Frau. Zeuge ein Kind.«

Moritz ruckte hoch. »Was?«

»Wenn es ohnehin *egal* ist, mit wem du zusammen bist, weil du ohnehin mit keinem anderen glücklich sein wirst ... dann mach wenigstens deine Mutter glücklich und schenk ihr ein Enkelkind.«

»Meinst du das *ernst*?«, fragte Moritz fassungslos.

»Dein Opa hat es auch geschafft.«

Moritz starrte seinen Vater an.

»Ich weiß nicht, ob du das wusstest«, begann der Vater. »Es war immer ein offenes Geheimnis. Er war wie du. Du weißt schon ..., was seine *Vorlieben* betrifft. Aber als er älter wurde, ist er zu Vernunft gekommen. Ihm war klar, dass dieser ... Spleen, zu nichts führt, dass daraus nie etwas Dauerhaftes entstehen kann. Leidenschaft ist eben vergänglich und ein gemeinsames Leben bedeutungslos, wenn es keine gemeinsame Aufgabe gibt, etwas *Größeres,* etwas, das aus dieser Verbindung hervorgeht, wenn du verstehst. Dein Opa wollte etwas hinterlassen. Er hat erkannt, worum es im Leben *wirklich* geht. Und deswegen können wir jetzt hier sitzen und über deine Zukunft reden.«

Moritz funkelte seinen Vater wild an. »Benutz nicht Opa, um mich in die Scheiße zu reiten.«

»*In die Scheiße reiten* nennst du das hier?«, fuhr der Vater ihn an und schlug so heftig auf den Tisch, dass Moritz erschreckte. »Ich gebe mir hier *wirklich* die *allergrößte* Mühe mit dir, und das, *obwohl* ich dich heute Morgen in flagranti mit deinem Bruder erwischt habe!«

Ein heißer Stich fuhr durch Moritz' Bauch. Seine Schläfen begannen zu pochen.

Der Vater schnaubte abfällig. »Ich biete dir mein halbes Vermögen, eine Wohnung, für die andere *töten* würden, *und* übergebe dir meinen Laden, mit der *lächerlichen* Bedingung, dass du die Finger von ihm lässt, was eigentlich eine *Selbstverständlichkeit* sein sollte, und du nennst das ›in die Scheiße reiten‹? Mir reicht es allmählich mit dir!«

»Mir reicht es auch, und zwar schon lange«, platzte Moritz heraus, rutschte vom Barhocker, stapfte aus der Wohnung und knallte die Tür hinter sich zu.

26|Liebesdämmerung

Damals

Moritz lenkte den Wagen am Ortsschild der Heimatstadt vorbei. Noch immer pulsierte sein Hintern von Philipps Fingern. Was ihm in der geschützten Atmosphäre des Hotelzimmers völlig normal erschienen war, fühlte sich jetzt, da sie *da draußen in der Welt* unterwegs waren, sehr ... unwirklich an. Immer wieder schielte er zu Philipp auf dem Beifahrersitz und vergegenwärtigte sich, wie sein Anus aussah, wie er sich zuckend um den Finger schloss, ihn warm aufnahm, und wie sich Philipp dabei hatte gehen lassen, wie leidenschaftlich er es genossen hatte. Es war irritierend, ihn jetzt so intim zu kennen und ein klein wenig schämte sich Moritz, dass Philipp ihn ebenfalls so gesehen und erlebt hatte.

Das Wort *unmännlich* geisterte durch seinen Kopf, egal wie sehr er versuchte, es zu vertreiben. Er wollte nicht bewerten, was sie getan hatten, aber es rumorte gewaltig dort, wo auch Schuldgefühle zu Hause waren. Nach dem Blasen hatte sich Moritz komischerweise überhaupt nicht so gefühlt, so, so ... pervers irgendwie. Ob er sich anders fühlen würde, wenn sie es *richtig* getan hätten? Dann wäre alles nur ein Vorspiel gewesen. Jetzt aber stand es für sich allein, und das war mächtig verstörend.

Machte sich Philipp auch solche Gedanken? Er wirkte beunruhigt, aber vielleicht lag das auch daran, dass sie so spät heimkamen. Wenn er Moritz' Blick auffing, lächelte er und seine Augen glänzten glücklich. War *er* mit der Sache im Reinen? Dachte er noch daran, dass Moritz ihm unabsichtlich unterstellt hatte, unmännlich zu sein? Sie mussten unbedingt noch einmal darüber reden. Moritz wollte jeden Verdacht ausräumen, er könnte auch nur ansatzweise so denken. Aber nicht jetzt. Nicht heute. Er musste sich genau zurechtlegen, wie er es sagte, und mit einem süßen Ziehen im Herzen wusste er, es würde eine astreine Liebeserklärung werden. Er würde Dinge sagen, mit denen er Philipp einen Dolch reichte, den er jederzeit in sein Herz rammen konnte. Aber genau das wollte er. Sich ihm ausliefern. Immerhin hatte sich ihm Philipp von Anfang an geöffnet. Schon bevor sie ein Paar geworden waren.

Ein Paar!

Moritz musste lächeln. Ein tiefer Seufzer dehnte seine Brust.

»Was ist?«, fragte Philipp.

»Nichts.« Die Hitze stieg Moritz ins Gesicht. Sein Herz klopfte wild. Solche Wellen überkamen ihn jedes Mal, wenn ihm bewusst wurde, dass er und Philipp zusammen waren.

Ein ›Ich liebe dich‹ war universell, Worte, die *jeder* sagen konnte und die zu jedem passten. Was Moritz Philipp jedoch sagen wollte, morgen, oder übermorgen, würde etwas sein, das nur von ihm kommen und nur für ihn sein konnte.

Als Moritz den Wagen in die Gasse lenkte, in der Philipp wohnte, zeigte die Uhr am Armaturenbrett 23:59. Gerade noch heute, dachte Moritz fidel, da entdeckte er Vaters Kastenwagen. Er parkte direkt vor dem Hauseingang zur Wohnung, in der Philipp mit seiner Mutter lebte. Moritz' Magen zog sich zusammen. Suchten sie etwa schon nach ihnen?

Philipp krallte die Finger in den Sitz und holte tief Luft. »Dabei war der Abend so schön bisher.«

»Wir sind doch gerade mal zwei Stunden drüber«, meinte Moritz ungehalten. »Mal davon abgesehen, dass wir gar keine Zeit ausgemacht haben.«

»Jetzt kann ich sie wieder stundenlang beruhigen«, murmelte Philipp frustriert. »Dabei wollte ich doch noch ...«

»Wieder?« Moritz fuhr zu ihm herum. »Wieso *wieder?*«

»Nach seinen Besuchen ist sie immer völlig durch den Wind«, erklärte Philipp.

»Nach seinen ...? Er *besucht* sie? *Öfter?*«

»Ich wünschte, er würde es bleiben lassen. Es regt sie zu sehr auf.«

Moritz blinzelte, versuchte, zu begreifen. »*Mein* Vater besucht *deine* Mutter? Wieso?«

»Ich weiß es nicht. Sie kennen sich von früher, aber wenn sie sich sehen, streiten sie sich nur die ganze Zeit.«

»Worüber?«

»Nichts Konkretes. Es sind eigentlich nur blöde Anspielungen und Unterstellungen. Ich glaube, wegen irgendwas von damals.«

»Er kommt nur vorbei, um mit ihr zu streiten?«, bohrte Moritz nach.

»Ich glaube, er besucht sie aus Pflichtgefühl.«

»Weil sie krank ist?«

»Vermutlich. Deswegen hat er mir wahrscheinlich auch die Lehrstelle angeboten. Irgendwie fühlt er sich schuldig.«

»Er hat dir die Lehrstelle angeboten, weil sie Krebs hat?«, fragte Moritz verwundert. Offenbar kannte er seinen Vater überhaupt nicht.

»Sie hat sich ziemliche Sorgen gemacht, weil ich mit bald achtzehn noch immer keinen Ausbildungsplatz hatte. Und weil er doch ein eigenes Geschäft hat ...«

»Ich habe nicht gewusst, dass sie sich kennen«, meinte Moritz verdattert. »Er hat nie was gesagt. Okay, er hat damals gewusst, dass deine Mutter im Krankenhaus ist, aber ich habe geglaubt, weil *du* es ihm erzählt hast ...«

»Nein, ich rede mit ihm nicht über sie. Ich meine ... ich bin deinem Vater echt dankbar für die Chance, die er mir gibt, aber ich wünschte, er würde sie in Ruhe lassen.« Philipp blickte Moritz betreten an. »Ich will ihm das schon lange sagen, aber ich ... kann nicht. Nicht nur, weil ... wegen meinem Problem, sondern auch, weil es undankbar wäre, ihm zu verbieten, uns zu besuchen, wenn er mir doch die Ausbildung ermöglicht.«

»Soll *ich* es ihm klar machen?«, fragte Moritz.

»Würdest du?«

»Aber gern!« Moritz begann zu grinsen. »Ich werde ihn einfach fragen, ob Mama weiß, dass er ständig bei einer anderen Frau herumhängt. Ich wette, davon hat sie so wenig Ahnung wie ich.«

Philipp lächelte scheu. »Das würdest du wirklich tun?«

»Klar!« Moritz zuckte mit den Schultern. »Immerhin erwische ich ihn jetzt in flagranti. Ich werde so tun, als würde ich glauben, er hätte eine Affäre mit deiner Mutter und ihm damit drohen, dass ich es Mama sage, wenn er damit nicht sofort aufhört.«

Philipp blickte Moritz scheu an. »Danke.«

»Nichts zu danken. Das wird mir Spaß machen, nach dem, wie er mich wegen der Lehrstelle verarscht hat.«

»Du bist ihm deswegen echt böse, hm?«, fragte Philipp mit leicht heiserer Stimme.

Moritz ergriff seine Hand. »Nicht mehr. Eigentlich bin ich ihm sogar dankbar.« Zärtlich streichelte er mit dem Daumen über Philipps Finger. »Ohne ihn gäbs uns beide nicht.« Dann schmunzelte er breit. »Aber das weiß er nicht.«

»Ich spüre dich noch immer«, gestand Philipp leise und strahlte Moritz verwegen an. »Du weißt schon ... dort.«

Moritz' Herz begann wild zu hämmern. »Ich dich auch.«

»Morgen wird es sicher toll«, flüsterte Philipp und rutschte nervös auf dem Beifahrersitz herum. »Ich kann es kaum erwarten.«

»Weißt du was?« Ein süßer Stich fuhr durch Moritz' Bauch. »Wir lassen die beiden streiten und fahren *gleich* wieder ins Hotel zurück.«

Philipps Augen begannen zu funkeln. Für einen Moment schien er das ernsthaft in Erwägung zu ziehen, dann seufzte er traurig. »Das wäre schön. Aber ich kann sie nicht alleine lassen, nach ...«

»Ich weiß.«

Da kam der Vater auch schon aus dem Gebäude. Er wirkte gehetzt. Seine Haare waren zerzaust und seine Kleidung wirkte ein wenig unordentlich.

»Sie *haben* gestritten«, meinte Philipp bitter.

Moritz drückte seine Hand, dann ließ er sie los, machte sich zum Aussteigen bereit und lächelte Philipp vielversprechend zu. »Pass gut auf. Jetzt bring ich ihn zum Schwitzen.«

Doch noch ehe Moritz den Türgriff berühren konnte, erkannte der Vater das Auto hinter seinem Kastenwagen. Ein Ruck ging durch seinen Körper, er richtete sich auf, kniff die Augen zusammen, dann stapfte er mit

Riesenschritten herbei, der Blick entschlossen, die Lippen zu einem Strich gepresst.

Energisch riss er die Fahrertür auf und warf einen kontrollierenden Blick ins Wageninnere. »Wo wart ihr, verdammt noch mal!«

»Was machst du hier!«, konterte Moritz, bereit, ihn bloßzustellen.

»Hört ihr eure Handys nicht, sagt mal? Ich versuche schon die ganze Zeit, euch zu erreichen!«

Moritz wurde heiß. Die hatten sie abgeschaltet, um nicht gestört zu werden, beim ... Und dann hatten sie vor lauter Stress vergessen, sie wieder aufzudrehen.

»Deine Mutter ist im Krankenhaus«, sagte der Vater zu Philipp. »Der Notarzt war da.« Auf seiner Stirn entstanden tiefe Sorgenfalten. »Es sieht nicht gut aus. Sie fragt die ganze Zeit nach dir.«

Moritz fühlte sich wie mit Eiswasser übergossen. Eine fette Gänsehaut stellte die Härchen an seinem Körper auf. Das Wort *Tod* drängte sich wie ein unsichtbares Kraftfeld in sein Hirn. Er spürte, wie Philipp neben ihm erstarrte, und sah ihn bestürzt an.

Philipp, der der Krankheit seiner Mutter bislang bewundernswert tapfer entgegengeblickt hatte, sah aus, als hätte man alles Blut aus seinem Körper gezogen.

Moritz wollte etwas Hilfreiches sagen, aber was sagte man in einem solchen Moment? Scheiße? Tut mir leid? Wird schon werden? Kopf hoch? Nichts von all dem schien angemessen, also legte er ihm eine Hand auf die Schulter. Philipp warf einen kurzen, dankbaren Blick darauf, dann stierte er wie betäubt aufs Handschuhfach. Moritz schob ihm die Hand in den Nacken und kraulte ihm durchs Haar. Er wollte ihn umarmen, drücken, halten, doch als er versuchte, ihn sanft zu sich zu ziehen, reagierte Philipp nicht. Also strich Moritz seinen Arm abwärts, schob die Finger in die im Schoß geballte Faust – Philipp öffnete sie bereitwillig – und zog sie auf seinen Schenkel, um sie mit beiden Händen zu umschließen.

Ein wenig irritiert verfolgte der Vater diese zärtlichen Gesten. »*Wo* seid ihr noch mal gewesen?«

»Unterwegs«, murmelte Moritz und streichelte Philipps Handrücken.

Der Vater atmete hörbar tief durch, wie er es immer machte, wenn er eine offensichtliche Lüge hinzunehmen bereit war, dann wandte er sich an Philipp. »Komm mit.« Sein Blick kippte kurz zu den Händen in Moritz' Schoß. »Ich fahr dich hin.«

Bestürzt fuhr Philipp zu Moritz herum, starrte ihn mit großen Augen an und quetschte seine Hand.

»*Ich* fahr ihn«, sagte Moritz rasch.

»Das ist nicht nötig«, meinte der Vater. »Fahr lieber heim und geh schlafen. Es ist schon spät und du musst morgen arbeiten.« Er wandte sich wieder an Philipp. »Na los, Junge. Worauf wartest du?«

»Ich komme mit!«, stellte Moritz energisch klar, schloss die Hände fester um Philipps Finger und schaute ihm ins aschfahle Gesicht. »Wenn es dir recht ist.«

Philipp nickte flehend. In den hellgrauen Augen flackerten Tränen. Sein Blick huschte schuldbewusst zum Vater, dann presste er die Lippen zu einem Strich, sah abwärts auf seine Knie und mahlte mit dem Kiefer.

»Okay ...«, meinte der Vater mit einem unzufriedenen Schnauben und stieß sich vom Auto ab. »Fahrt mir nach.«

27 | Asyl

Gegenwart

»Nnnoch eimmmal dassselbe«, nuschelte Moritz und knallte das Glas Scotch auf den Tisch, so heftig, dass er beinahe mitsamt Barhocker umkippte. Flink klammerte er sich am Tresen fest und versuchte, den Blick scharf zu stellen. Das Pub drehte sich um ihn wie ein Karussell, die Lampen der schummrigen Beleuchtung wurden zu honigfarbene Schlieren. Die Musik wummerte in Moritz' Kopf, als liefen drei Songs gleichzeitig. Am Rande seines Blickfeldes tauchten Menschen auf und verschwanden wieder. Gelegentlich hörte sich Moritz etwas sagen, ob er aber mit sich selbst oder anderen redete, vergaß er von einem zum nächsten Moment.

»Bitte«, sagte jemand, dann stand ein bernsteinfarben funkelndes Getränk vor seiner Nase.

»Dannnggge«, nuschelte Moritz, fing es ab – es schien ständig um seine zupackende Hand zu tanzen – und kippte es in einem Zug runter. Der Alkohol brannte die Speiseröhre abwärts, dann zündete die Hitze im Bauch, üble Säure kroch hoch und rang ihm einen scharfen Rülpser ab. Die Finger fühlten sich an wie Wattebäusche, und jede Kopfbewegung wurde zu einer Herausforderung für den Gleichgewichtssinn.

Er war in der vertrauten Zone, dem seit fünf Jahren bewährten Asyl Trunkenheit. Jetzt noch jemanden aufreißen und vögeln, bis diese elende Leere, die Angst und vor allem der Schmerz verschwanden. Er wollte nicht mehr denken müssen, nicht fühlen, nicht er selbst sein.

Immer wieder blitzten Bilder des Lofts in seinem Kopf auf. *Heirate. Zeuge ein Kind. Es gibt keine Konstellation, in der ihr zusammen sein könnt.*

»Nnnoch einnen«, lallte Moritz und schob das Glas mühsam über den Tresen auf den Schatten hinter der Bar zu, der mal hier war, mal weg. Die Musik klang jetzt wie eine Waschmaschine. Irgendwie beruhigend. Moritz stierte auf seine Hände, um nicht das Gleichgewicht zu verlieren. Hände, die hundert oder mehr Männer angefasst hatten und sich doch nur an einen erinnern konnten.

»Ich küsse nicht«, war sein Standardspruch gewesen, wenn er jemanden aufriss, und nicht nur einmal hatte eines seiner Opfer trocken bemerkt: »Wie eine Hure.« Aber so bereitwillig Moritz seinen Schwanz geteilt hatte, auch seinen Arsch, sein Mund war Tabu. Seine Lippen und seine Zunge gehörten Philipp. Und heute Morgen hatten sie erstmals nach fünf Jahren wieder ... geküsst.

Er hatte ihn geküsst.

Obwohl er wusste, dass er sein Bruder war.

Und um ein Haar hätte er sich von ihm sogar einen blasen lassen.

»Oh Gott«, murmelte Moritz und ließ den Kopf auf seine über dem Tresen verschränkten Arme fallen. Vater hatte recht. Er war ... wie nannte man so jemanden? Wie nannte man jemanden, der seine Finger nicht von seinem Bruder lassen konnte? Pervers? Krank? Und trotzdem, trotz Alkohol, trotz des Angebots seines Vaters, trotz des Wissens, wie falsch es war, wie falsch, falsch, falsch, erregte ihn die Erinnerung an heute Morgen. Er wollte es wieder tun. Aller Vernunft zuwider.

War er bereit, für Philipp auf den Laden zu verzichten?

Einigermaßen überrascht entdeckte Moritz ein volles Glas Scotch vor seiner Nase. Er tastete mit den Fingern den Tresen entlang, bis sie es berührten, führte es zu seinen Lippen, ohne den Kopf zu heben, und kippte den Inhalt umständlich in den Mund. Rinnsale liefen an den Mundwinkeln abwärts. Er wischte sich übers Kinn.

Ja. Ja, er würde für Philipp auf den Laden verzichten. Scheiße.

Aber er wollte nicht. Er wollte beides.

Es gibt keine Konstellation ...

»Ja, ja ich weiß«, knurrte Moritz sich selbst an.

Hatte der Vater Philipp ein ähnliches Angebot gemacht? Offenbar hatte er überlegt, ihm den Laden zu vermachen. Das sollte nicht wehtun. Moritz sollte sich darüber freuen, immerhin liebte er Philipp. Dennoch, *er* war zuerst da gewesen, auch wenn er zwei Wochen jünger war als Philipp. Er war der Sohn, den der Vater siebzehn Jahre lang für seinen einzigen gehalten hatte. Warum hatte der Vater ernsthaft in Erwägung gezogen, Philipp das Geschäft zu vermachen? *Philipp!*

Du warst ja nicht da, schalt sich Moritz, woher sollte er wissen, ob du je wiederkommst. Ob er Philipp das Loft angeboten hatte? Nein, er hatte ja das Haus. Das hieß, Philipp *mietete* das Haus für ein Bild pro Monat. Eigenartiger Vertrag. Vielleicht nur ein Trick, mit dem der Vater ihn beerben konnte, ohne die Mutter davon wissen zu lassen.

Pragmatisch. Möglichst viele Optionen offen halten.

So ein Arsch!

»Kannch nochn krieegn?«, brabbelte Moritz und schielte nach dem Menschen, der für gewöhnlich hinter der Bar herumflitzte. Ein gut aussehender Kerl, zumindest nach acht ... dreizehn ... wie vielen Scotchs auch immer.

»Ich denke, es ist genug«, meinte der Barkeeper gelassen und räumte das leere Glas weg.

»Gennnug isss, wennn ich sssage«, murmelte Moritz und versuchte, auf das Gesicht des Mannes zu fokussieren, aber alles, was er einigermaßen klar in den Blick bekam, waren die Arme und die Brust. Moritz' Kennerblick registrierte Krafttraining. Nicht exzessiv, vermutlich drei Mal pro Woche. Keine Maximalkraft, eher funktionell ...

Und jetzt stellte der Komfortzonenlifter ein unverlangtes Glas Wasser und eine Tasse Kaffee vor Moritz hin.

»Wasss sssoll das?«, maulte Moritz.

»Du bist randvoll«, meinte der Arsch selbstgefällig. »Wenn du weitersaufen willst, dann musst du das vorher trinken.«

»Sssicher nnnicht. Dasss isss *mein* Körper. *Ich* bestimmme, was ich konsu-konsummiere.«

Der Barkeeper neigte sich über den Tresen. »Und das ist *mein* Lokal. *Ich* bestimme, wem ich noch etwas einschenke. Wenn dir das nicht passt, dort ist die Tür.«

»Isss dir eigennntlich klar, wwwer ich binnn?«, lallte Moritz durch das Tosen des Rausches hindurch.

»Jemand, der nicht weiß, wann er genug hat.«

»Ich binnn *Sp-sport Kunnnert*«, erklärte Moritz und hämmerte sich mit der Zeigefingerspitze gegen die Brust.

»Und wenn du der Papst wärst. Ich habe keinen Bock, deine Kotze wegzuwischen«, konterte der Barkeeper.

»Fffein. Wwwollen wir nnnach draußen gehen?«

»Du willst dich mit mir anlegen?«, fragte der Kerl und runzelte belustigt die Stirn. »In *diesem* Zustand?«
»Du könnntest mmmir einnnen blasen.«
Einen Augenblick lang herrschte Stille. Dann knallte ein Blitz und Moritz kippte ins wohlige Nichts.

28|So ist das Leben

Damals

Zuletzt war Moritz im Krankenhaus gewesen, als er Philipp wegen seines Harnweginfekts begleitet hatte. Es war der Tag gewesen, nachdem sie am Seeufer zusammengekommen waren, und so peinlich die Angelegenheit für Philipp auch gewesen sein mochte, Moritz hatte jede Sekunde an seiner Seite genossen. Er war völlig überdreht, da er kein Auge zugetan hatte, und musste Philipp immer wieder verstohlen ansehen und sich bewusst machen, dass sie sich geküsst hatten, dass sie jetzt zusammen waren. Er glühte förmlich, war mächtig Stolz, mit ihm im Wartebereich sitzen zu dürfen und supernervös, als Philipp darauf bestand, dass er mit ins Untersuchungszimmer kam. Dort hatte er seine Hand gehalten, als Philipp ohne Hosen auf dem Untersuchungstisch lag. Als der Arzt eine lächerlich große Spritze mit einer lächerlich langen Nadel zückte, hatte Moritz zunächst geglaubt, das wäre eine Art Witz, um sie zu erschrecken. Clowndoctors und so. Moritz machte auf cool, bis er realisierte, dass es *kein* Scherz war. Als er weiters realisierte, was der Arzt mit dem Ding vorhatte, hätte er beinahe auf den Boden gekotzt vor Panik. Um sich selbst zu beruhigen, schaute er Philipp während der ganzen Untersuchung tief in die Augen. Obwohl der Arzt mit Philipps Schwanz etwas tat, das Moritz nie, niemals über sich ergehen lassen würde – eher würde er sich den Schniedel abhacken –, schien Philipp weitaus mehr Panik vor dem Gespräch und dem ganzen Drumherum zu haben, als vor der Untersuchung selbst.

Hinterher hatten sie Philipps Mutter besucht. Nach dem gerade Erlebten hatte sich Moritz gefühlt wie ein alter Mann, dem man nichts mehr vormachen konnte, der alles Grauen dieser Welt kannte. Doch der Anblick der Mutter schockte ihn. Einerseits, weil er noch nie einen so kranken Menschen gesehen hatte. Andererseits, weil sie Philipp so ähnlich sah und er für eine Sekunde die grauenhafte Vision hatte, Philipp läge todkrank in diesem Bett.

Doch trotz dieses doppelten Schocks an diesem ersten Tag ihrer Beziehung hatte Moritz eine verklärt schöne Erinnerung daran. Der Rausch der Verliebtheit und die Tatsache, dass er, statt zu arbeiten, mit Philipp einen ganzen Vormittag verbracht hatte, erschien ihm wie eine Art Date. Umso mehr, als sich in den folgenden Wochen herausstellte, wie schwierig es war, ihm näherzukommen.

Heute hätten sie fast den letzten großen Schritt getan und nun waren sie wieder hier. Doch diesmal würde Moritz nichts romantisch verklären können. Das Grauen marschierte schon jetzt Schritt für Schritt mit.

Philipp wandelte wie ein Zombie durch die Flure, die Miene starr, sein Gesicht fast grau vor Angst. Wie ein Bodyguard marschierte Moritz neben ihm her, überfordert, hilflos. Sollte er seine Hand nehmen? Ihm einen Arm um die Schulter legen? Etwas Tröstendes sagen? Er wollte ihm den Schmerz nehmen, die Trauer, die Angst, und hätte es irgendeine Möglichkeit gegeben, er hätte ihm die Gefühle sofort abgenommen.

Wieso war das Leben so? So unausweichlich. So gemein. Warum durfte es jemandem, der ohnehin niemanden hatte, den einzigen Menschen nehmen, während andere vor lauter Familie erstickten?

Er hat doch *dich*, dachte Moritz. Er ist nicht allein, er hat *dich*.

Aber der Gedanke half nicht. Moritz war nur sein Freund, keine Mutter, kein Vater. Er selbst konnte sich nicht vorstellen, ohne seine Eltern zu sein, auch wenn ihm Philipp *alles* bedeutete. Am liebsten hätte Moritz das Leben oder den Tod oder Gott oder wer auch immer für das hier zuständig war, zusammengeschlagen, und ihm dann befohlen, jemand anderem den Eimer Scheiße über den Kopf zu schütten, aber Philipp, verdammt noch einmal, zu verschonen.

Der Vater eilte ihnen voraus, als wäre er ein Arzt in zivil – so zielstrebig, als arbeitete er hier seit Jahren. Ohne Umweg und ohne jemanden zu fragen, fand er die richtige Abteilung und wusste sofort, wen er ansprechen musste. Die Krankenschwester schien ihn bereits zu kennen. Ihr Gesicht strotzte vor Mitgefühl, als sie ihn erblickte. Das war nicht gerade beruhigend.

Moritz streichelte über Philipps Rücken, doch weil er nicht wusste, was weiter, nahm er die Hand wieder weg. Was, zur Hölle, machte man in einer solchen Situation?

»Sie wird die Nacht nicht überstehen«, erklärte die Schwester und blickte betroffen zwischen dem Vater, Philipp und Moritz hin und her.

Eine Nachricht wie eine Ohrfeige. Erst letztes Wochenende hatte Moritz Philipps Mutter gesehen und es war ihr so gut gegangen wie schon lange nicht mehr. Wie konnte es sein, dass sie plötzlich im Sterben lag? Das musste ein Irrtum sein! Eine Verwechslung! Eine Fehldiagnose!

Etwas kitzelte seine Handfläche und im Reflex zuckte Moritz zurück. Dann erst begriff er, dass es Philipps Finger waren, die sich an ihm festzuhalten versuchten.

Dankbar, etwas tun zu können, packte Moritz seine Hand und drückte sie fest.

»Philipp?« Die Schwester schaute fragend zwischen ihnen beiden hin und her.

Mit einem Kopfnicken deutete Moritz zu Philipp, der sie nur anstarrte wie ein geblendetes Reh.

Der Blick der Schwester huschte kurz zu den ineinander verschlungenen Fingern, dann lächelte sie Philipp sanft an. »Sie möchte dich sehen.«

Philipps Griff verstärkte sich, als sich die Schwester umdrehte, um sie zum Krankenzimmer zu führen. Moritz' Beine wollten sich kaum von der Stelle bewegen. Als wögen sie Tonnen, brauchte er alle Kraft, um sie anzuheben und einen Schritt vor den anderen zu setzen.

Bis jetzt war Philipp besorgniserregend ruhig geblieben. Zwar schwammen seine Augen in Tränen und gelegentlich kullerte eine über seine Wangen, aber er verhielt sich auffällig reserviert. Er stand unter Schock. Je näher sie jedoch dem Zimmer kamen, in dem seine Mutter lag, umso zögernder bewegte er sich und umso hektischer japste er nach Luft. Immer wieder fuhr ein heftiges Zucken durch seinen Körper, als hätte ihn etwas gebissen. Sein Blick huschte rastlos hin und her.

Moritz musste daran denken, wie ihm Philipp erzählt hatte, dass er manchmal zusammenklappte, wenn es ihm zu viel wurde. War es jetzt so weit? Würde er zusammenklappen?

»Philipp?«, flüsterte Moritz. »Alles Okay?« Innerlich machte er sich bereits darauf gefasst, ihn aufzufangen, obwohl er keine Ahnung hatte, wie so ein Zusammenklappen aussah. Er hatte in einem Film schon mal einen epileptischen Anfall gesehen. War das vergleichbar?

Verstört fuhr Philipp zu ihm herum und starrte ihn an, als wäre er völlig davon überrumpelt, ihn hier anzutreffen. Dabei hielten sie sich doch an den Händen! Er wirkte so derartig neben der Spur, so verloren und überfordert, dass Moritz die Tränen kamen.

»Geht es dir ... gut?«, fragte er. Was für eine bescheuerte Frage.

»Was?« Philipp hatte sichtlich Mühe, auf sein Gesicht zu fokussieren.

»Geht es dir gut«, wiederholte Moritz. Philipps Blick machte ihm Angst.

»Ich weiß nicht«, faselte Philipp unkonzentriert und schaute sich um, als suchte er die korrekte Antwort auf irgendeinem Schild.

»Wir sind da«, erklärte die Krankenschwester und öffnete vorsichtig die Tür zu einem Krankenzimmer.

Moritz hielt die Luft an und quetschte Philipps Finger. Er wusste nicht, wie er reagieren sollte, also schaute er sich hilfesuchend nach seinem Vater um, der ihnen mit ernster Miene folgte. Er erwiderte den Blick mit einem Ausdruck von Bedauern. So ist das Leben, mein Sohn.

Philipp ließ die Hand los und eilte auf das einzige belegte Bett neben dem Fenster zu. Das Licht war gedämpft, auf dem Nachttisch stand ein Gefäß mit einem Lappen. Es war gruselig still. Die Decke wölbte sich kaum über dem ausgemergelten Körper.

Zögernd trat Moritz näher.

Philipps Mutter lag reglos auf dem Rücken, den Mund starr geöffnet, die Augen geschlossen.

Ein Schauer packte Moritz. War sie tot?

An Philipps bebenden Lippen und der tiefen Furche über seiner Stirn sah er, dass er gerade dasselbe dachte.

Scheiße.

Plötzlich driftete eine Erinnerung in Moritz' Bewusstsein, die kaum zwei Stunden alt war. Philipp auf dem

Rücken, splitternackt, das Kinn in die Luft gereckt, die Beine gespreizt, die Hände um die Knie geklammert, ein zuckersüßes Stöhnen in der Kehle, während ihm Moritz ganz langsam einen Finger in den Arsch schob.

Moritz verbrannte fast vor Scham. Rasch schüttelte er das Bild ab und klammerte sich an das, was er vor sich sah. Eine sterbende Frau. Ihren verzweifelten Sohn. Im Hinterkopf spielte der Film jedoch weiter, wenn auch ohne Bild. Moritz ballte die Fäuste, knirschte mit den Zähnen. Wieso, zur Hölle, musste er ausgerechnet *jetzt* daran denken?

Alarmiert registrierte er Vaters Nähe. Konnte er Gedanken lesen und sehen, was für perverse Sachen seinem Sohn gerade durch den Kopf gingen? Moritz wollte sich etwas ins Hirn rammen, um diese beängstigende Vorstellung abzuschütteln, doch es wurde noch schlimmer. Was, wenn Philipps Mutter schon vor zwei Stunden gestorben war und ihr Geist schnurstracks zu ihrem Sohn geflogen war, nur um zusehen zu müssen, wie Moritz ...

Denk an etwas anderes! Denk an etwas anderes! Denk. An. Etwas. Anderes! Verdammt!

Philipp sank auf den Stuhl neben dem Bett, nahm die leblose Hand seiner Mutter und strich ihr durchs Haar. Seine Lippen bebten, sein Kinn zitterte, Tränen kullerten über seine Wangen. Er riss sich zusammen, doch es würde nicht mehr lange dauern, bis es aus ihm herausbrach.

Moritz wollte zu ihm, doch der Vater hielt ihn an der Schulter zurück und sagte leise: »Lass ihn.« Fragend schaute Moritz ihn an. Der Vater blinzelte besänftigend. *Du kannst nichts tun.*

Ein Schluchzen würgte aus Philipps Kehle.

Moritz riss sich los, eilte zu ihm und legte ihm eine Hand in den Nacken. Augenblicklich kippte Philipp gegen ihn und drückte ihm heulend die Schläfe an die Brust. Moritz' Blick wurde verschwommen. Sanft grub er die Finger in Philipps Haar, streichelte ihm über den Kopf und drückte ihm Küsse auf den Scheitel.

»Phili...?«, krächzte eine heisere Stimme.

Moritz blinzelte die Tränen fort – sie klatschten auf Philipps Haar – und blickte direkt in die hellgrauen Augen der Mutter. Sie lebte! Sie lebte – noch!

Durch Philipps Körper ging ein Ruck. »Mama?« Er löste sich von Moritz, neigte sich zu ihr, streichelte ihre Wange, küsste ihre Fingerknöchel. »Mama.« Tränen tropften von seinen Wimpern direkt aufs knisternde Kopfkissen.

Die Mutter lächelte ihn zärtlich an. »Phili...«, hauchte sie. Für ein hartes P fehlte ihr scheinbar die Kraft. Von ihren Augenwinkeln kullerten Tränen über die Schläfen. »Phili...« Sie wand schwach ihre Hand aus Philipps Griff und strich ihm über die Wange. Auf ihrer Stirn grub sich die typische Philipp-Furche.

Moritz' Magen zog sich zusammen. Er wollte nicht heulen – sie war doch nicht *seine* Mutter –, aber er konnte nicht anders. Er weinte mit Philipp.

»Mach dir keine Sorgen, Mama«, flüsterte Philipp erstickt und mit zärtlicher Stimme. »Mach dir keine Sorgen um mich.« Unablässig streichelte er ihr Haar.

Die Augen der Mutter wurden glasig. Weitere Tränen kullerten ihr über die Schläfen.

»Ich komm klar«, beruhigte Philipp sie und wischte sich mit einem Ärmel Rotz von der Oberlippe. Ein kleines Lächeln schummelte sich an den Tränen vorbei. »Ich bin nicht allein. Ich habe jemanden.«

Fragend hob die Mutter die Augenbrauen, musterte ihn besorgt und schaute dann an ihm vorbei zu Moritz.

Als Philipp ihren Blick bemerkte, hob er den Kopf und strahlte ihn mit glänzenden Augen an.

Moritz lächelte mit Tränen in den Augen. Seine Mundwinkel bebten, sein Hals schwoll zu. Er wollte Philipp auf der Stelle küssen. Wie stark er doch war, in dieser Situation seine Mutter zu beruhigen, statt aus Angst, verlassen zu werden, durchzudrehen, wie es Moritz in seiner Situation bestimmt getan hätte.

»Ich denke, wir lassen die beiden jetzt besser allein«, sagte der Vater auf einmal direkt neben Moritz und packte ihn am Ellenbogen.

Philipp starrte den Vater panisch an, dann Moritz. Seine Augen füllten sich mit Wasser. Er quetschte Moritz' Finger, öffnete den Mund, brachte aber nichts hervor.

»Ich bleibe«, sagte Moritz bestimmt und schüttelte Vaters Hand ab.

Philipps Mutter gab einen gequälten Laut von sich. Die Furche auf ihrer Stirn grub sich tiefer. Sie schluckte schwerfällig und schloss die Augen. Für einen Moment fürchtete Moritz, dass sie jetzt starb. Auch Philipp und der Vater hielten den Atem an. Doch dann warf sie Philipp einen Blick voller Schmerz zu. »Lass ... uns ... allein.«

Moritz schluckte. Sein Magen ballte sich zu einer Faust. Auch wenn sie Philipp angesehen hatte, hatte sie es zu ihm gesagt.

»Komm jetzt«, sagte der Vater und zerrte wieder an seinem Ellenbogen.

Philipp warf Moritz einen flehenden Blick zu, dann sammelte er sich wieder, lächelte seine Mutter tapfer an, streichelte über ihr Haar.

Vor der Tür, lief der Vater gehetzt auf und ab, kratzte sich den Kopf und warf Moritz immer wieder befremdliche Blicke zu.

Moritz fixierte die Tür, hinter der Philipp bei seiner sterbenden Mutter hockte. Was sollte er jetzt machen? Warten, bis Philipp ihn wieder rein holte?

»Lass uns gehen«, brummte der Vater auf einmal entschlossen.

»Was? Aber Philipp ...«

»Wir gehen!«, unterbrach ihn der Vater streng.

Moritz klappte den Mund auf und zu.

»Wir können jetzt ohnehin nichts machen«, erklärte der Vater sanfter. »Das hier kann noch Stunden dauern und du musst morgen zur Arbeit.«

»Wir können ihn doch nicht im Stich lassen«, quengelte Moritz mit Blick zum Zimmer. »Er braucht mich. Ich will für ihn da sein.«

»Was er jetzt braucht, ist Zeit mit seiner Mutter. *Allein*«, betonte der Vater, dann fing er die Krankenschwester von vorhin ab, die über den Flur eilte. »Könnten Sie mich bitte anrufen, wenn ... sie es überstanden hat?« Der Vater reichte ihr seine Visitenkarte.

»Selbstverständlich«, sagte die Schwester und steckte sie in die Seitentasche ihrer Tracht.

Als der Vater Moritz' flehenden Blick auffing, betonte er: »Rufen Sie mich *umgehend* an. Egal wie spät es ist. Und sagen Sie Philipp, dass er hier auf mich warten soll. Ich bin in spätestens zehn Minuten hier.«

Nur widerwillig ließ sich Moritz in den Lift bugsieren. »Ich bleibe da«, sagte er und schlüpfte wieder aus der Kabine.

»Was willst du hier machen?«, fragte der Vater ungehalten. »Herumstehen bis morgen früh?«

»Wenn es sein muss.«

»Und dann übermüdet zur Arbeit? Da wird sich Armin aber *freuen*.«

»Wieso ist dir auf einmal so wichtig, was Armin gefällt oder nicht?«, fuhr Moritz ihn an. »Er versteht bestimmt, dass ich für Philipp da sein will – im Gegensatz zu dir.«

Der Vater schnaubte genervt. »Es ist doch nicht so, dass ich es nicht *verstehe*. Ich mach mir nur Sorgen ... um ... deine ... Gesundheit.«

»Was?«, prustete Moritz.

»Okay«, begann der Vater versöhnlich. »Du fährst jetzt mit mir nach Hause und tankst eine Mütze Schlaf. Und wenn ich den Anruf erhalte, wecke ich dich und du fährst mit mir wieder hier her. Einverstanden?«

Moritz zögerte.

»So eine Nacht in einem Krankenhausflur kann ganz schön lang werden. Glaub mir. Das zehrt an den Kräften.« Der Vater legte Moritz eine Hand auf die Schulter und lächelte aufmunternd. »Du kannst Philipp besser beistehen, wenn du ausgeruht bist. Er wird eine starke Schulter brauchen.«

Die Anspannung in Moritz' Bauch löste sich. »Du hast recht«, sagte er und stieg wieder zu seinem Vater in den Aufzug.

29|Gestickte Rosen

Gegenwart

Moritz blinzelte.

Sein Schädel dröhnte.

In seinem Magen rebellierte ein Alien oder ähnlich Schreckliches.

Nur langsam gewöhnten sich seine geschwollenen Augen an das grelle Licht.

Wo war er?

Er lag in einem Himmelbett. Weiße Schleier verdeckten den Blick auf den Raum und schufen eine behagliche Höhle. Über seinem Bauch türmte sich eine abartig flauschige Decke mit einem Bezug aus weißer Seide, die mit winzigen roten Röschen bestickt war. Als sich Moritz bewegte, spürte er den kühlen Stoff direkt auf seiner Haut. *Überall* auf der Haut.

Ruckartig fuhr er hoch und hob die Bettdecke an. Er war nackt. *Splitter*nackt. Dann prügelten die ein oder zwei Dutzend Scotch von gestern auf seine Birne ein und er sank ächzend wieder zurück ins weiche Kissen.

Wo. War. Er?

Was. War. Passiert?

»Ist da jemand wach?«, säuselte eine Frauenstimme gut gelaunt, dann lüftete sich ein Schleier und Melanie – im Bademantel – setzte sich zu Moritz aufs Bett. »Gut geschlafen?«

Moritz starrte sie mit großen Augen an und versuchte etwas zu sagen, aber sein Mund fühlte sich an wie eine Wollsocke. Er deutete auf seine Kehle.

»Oh ... natürlich«, sagte Melanie und reichte ihm ein Glas, in dem vereinzelt Perlen hochsprudelten. »Ich hab dir schon mal ein Aspirin gemacht.«

Die Decke penibel bis zum Schlüsselbein hochgezogen, richtete sich Moritz auf und griff dankbar nach dem Glas.

»So schüchtern, auf einmal?«, fragte Melanie schmunzelnd.

Zügig trank Moritz die angenehm bittere Medizin und rang ein paar Augenblicke darum, dass sie im Magen blieb. Er rülpste vorsichtig und streckte Melanie das Glas wieder hin. »Was mache ich hier? Was ist passiert?« Sein Kiefer schmerzte. Vorsichtig tastete er daran herum.

Melanie grinste. »Willst du wissen, *was* passiert ist? Oder *ob* was passiert ist?«

»Was«, krächzte Moritz und räusperte sich. »Ich *weiß*, dass *nichts* passiert ist.«

»Wie kannst du dir da sicher sein?«, fragte Melanie und zwinkerte. »Du warst so blau, dass du nicht einmal weißt, warum du jetzt nackt bist, richtig?«

»Ich weiß einfach, dass da nichts war«, knurrte Moritz. Er hatte im Suff vielleicht hundert Kerle gevögelt, an die er sich schon am Morgen danach nicht mehr erinnern konnte, aber todsicher noch nie eine Frau, da konnte Melanie noch so viel blinzeln und an ihrem Bademantel zupfen.

»Bist du dir wirklich *ganz* sicher? Ich sage nur ...«, sie neigte sich vor und flüsterte: »Muttermal auf neun Uhr.«

Moritz schluckte.

»Und?«, fragte sie triumphierend. »Noch immer *ganz sicher?*«

»Wie ... Woher ...« Das war unmöglich. Er *konnte* es nicht mit einer Frau getrieben haben. Schon gar nicht mit Melanie. Warum sollte sie ihn außerdem *da* ... Es sei denn ... Konnte er *so* besoffen gewesen sein, dass er den Unterschied zwischen Männlein und Weiblein nicht mehr bemerkt hatte? Das wäre aber das erste Mal gewesen. Okay, er war *wirklich* verzweifelt gewesen, und durcheinander, und er hatte diffuse Erinnerungen an Träume von den Experimenten mit Philipp damals im Hotel ..., aber ... nein ... er würde nie ...

Melanie schmunzelte. »*Doch* nicht so sicher, hm?«

»Ich war ein wenig ... neben der Spur«, räumte Moritz ein.

»Ein *wenig?*« Melanie runzelte die Stirn. »Dann will ich nicht wissen, wie es aussieht, wenn du *völlig* neben der Spur bist.«

Moritz schnaubte angestrengt. »Wenn ich ... wenn ich was getan haben sollte ..., ich ...« Verlegen kratzte er sich über den Kopf. »Dann entschuldige ich mich ... Das war nicht wirklich ... ich ... normalerweise ...«

Melanie begann breit zu grinsen.

»Was ist?«, knurrte Moritz. »Mir fällt das hier wirklich nicht ...« Sein Kiefer klappte runter. »Du verarschst mich! Scheiße, du verarschst mich doch!«

Melanie prustete los und ballte triumphierend die Faust. »Ich *wusste,* ich krieg eine Schwuchtel dazu, an sich zu zweifeln.« Sie streifte den Bademantel ab. Darunter war sie vollständig bekleidet. »Und dazu musste ich noch nicht einmal nackt sein!«

»*Nur* so«, murmelte Moritz angesäuert. »*Nur* so.« Dann schrillten die Alarmglocken. »Woher weißt du eigentlich, dass ich schwul bin?«

»Weil ich nicht viele Heteros kenne, die dem Barkeeper vorschlagen, ihnen vor dem Lokal einen zu blasen.«

»Oh Scheiße.« Moritz rieb sich den schmerzenden Kiefer.

»Ja. Das hast du *davon.* Wobei, so, wie du drauf warst, hätte das auch eine wahllose Provokation sein können, weil du aus irgendeinem Sühnekomplex heraus wolltest, dass dir jemand die Fresse poliert. Glückwunsch in diesem Fall: Das ist gelungen.«

»Sühnekomplex?«

Melanie stellte ein heulendes Baby nach und wischte sich imaginäre Tränen aus den Augen. »Buhuhu, ich bin so perveeers, und so gestööört und so kraaank, ich wünschte, ich wäre tooohohooot, buhuhu!«

Ein eisiger Schauer fegte über Moritz' Rücken.

»Abwechselnd mit: Oh Philihiiipp! Ich liiiebe dich so seheheeer. Wähähäää«, fuhr Melanie fort.

Moritz wurde heiß und kalt. Seine Ohren begannen zu pulsieren. Sein Gesicht wurde taub.

Grinsend legte Melanie die Hände in den Schoß und seufzte. »Wenns nicht so jämmerlich gewesen wäre, hätte ich es glatt süß gefunden. Wegen mir ist noch keiner so tief gesunken.«

»Habe ich ... noch ... etwas gesagt?«, krächzte Moritz. Dass Philipp mein Bruder ist, vielleicht?

»Es war schon eine Herausforderung, *das* zu verstehen. Die meiste Zeit hast du so geklungen: Äuläuläuläulwähwähwäh.«

»Das ist nicht witzig«, murmelte Moritz. »Mir ist es echt nicht gut gegangen.« Und jetzt geht es mir um keinen Deut besser.

»Na auf *das* wäre ich nicht gekommen. Ich habe geglaubt, du kotzt, kackst und pinkelst dich aus reinem Spaß an der Freude von oben bis unten an.«

Moritz schnappte nach Luft. »Ich hab ... oh ... oh Gott.« Beschämt senkte er den Blick.

»Mann, Mann, Mann, ich hab echt noch nie erlebt, dass einer *so* fertig ist«, meinte Melanie kopfschüttelnd.

»Hab ich vor allen anderen ... du weißt schon ... geheult und all das?«, fragte Moritz kleinlaut.

»Keine Ahnung«, meinte Melanie. »Als wir gekommen sind, warst du bewusstlos. Sie haben uns nur erzählt, dass du dich hast volllaufen lassen und dann dem Barkeeper vorgeschlagen hast, dir einen zu blasen, was der Grund dafür war, dass du nicht bei Bewusstsein warst.«

»Wir?«

»Papa und ich. Sie haben uns angerufen und gemeint, du wärst abholbereit. Frag mich nicht, warum sie uns und nicht deine Eltern gerufen haben, ich weiß es nicht. Vielleicht, weil du mal bei Papa gearbeitet hast und sich jemand daran erinnert hat. Papa hat jedenfalls gemeint, dass es besser wäre, wenn dich deine Mutter nicht in diesem Zustand sieht. Deshalb bist du hier. Tadaaa! Und wenn du es wissen willst: Du hast die Kontrolle über deine Körperöffnungen in Papas Jaguar verloren.«

»Oh Gott!« Moritz verbarg das Gesicht in seinen Händen. »Oh Gott, oh Gott!«

»Ja. Das hat Papa auch gesagt.«

»Oh Gott!«

»Mach dir nicht ins Hemd«, meinte Melanie und schmunzelte kurz über die Ironie dieses Satzes. »Wir kennen das. Als es mit Mama zu Ende gegangen ist, hat sie auch ... na ja ... die Kontrolle verloren.«

Betroffen blickte Moritz hoch. Dunkel erinnerte er sich, dass ihm seine Mutter erzählt hatte, dass Armins Frau gestorben war. Hirntumor oder so etwas. Moritz war eine Woche lang völlig neben der Spur gewesen, mehr als sonst. Nicht wegen Marianne, sondern weil es ihn an den Tod von Philipps Mutter erinnert hatte, und alles, was damit zusammenhing.

»Tut mir leid ... das mit deiner Mutter«, sagte Moritz.

»Ja«, seufzte Melanie und kurz trübte sich ihre Laune. Dann sprang sie entschlossen hoch. »Du wolltest wissen, woher ich weiß, dass du schwul bist.«

»Ich dachte ...«, begann Moritz, aber Melanie war schon verschwunden. »... das haben wir schon geklärt«, murmelte er zu sich.

Wenige Sekunden später flog sie wieder herbei und streckte Moritz ein Blatt Papier hin.

»Was ist das?«, fragte er und nahm es zögernd entgegen. Oh-wow! Die Röte schoss ihm ins Gesicht. Das war eine Zeichnung von ihm mit siebzehn. Ein Bleistiftakt. Ein sehr, sehr expliziter und sehr, sehr detaillierter Akt. Moritz erkannte den Stil auf den ersten Blick, mal davon abgesehen, dass ihn nur einer je so genau zu Gesicht bekommen hatte.

»Geil, oder?«, fragte Melanie. »Ich meine die Zeichnung. Nicht das Model.«

Moritz überhörte die Spitze. Er verbrannte fast. Waren *das* die Zeichnungen, mit denen Philipp seine Miete bezahlte und den Umsatz von Mutters Laden verdoppelte?

»Sag bloß, du weißt nicht, dass er dich zeichnet.«

Moritz mahlte mit dem Kiefer und schüttelte den Kopf.

»Er hat eine ganze Kiste davon. Das hier ...«, Melanie tippte auf die Zeichnung, »... gehört noch zu den harmloseren. Es gibt auch eine Menge, die euch beide in Aktion zeigen, aber Hallo!« Sie kicherte. »Ich hab erst gar nicht richtig hinsehen können. Ich meine: wow! Wer rechnet *damit*, wenn er Philipp je begegnet ist? So scheu der Kerl ist, mit dem Bleistift geht er aufs Ganze, mein lieber Herr Gesangsverein.«

»Neun Uhr«, murmelte Moritz.

»Richtig. *Daher* weiß ich davon«, gestand Melanie. »Ich würde mir lieber die Augen ausstechen, als dir *da* hinzuschauen. Also echt.«

»Und diese Bilder ... finden ... *Käufer?*«, krächzte Moritz. Die Vorstellung, seine Mutter stellte Zeichnungen in die Schaufenster ihres Ladens, die ihn und Philipp beim ... kopulieren zeigten ...

Melanie lachte. »Oh ich bin überzeugt, *dafür* würden manche ein *Vermögen* hinblättern. Aber nein, er versteckt sie.«

»Und *dir* zeigt er sie?«, fragte Moritz verwundert.

»Bist du irre?« Melanie verdrehte die Augen. »Natürlich *nicht*.«

»Aber woher ...?« Moritz winkte mit der Zeichnung.

»Als er damals für zwei Wochen in den Wald abgehauen ist, habe ich in seinem Haus nach Hinweisen gesucht, wo er stecken könnte. Wusste ja keiner, wo er hin war. Er hat sie nicht gerade gut versteckt.«

Beunruhigt glotzte Moritz sie an.

»Keine Sorge. Ich habe sie so gut weggeräumt, dass deine Eltern sie nicht finden.«

»Und die hier mitgehen lassen«, meinte Moritz bitter.

»Ja und? Es waren so viele ...« Melanie zuckte mit den Schultern. »Hat er bestimmt nicht bemerkt.«

»Wieso?«, fragte Moritz sauer. »Stehst du auf mich oder was?«

»Nein. Oh Gott, *nein!*« Melanie verzog das Gesicht.

»Und weshalb dann?«

»Rache. Ich hab mir gedacht, ich hänge sie vielleicht mal in Papas Laden auf oder schalte eine Anzeige in der Bezirkszeitung. Aber das bringt natürlich nur was, wenn du es mitkriegst. Also habe ich sie derweil nur aufbewahrt.«

»Was?« Moritz runzelte die Stirn. »Wofür willst du dich bei mir rächen ...?«

»Weil *ich* in Philipp verliebt war und *du* ihn mir weggenommen hast.«

»Ich bitte dich. Wie alt bist du denn? Ich konnte ihn dir gar nicht wegnehmen, du hast ihn nie besessen. Außerdem hättest du bei ihm nie eine Chance gehabt, mit deinen ... Dingens.« Moritz nickte zu ihren Brüsten. »Abgesehen davon fehlt dir was Entscheidendes.« Er deutete an sich runter.

»Darum gehts nicht«, meinte Melanie. »Sondern darum, dass du *meinen* Brief als *deinen* ausgegeben hast. Was ziemlich armselig ist, wenn du mich fragst.«

Moritz erstarrte. Woher wusste sie das? Nicht einmal Philipp wusste davon!

»Schau nicht wie eine Kuh mit Milchreflux! Ich weiß *alles*.«

»Alles?« Auch, dass Philipp mein Bruder ist?

»Zwei Wochen, nachdem ich dir den Brief für ihn gegeben habe, wollte ich ihm noch einen geben, weil ich geglaubt habe, dass du ihn einfach weggeworfen hast«, erzählte Melanie. »Aus irgendeinem Grund hat er geglaubt, er wäre von dir. Er hat echt eigenartig reagiert. Lange habe ich das nicht verstanden, bis ich *die hier* gefunden habe.« Sie tippte auf die Zeichnung. »Auf einmal hat alles einen Sinn ergeben. Vor allem, wie du dich dauernd vor ihn geworfen hast, als würde er nur dir allein gehören.«

»Hab ich nicht.«

»Sicher hast du das! Mann, ich hab deine Biestigkeit mir gegenüber nie so richtig verstanden. Es war nicht einfach so, dass du mich nicht leiden konntest. Du warst

... total ... ich weiß nicht ... wäh.« Sie grinste wissend. »Dabei hast du in Wahrheit die ganze Zeit nur Angst gehabt, ich könnte ihn dir wegnehmen.«

»Oh, mach dir da bloß keine Illusionen, ich *konnte* dich nicht leiden«, grummelte Moritz schmunzelnd.

»Yeah.« Melanie grapschte ihm die Zeichnung aus der Hand und eilte davon.

»Krieg ich meine Sachen?«, rief ihr Moritz nach.

»Hier!« Im nächsten Moment flogen seine Kleider zwischen den Schleiern hindurch aufs Bett. Sie rochen frisch und sauber. »Komm dann runter zum Frühstück«, bat Melanie. »Papa will etwas Dringendes mit dir besprechen.«

»Oh je«, dachte Moritz. Wie es aussah, brauchte er die Kontokarte für die Reinigung eines Jaguars.

30|Samariter und Arsch

Damals

Obwohl Moritz davon überzeugt gewesen war, gewiss kein Auge zumachen zu können, riss ihn der Wecker aus dem Schlaf. Im ersten Moment wunderte er sich, warum er noch die Kleider von gestern anhatte und das Licht brannte. Dann erinnerte er sich. Zunächst an das Schöne. Das Hotel und was sie dort getrieben hatten, dass sie es *nicht* getrieben hatten, dass sie es aber heute nachholen wollten. Dann erinnerte er sich an Vaters Kastenwagen, das Krankenhaus …

Moritz fuhr hoch. Philipp!

Hastig blickte er auf den Wecker. 07:32.

Hatte das Krankenhaus noch immer nicht angerufen?

Lebte Philipps Mutter noch? Vielleicht … musste sie gar nicht sterben. Der Gedanke war idiotisch. Moritz hatte sie doch gesehen.

Er hatte sich nicht verabschiedet! Scheiße! Er hatte … Wieso …?

Moritz sprang hoch. Er war verschwitzt. Mitsamt Winterjacke und Stiefel war er eingeschlafen, um sofort bereit zu sein, wenn der Anruf kam.

Die Kleidung klebte am Körper. Moritz war durstig.

»Nanu? Schon fertig angezogen?«, fragte die Mutter, als er in die Küche kam.

»Wo ist Papa?«

»Oh, er ist um drei Uhr morgens aufgestanden und ins Krankenhaus gefahren. Ach, der arme Junge.«

»Was?« Moritz musste sich an einer Stuhllehne festhalten.

»Hast du gewusst, dass Philipps Mutter Krebs hatte?« Die Mutter schüttelte den Kopf. »Da ist er ständig hier, ich verkaufe seine Zeichnungen, aber ich weiß *nichts* über ihn.«

Moritz ließ sich auf den Stuhl plumpsen. »Drei Uhr, sagst du?«

»Sie ist gestorben, letzte Nacht«, erklärte die Mutter betroffen und setzte sich seufzend zu Tisch. »Denkst du, ich bin ein schlechter Mensch?«

»Was?«, fragte Moritz verdattert.

»Weil ich mich zu wenig für andere interessiere ... Ich meine, wie kann mir entgehen, dass Philipps Mutter sterbenskrank ist. Bisher habe ich mich immer für so ... emphatisch gehalten. Aber es stimmt schon, ich habe in letzter Zeit bloß noch das Geschäft im Kopf gehabt, und Philipp nur als Künstler gesehen, nicht als *Mensch*. Ach herrje.« Sie zupfte ein Papiertaschentuch aus ihrer Hosentasche und schnäuzte sich geräuschvoll.

Moritz starrte sie wie betäubt an. Warum hatte der Vater ihn nicht geweckt? Moritz hatte doch ausdrücklich darum gebeten. Der Vater hatte es versprochen. Er hatte es selbst vorgeschlagen.

»Weißt du, ob er Geschwister hat? Einen Bruder, eine Schwester?«, fragte die Mutter.

Moritz schüttelte den Kopf.

»Weißt du nicht? Oder hat er nicht?«

»Er hat niemanden«, murmelte Moritz. »Er hat *gar keinen* mehr.«

Die Mutter runzelte die Stirn. »Was ist mit seinem Vater?«

»Er hat keinen.«

»*Jeder* hat einen Vater«, entrüstete sich die Mutter.

Moritz verdrehte die Augen. »Er ist tot, okay!«, rief er, um das Gespräch zu beenden.

»Oh ... oh ... der Arme ... oh ...«

»Was glaubst du, warum Papa zu ihm gefahren ist, ha?«, fuhr Moritz sie an und sprang hoch. »Um mit seiner *riesigen glücklichen* Familie Karten zu spielen? Er ist bei ihm, weil Philipp niemanden mehr hat! *So* schaut es aus.« Und er hat *mich* nicht mitgenommen. Er hat *mich* hier gelassen. Er hat mich verarscht. *Schon wieder.* Er verarscht mich immer und immer und immer wieder.

Moritz stürzte aus der Küche, verließ das Haus und warf sich hinters Steuer seines Wagens. Wütend trommelte er aufs Lenkrad ein, bis er versehentlich die Hupe erwischte und die halbe Gasse aufweckte.

»Arschloch! Arschloch! Arschloch!«, schrie er und rüttelte am Lenkrad. Wieso, wieso, wieso behandelte der Vater ihn wie ein kleines Kind? Wieso, wieso, wieso verarschte er ihn immer und immer und immer wieder. Und warum fiel Moritz immer und immer und immer wieder darauf herein?

Mit vor Hass zitternden Fingern startete er den Wagen und trat das Gaspedal durch. Wollte er ein cooles Reifenquietschen erzeugen, gelang es ihm nicht. Jetzt kreischte der Gummi jene aus dem Schlaf, die die Hupe noch nicht geweckt hatte.

Erst, als Moritz durch die Korridore des Krankenhauses eilte, kam ihm, dass es idiotisch war, Philipp hier zu suchen. Wenn es stimmte, und der Vater um drei Uhr weggefahren war, musste Philipps Mutter mittlerweile seit fünf Stunden tot sein.

Um seine Anwesenheit irgendwie zu rechtfertigen und weil sie ihm gerade so wunderbar entgegenkam –

in Mantel und mit Handtasche, ihre Schicht war offenbar zu Ende –, fragte er die Krankenschwester von letzter Nacht nach Philipp.

»Oh, sein Vater hat ihn schon vor Stunden abgeholt.«

»Er ist nicht *sein* Vater, er ist *mein* Vater«, stellte Moritz klar.

Die Schwester runzelte die Stirn. »Wie auch immer. Sie sind nicht mehr da. Du kommst zu spät.« Sie schüttelte über Moritz' Unhöflichkeit den Kopf und eilte weiter. Dann hielt sie inne und drehte sich zu ihm um. »Darf ich was fragen? In welchem Verhältnis steht ihr zueinander?«

»Philipp und ich? Er ist der Lehrling von meinem Vater« – und mein Freund. »Und mein ...«

»Ja?«

»Nichts.«

»Ihr seid *nicht* verwandt?«

»Pfffts.« Moritz schüttelte den Kopf. »Wie kommen Sie denn *darauf?*«

»Weil ...« Die Krankenschwester in zivil musterte Moritz kurz von Kopf bis Fuß, dann winkte sie ab. »Ach, nicht so wichtig.«

»Na sagen Sie es schon.«

»Ich dachte nur ... Dein Vater und er ... wenn man sie zusammen sieht ...«

»Ja.« Moritz schlug einen Erzählen-Sie-mir-nichts-Tonfall an und verdrehte die Augen. »Offenbar ist er neuerdings unter die Samariter gegangen und rettet Jungs aus zerrütteten Familienverhältnissen.«

»Aha«, machte die Krankenschwester, musterte Moritz noch einmal gründlich und verabschiedete sich.

»Was redest du für Scheiße«, schalt sich Moritz, als sich die Türen des Lifts hinter ihr schlossen, und schlug sich gegen die Stirn. »*Offenbar ist er neuerdings unter die Samariter gegangen und rettet Jungs aus zerrütteten Familienverhältnissen«*, äffte er sich selbst nach.

Moritz jagte sein Auto durch den Morgenverkehr. Als er in die Gasse lenkte, in der Philipp mit seiner Mu... – *jetzt* alleine wohnte, sah er schon leuchtend weiß Vaters Kastenwagen am Straßenrand parken.
Arschloch!
Arschloch!
Arschloch!
Moritz stieg aus und trat mit voller Wucht gegen die Reifen des verhassten Autos.
Arschloch!
Er ärgerte sich über seine eigene Wut. Er wollte nicht wütend sein. Philipp brauchte ihn. *Seinetwegen* war er hier. Irgendwie musste er den Hass auf seinen Vater unter Kontrolle kriegen. Den Vater, der *an seiner Stelle* jetzt dort oben bei Philipp hockte und sich einbildete, ihm irgendeine Hilfe, irgendein Trost zu sein. Aber ihm gegenüber konnte sich Philipp nicht öffnen. Er saß vermutlich nur stocksteif da und wartete, bis er ihn endlich in Ruhe ließ! Was Philipp jetzt brauchte, war jemand, bei dem er sich fallen lassen konnte. Dem er vertraute. Den er liebte. Er brauchte Moritz. Er hätte ihn schon vor Stunden gebraucht.
Die Fäuste geballt, hin und her gerissen zwischen Zorn auf seinen Vater und Liebe für Philipp, stakste Moritz zum Hauseingang und läutete bei *Zisser*. Er würde sich von Vater nicht mehr verarschen lassen. Er würde ihn auffordern, zu gehen, und den ganzen Tag bei Philipp bleiben. Oder zwei Tage. Oder wie lange auch immer. Armin würde das verstehen. Armin war kein so kaltherziges Arschloch.

»Ja?«, tönte es aus der Gegensprechanlage. Vater. Moritz mahlte mit dem Kiefer.

»Ich bins.« Und weil er seinem Vater ja *unmöglich* zumuten konnte, seinen eigenen Sohn zu erkennen: »Moritz«

Stille.

»Was *machst* du hier!«

»Na was wohl«, knurrte Moritz. »Lass mich rein.«

»Du solltest schon längst in der Arbeit sein.«

»Nun mach mir schon auf, verdammt!«

»Nein.«

Wie bitte? »Wieso nicht?«, fragte Moritz und verdrehte über sich selbst die Augen. Ehe ihm etwas Härteres einfiel, sagte der Vater:

»Du störst.«

Moritz klappte die Kinnlade runter.

»Du hast hier nichts zu suchen. Fahr zur Arbeit.«

»Wie ... wa... wie ... *was?*«

Stille.

»Papa?«

Stille.

»*Papa!*«

Stille.

Moritz läutete noch einmal an.

»Bitte, lass uns in Ruhe«, fuhr ihn der Vater an.

»Lass mich rein. Ich ...«

»Das ist jetzt kein guter Zeitpunkt, dich blöd aufzuführen.«

»*Ich* führ mich blöd auf?«, schrie Moritz.

Stille.

»LASS MICH REIN, VERDAMMT!«

Moritz drückte wieder die Glocke. Stieß in einem Stakkato den Finger auf den Knopf.

»Bist du von allen Geistern verlassen?«, tönte Vaters Stimme aus dem Lautsprecher. »Du führst dich auf wie ein Vollidiot!«

»Wieso machst du mir nicht einfach auf?«

»Weil wir dich nicht hier haben wollen.«

»Wir?« Moritz ballte die Fäuste. »Du meinst wohl eher *du*.«

»Bitte ... jetzt sei doch vernünftig ...«, versuchte es der Vater auf die sanfte Tour.

»*Er* ... soll mir *selbst* sagen, dass er mich nicht daben will«, forderte Moritz. Ihm wurde schlecht. Hoffentlich nicht. Hoffentlich nicht. Hoffentlich nicht.

»Du willst ihn *wirklich* unter Druck setzen?«, fragte der Vater. »Begreifst du denn überhaupt nicht, was er gerade durchmacht?«

»Hört er mit?«, fragte Moritz und rief: »Hörst du mich, Philipp? Bitte, lass mich rein. Ich wollte im Krankenhaus bei dir bleiben, aber *er* hat mich reingelegt. Ich liebe dich ..., hörst du? Ich liebe d...« Moritz konnte das Klacken des Hörers auf der Gabel vernehmen.

»SCHEISSE!«, schrie er und boxte so heftig gegen die Hausmauer, dass seine Fingerknöchel bluteten. Moritz zückte sein Handy. Er wusste, dass Philipp telefonieren mehr als alles hasste. Aber es war ein Notfall. Kaum hatte er seinen Namen auf dem Display, kam ein Nachbar aus dem Haus.

»Guten Morgen«, grüßte Moritz und schlüpfte flink durch die Tür ins Treppenhaus. Immer zwei Stufen auf einmal nehmend eilte er hoch in den zweiten Stock und hämmerte gegen Philipps Wohnungstür.

»Philipp? Mach mir auf!«

»Verschwinde!«, rief der Vater.

»Philipp! Bitte!«

»Hau ab!«

»Philipp!«

Ein Nachbar öffnete die Tür und warf Moritz einen finsteren Blick zu. Moritz nickte ihm zu, dann zückte er sein Handy und rief Philipp an.

Er hörte den Klingelton aus der Wohnung.

»Geh ran!«, rief Moritz dicht am Türblatt.

Es läutete einmal, zweimal, dreimal. Dann verstummte das Telefon und in der Leitung piepste es kurz. Aufgelegt. Moritz verlor den Boden unter den Füßen. Sofort wählte er noch einmal Philipps Nummer.

Es läutete ein Mal, dann wurde es wieder still.

Als Moritz ein drittes Mal anrief, sagte ihm eine Tonbandstimme, dass der Teilnehmer nicht erreichbar wäre.

»Philipp, was ist los?«, quengelte Moritz und presste die Stirn ans Türblatt.

»Lass ihn in Ruhe«, bat der Vater.

»Philipp?« In Moritz' Augen sammelten sich Tränen der Frustration und Angst. »Warum willst du mich nicht sehen, Philipp?«

»Bitte lass das sein!«, knurrte der Vater.

Der Nachbar trat auf den Flur. »Ist jetzt dann mal Ruhe!«

In dem Moment ging die Tür zu Philipps Wohnung auf. Der Vater nickte dem Nachbarn zu, und funkelte Moritz wütend an. »Geht es nicht in dein Hirn ...«

Rüde stieß Moritz ihn beiseite und stürzte ins Wohnungsinnere. Philipp kauerte in der Küche auf dem Fußboden, den Rücken an den Kühlschrank gelehnt, die Arme über dem Kopf, und schluchzte.

»Philipp!«, stieß Moritz geschockt aus und plumpste zu ihm auf die Knie. »Was hast du mit ihm gemacht!«, schrie er seinen Vater an und streichelte Philipp zärtlich über den Kopf. »Was hat er mit dir gemacht?«

Philipp verspannte sich, rollte sich noch kleiner zusammen.

»Philipp«, wisperte Moritz sanft. »Sieh mich an.«

Philipp schüttelte den Kopf, ohne ihn anzuheben.

»Du machst es nur schlimmer«, sagte der Vater trocken.

»Geh weg!«, fuhr Moritz ihn an und streichelte über Philipps Arme, mit dem Erfolg, dass Philipp noch mehr verspannte. »Was ist los?«

»Siehst du nicht, dass er nicht mit dir reden will?«

»Du sollst abhauen!«, schrie Moritz. »Lass uns in Ruhe!«

»Den Teufel werde ich tun. *Wenn* hier einer geht, bist *du* das!«

»Philipp«, flüsterte Moritz sanft. »Soll mein Vater gehen?«

Einen Moment hielt Philipp inne, dann schüttelte er den Kopf.

Moritz' Bauch verkrampfte. »Er soll bleiben?«

Ohne den Kopf zu heben, nickte Philipp.

»Soll ich ...« Moritz' Blick wurde verschwommen. »Willst du, dass *ich* gehe?«

Anders als erwartet, schüttelte Philipp nicht sofort energisch den Kopf. Er hielt still. Reagierte gar nicht.

»Soll *ich* ...«, begann Moritz.

Philipp nickte.

Ein eisiger Schauer packte Moritz. »*Ich* soll gehen?«

Philipp nickte abermals.

»Wie...« Wieso?

»Ich sag es dir ja«, meinte der Vater.

»Phi...« Moritz' Nase schwoll zu. »Warum?«

»Wann kapierst du es endlich«, sagte der Vater.

»Sei endlich still«, ging Moritz ihn heulend an und zupfte an Philipps Ärmel. »Ich liebe dich. Was auch immer los ist: Ich liebe dich. Wir können über alles reden.« Zwei oder drei Minuten blieb er weinend neben Philipp hocken, wischte sich mit dem Ärmel Tränen aus den Augenwinkeln, mit den Fingern der anderen Hand nestelte er unablässig an Philipps Pullover herum.

Philipp heulte die ganze Zeit still vor sich hin, ohne etwas zu sagen. Ohne den Blick zu heben.

»Okay«, sagte Moritz schließlich und atmete tief durch. »Ich geh jetzt.« Er hoffte, Philipp würde ihn aufhalten, doch er verspannte bloß wieder und hielt den Atem an.

»Ich ruf dich an«, versprach Moritz. »Ich komm morgen wieder.«

Keine Reaktion.

Als er jedoch aufstand, tastete Philipp, ohne den Kopf zu heben, nach Moritz' Hand. Ihre Finger fanden sich, krallten sich ineinander.

Der Vater wechselte ungehalten das Standbein.

»Philipp«, hauchte Moritz so dicht an ihm, dass er sehen konnte, wie sein Atem ein paar Haare anstupste.

Endlich, endlich blickte Philipp hoch.

Moritz erschrak.

Seine Augen waren so rot und geschwollen, dass sie bloß noch Schlitze waren. Seine Nase war rosa, knollig und sein ganzes Gesicht war nass von Tränen, Rotz, Speichel oder Schweiß. An den Wangen hatte er rote Flecken, seine Lippen waren gesprungen. Das Schlimmste aber war sein Blick. Leer und alt und unfassbar desillusioniert.

»Hey«, flüsterte Moritz, drückte Stirn an Stirn und schlang die Arme um ihn. Philipp zögerte einen Moment, dann löste er sich langsam aus der Starre, krallte die Finger in Moritz' Jacke und neigte sich vor, um ihn zu umarmen.

Philipp schluchzte so heftig, dass sein ganzer Körper bebte. Er drückte die Nase an Moritz' Hals, pustete ihm Atem auf die Haut, tränkte seinen Pullover und seine Jacke mit Rotz und Tränen.

Wie ein Aufpasser stand der Vater daneben und brachte sich mit ungeduldigen Seufzern ins Bewusstsein.

»Soll ich *wirklich* gehen?«, fragte Moritz noch einmal.

Philipp presste sich noch fester an ihn, hielt ihn fest, fest, fest, dann löste er die Umarmung. Er wirkte auf einmal unfassbar müde, zog sich wieder in sich selbst zurück und nickte.

Moritz' Herz brach, als er die Wohnung verließ.

31|Himmelblauer Saab

Gegenwart

»Ach, vergiss den Jaguar«, meinte Armin, als sich Moritz entschuldigte und vorschlug, die Reinigung zu bezahlen, und winkte ab. »Ist doch nur ein Auto.«

Perplex glupschte Moritz ihn an.

Armin begann über seinen eigenen Scherz laut zu lachen, dann sagte er mehr zu sich selbst: »Es ist eine Katastrophe.« Zu Moritz gewandt: »Aber lassen wir das. Ich möchte mit dir über etwas anderes reden.«

Er hakte sich bei ihm unter, als sie zur Garage marschierten, musterte ihn von der Seite und tätschelte ihm den Bauch. »Ganz schön trainiert. Alle Achtung. Hab nicht schlecht gestaunt, gestern, als ich dich unter die Dusche gestellt habe. Könnte man glatt neidisch werden.« Er lachte wieder auf und schlug sich selbst auf den Bauch. »Ich versuche ja auch zu tun, was ich kann, aber ich bin halt keine dreiundzwanzig mehr.«

»Mhm«, machte Moritz geistesabwesend.

Seit über vierundzwanzig Stunden hatte er Philipp nun nicht mehr gesehen und in diesen Minuten kam ihm das länger vor als die vergangenen fünf Jahre. In seinem Kopf vermengten sich der siebzehnjährige und der dreiundzwanzigjährige Philipp. Kurzes Haar. Langes Haar. Glattes Kinn, raues Kinn. Schlanker Hals, kräftiger Hals. Seine Kleidung war auch anders. Statt enger Jeans und Shirts mit tiefem Halsausschnitt und fließendem Stoff trug er nun lockerer sitzende Jeans und zeltähnliche Hemden, die irgendwie mittelalterlich geschnitten waren. Sein Körper war breiter als damals, wenn auch immer noch athletisch und bei weitem nicht so aufgeblasen wie Moritz.

Moritz vermisste ihn. Er musste ihn wieder ansehen, wollte ihn spüren, wollte wissen, wie er sich jetzt anfühlte, wie er sich jetzt bewegte, stöhnte, wollte die Kraft seiner Umarmung spüren und sein jetziges Gewicht. Er wollte sein Haar berühren und er wollte in ihn dringen, wollte ihm in die Augen sehen, während er ihn eroberte, wollte mit Körper und Seele mit ihm verschmelzen.

Die Sehnsucht wurde von Minute zu Minute stärker. Sie war schlimmer, seit Philipp nicht bloß die Erinnerung an den Teenager von einst war, sondern ein Mann, der ihn begehrte. Hier und jetzt. Er hatte sich nicht nur körperlich verändert. Da war ein Feuer in ihm, ein Zorn, den er damals nicht gehabt hatte. Allein dieser Wutausbruch im Atelier. Auch, wenn er sich danach wieder in sich zurückgezogen hatte, diese Kraft, so aus sich herauszugehen, war neu. Sie spiegelte sich auch in seinen Worten wider. Den ganzen Nachmittag hatten sie miteinander geredet, als er vom Krankenhaus heimgekommen war, und immer wieder war diese erstaunliche Entschlossenheit sichtbar geworden.

Moritz hatte recht gehabt. In den vergangenen fünf Jahren hatte sich Philipp niemandem offenbart. Wie einst nach dem Bierunfall hatte er ohne Unterlass drauflos geredet, ohne Scham und ohne Grenzen. Es war einfach so aus ihm herausgesprudelt und Moritz liebte es. Er hing an seinen schönen Lippen, sein Herz schlug schmerzhaft süß, und manchmal musste er unter einem Vorwand den Raum verlassen, wie pinkeln oder etwas zu trinken holen, um nicht loszuheulen vor Liebe. Um nicht über ihn herzufallen.

Philipp sprach viel von dem Arrangement mit der Mutter, davon, dass sie mit ihm zusammen eine Vernissage machen wollte. Einerseits jagte ihm das eine Heidenangst ein – all die Menschen und ihre bewertenden Blicke – zugleich aber war das sein größter Traum. Er war wild entschlossen, sich das von seiner *blöden Phobie* nicht auch noch kaputtmachen zu lassen.

Mit angestrengtem Blick erzählte er von den Versuchen des Vaters, aus ihm einen *normalen Menschen* zu machen. Ständiger Druck wegen Therapie oder Klinikaufenthalt oder Medikamente. Obwohl Philipp die Berufsschule geschmissen hatte – er konnte doch kein Klassenzimmer betreten – bestand der Vater darauf, dass er bei ihm arbeitete. Und so sehr Philipp es hasste, er tat es. Er fühlte sich zu sehr in seiner Schuld. Immerhin war er sein Vater und Philipp hatte sein Leben lang keinen gehabt. Außerdem hatte er sonst keine Familie und in seiner Situation, so meinte er, könnte er ohnehin nicht groß wählen, mit wem er sich umgab, da müsse er froh sein, wenn ihn jemand ertrug.

Moritz brach es das Herz. Er fühlte sich schuldig, ihn allein zurückgelassen zu haben. Vielleicht hatte er damals überreagiert. Vielleicht hätten sie einen Weg gefunden, so, wie sie jetzt einen Weg finden würden.

Was Moritz Sorgen bereitete, war, dass sich Philipp nicht daran störte, dass sie Brüder waren. Als er im Wald gewesen wäre – zunächst, weil er geglaubt hatte, sein Vater würde ihn zwangseinweisen lassen – hätte er einen innigeren Bezug zu Natur entwickelt und für sich eine Art Überlebenstraining gemacht, erzählte er. In dieser Zeit wäre ihm bewusst geworden, dass sich die Natur nicht daran störte, wer oder was sie waren. Alles wäre Teil von ihr. Auch ihre Liebe. Und es wäre doch nicht so, als würden sie jemandem schaden. Warum sollten sie also nicht zusammen sein?

Aber so locker konnte Moritz das nicht sehen. Er konnte sich nicht darüber hinwegsetzen und er wusste nicht, wie er es einordnen sollte, dass Philipp dazu bereit war. Scheiße, wie stellte er sich das vor? Dass sie zusammen in dem Haus lebten, wie ein Paar, miteinander vögelten, zusammen auf Vernissagen oder zu Abendessen bei den Eltern gingen? Schon als schwules Paar hätten sie es nicht einfach, aber sollte je herauskommen, dass sie auch noch Brüder waren ...

Als Moritz und Armin die Garage betraten und vor einer Armada an glänzenden, sündteuren Autos standen, breitete Armin gönnerhaft die Arme aus. »Such dir einen aus, mit dem wir fahren.«

Überfordert schaute sich Moritz um. »Wohin?«

»In den Laden natürlich.« Armin schüttelte belustigt den Kopf.

»Ist mir eigentlich ...« – egal, wollte Moritz sagen, aber Armin gegenüber zuzugeben, dass einem die Automarke *egal* war, zog einen schier endlosen Monolog nach sich, eine Art Verkaufsgespräch. Da war er wie Mutter mit der Kunst. Er zwang einen, sich mal in diesen, mal jenen Wagen zu setzen, sich diesen oder jenen Motor anzuhören und ihm zu sagen, was man davon hielt. Man musste unter Dutzende Motorhauben schauen und eine halbe Mechanikerlehre über sich ergehen lassen, ehe Armin zum Geschichtsunterricht überging und die Firmenlaufbahn jeder Marke mit lahmen Anekdoten gespickt vortrug.

»Den ... äh ... Saab«, sagte Moritz aufs Geratewohl.

Armin hob anerkennend die Augenbrauen. »Da schau her.« Dann holte er den passenden Schlüssel aus einem absperrbaren Schrank und warf ihn Moritz zu. »Du fährst.«

Moritz fing den Schlüssel auf und latschte Armin hinterher, der auf einen himmelblauen Oldtimer zueilte. Moritz zögerte. »Ich sollte besser *nicht* fahren. Ich hab immer noch einen Kater von gestern.«

»Sei kein Feigling«, meinte Armin. »Du bist jung und hältst einiges aus. Außerdem hast du fast sechzehn Stunden geschlafen. Also steig ein.«

Seufzend setzte sich Moritz hinters Steuer und ließ sich die Besonderheiten des Autos erklären. Als er auf die Straße lenkte, blickte Armin auf seine Rolex und strahlte ihn an:

»Weißt du was? Es ist ein herrlicher Morgen und wir haben noch ein wenig Zeit. Lass uns das Baby noch ein wenig spazieren fahren.«

»Ich hab eigentlich noch einen Termin«, log Moritz.

»Das kann warten.« Armin nickte Richtung Stadtausfahrt. »Nun fahr schon.«

Mit einem ergebenen Schnauben trat Moritz aufs Gaspedal.

Unterwegs textete ihn Armin mit den neuesten Eroberungen zu, die er in den vergangenen Jahren gemacht hatte – Autos betreffend –, erzählte von der Renovierung seines Ladens, den er Moritz nachher *unbedingt* zeigen musste, und beklagte sich am nicht vorhandenen Interesse Melanies am Geschäft. Innenarchitektin wolle sie werden, so wie diese blonde Dicke im Fernsehen. Das war doch kein Beruf für ein Mädchen wie Melanie, er sähe sie mehr als Geschäftsführerin oder, wenn es schon was anderes sein musste, Hotelfachfrau, er hätte da übrigens gute Connections, also, falls Moritz mal ein Zimmer brauche, solle er sich einfach bei ihm melden.

Ich werde ein ernsthafter Konkurrent für dich sein, dachte Moritz düster. Er würde Vaters Laden so renovieren und modernisieren, dass Armins Geschäft dagegen wie ein rostiger Zeitungskiosk wirkte.

Moritz' Magen ballte sich zusammen. Das ging natürlich nur, wenn er Vaters Angebot annahm und die Finger von Philipp ließ.

»Alles in Ordnung?«, fragte Armin.

»Ja ... klar ...«, presste Moritz hervor.

Wenn er nur mit irgendjemandem darüber reden könnte. Jemandem, der nicht betroffen war, der die ganze Sache neutral betrachten konnte. Jemand, der Moritz sagen konnte, ob es richtig war, Vaters Angebot anzunehmen, wo er doch ohnehin nicht mit Philipp zusammen sein konnte, oder ob er sich dann bloß kaufen ließe. Oder vielleicht jemand, der ihm sagte, dass nichts dagegen sprach, mit Philipp zusammen zu sein. Der ihm Absolution erteilte. Moritz wollte seinem Vater entgegentreten können und ihm sagen, dass er sich einen Scheiß um seine *Bedenken* kümmerte, dass er mit Philipp zusammen sein würde, ob es ihm passte oder nicht, und wenn er seinen Ehebruch beichten wollte, bitte, Moritz hätte keine Angst davor. Die Mutter würde ihn gewiss verstehen. Sie waren doch *beide* Opfer, waren *beide* – alle *drei* – von ihm hintergangen worden und mussten es ausbaden. Sie würden sich gegen ihn verbünden und ... Ach, das waren doch bloß Hirngespinste. Moritz hatte es nicht einmal geschafft, sich einem Therapeuten zu offenbaren, und der wurde dafür bezahlt, sich unlösbare Probleme anderer reinzuziehen.

»Fahr da ran«, bat Armin und zeigte zu einer Parkbucht, von der aus man einen herrlichen Ausblick über Wiesen und Felder hatte. Es würde ein heißer Tag werden. Kein Wölkchen am Himmel. Nur tiefes, unendliches Blau. Zellophan knisterte. Armin schob sich ein Bonbon in den Mund und bot Moritz ebenfalls eines an.

»Nein danke.«

Der klebrige Geruch von Maracuja erfüllte das Wageninnere. Es klapperte, als der Zucker gegen Armins Zähne schlug.

»Also«, begann Armin, wandte sich Moritz zu und musterte ihn aufmerksam. »Hast du vor, *hier* zu bleiben?«

»Ich hab mich noch nicht entschieden«, meinte Moritz. Sechs Stunden oder sechs Minuten. Es war *nicht* dasselbe. Hier würde er Philipp ständig über den Weg laufen, vor allem, wenn er bei ihm im Laden arbeitete. Und selbst, wenn er ihn kündigen sollte: Seine Mutter arbeitete mit ihm zusammen. Sie würden sich begegnen. Immer und immer wieder. Konnte Moritz das aushalten, ohne ihm nahe sein zu wollen? Oder besser: Konnte er ihm nahe sein wollen, und sich dennoch von ihm fernhalten?

»Vielleicht hilft dir folgender Vorschlag bei deiner Entscheidung«, begann Armin. »Ich hab dir ja schon angeboten, wieder bei mir zu arbeiten. Natürlich für ein weit besseres Gehalt als damals.« Er lachte gönnerhaft. »Aber das ist nicht der Punkt. Der Punkt ist, dass ich auf der Suche nach jemandem bin, der eines Tages den Laden übernimmt.« Abwehrend hob er die Hände. »Es ist noch Zeit, bis ich abkratze, haha. Aber Melanie hat kein Interesse und ihrem bisherigen Männergeschmack nach zu urteilen, bringt sie todsicher niemanden an, der den Laden übernehmen kann.« Er rümpfte die Nase. »Lauter selbst ernannte *Künstler*, die glauben, der nächste Bryan Adams oder Kenneth Branagh zu werden. Also von ihrer Mutter hat sie das nicht.« Er lachte selbstgefällig. »Um auf den Punkt zu kommen ...« Er fixierte Moritz, trieb das Bonbon schmatzend durch den Mund und schien auf etwas zu warten.

Moritz wurde der intensive Blick unangenehm. Verlegen betrachtete er seine eigenen Hände. Er *hasste* den Geruch von Maracuja.

»Na sag schon«, forderte Armin.

Irritiert schaute Moritz ihn an. »Was denn?«

»Na, hast du Interesse!« Armin schnaubte und verdrehte die Augen. »Mensch, bist du schwer von Begriff heute.«

Moritz fühlte sich, als falle er. »Wie bitte?«

»Na komm schon. Ich weiß, dass du scharf auf Wolfis Laden bist. Aber der Idiot denkt, er kann ihn diesem ... diesem ...«

Vorsicht! Moritz funkelte Armin finster an.

»... Träumer übergeben.«

Moritz entspannte. *Träumer* war okay.

»Ich meine, er ist bestimmt ein netter Kerl und ein talentierter Bursche – bei uns hängen sogar ein paar Bilder von ihm. Melanie ...« Er winkte ab. »Wie auch immer. Ich dachte mir das so: Du arbeitest erst mal ein, zwei Jahre für mich, dann steigst du ein. 30/70 am Anfang, wenns gut läuft 50/50. Und irgendwann übernimmst du ganz. Du müsstest natürlich Melanie ausbezahlen, aber das dürfte kein Problem sein, da finden wir eine Lösung. Was meinst du?«

»Ähm«, machte Moritz.

»Prima!«, Armin schmiegte sich wieder in den Autositz. »Dann lass uns in den Laden fahren. Du wirst Augen machen.«

32|An exponierter Stelle

Damals

Moritz stand hinter seinem Vater und seiner Mutter, die Hände feierlich-förmlich vor dem Bauch verschränkt, wie alle es taten. Mit Anzug und Krawatte kam er sich total bescheuert vor. Der eisige Wind zerrte an den schwarzen Sakkos, Mänteln und Kopftüchern der Trauergäste.

Vorne am offenen Grab stand – mutterseelenallein – Philipp. Es war eine Situation, wie er sie am meisten fürchtete: er an exponierter Stelle. Leute, die alle Zeit und Möglichkeit der Welt hatten, ihn zu mustern. Soziale Protokolle, die viel Raum für Peinlichkeit boten. Selbst Moritz hätte an seiner Stelle Schiss gehabt. Dennoch stand Philipp tapfer da vorne, die Lippen zu einem Strich gepresst, die Finger vor dem Bauch ineinander gekrallt, und starrte zu Boden. Er sah aus wie jemand, der schuldig gesprochen worden war. Als hätte er eigenhändig seine Mutter umgebracht und würde von der Trauergemeinde nach der Feier hingerichtet.

Moritz wollte sich zwischen seinen Eltern hindurchquetschen und zu ihm stürzen. Um ihm beizustehen. Um endlich wieder in seiner Nähe zu sein.

Seit jenem schrecklichen Morgen, als er Philipp in seiner Wohnung vor dem Kühlschrank auf dem Boden hockend zurückgelassen hatte, war es zwischen ihnen ... aus. Der Vater brachte Philipp von und zur Arbeit. Stürmte Moritz Vaters Geschäft, um ihn zu sehen, stellte sich ihm der Vater in den Weg, während sich Philipp im Lager verschanzte. Unzählige Male rief Moritz ihn an, doch das Handy blieb konsequent ausgeschaltet. Morgens und abends stand er vor seiner Wohnung und läutete vergebens. Manchmal hockte er über eine Stunde an Philipps Tür gelehnt und wartete, lauschte, hoffte, flüsterte, bettelte.

Moritz verstand die Welt nicht mehr. Tausendmal spielte er die letzten Stunden durch, suchte nach einem Grund. Irgendetwas musste er falsch gemacht haben. Noch als sie am Sterbebett gestanden hatten, hatte Philipp ihn so angesehen, verliebt, glücklich, trotz allem. Konnte es sein, dass er Moritz derartig übel nahm, nicht bei ihm geblieben zu sein? So nachtragend kannte Moritz ihn eigentlich gar nicht.

Aber sonst gab es doch nichts.

Vielleicht war es der Unmännlich-Spruch. Aber danach hatten sie sich doch wieder verstanden. Besser als zuvor. Okay, Moritz hatte mit ihm noch einmal eingehender darüber reden wollen, aber das war nur eine Draufgabe. Es war doch alles gut. Sie hatten hinterher sogar ... all das gemacht.

Oder war es *das*? Kam Philipp nicht damit klar, dass sie einander ... so ... kennengelernt hatten? Nun, Moritz hatte auch ein paar Schwierigkeiten damit, aber hauptsächlich, weil sie danach nicht mehr zusammen gewesen waren. Sie hätten doch darüber reden können und nötigenfalls beschließen, so etwas nicht mehr zu tun.

Oder ging es nicht darum, *was* sie getan hatten, sondern *wann* sie es getan hatten? Dass sie sich im Hotel verbarrikadiert hatten, während die Mutter im Sterben lag? Moritz konnte durchaus nachvollziehen, dass Philipp deswegen vielleicht Schuldgefühle hatte. Ihm ging es genau so. Das Timing war einfach Scheiße gewesen.

Und jetzt stand sein *Ex* da vorne und *er* war ein *Ex*. Einfach so. Ohne zu reden, ohne schlusszumachen. Das konnte doch nicht sein!

Tränen stiegen Moritz in die Augen. Das Herz tat so scheißweh, dass er laut schreien wollte. Ein heftiger Schluchzer drängte sich aus seiner Kehle. Ein paar Trauergäste warfen ihm strenge Blicke zu. Die Mutter drehte sich um, und als sie seine Tränen sah, machte sie einen Schritt rückwärts und legte ihm schweigend einen Arm um die Schulter.

Niemand umarmte Philipp. *Seine* Mutter lag im Sarg. Moritz wollten der Kopf und das Herz explodieren, so sehr drängte es ihn, Philipp in den Arm zu nehmen, so weh tat es, dass er es nicht durfte, dass Philipp nicht wollte. Und während Philipp tapfer dort vorne stand und nicht eine einzige Träne vergoss, bloß bleich und starr und mit zusammengepressten Lippen auf seine Schuhe blickte, heulte Moritz, als wäre seine eigene Mutter gestorben.

Niemals hätte er gedacht, dass er eines Tages wegen der Liebe heulen würde, dass sie so wehtun konnte.

Kaum erklärte der Pfarrer die Trauerfeier für beendet, drehte sich Philipp um und eilte davon, ehe ihm die Trauergäste ihr Beileid aussprechen konnten.

Der Vater wollte ihm hinterher, doch Baumann stellte sich ihm in den Weg und erklärte beflissen, dass er am nächsten Tag in den Laden kommen würde, um sich neue Ski zu kaufen und begann sofort darüber zu fachsimpeln.

Moritz nutzte die Gelegenheit, entfernte sich von seinen Eltern und eilte Philipp hinterher. Flink quetschte er sich quer zwischen den Grabreihen hindurch, sprang halb über Gräber und beging so jene *Respektlosigkeiten gegenüber den Toten*, die ihm seine Mutter bereits als Kind ausgetrieben hatte.

»Philipp!«, rief er, »Philipp, warte!«

Doch Philipp schien ihn nicht zu hören.

Moritz schändete noch mehr Gräber, indem er über sie drübersprang, niedrigere Grabsteine nahm wie Hürden und dabei gelegentlich eine Blumenvase oder ein Grablicht umschubste. »Philipp!«

Fast hatte er ihn erreicht.

»Warte!«, rief er keuchend und erwischte ihn am Ärmel.

Philipp riss sich los und marschierte, den Kopf gesenkt, noch schneller.

»Was ist los! Warum redest du nicht mehr mit mir? Was hab ich dir getan?«, quengelte Moritz und lief ihm peinlich hinterher wie eine Memme. Merkte er. War ihm egal.

Philipp wischte sich etwas aus dem Gesicht. Er heulte.

Das löste in Moritz eine neue Form von Entschlossenheit aus. Er machte einen Satz, packte Philipp am Ellenbogen, riss ihn herum und schubste ihn gegen die Friedhofsmauer.

»Rede mit mir! Verdammt!« Der eisige Wind schien die Tränen auf seinen Wangen in Eiskristalle zu verwandeln.

Aber Philipp senkte nur den Blick und starrte rechts an seinen schwarzen Lackschuhen vorbei auf den Schotter.

»Sieh mich an!«, bat Moritz, und weil Philipp unverändert zu Boden schaute, packte er ihn am Kinn, zwang ihn, ihm ins Gesicht zu sehen. Philipp schloss die Augen. Die Lippen so verführerisch weich. Auf der Stirn die tiefe Furche. Sex oder Sorge?

In Moritz machte sich Verzweiflung breit. »Sag mir, was ich falsch gemacht habe«, flehte er mit erstickter Stimme. »Bitte.«

Philipp schlug die Augen auf. Sein Blick griff direkt in Moritz' Herz. So viel Schmerz, so viel Trauer, so viel Angst und so viel Liebe. Aber er sagte nichts. Auf seinen Wimpern zitterten Tränen.

»Ich liebe dich«, quengelte Moritz. »Wir können doch über alles reden, das weißt du.« Er trat einen Schritt näher, legte Philipp die Hände an die Wangen. »Bitte.«

Ohne zu blinzeln stürzten Tränen über Philipps Wimpern.

»Oh Philipp ...« Moritz kippte vor und schnappte nach seinen Lippen. Zunächst erstarrte Philipp in seinen Armen, ließ nur über sich ergehen, doch dann erwiderte er den Kuss, von jetzt auf gleich stürmisch, verzweifelt, gierig. Er krallte sich an Moritz fest, umklammerte ihn. Vielleicht war es unangebracht auf einem Friedhof, aber als Moritz Philipps Erektion registrierte, trat er noch einen Schritt näher, drückte ihn fester gegen die Mauer und presste seine dagegen. Alles war gut! Er wollte ihn noch!

Moritz vergaß, wo sie waren. Warum sie hier waren. Was alles passiert war. Als müsste er in diesen Minuten all das aufholen, was sie in den vergangenen zehn Tagen verpasst hatten, begann er das Becken leicht kreisend gegen Philipps zu drängen, zerrte ihm das Hemd aus der Hose, berührte seine Haut darunter. Wie samtig. Wie warm. Wie sehr hatte er es vermisst, sie zu spüren. Endlich waren sie wieder zusammen.

Plötzlich zurrte sich etwas um Moritz' Hals. Er wurde brutal zurückgerissen. Im ersten Moment registrierte er nur, wie kalt es auf einmal wurde, wo eben noch Philipps Körper gewesen war. Dann traf ihn eine saftige

Ohrfeige, so heftig, dass er die Orientierung verlor und die zweite kaum mehr wahrnahm. Seine Wangen brannten wie Feuer, und als sich Moritz endlich wieder zurechtfand, sah er, wie Philipp zusammengekauert an der Friedhofsmauer lehnte, die Arme schützend über dem Kopf.

Zwischen ihnen stand der Vater und brüllte irgendetwas. Er war so aufgebracht, gestikulierte so erregt, dass sein schwarzes Sakko wild flatterte.

33|Pferdestall und Zahnpasta

Gegenwart

Als Moritz aus dem Oldtimer stieg, war ihm nur zu bewusst, das ihn der Vater wahrscheinlich von der anderen Straßenseite aus beobachtete. Das war gewiss ein Schlag in die Magengrube, vor allem nach seinem *großzügigen* Angebot tags zuvor.

Gut!

Auf einmal wirkte Armins Angebot noch verlockender. Aber eine dreißigprozentige Teilhaberschaft in ein paar Jahren und eine Übernahme in einem oder zwei Jahrzehnten war nicht dasselbe, wie bereits Ende der Woche einen Laden zu besitzen. Rache war schön und gut, aber auf wessen Kosten?

Andererseits ...

... an Armins Laden waren keine Bedingungen geknüpft. Moritz könnte Philipp näherkommen, ohne alles aufs Spiel zu setzen. Theoretisch. Aber ob ihn Armin noch als Teilhaber wollen würde, wenn er die Wahrheit wüsste?

Armins Geschäft war nicht wiederzuerkennen! Die komplette Fassade bestand aus Glas und war durchsetzt von einem modernen, über die ganze Front gesetzten Schriftzug. Lager und Büro waren einem großzügigen Verkaufsraum gewichen und befanden sich nun in der zugebauten zweiten Etage, wo es eine weitere Verkaufsfläche direkt unter einer Glaskuppel gab. Alles wirkte aufgeräumt und hell, war geräumig und schick und bot jede Menge Gelegenheiten, vor Spiegeln diverse Sportgeräte auszuprobieren. Kein angestaubter Achtzigerjahre-Flair wie in Vaters Laden – das hier war die Zukunft.

Fast ein Jahr hatte der Umbau gedauert, erklärte Armin stolz. Eine kritische Zeit, in der Moritz' Vater vermutlich das Geschäft seines Lebens gemacht hatte, fügte er augenzwinkernd hinzu. Aber es hatte sich gelohnt, seitdem brummte der Laden wie nie zuvor, die Leute rannten ihm regelrecht die Bude ein.

Und Vater? Er stand sich wohl seitdem die Beine in den Bauch und musste zuschauen, wie sogar eingefleischte Baumanns mit hochgestelltem Kragen, gefälschtem Schnauzbart und blickdichter Sonnenbrille in Armins Laden schlüpften.

Hatte er vielleicht gar nicht vorgehabt, *kürzerzutreten*, sondern eigentlich zusperren wollen und sich nur kurzfristig für Moritz die Übergabe einfallen lassen? Um ihn zu ködern?

»Und? Was sagst du?«, fragte Armin abschließend in seinem Büro, öffnete beiläufig den Humidor und befüllte großzügig zwei Gläser Scotch.

»Nein danke.«

Armin hielt mitten in der Bewegung inne und musterte Moritz überrascht. »Du willst es dir nicht einmal durch den Kopf gehen lassen?«

»Ich meine den Scotch.« Moritz lachte schwach. Schwermut hockte wie Blei in seinem Herzen. »Mir ist noch schlecht von gestern.«

»Ach so, natürlich!« Armin lachte. »Aber hiervon nimmst du doch eine, hm?« Er hob den Humidor auf und bot Moritz eine Zigarre an.

Moritz schüttelte den Kopf. »Ich rauche nicht.«

»Rauchen?« Armin riss empört die Augen auf. »Zigarren *raucht* man nicht! Zigarren *genießt* man.« Zum Beweis zog er eine heraus und schnupperte daran.

»Ich genieße auch nicht«, sagte Moritz trocken.

Armin lachte laut auf. »Er *genießt* nicht! Hahaha! *Der* ist gut. Muss ich mir merken. So, und jetzt nimm!«

Widerwillig pflückte Moritz eine Zigarre aus dem Humidor.

»Geht doch«, meinte Armin zufrieden. »Riech mal daran!«

Moritz verdrehte die Augen und schnupperte an der Zigarre. Roch nach Pferdestall. Nicht schlecht. Aber auch nicht gut. »Kann ich dich was fragen?«

»Du musst das Stück vorne anbeißen«, erklärte Armin, zeigte es an seiner Zigarre vor und spuckte aus.

»Nicht das ...«

Armin entzündete ein Streichholz und nuschelte mit der Zigarre zwischen den Lippen: »Merke: niemals Feuerzeug. Das machen nur *Tiere.*«

»Ich möchte dir gerne etwas sagen, bevor ... du mir das Angebot unterbreitest«, begann Moritz. Sein Bauch flatterte.

»Zu spät«, meinte Armin und entzündete die Zigarre, wobei er auf das Feuer schielte und eine dichte Rauchwolke erzeugte. »Ich *habe* es dir schon unterbreitet.«

»Ich bin schwul«, platzte Moritz heraus und hustete.

Armin paffte und begutachtete die Glut. »Und weiter?«

»Wollte ich nur ... sagen. Falls es ... relevant ist.«

»Interessiert mich nicht« – Armin paffte wieder an der Zigarre und prüfte sie – »was du im Bett treibst. Oder mit wem. Solange es nicht Melanie ist.«

»Oh. Okay.«

Herausfordernd blickte Armin ihn an. »Was ich damals gesagt habe, gilt nach wie vor: Finger weg von meiner Tochter. Wenn ich auch nur den leisesten Verdacht schöpfen sollte, dass da was läuft, zwischen euch, ist unser Arrangement Geschichte.«

»Und du brichst mir alle Knochen«, ergänzte Moritz. »Ich weiß.«

»Ganz genau.« Armin musterte Moritz kurz von Kopf bis Fuß. »Egal wie fit du bist.« Dann griff er nach den Streichhölzern. »So, und nun zeige ich dir, wie man genießt.«

Eine halbe Stunde später wankte Moritz ins Freie und sog frische Luft in die Lungen. Mund und Kehle fühlten sich an wie geräuchert. So ganz hatte er die Sache mit dem Rauchen noch nie verstanden, und auch wenn Armin einen riesigen Unterschied zwischen Zigarettenrauchen und Zigarrenpaffen machte, für Moritz war es ein und dasselbe. Eine sinnlose Beschäftigung, die weder schmeckte noch Spaß machte. Dafür roch er jetzt nach Stall. Prima.

Während er über die Straße marschierte, schnupperte er an seinen Fingern und wischte sie an seinen ebenfalls stinkenden Jeans ab.

Im ersten Moment war es fast deprimierend, Vaters Laden zu betreten. Er sah noch exakt so aus wie vor fünf Jahren. Derselbe abgegriffene Türknauf, dasselbe metallische Knarren der Angel, dieselbe Glocke, derselbe Teppich, derselbe Geruch, vermutlich dasselbe Sortiment und derselbe angestrengte Mann hinterm Verkaufstresen. Nach Armins topmodernem, hellem Geschäft und seiner fröhlichen, wenn auch nervigen Art, wirkte es hier richtig heruntergekommen, muffig und alles andere als einladend.

Aber dann packte Moritz doch ein Anflug von Nostalgie und so sehr er sich innerlich dagegen sträubte, umarmte ihn der vertraute Verkaufsraum mit einem herzlichen Willkommen. Sogar Vaters grimmige Anwesenheit entlockte Moritz ein kleines, heimliches Glücksgefühl. Er war wieder der kleine Junge, der hier mit seiner Spielzeugkasse spielte, der Teenager, der sich als Spitzenverkäufer beweisen wollte, und der über beide Ohren verknallte Siebzehnjährige, der mit nervösem Bauchmurmeln darauf wartete, bis Philipp bereit war, mit ihm zum See abzuhauen und nackt zu baden.

Moritz wandelte durch den Laden, schwelgte ein wenig in alten Zeiten und schaute sich um. Eine oder zwei Minuten redeten er und der Vater kein Wort miteinander. Sie grüßten sich nicht einmal, sondern taten so, als wäre der andere gar nicht da.

Schließlich murmelte der Vater, den Blick und die Hände in der Kasse: »Was wolltest du bei dem Arschloch da drüben?«

»Du meinst das Arschloch, das neulich in eurem Wohnzimmer einen Sektempfang für mich gegeben hat?«

»Beschwer dich bei deiner Mutter, das ist *ihr* neuester Spleen.«

»*Spleen*«, wiederholte Moritz. »So kann man es natürlich *auch* nennen.«

Der Vater schnaubte und knallte die Kassenlade zu. »Wo warst du! Du kannst nicht einfach abhauen, wann es dir passt!«

»Das geht dich nichts an. Und wie du gesehen hast, kann ich das sehr wohl.«

»So verhält sich kein Erwachsener«, knurrte der Vater. »Wir waren mitten in einer Geschäftsbesprechung.«

Moritz fuhr herum und funkelte seinen Vater wild an. »*Geschäfts*besprechung?«

»Werd bloß nicht undankbar«, warnte der Vater.

Moritz knirschte mit den Zähnen. Er brauchte alle Kraft, um nicht auszuticken. »Okay, *großzügiger* Papa.« Kontrolliert atmete er durch. »Für wie viel Geld würdest du dich von einem Kerl ficken lassen?«

Der Vater schnappte fassungslos nach Luft.

»Für dreihunderttausend? Den Laden hier? Ein Loft? Oder alles drei? Sag schon, für wie viel würdest du den Rest deines Lebens mit einem Mann verbringen?«

Die Adern an Vaters Schläfen traten hervor. Sein Gesicht färbte sich dunkelrot. Sein Kiefer arbeitete.

Betont gelassen stopfte Moritz die geballten Fäuste in die Hosentaschen. »Schau, Papa, die große Leidenschaft dauert doch eh nur die ersten paar Jahre an.« Er zuckte demonstrativ ergeben mit den Schultern. »Irgendwann geht es bloß noch um Zahnpastareste im Waschbecken und wer auf dem Heimweg noch einkaufen geht. Das kannst du doch auch alles mit einem Mann haben.«

»Du fühlst dich wohl sehr schlau, was?«, knurrte der Vater und verzog angewidert das Gesicht. »Das gestern war nur ein Vorschlag. Ich wollte dir bloß einen Weg aufzeigen.«

Moritz atmete tief durch und zwang sich zu einem Lächeln. »Ich dir auch, Papa.«

»Mach dich nicht lächerlich«, meinte der Vater. »Was bezweckst du überhaupt damit?«

»Ich will ... dass du *respektierst,* wer ich bin.«

»Aha.« Der Vater hob eine Augenbraue. »Und wer bist du, wenn ich fragen darf?«

»Nicht ...« Moritz mahlte mit dem Kiefer. »Nicht *du.*«

»Okay.« Der Vater zuckte mit den Schultern, schüttelte den Kopf und wandte sich wieder der Kasse zu.

»Ich versuche nicht, andere zu kaufen, damit sie tun, was ich will.«

Der Vater fuhr herum. »So siehst du mich also?«

»Du hast Philipps Mutter dafür bezahlt, dass sie ihn abtreibt!« Obwohl er nicht wollte, begannen Moritz' Augen zu brennen. Seine Stimme wurde heiser. »Du hast dafür bezahlt, dass sie ihn *tötet*.«

»Herrgott!« Der Vater schlug mit der Faust auf den Tisch. »Er war doch noch nicht einmal ...«

»... ein Mensch?«, krächzte Moritz.

»Jetzt mach nicht so ein Drama draus. Jeden Tag werden *Tausende* Kinder abgetrieben.« Verärgert fuhr sich der Vater durchs Haar. »Ich bin übrigens noch heute davon überzeugt, dass sie es hätte tun sollen.«

Moritz schnappte nach Luft. Der Boden unter seinen Füßen kippte weg.

»Ohne ihn gäbe es diesen ganzen Quirx nicht. Du würdest dich *seinetwegen* nicht lächerlich machen, und ich müsste nicht ständig wegen irgendeiner seiner Neurosen von Pontius zu Pilatus rennen. Wenn wir ehrlich sind: Wie viel Lebensqualität hat er schon, mit seinem ganzen ...« Der Vater fuchtelte vor seiner Stirn herum und rollte wie ein Idiot mit den Augen.

Noch ehe Moritz selbst bewusst wurde, was er da tat, landete seine Faust auf Vaters Kiefer.

Der Vater ächzte, taumelte gegen den Verkaufstresen, rutschte ab, stolperte rückwärts und fiel zu Boden.

Mit einem Satz kniete sich Moritz über ihn und packte ihn am Kragen. Sein Herz hämmerte so wild, dass es fast den Brustkorb sprengte. Die Faust geballt, bebend, bereit zu einem weiteren Schlag, zischte er mit gefletschten Zähnen: »Rede. Nie. Wieder. So. Über. Ihn. Nie! Wieder!«

Für eine Sekunde starrte ihn der Vater eingeschüchtert an, die Lippen zu einem Strich gepresst.

Gänsehaut überzog Moritz' Körper. Dieser furchtsame Blick, die zusammengepressten Lippen ... aber auch das vorsichtig zornige Funkeln in den Augen, das nun wieder in Vaters Gesicht zurückkehrte. Er hatte es erst zwei Tage zuvor im Atelier gesehen.

Nein! Nein! Nein!

Moritz wurde schlecht. Er ließ seinen Vater los, sprang hoch.

Nein! Nein! Nein!

»NEIN!«, schrie er, warf mit einer einzigen wischenden Armbewegung die Kasse vom Verkaufstresen und stürzte aus dem Laden.

34|Wir sind schwul

Damals

Moritz lockerte die Krawatte, würgte. Der eisige Novemberwind kühlte sein Gesicht.

»Das ist *krank!*«, herrschte der Vater Philipp an. Sein Sakko flatterte unter seinen ausholenden Bewegungen. »Wie kannst du so etwas nur machen! Das ist pervers!«

Philipp kauerte an der Friedhofsmauer, das weiße Hemd aus der Hose gerutscht, die Arme schützend über dem Kopf, und schluchzte.

»Hör auf!«, schrie Moritz den Vater an, eilte zu Philipp und schlang schützend die Arme um ihn. »Hör auf!«

»Geh sofort weg von ihm! Geht auseinander!«

»Nein!«

»Auf der Stelle!«

»Nein!«

Der Vater machte einen Schritt näher und packte Moritz grob am Oberarm, um ihn wegzuzerren. Doch Moritz riss sich los und drängte sich noch dichter an Philipp.

»Philipp!«, sagte der Vater drohend.

Philipp verkrampfte.

»Ich liebe dich«, flüsterte Moritz ihm ins Ohr. »Hör nicht auf ihn. Ich liebe dich.«

»Philipp!«, wiederholte der Vater streng.

»Lass ihn endlich in Ruhe!«, schrie Moritz. »Wir lieben uns.« Sein Herz trommelte wild. »Du hast richtig gehört! Wir sind schwul und wir lieben uns!«

»Philipp!«, sagte der Vater unbeeindruckt.

Zögernd und widerwillig wand sich Philipp aus Moritz' Armen.

»Nein ...«, wisperte Moritz und versuchte, ihn festzuhalten.

Doch Philipp stand auf und wankte, den Blick gesenkt, ein paar Schritte von ihm weg.

Moritz brach das Herz. Ein weiteres Mal. »Philipp ... Wieso ...?« Mit letzter Kraft stemmte er sich hoch. Die Knie wollten ihm kaum gehorchen.

»Geh schon mal zum Auto«, befahl der Vater und reichte Philipp den Autoschlüssel.

Wie mechanisch nahm ihn Philipp an sich und schlurfte davon.

»Philipp!« Moritz wollte ihm hinterher, aber der Vater hielt ihn zurück. Ein paar Sekunden rangelten sie miteinander, dann gewann der Vater die Oberhand. »Du fährst jetzt mit Mama nach Hause«, zischte er. »Ohne Widerrede.«

»Nein!« Moritz zappelte unter Vaters festem Griff. »Ich will zu Philipp. Er ist mein Freund.«

»Nicht mehr«, knurrte der Vater.

»Doch. Wir lieben uns!« Moritz wand sich hin und her. »Du hast selbst gewollt, dass wir uns näherkommen.«

»Ich wollte, dass du dich mit ihm *anfreundest*, nicht, dass du ihn fickst!«

Moritz fuhr ein Stich durch den Bauch. Noch nie hatte er Vater dieses Wort sagen hören. Zudem hatte er mit Philipp nicht *gefickt*. Die Unterstellung tat sauweh und verspottete seine Sehnsucht und seine Angst. Außerdem wertete es ab, was Moritz heilig war.

»Wir haben nicht ...«, begann er, dann kam ihm, dass es Vater nichts anging. »Ich ficke, wen ich will«, knurrte er stattdessen in der Hoffnung, damit erwachsen zu wirken, und wand sich aus dem festen Griff. Keuchend vom Kampf, die Haare zu Berge stehend, funkelte er seinen Vater zornig an. »Ich ficke ihn und du kannst *nichts* dagegen tun!«

Im nächsten Moment krallte ihm der Vater die Finger ins Haar und zerrte ihn weiter, bis Moritz mit der Brust so heftig gegen die Friedhofsmauer prallte, dass ihm die Luft wegblieb. Dann drehte ihm der Vater den Arm auf den Rücken und fauchte: »Du rührst ihn nicht mehr an! Verstanden?«

»Ich bin achtzehn. Ich kann tun was ich will«, presste Moritz hervor.

»Philipp ist tabu für dich!«

»Ich bin schwul, und ich liebe ihn, ob dir das passt oder nicht!«

»Du hältst dich von ihm fern!«

»Nie-mals!«

»Was ist denn los?«, rief die Mutter von Weitem und kam näher.

Für einen Moment war der Vater abgelenkt und löste den Griff.

Flink riss sich Moritz los und sprintete los – Philipp hinterher.

Wie vom Vater befohlen hockte Philipp auf dem Beifahrersitz im Kastenwagen und wischte sich unablässig übers Gesicht. Moritz riss die Fahrertür auf, sprang keuchend hinters Steuer und tastete ins Leere, wo der Schlüssel zum Starten sein sollte.

»Verdammt.« Verzweifelt schlug er mit der Faust aufs Lenkrad.

Philipp tippte ihn am Ellenbogen an und reichte ihm den Schlüssel. Ihre Blicke trafen sich und es war wie immer. Es war einfach wie immer. So schön und warm und so vertraut. Moritz bekam weiche Knie, Herzrasen, der Atem wurde ihm knapp. Philipp hatte dieses scheue, verknallte Funkeln in den Augen. Als wäre nie etwas passiert. Als würden sie gleich Richtung Hotel fahren. Nur, dass sie beide vom Heulen und der Kälte rote Lider, rosa Nasen und fleckige Wangen hatten.

Hastig startete Moritz den Kastenwagen, ehe der Vater sie wieder trennen konnte, und gab Gas. Ein paar Minuten raste er wahllos durch die Straßen. Zu Philipp nach Hause wollte er nicht, der Vater würde dort gewiss als Erstes aufkreuzen, nach Hause konnte er auch nicht. Also verließ er die Ortschaft, fuhr ein, zwei Kilometer die Landstraße entlang und bog dann auf den erstbesten Feldweg ein. Ein paar Meter bretterte er über den holprigen Schotter, dann stellte er den Motor ab.

Moritz' Bauch rumorte. Er hatte Angst – *Panik*. Seine Hände zitterten. »Willst du Schluss machen?«, fragte er mit erstickter Stimme.

Philipp sog hörbar Luft durch die Nase, sagte aber nichts.

»Komm schon«, bat Moritz und blickte ihn ängstlich von der Seite an. »Wenn du mich nicht mehr willst, sag es mir. Aber lass mich nicht so ... in der Luft hängen. Das hab ich nicht verdient.« Sein Blick wurde verschwommen.

Auf Philipps Stirn grub sich die tiefe Furche, seine Lippen bebten, aber er sagte nichts.

»Du ahnst nicht, wie sehr ich deine Stimme vermisse«, sagte Moritz bemüht scherzhaft durch einen Tränenschleier.

Ein Schluchzen brach aus Philipps Kehle. Er wandte sich zur Tür, um auszusteigen.

»Nein!« Rasch packte Moritz seine Hand. »Bleib da.« Und leiser, schwächer, eindringlicher: »Bleib bei mir.«

Mit einem verzweifelten Schnauben sank Philipp gegen die Lehne und ließ bereitwillig zu, dass Moritz ihre Finger verschränkte.

»Sag was!«, bat Moritz. »Bitte sag mir, was ich falsch gemacht habe.«

Philipp senkte das Kinn zur Brust, Tränen zitterten auf seinen Wimpern, und schüttelte den Kopf.

»Du willst nicht einmal mit mir reden?«, piepste Moritz.

»Du hast nichts falsch gemacht«, sagte Philipp heiser. »Du machst alles richtig. Du bist ...« Er schenkte Moritz ein wunderschönes, zuckersüßes Lächeln, während sich die Furche auf seiner Stirn tiefer grub. »... einfach toll.«

»Weil ich dich liebe«, stieß Moritz erleichtert hervor, neigte sich zu ihm, um ihn zu küssen – und biss ins Leere.

Das Gesicht abgewandt starrte Philipp auf den Türgriff und schniefte.

Moritz' Herz platzte fast vor Schmerz. »Philipp ... ich dreh hier noch durch. Gib mir was. *Irgendwas,* um zu verstehen, was da abgeht.«

»Ich habs versprochen«, flüsterte Philipp und warf Moritz einen scheuen Blick zu. »Ich hab versprochen, dir nichts zu sagen.«

»Wem?«, fragte Moritz. »Meinem Vater? Scheiß auf ihn!«

»Meiner Mutter«, sagte Philipp. »*Und* Vater.«

»Deine Mutter hat – *hatte* – ein Geheimnis vor mir?«

Philipp blickte ihn verzweifelt an. »Nicht vor dir im Speziellen, aber ... du ...« Er schluckte. »Als sie ... dich ... uns ...« Wieder kullerten Tränen.

Moritz führte Philipps Hand zum Mund und hauchte einen Kuss darauf. »Wenn es mich betrifft, sollte ich es erfahren, meinst du nicht auch?«

Philipp entzog ihm die Hand. »Vater will nicht, dass du ...«

»Natürlich«, knurrte Moritz. »Mein Vater. Wer sonst!«

»Er ist nicht der Böse.«

Moritz explodierte fast. »Er ist *nicht* der Böse? Er würgt mich, er schlägt mich, er stellt sich zwischen uns und bringt uns auseinander, aber er ist *nicht* der Böse? Nur weil er dir einen Job verschafft hat, oder was?«

Philipp blickte Moritz verzweifelt an. »So einfach ist das nicht ...«

»Dann erklär es mir. Weil für *mich* ist er im Moment der Antichrist höchstpersönlich und ich verstehe nicht, warum du ... ihm so hörig bist. Er nimmt dich mir weg. Er nimmt mir weg, was ich mehr als alles auf der Welt« – Moritz' Blick wurde verschwommen, sein Kinn bebte – »will.«

»Mo«, wisperte Philipp bestürzt.

Moritz stockte der Atem. Er blinzelte die Tränen aus den Augen, schluckte, starrte ihn perplex an. Philipp nannte ihn nur so, wenn er kam. Die Gefühle übermannten ihn. Mit einem kleinen, erleichterten Seufzen kippte er zu Philipp, legte ihm eine Hand auf die Wange, damit er ihm nicht wieder ausweichen konnte, und fing seine Lippen für einen Kuss.

Philipp keuchte auf, ließ geschehen, wehrte sich nicht, machte aber auch nicht mit. Hartnäckig versuchte Moritz, ihn zu verführen, knabberte an seinen Lippen, drang in seinen Mund, stupste seine Zunge an. Aber obwohl Philipp ihm bereitwillig Einlass gewährte und leise aufstöhnte, reagierte er nicht.

Wie betäubt löste Moritz den Kuss und schaute Philipp in die Augen. »Was ist los?«

Philipp senkte den Blick, presste die Lippen zu einem Strich, schüttelte den Kopf.

»Scheiße«, krächzte Moritz, zog sich zurück, sank tief in den Fahrersitz und drückte die Handballen auf die Augen. »Es ist vorbei, oder? Das mit uns. Du willst Schluss machen.«

Philipp schluckte geräuschvoll.

»Ist das ein Ja?«

Betretenes Schweigen, leises Schniefen.

Moritz wandte den Blick ab, und stierte, still Tränen vergießend, in den grauen Novemberhimmel. Es war scheiße. Das Leben war einfach scheiße. Er wischte sich mit dem Sakkoärmel über die Augenwinkel, tastete seine Taschen vergeblich nach einem Taschentuch ab und zog Rotz die Nase hoch. Er verstand es immer noch nicht. Sie liebten sich doch. Nach wie vor. Es war nicht fair, verdammt noch einmal! Moritz boxte gegen das Lenkrad, zweimal, dreimal, hörte aber sofort auf, als er im Augenwinkel sah, wie Philipp erschrocken zusammenzuckte und die Schultern hochzog.

»Das ist nicht fair«, sagte er vor sich hin, ohne speziell Philipp anzusprechen. »Das ist einfach nicht fair.«

Philipp steigerte sich neben ihm in einen stillen Heulkrampf hinein. Sein Körper bebte und immer wieder sog er gierig Luft in die Lungen, die er mit einem kaum wahrnehmbaren Winseln wieder herauspresste.

Wieso tust du uns das nur an, dachte Moritz verzweifelt. Das Herz riss und riss, zerlegte sich zäh und schmerzhaft in tausend kleine Stücke.

»Sag mir nur eins«, bat er. »Kommt das von dir oder von ihm?«

»So einfach ist das ni...«, begann Philipp von Neuem.

»Das, was wir hatten, war doch gut, oder?«, platzte Moritz hervor und richtete sich auf. »Wir waren glücklich und wir haben einfach ... zusammengepasst! Du hast dich noch total darauf gefreut, dass wir es ... bald tun. Und dann, von einer Minute zur anderen, willst du mich nicht? Ich verstehe, dass du wegen deiner Mutter traurig bist und dass du keine Lust hast, dass wir ... was machen, aber ich möchte auch so für dich da sein. Ich bin dein Freund, ich liebe dich, egal was kommt, und wenn du ein Problem mit mir hast, dann *sag* mir das. Ich hocke wie ein Idiot stundenlang vor deiner Wohnung, ruf dich hundertmal an, lass mich von meinem Vater ständig aus dem Geschäft werfen, ich kann kaum essen und schlafen, frage mich dauernd, was ich falsch gemacht habe, frage mich, warum du plötzlich meinen Vater als Bodyguard brauchst, um dich vor *mir* zu schützen, aber alles, was ich zu hören kriege, sind Ausflüchte, sowohl von dir als auch von Papa, und diesen blöden Spruch von wegen *so einfach ist es nicht*. Ich bin nicht dumm, verdammt noch mal, ich werde es schon kapieren, auch wenn es *nicht so einfach* ist.«

Mit großen Augen glotzte Philipp ihn an. Seine Lippen zuckten.

Moritz schaltete einen Gang runter und zupfte an Philipps Fingern. »Wir können doch über alles reden, das weißt du. Also bitte, sag mir endlich, was los ist!«

Philipp atmete tief durch, schloss die Augen, sammelte sich. »Dein Vater hatte was mit meiner Mutter.«

Moritz runzelte die Stirn. »Das wars? *Deswegen* das ganze Drama?« *Deswegen* führte sich der Vater so auf und zwang Philipp, mit Moritz Schluss zu machen? Um seine scheiß beschissene Affäre geheim zu halten? So ein Arschloch! Moritz griff nach Philipps Hand. »Das hat doch mit *uns* nichts zu tun.«

»Nicht *jetzt*«, meinte Philipp, schluckte und blickte Moritz furchtsam an. »Damals. Vor neunzehn Jahren.«

»Oh ... okay.« Moritz quetschte Philipps Finger. »*Daher* haben sie sich also gekannt.« Sein Herz begann aus irgendeinem Grund, flach und schnell zu schlagen.

Philipp musterte ihn abwartend und biss sich bekümmert auf die Lippen.

»Moment!«, dämmerte es Moritz. »Das war, als meine Mutter mit *mir* schwanger war! So ein fieser Sack! Jetzt ist mir klar, warum er schiss hat, dass ich davon erfahre.«

Philipp nickte, schluckte und drückte Moritz' Hand immer fester. Die Furche auf seiner Stirn vertiefte sich. »Mo ...« Philipps Augen füllten sich mit Tränen.

»Hey ...« Moritz legte ihm tröstend eine Hand auf die Wange. »Mach dir keine Sorgen, ich werde es für mich behalten.« Er lehnte Stirn an Stirn. »Es ist doch egal, was mein alter Herr treibt oder getrieben hat. Wir lieben uns, oder etwa nicht?« Sanft küsste er Philipp auf den Mundwinkel und registrierte, dass der die Luft anhielt und kaum merklich zurückwich.

Moritz' Brust zog sich zusammen.

»Ich bin achtzehn«, wisperte Philipp gequält.

»Ich auch.« Moritz lächelte aufmunternd. »Wir können tun, was wir wollen. Ob es ihm passt oder nicht.«

»Ich wurde ein halbes Jahr nach ihrer Affäre geboren ...«

»Okay«, sagte Moritz irritiert. Gänsehaut überzog seinen Körper. Ein namenloses Gewicht rollte heran und drückte auf seinen Brustkorb.

Philipp blickte ihm unglücklich in die Augen, schien auf etwas zu warten, quetschte Moritz' Finger.

Plötzlich war Moritz, als träte ihm jemand mit aller Kraft in den Bauch. »Nein ...«, brabbelte er. »Nein ... nein ... das ... Du versuchst *nicht* mir zu sagen, dass ... dass ...«

Philipp senkte den Blick und schluchzte los.

»Nein ... Philipp ... das kann nicht sein ...« Tränen schossen aus Moritz' Augen. Er fühlte sich wie aus dem Körper gezerrt. »Du hast doch gesagt, dein Vater ... nein ... das ... nein ... nein, nein ...« Er bekam kaum Luft, rückte hektisch hin und her, der Innenraum des Wagens wurde auf einmal unerträglich eng.

»Sie ist wegen mir hierher zurück ...«, gestand Philipp heulend. »Als sie erfahren hat, dass sie sterben muss ... sie wollte, dass ich versorgt ...«

»Du hast es gewusst? Die ganze Zeit?«

»Nein! Nein. Ich hab es erst erfahren, als sie ... Sie wollte es mir eigentlich gar nicht sagen ... aber dann hat sie uns zusammen gesehen ...«

Moritz rang um Luft. »Mein Vater ...«

»Deswegen hat er mir ... die Stelle ...«

»Ich muss raus hier!«, brabbelte Moritz, drehte sich panisch um, rüttelte an der Tür und stürzte in die Novemberkälte. Sein Magen fühlte sich an wie ein Stein, seine Beine waren starr wie Äste. Er stolperte ein paar Meter den Feldweg entlang, zerrte an der Krawatte, riss am Hemd, bis ein paar Knöpfe durch die Luft sprangen, würgte, keuchte. Die Welt rumpelte mit jedem Schritt, wurde mal verschwommen, mal klar, er hörte sich selbst atmen, schwer und pfeifend. Irgendwie sah er sich dabei zu, wie er einen Stein aufhob und Richtung Wald schoss. Ein Schrei gellte hinterher und erst am Brennen in der Kehle begriff Moritz, dass es er selbst gewesen war, der geschrien hatte.

»NEIN!«, brüllte er aus vollem Hals. »NEIN. DU ARSCHLOCH! DAS NIMMST DU MIR NICHT AUCH NOCH WEG! DU SCHWEIN! DU ARSCH! NICHT IHN! NICHT IHN!« Mit jedem Wort hob er weitere Steine hoch und schleuderte sie so heftig durch die Luft, dass er sich dabei fast die Schulter auskegelte.

35 | Neunundneunzig Komma neun

Gegenwart

Moritz kauerte am Seeufer – *ihrer* Stelle von einst. Seine Faust schmerzte noch vom Schlag gegen Vaters Kiefer. Scheiße. Diese Ähnlichkeit! Diese verdammte ... Wie konnte der Vater bloß behaupten, es wäre besser gewesen, Philipp wäre abgetrieben worden! Wie konnte er behaupten, Philipps Leben wäre nicht lebenswert!

Moritz riss ein Büschel Gras aus und warf es von sich. Unbefriedigend sanft segelten die Halme durch die Luft. Die Tränen stiegen Moritz in die Augen.

Wie sehr hatte er sich damals gewünscht, das alles wäre nur ein furchtbarer Albtraum. Ein Irrtum. Eine tragische Verwechslung. Eine Lüge aus Feigheit. Wie sehr hatte er gebetet, Philipps Mutter hätte noch einen anderen gehabt, wäre von einem anderen schwanger geworden.

»Wir sehen uns doch gar nicht ähnlich«, hatte er immer wieder behauptet. »Du bist blond und ich schwarzhaarig, du hast hellgraue Augen und meine sind braun, du hast viel vollere Lippen als ich, eine andere Nase, ein längeres Gesicht ...« Aber all das bestätigte nur, dass sie beide nach ihren Müttern kamen und sich Vaters Scheißgene kaum durchgesetzt hatten.

Gottseidank!

Es war wohl nur eine Frage der Zeit und des Alters gewesen, bis Moritz Ähnlichkeiten feststellen musste. Vielleicht hätte er sie früher entdeckt, wenn er Vaters Jugendfotos durchgesehen hätte. Aber wozu sollte er nach Ähnlichkeiten suchen, wenn er alles wollte, nur das nicht? Es war schon schlimm genug, dass er selbst von diesem Arschloch abstammte.

Als wäre es erst zwei Stunden her, erinnerte sich Moritz, wie er mit verschwommenem Blick auf die neunundneunzig Komma neun Prozent auf dem Vaterschaftstest gestarrt hatte. Er hatte Beweise gewollt, hatte getobt, nicht akzeptieren wollen, dass Philipp sein Bruder war, solange er es nicht schwarz auf weiß hatte. Aber er war nicht der Erste gewesen, der auf eine Bestätigung bestanden hatte. Der Vater hatte den Test bereits ein Dreivierteljahr vorher machen lassen, als seine todkranke Ex-Affäre behauptet hatte, Philipp wäre sein Sohn. Erst *nach* dem positiven Ergebnis hatte der Arsch ihn eingestellt. Still und heimlich. Ohne Moritz oder der Mutter etwas zu sagen.

Dennoch konnte Moritz seinen Vater nicht restlos hassen. Ohne ihn gäbe es Philipp nicht. Die Absurdität dieses Umstands brannte Moritz jedes Mal Löcher ins Hirn.

Ein Schauer packte ihn.

Diese Ähnlichkeit!

Konnte er Philipp weiterhin lieben, wenn er begann, in ihm Vater zu entdecken?

Moritz' Magen verkrampfte sich. War das nicht eine Chance? Der beste Weg, sich zu ... *ent*lieben?

Nein!

Nein! Nein!

Moritz griff sich ans Herz. Es knarzte und knirschte. So sehr er all das hasste, so sehr er auch litt, er wollte es nicht anders haben. Ein Leben ohne sich nach Philipp zu verzehren, konnte er sich nicht mehr vorstellen.

Allein der Gedanke ...

Moritz raufte sich die Haare, hämmerte sich gegen die Stirn.

Er hatte sich oft gefragt, ob er sich auch in Philipp verliebt hätte, wenn er von Anfang an gewusst hätte, wer er war. Wenn der Vater ihn bereits als seinen Bruder vorgestellt hätte.

Die Antwort? Wahrscheinlich. Ziemlich sicher. Ja.

Immerhin hatte Moritz ihn am Anfang gar nicht leiden wollen, hatte ihn als Feind gesehen – und sich trotzdem verknallt. Weil Philipp eben war, wie er war. Daran hätte sich auch nichts geändert, wenn er es gewusst hätte, außer, dass seine Gefühle von Anfang an schmerzhaft gewesen wären, dass er sie tunlichst für sich behalten hätte, dass sie nie ... rumgemacht hätten.

Andererseits ...

Sie wussten es jetzt seit über fünf Jahren und hatten gestern Früh trotzdem miteinander rumgemacht. Moritz war vernünftiger als damals, erwachsener, reifer, seine Hormone schäumten nicht mehr so chaotisch wie damals, und dennoch konnte er kaum klar denken, wenn er Philipp sah, wollte ihn mehr als alles, und schaffte keine vierundzwanzig Stunden unter einem Dach mit ihm, ohne ihm an die Wäsche zu gehen.

Ob Gewöhnung wirklich die Leidenschaft löschte?

Wäre es anders gekommen, wenn sie zusammen aufgewachsen wären? Wenn Philipps Mutter nie weggezogen wäre? Wenn sie in der Nachbarschaft geblieben wäre und Philipp und Moritz von klein auf befreundet gewesen wären? Oder, wenn sie alle eine *glückliche* Patchworkfamilie geworden wären und sie beide von Anfang an wie Brüder aufgewachsen?

Das alles änderte nichts. Gar nichts. Sie hätten ihre Liebe bloß schon viel früher entdeckt und besser vor den Eltern verheimlicht. Das war alles.

Moritz streichelte übers Gras. Wieso hockte er jetzt ausgerechnet an der Stelle, wo sie sich zum ersten Mal geküsst hatten? Um sich noch mehr zu quälen? Weil er ein Masochist war? Oder, um die Entdeckung zu verwischen, dass sich Vater und Philipp ähnelten.

Moritz verspürte nackte Angst.

Angst, Philipp zu verlieren. Seine Gefühle für ihn zu verlieren. Dabei konnte ihm doch kaum etwas Besseres widerfahren. Sollte er sich nicht genau das wünschen? Ihn endlich als seinen Bruder sehen zu können? Als normales Familienmitglied? Neutral? Geliebt aber nicht auf *diese* Weise?

Moritz wischte sich mit dem Handrücken Tränen aus den Augenwinkeln. Was blieb ihm denn dann noch? Philipp war doch *alles* für ihn. Sein Morgen, sein Abend, sein Tag, seine Nacht, sein Atem, sein Herzschlag, seine Träume – einfach alles. Ein Leben, ohne ihn zu lieben, war nicht lebenswert. Ehe er Philipp aufgab ...

Er war schon einmal so weit gewesen.

Nicht, als er von der Brücke gesprungen war. Nicht, als er auf der Stadtautobahn herumgeirrt war. Sondern an dem Tag, als er von daheim abgehauen war. Nachdem er den Vaterschaftstest in seinen zitternden Händen gehalten hatte und der letzte Funke Hoffnung erloschen war, Philipp wäre doch nicht sein Bruder, hatte er wie verrückt aufs Gaspedal getreten und einen Baum anvisiert, wild entschlossen, seinem Leben ein Ende zu setzen.

Aber dann hatte er daran denken müssen, wie Philipp am Grab seiner Mutter gestanden hatte. Das hatte er ihm nicht antun können, also hatte er das Nächstbeste getan, was ihm in seiner naiven Verzweiflung eingefallen war: Abhauen.

Eben noch hatte er sich ein Leben ohne seine Eltern und Philipp und den Job bei Armin nicht vorstellen können, im nächsten Augenblick schon kurvte er mutterseelenallein durchs Land, entschlossen, ein Leben als einsamer Wolf zu führen, mit nichts weiter als seinem Auto, dreihundert Euro und einem wahllos vollgestopften Rucksack.

Ein paar Monate hielt er sich mit Gelegenheitsjobs über Wasser, dann musste er zum Heer. Sechs Monate Drill. Sechs Monate Dauerrausch. Sechs Monate Vergessen. Dort lernte er, dass man sich so auspowern konnte, dass man nur noch Tier war, wie man sich allabendlich die Birne zuknallen und am nächsten Morgen dennoch Leistung erbringen konnte, und dass man, wenn man sich nur schnell genug bewegte, dem Schmerz entkommen konnte.

Wenn auch nur für Minuten.

In all der Zeit hatte sein Herz stets dicht bei Philipp geschlagen. Er war immer bei ihm gewesen. Beim Einschlafen, beim Aufwachen, wenn er sich bei Nieselregen und fünf Grad durch den Schlamm wälzte, wenn er den elenden Kasernenfraß runterwürgte, wenn er das Gewehr reinigte.

Fast zwei Jahre blieb er Philipp treu, war vollkommen blind für andere Kerle. Doch als er endlich einen festen Job hatte und sein Leben nicht mehr nur daraus bestand, von einem Tag zum nächsten zu überleben, kam auch die Panik, die Leere, die Einsamkeit, der Schmerz. Nervös hatte er seine erste Schwulenbar aufgesucht, in der Hoffnung, zu finden, was er so vermisste.

Doch es war überhaupt nicht so wie mit Philipp. Stümperhaft war Moritz von einem zum nächsten Abenteuer gestolpert und in jener Nacht, da er *es* endlich getan hatte, das, wozu er mit Philipp nicht gekommen war, hatte er sich die Augen ausgeheult. Jetzt hatte er alles zerstört, was zwischen ihnen war, hatte ihre

Liebe zu Grabe getragen, hatte kapituliert. Dachte er zumindest. Aber die Liebe und die Sehnsucht blieben. So rein und stark wie eh und je. Und so qualvoll diese Stunden auch gewesen waren, so sehr klammerte sich Moritz in den folgenden Jahren daran, sie immer und immer wieder zu durchleben. Um sich immer und immer wieder zu beweisen, dass er das, was zwischen ihnen war, nicht zerstören konnte, egal, wie sehr er wollte.

Aber jetzt konnte er es. Er musste nur seinen Vater in ihm suchen.

Moritz stand vor dem Abgrund.

Wie mechanisch schlüpfte er aus seiner Kleidung, sprang ins Wasser und tauchte so tief unter, dass seine Füße die Algen am Grund streiften.

36|Weisse Pfützen – blasser Bauch

Gegenwart

Moritz fuhr sich durchs noch feuchte Haar, atmete tief ein und aus und betrat Philipps Haus. »Philipp?«
Keine Reaktion.
»Philipp?«
Das Feldbett lehnte zusammengeklappt im Flur. Moritz' Herz zog sich zusammen. Hieß das, er war hier nicht mehr willkommen? Die Küche blitzte regelrecht, so aufgeräumt und blank geputzt war sie.
»Philipp?«
Moritz suchte das Atelier auf – und erstarrte. Es sah aus, als hätte hier ein Wirbelsturm gewütet. Auf dem riesigen Tisch lag nichts, dafür gab es keinen Quadratzentimeter freie Bodenfläche. Papier, Zeichnungen, Pinsel, Tuben ... alles lag wild verstreut. Die Staffeleien lagen mit gebrochenen Beinen in einer Ecke. Etliche Leinwände sahen aus, als wäre jemand mit dem Fuß hindurchgetreten. Viele der Zeichnungen waren zerrissen. Geschockt schaute sich Moritz um, hob das eine oder andere zerstörte Bild auf. Gelungene Bilder. Schöne Bilder. Die nun Schrott waren. Mit weichen Knien stakste er über den Trümmerhaufen und suchte das Gemälde vom Seeufer, von *ihrem* Platz. Er fand es auf dem Boden, halb vergraben unter zerrissenen Zeichnungen.
Es war ganz!
Unversehrt!
Erleichtert hob Moritz es auf und legte es vorsichtig auf den Tisch. Dann ließ er den Blick weiter über das Chaos schweifen.

»Philipp?«

Kein Ton.

Vorsichtig, um auf so wenige Zeichnungen wie möglich zu treten, verließ Moritz das Atelier und suchte Philipps Zimmer auf. Es war dunkel. Moritz wurde mulmig zumute. Obwohl er – noch an das helle Licht im Atelier gewöhnt – nichts sehen konnte, ging er hinein, bis er mit den Schienbeinen gegen das Bett stieß.

»Philipp?«, flüsterte er, setzte sich und tastete über die Matratze, bis er den harten Körper unter der Decke fand. Erleichtert atmete er auf, rückte ein wenig näher, lauschte Philipps Atem.

Es gab keinen!

Der Schock fuhr Moritz in die Glieder.

»Philipp?«, rief er panisch und wischte auf der Suche nach dem Lichtschalter mit zitternden Fingern am Nachtkasten herum. Er streifte Schachteln, berührte Blisterpackungen, warf in der Hektik alles zu Boden.

»Philipp, tu mir das nicht an!«, schrie er, entdeckte ein Kabel, tastete sich daran entlang und fand endlich den Schalter. Er knipste das Licht an und warf sich mit einem halben Hechtsprung übers Bett auf Philipp – der eigenartig klein und unförmig ...

Hastig raffte Moritz die Decke zur Seite und entdeckte seinen eigenen Rucksack. Kein Philipp. Wieso der Rucksack? In Tränen aufgelöst, völlig hysterisch, rutschte ein Lachen aus Moritz' Kehle. Er warf den Rucksack in hohem Bogen aus dem Bett und hob Philipps Kopfkissen an, atmete seinen Duft ein. Tränen kullerten über seine Wangen. Frust und Erleichterung. Liebe und Angst und jede Menge Sehnsucht. Er war am Durchdrehen. Moritz presste das Gesicht ins Kopfkissen und begann bitterlich zu heulen. Minutenlang. Wie konnte man jemanden so vermissen? Wie konnte man solche

Angst davor haben, jemanden zu verlieren, sich so davor fürchten ihn nicht mehr zu lieben?

Irgendwann legte er schniefend das Kissen zurück und registrierte auf dem Boden neben dem Bett eine Menge gebrauchte Papiertaschentücher. In einer angerissenen Plastikpackung fand er noch ein frisches Tuch und schnäuzte sich. Benommen kletterte er aus dem Bett und schlurfte weiter durch die Wohnung, rieb sich die Augenwinkel und atmete konzentriert, um sich zu beruhigen.

Philipp war nicht zu Hause.

Moritz holte ein Glas aus einem Küchenschrank und füllte es mit Wasser aus der Leitung, marschierte zum winzigen Küchentisch, der nur Platz für zwei bot, und setzte sich. Sein Blick fiel auf einen Stapel Bücher. Bildbände bekannter Maler, Selbsthilfebücher gegen Schlafwandeln, Ängste, Depressionen, für mehr Selbstvertrauen und Schlagfertigkeit. Dazwischen Romane. Moritz musste daran denken, wie er Philipp damals im Lager aufgestöbert hatte, auf dem Boden kauernd, heimlich lesend, ganz in sich und das Buch versunken, während er eine Strähne über der Stirn zwirbelte. Vielleicht hatte er sich in diesem Moment in ihn verliebt, oder wenig später, als er erstmals seine Stimme vernommen hatte. Wie harmlos war alles gewesen. Ach, Gott, diese absurden Fantasien, wie es zu einem Kuss zwischen ihnen kommen könnte, ohne seine heimliche Sehnsucht bloßzustellen. Und dann war es so einfach gewesen, so ... einfach.

Plötzlich schepperte die Eingangstür. Ein Stich fuhr durch Moritz' Körper. Rasch sprang er hoch.

»Armin hat gesagt, es ist ihm gut gegangen, als er weg ist«, meinte Moritz' Mutter. »Vielleicht besucht er ja ein paar alte Freunde.«

»Vielleicht«, sagte Philipp leise.

Moritz' Herz raste. Er trat in den Flur.

Philipp und seine Mutter waren gerade dabei, die Schuhe auszuziehen.

»Da ist er ja, unser Verschollener«, rief die Mutter erfreut, eilte an Philipp vorbei und fiel Moritz um den Hals. »Wo warst du denn. Wir haben uns schon Sorgen gemacht!«

Über ihre Schulter hinweg trafen sich Moritz' und Philipps Blicke. Philipp hatte die Sorgenfalte auf der Stirn, öffnete den Mund, als wollte er etwas sagen, ließ es aber bleiben. Seine Lippen waren zum Küssen. Seine Augen funkelten besorgt, verliebt, erleichtert. Sein Ausdruck verriet, dass *er* jetzt gerne an Mutters Stelle wäre, dass *er* Moritz jetzt gerne umarmen würde.

»Na sag schon«, forderte die Mutter, als sie Moritz freigab, und huschte in die Küche, um die Kaffeemaschine zu bedienen.

Atemlos blieb Moritz im Flur stehen, zwei Meter von Philipp entfernt, rang mit sich, blickte mal zur Mutter, die mit Filter und gemahlenem Kaffee in der Küche hantierte, dann zu Philipp, der sich nervös Strähnen hinter die Ohren strich und an dessen Brustkorb Moritz sehen konnte, wie heftig er atmete.

Nichts an ihm erinnerte an Vater. Nicht die hellgrauen Augen, nicht dieser weiche Mund, nicht die scheue Art, wie er sich bewegte.

Einen letzten Blick zu Mutter, dann marschierte Moritz auf Philipp zu, die Lippen zu einem Strich gepresst. Es tut mir leid, sagte er nur mit den Augen, verzeih mir, und streckte eine Hand aus, um ihm an seiner Stelle eine Strähne hinters Ohr zu streichen.

Philipp schluckte, leckte sich über die Lippen, seine Augen schimmerten verdächtig, füllten sich mit Wasser.

In der Küche begann die Kaffeemaschine zu röcheln. Die Mutter steckte den Kopf in den Flur. »Na, wo bleibt ihr denn?«

Rasch riss Moritz die Hand zurück und fuhr herum. »Ich komm schon.« Ehe er sich in Bewegung setzte, streifte er Philipps Finger und drückte sie kurz.

Die nächste Stunde saß Moritz wie auf Nadeln, oder besser *stand*, mit dem Hintern gegen die Arbeitsfläche gelehnt, eine Tasse Kaffee in der Hand, der allmählich kalt wurde, während die Mutter mit Philipp an dem kleinen Küchentisch saß.

Sie redete unablässig über das, was sie heute Morgen im Atelier vorgefunden hatte. Diese Künstler und ihre Allüren. Schrecklich wäre das. Man müsse sie dauernd vor sich und ihren Selbstzweifeln beschützen. Wenn sie nur halb so viel Talent hätte, würde sie keine Selbstzweifel haben, sondern durch die Straßen stolzieren und sich feiern lassen. Aber was wisse sie schon von der Künstlerseele. Vielleicht gehörte Leid einfach zur Genialität dazu, dann wäre sie ganz froh, keine Künstlerin zu sein. Sie wäre lieber glücklich als talentiert. Ihre Aufgabe sähe sie ohnehin eher darin, diese sensiblen Geister zu fördern, denn ohne jemanden wie sie, würde die Welt doch nie von diesen Kunstwerken blablabla …

Philipp knetete an seinen eigenen Fingern herum, wippte mit einem Bein, gelegentlich zuckte ein Lächeln durch sein Gesicht, wenn ihn die Mutter direkt anredete. Das Thema war ihm sichtlich unangenehm. Immer wieder wagte er einen Seitenblick zu Philipp, zunächst scheu, fast furchtsam, dann trat ein verwegenes Funken in seine Augen und sein Blick kroch Moritz bis unter die Kleidung.

Mehrmals war Moritz, als würden ihm gleich die Beine unterm Körper wegsacken. Dann drehte er sich unter dem Vorwand um, etwas an seinem erkalteten Kaffee machen zu müssen, und kontrollierte beiläufig, ob er eh nicht mit einer sichtbaren Latte vor seiner Mutter stand. Am liebsten hätte er sie auf der Stelle aus dem Haus bugsiert. Jede Minute, die sie blieb und ihre unerträglichen Weisheiten zur Kunst zum Besten gab, wurde Moritz unruhiger. Bald fragte er sich nicht mehr, *ob* er Philipp erliegen würde, sondern wann. Und wenn sie noch lange hier herumhockte, würde er ihn vor ihr nehmen.

Ungeachtet dessen, dass er sein Bruder war.

Die anfängliche Hemmung verwandelte sich immer mehr in ein Scheißdrauf. Scheißdrauf. Scheißdrauf.

»Hat Papa mit dir geredet?«, fragte die Mutter schließlich und machte damit eine so unerwartete Wendung, dass es Moritz zunächst gar nicht richtig mitkriegte.

»Was?« Er warf Philipp einen nervösen Blick zu und wandte sich wieder an die Mutter. »Ach so, ja. Hat er.«

»Und?«, fragte die Mutter gespannt.

Moritz mahlte mit dem Kiefer, spannte die Bauchmuskeln an. »Ich will darüber jetzt nicht reden.«

»Wolfgang hat ihm den Laden angeboten«, erklärte die Mutter Philipp mit einem stolzen Funkeln in den Augen.

Überrascht fuhr Philipp zu Moritz herum.

»Und das Loft«, fuhr die Mutter begeistert fort. »Du kennst es doch, oder, Philipp? Wolfgang hat es dir doch sicher gezeigt. Es ist *himmlisch.*«

»Ich hab wirklich keine Lust, darüber zu reden«, wiederholte Moritz scharf.

»Ach, jetzt sei doch nicht so stur, Kind«, bat die Mutter. »Mehr kann dir Papa nun wirklich nicht mehr entgegenkommen. Nimm das Angebot an. Versöhn dich mit ihm, hm? *Mir* zuliebe.« Dann lächelte sie Philipp zärtlich an. »Philipp würde sich auch freuen, wenn du hier bleiben würdest, nicht wahr, Philipp?«

Philipps Blick wurde gläsern, er schluckte, nickte kaum merklich, quetschte seine Finger so heftig, dass die Knöchel weiß hervortraten.

Moritz kämpfte gegen das Brennen in den Augen an, gegen die Übelkeit. »Bitte, Mama, ich möchte jetzt nicht darüber ...«

»Was gibt es denn da noch zu überlegen?«, fragte die Mutter empört. »Das Angebot ist doch *mehr* als großzügig!«

»Yeah.« Moritz drehte sich um und stellte die Kaffeetasse auf die Arbeitsfläche. Mit zitternden Fingern grapschte er ein neues Glas aus dem Schrank, füllte es mit Wasser und soff daraus, als hinge sein Leben davon ab. Nicht heulen! Jetzt bloß nicht heulen!

»Philipp ... vielleicht willst *du* ja was sagen«, bat die Mutter.

»Lass *ihn* da raus«, knurrte Moritz, den beiden den Rücken zugewandt, die Hände auf die Spüle gestützt, und würgte die Tränen und die Wut runter.

»Also ...«, begann die Mutter ratlos.

»Armin hat mir auch ein Angebot gemacht«, platzte Moritz heraus, ohne sich umzudrehen, atmete tief durch und ließ den Kopf hängen. »Eine Teilhabe und eine Übernahme in ein paar Jahren.« Die Knie schlotterten ihm.

»Ach ... ach so ... oh ... So ist das«, sagte die Mutter.

»Hast du seinen Laden gesehen?«, fragte Moritz und drehte sich um.

»Natürlich ... er ist ...«

»Ganz genau!« Moritz streifte Philipp mit einem kurzen Blick, wagte aber nicht, ihn direkt anzusehen. »Was hätte es für einen Sinn, direkt gegenüber ebenfalls so einen ... Palast zu eröffnen?«, fragte er die Mutter.

»Was willst du damit sagen?«

»Denkst du nicht, es ist allmählich genug mit diesem albernen Konkurrenzkampf? Ich meine ... zwei Sportläden waren doch schon immer überdimensioniert für diese Stadt.«

»Du denkst daran, Armins Angebot anzunehmen?«, fragte die Mutter.

»Ich weiß nicht«, gestand Moritz. Irritiert beobachtete er, wie die Mutter über den Tisch griff und ohne Moritz aus den Augen zu lassen Philipps nervöse Finger drückte.

»Hauptsache du bleibst«, sagte sie aufgewühlt.

Moritz runzelte die Stirn, blickte von ihren Händen zu Philipp, dann zur Mutter. »Was?«

»Wenn du Armins Angebot lukrativer findest, nimm es an«, meinte sie rasch. »Papa wird es verstehen. Er wollte ohnehin schließen.« Dann schnappte sie nach Luft. »Ich meine ... er hält dich für fähig, den Laden zu retten, aber er ist zu ... du hast es nicht von mir.«

Moritz atmete tief durch. Sein Bauch kribbelte. Er schaute zu Philipp, der ihn atemlos anblickte, ein Flehen in den Augen. *Bleib bei mir.* Die Vorstellung, Vaters Angebot abzuschlagen und dennoch hier zu bleiben ... Scheiß aufs Loft, scheiß aufs Geld, er konnte bei Philipp wohnen. Sie könnten ...

Aber hatte Vater nicht gedroht, Mutter alles zu sagen?

Würde er, Mister Pragmatisch, tatsächlich seine Ehe aufs Spiel setzen? Nach über zwanzig Jahren Lügen und

Heimlichtuerei und dem kläglichen Versuch, nicht nur Philipps Mutter zu kaufen, sondern auch Moritz?

»Ich ... denke darüber nach«, presste Moritz nervös hervor. Die Luft wurde ihm knapp vor Aufregung, und obwohl er sich vor seiner Mutter nicht verraten wollte, musste er sich in Philipps Blick versenken. Er wollte im Funkeln seiner Augen schwelgen, sich nach seinen Lippen verzehren.

»Das heißt, du bleibst?«, fragte die Mutter.

Moritz nickte und als wäre ein Damm gebrochen, sprangen Tränen aus seinen Augen und er musste gleichzeitig lachen.

»Moizilein!«, stieß die Mutter glücklich aus, sprang hoch und warf sich ihm an den Hals. »Mein Moizilein bleibt bei mir.«

Zögernd legte Moritz die Arme um sie, ließ sich quetschen, genoss ihren Duft und presste fest die Augen zusammen, um nicht loszuheulen. Dann blickte er zu Philipp, dessen hellgraue Augen in Wasser schwammen und der seine Finger in die Tischplatte krallte.

»Ach Moizilein, das ist mein schönstes Geburtstagsgeschenk«, schniefte die Mutter, als sie sich löste, zückte ein zerknülltes Papiertaschentuch und betupfte damit ihre nassen Wangen.

Ungeduldig blickte Moritz immer wieder an ihr vorbei zu Philipp, der wie festgenagelt auf dem Stuhl hockte.

»Aber sag Papa erst *nach* der Feier, dass du Armins Angebot annimmst, ja?«, bat die Mutter. »Ich will mir den Geburtstag nicht von seinem Gezicke verderben lassen.«

Ich habe ihm heute einen Kinnhaken verpasst. Er *wird* herumzicken. »Aber klar«, sagte Moritz und suchte wieder zappelig Philipps Blick.

»Guter Junge«, sagte die Mutter und tätschelte seine Wange. Dann atmete sie tief durch und schaute sich um. »Kinder, wie spät ist es eigentlich? Ich hab noch einen Termin bei Rosi. Ich will ja morgen hübsch sein für die Gäste.«

»Zehn vor zwei«, sagte Moritz mit Blick auf die Mikrowelle.

»Oh mein Gott, da muss ich sofort los!« Hastig schnappte sie ihre Handtasche, drückte Moritz einen Kuss auf die Wange, zu seiner Überraschung auch Philipp, und eilte davon.

Die Tür fiel ins Schloss.

Dann war es still.

Moritz schaute ihr nach, dann blickte er zu Philipp, der noch immer wie angewurzelt auf seinem Stuhl saß. Sein Herz raste so heftig, als wollte es seiner Brust entfliehen.

»Du bleibst?«, krächzte Philipp.

Moritz nickte bloß. Er konnte vor Aufregung nicht reden.

»Hier?« Philipp wies mit einem Blick zum Küchenboden, wo vorletzte Nacht das Feldbett gestanden hatte.

Moritz schüttelte den Kopf und deutete Richtung Philipps Zimmer.

Zunächst schien Philipp nicht ganz zu verstehen, dann schnappte er aufgeregt nach Luft und blickte Moritz mit großen Augen an. »Sicher?«

Wieder nickte Moritz. Schluckte. Er konnte kaum stehen, seine Hände zitterten.

Philipp musterte ihn hektisch von Kopf bis Fuß, blickte Richtung Zimmer, dann wieder zu Moritz. »Jetzt?«

Moritz nickte.

Wortlos stand Philipp auf, um ins Zimmer zu gehen, da hielt ihn Moritz an der Hand zurück. Verwundert drehte sich Philipp um. Moritz machte halb einen Schritt auf ihn zu, halb zog er ihn zu sich, legte ihm eine Hand auf die Wange, blickte auf diesen geliebten Mund, in diese schönen, hellgrauen Augen, dann kippte er vor und küsste Philipps weiche Lippen.

Philipp stöhnte leise auf, legte vorsichtig die Hände auf seine Taille, öffnete den Mund und erwiderte den Kuss zunächst ebenso zart. Doch dann, als fielen Masken, als stürzten Mauern ein, krallten sie sich aneinander fest, sperrten die Kiefer weit auf, küssten sich so gierig, als wollten sie einander verschlingen. Sie prallten gegen Küchenschränke, Türrahmen, Wände, rissen sich zwischen wilden Küssen Shirt und Hemd vom Leib, zerrten hastig an ihren Gürteln, strampelten im Flur die Jeans von den Füßen, zogen vor dem Bett hastig die Slips runter und kletterten splitternackt auf die Matratze.

»Ich will dich«, hauchte Moritz zwischen leidenschaftlichen Küssen, begrub Philipp unter seinem Gewicht, drängte ihm seine Erektion gegen die Leisten, strich über seine Seiten hoch und runter. »Ich will dich«, nuschelte er, küsste ihn gierig über den Kiefer, den schönen Hals abwärts, die Schultern, und rutschte an ihm runter, um an seinen harten Nippeln zu saugen, über seinen Bauch zu streicheln, seinen Schwanz zu packen und ihn zäh zu massieren.

»Hargh«, gurgelte Philipp überwältigt, seine Hände grapschten verzweifelt übers Laken, um Halt zu finden, dann grub er seine Finger in Moritz' Haar.

Moritz rutschte etwas weiter runter, leckte über Philipps Bauch und stieß halb absichtlich halb unabsichtlich mit dem Kinn gegen die Erektion. Begierig öffnete er den Mund, drückte seine Unterlippe an die pralle Eichel und hauchte darüber, doch noch ehe er sie mit dem Mund einfangen konnte, begannen Philipps Schenkel zu zittern und der Schwanz in der Faust zu vibrieren.

Mit einem überwältigten Stöhnen bäumte sich Philipp auf und schoss seinen Saft an Moritz' Nase vorbei auf seinen eigenen Bauch. In mehreren Schüben sprudelte die Lust heraus, während Philipps Körper in herrlichen Nachbeben zuckte.

Donnerwetter!

Beeindruckt betrachtete Moritz die weiße Pfützenlandschaft auf Philipps blassem Körper. Er hatte sich doch in den letzten fünf Jahren zumindest gelegentlich einen runtergeholt, oder?

In einer einzigen gleitenden Bewegung rutschte Moritz wieder hoch, schaute Philipp ins Gesicht und küsste ihn. Noch immer zuckte Philipp unter Schauern, keuchte, hielt sich schwach an Moritz' Oberarmen fest. Von seinen Augenwinkeln führte eine nasse Spur über die Schläfen zu den Haaren. Er zuckte nicht mehr vor Lust. Er heulte!

»Hey ...«, sagte Moritz sanft, strich ihm übers lange Haar, drückte ihm weiche Küsse auf Kinn und Mundwinkel, bis Philipp den Mund öffnete und hungrig nach seinen Lippen schnappte. Tief seufzend schlang er die Arme um Moritz und drückte sich so fest an ihn, wie er konnte.

»Alles gut?«, hauchte ihm Moritz in die Halsbeuge und bedeckte sie mit Küssen.

»Hrgl«, seufzte Philipp zustimmend und schniefte.

»War es das erste Mal, seit ...«, fragte Moritz und bereute die Frage im selben Augenblick. Was, wenn ihn Philipp dasselbe fragte?

Philipp nickte und befühlte Moritz' Muskeln. »Du bist so stark geworden.«

Erleichtert suchte Moritz seine Lippen für einen weiteren intensiven, innigen Zungenkuss. Philipp war erlöst, fürs Erste, aber ihn selbst schmerzte noch immer die Lust. Sie pochte drängend und süß. Gemächlich schürfte Moritz sie über Philipps Bauch, wo sie gelegentlich über klebrige Pfützen schmatzte. Er bewegte sich vorsichtig, wollte nicht *auf* Philipp kommen, sondern tief in ihm drin. Jede Faser seines Körpers und seiner Seele drängte danach, sich in ihm zu versenken, wollte nur das eine. Ein über fünf Jahre währender Anlauf. Hätte er nicht Angst davor, Philipp wehzutun, hätte er sich längst in ihn gestoßen.

»Ich will dich«, hauchte er wieder und küsste über Philipps Wangen zu seinem Ohr. »Ich will dich.« Allmählich dämmerte ihm, dass Philipp vielleicht nicht verstand, was konkret er damit meinte.

»Ich liebe dich«, erwiderte Philipp im selben trägsinnlichen Tonfall, als wäre es dasselbe, küsste ebenso verlangend Moritz' Kinn und Hals und schlang ihm – welch Herausforderung für die Beherrschung – die Beine um die Hüften.

Wie sollte er es ihm klar machen? Wie benennen? Ficken? Vögeln? Mit ihm *schlafen?* Damals hatten sie es nur *es* genannt. In den vergangenen Jahren hatte Moritz dafür viele Begriffe gehabt, aber keinen, der auch nur annähernd ausdrückte, was er mit Philipp tun wollte. Klar, anatomisch unterschied es sich nicht von den vielen anderen Malen, bei denen er irgendwie stockbesoffen in jemanden hineingeglitten war, aber ...

Er war nie nüchtern dabei gewesen.

Moritz blickte Philipp erstaunt an. Er war kein einziges Mal nüchtern oder wenigstens nur beschwipst gewesen. Er kannte sich beim Sex nur sturzbetrunken, mit Sodbrennen und wie durch einen fetten, nebeligen Schleier hindurch.

»Was ist?«, fragte Philipp und musterte ihn glücklich.

Moritz schluckte schwer. »Ich muss dir etwas sagen.«

Panik huschte in Philipps Gesicht. »Du bleibst aber, oder?« Instinktiv presste er seine Beine fester um Moritz' Hintern und drängte sein Becken fest gegen die empfindlich pulsierende Härte.

»*Natürlich* bleibe ich«, versprach Moritz, seufzte gequält, befreite sich von seinen Schenkeln und rollte sich von ihm runter. Oh, Gott, der Schwanz nahm ihm diese Unterbrechung ganz schön übel. Schmerzhaft bäumte er sich auf. Warum *jetzt?* Warum musste er ausgerechnet *jetzt* damit anfangen? Konnten sie darüber nicht *hinterher* reden?

Sofort kletterte Philipp über Moritz, küsste ihn auf den Mund, das Kinn, den Hals, wie Moritz es zuvor bei ihm gemacht hatte. Küsste ihm die Schulter, rutschte abwärts, saugte an seinen Nippeln. Scheiße, er machte *genau das,* was Moritz vorhin getan hatte. Nicht, dass das schlecht war, aber es bewies Moritz ein weiteres Mal, wie unerfahren Philipp noch immer war. Er machte dort weiter, wo sie vor fünf Jahren aufgehört hatten.

»Warte!«, bat Moritz, hielt ihn an den Schultern fest und zog ihn zu sich hoch.

»Was ist?«

»Ich ... würde gerne mit dir ... f... v... dich ... ähm ...« Verdammt, er stammelte, als wäre er selbst noch der naive Siebzehnjährige. »Dich ... *nehmen.*«

Philipp schluckte. »Okay.«

»*Richtig*«, sagte Moritz sicherheitshalber.

Wortlos streckte sich Philipp zum Nachtkasten, öffnete eine Schublade und begann darin zu wühlen. Moritz wurde der Mund trocken, wie Philipp da bäuchlings vor ihm lag, den festen Hintern in die Luft gestreckt. Alles unter Moritz' Bauchnabel krampfte sich vor Lust zusammen. Er war versucht, das Gesicht zwischen Philipps Backen zu drücken und ...

Philipp hatte gefunden, was er gesucht hatte, setzte sich wieder auf und hielt Kondome und Gleitmittel in der Hand. Hoffentlich nicht die von damals ...

Nein. Das war alles neu.

Einigermaßen perplex blickte Moritz ihn an. »Du hast damit ... gerechnet?«

Philipps Ohren färbten sich rot. Er schüttelte den Kopf, nickte, schüttelte den Kopf. »Vielleicht. Gehofft. Ich ... vielleicht ... ich ...«

»Oh Philipp!« Moritz kippte vor, küsste ihn erst zärtlich keusch, dann öffnete er den Mund und suchte stürmisch seine Zunge. Hatte Philipp all die Jahre *darauf* gewartet? Dass sie es endlich taten? Hatte er in seiner stillen Sehnsucht regelmäßig den Vorrat aufgefrischt, ohne je ... ohne ... oh verdammt! Moritz schlang die Arme um ihn, hob ihn auf seine Schenkel, drückte ihn an sich, küsste ihn, als wollte er ihn für all die vergeudeten Jahre entschädigen.

Sein Schwanz rebellierte, zuckte, so nah an der Erlösung, so nah an der Verheißung, so kurz davor ...

Ein Automatismus setzte sich in Gang, ein hundert Mal zelebriertes Ritual. Moritz' Finger tasteten blind nach den Kondomen, rissen eine Packung auf, und während er Philipps Zunge umspielte, rollte er es routiniert über seine pochende Härte. Ohne den Kuss zu unterbrechen, schnappte er das Gleitmittel, verteilte ein wenig davon auf seiner Erektion, dann packte er Philipp am

Hintern und hob ihn an, um sie vom Bauch zu den Backen zu drücken. Er schob die glitschigen Hände in die Spalte, ertastete den Anus, schob ein Fingerglied hinein und zerrte am Muskel, um ihn hastig für seinen Schwanz zu dehnen. Für die geübten Kerle, mit denen er meistens zu tun gehabt hatte, war das vollkommen ausreichend. Sogar der Mann, der ihn entjungfert hatte, hatte sich nicht mehr Mühe gemacht, als ihn vorher kurz mit dem Daumen wissen zu lassen, was er vorhatte.

Philipp zuckte, stöhnte auf, krallte die Finger in Moritz' Rücken.

Erst jetzt wurde Moritz bewusst, was er da im Begriff war, zu tun. Rasch nahm er die Hände weg und registrierte geschockt, dass er sich bereits direkt vor dem Loch positioniert hatte. Er war nur einen Stoß davon entfernt gewesen, sich in Philipp zu rammen.

Ihm selbst hatte das erste Mal Schmerzen bereitet. Erst der dritte oder vierte Kerl, den er rangelassen hatte, hatte es so gemacht, dass er es auch ein klein wenig hatte genießen können. Aber die Begeisterung mancher Männer, genommen zu werden, hatte er nie entwickelt.

Umso schlimmer, dass er um ein Haar ...

Fast rüde stieß er Philipp von sich runter, sprang aus dem Bett und streifte das Kondom ab. Sein Schwanz bäumte sich empört auf.

»Was ist?«, fragte Philipp verstört. Er hatte eine heftige Latte, was Moritz ein wenig irritierte, gemessen daran, wie ergiebig er eben erst gekommen war und wie rücksichtslos er ihn angefasst hatte.

»Ich ...«, begann Moritz, raufte sich die Haare, marschierte hin und her. Mit ein paar Gläsern Scotch wäre das hier leichter. »Ich hatte Männer«, stieß er hervor, ohne Philipp anzusehen. »*Andere* Männer. *Viele*

Männer.« Verzweifelt rieb er sich übers Gesicht. Ihm war zum Heulen, nicht zuletzt aus Lust. Bei jedem Schritt wippte seine schmerzende Erektion lästig hin und her. »Ich weiß nicht mehr, wie viele ich ...« Er zögerte kurz, wollte es nicht so hart ausdrücken vor Philipp, aber was sollte er *sonst* sagen? Es war doch so. »... gefickt habe.« Er warf einen flüchtigen Blick zu Philipp, der reglos auf dem Bett hockte und ihn anstarrte. »Und ein paar Mal habe ich mich selbst ficken lassen ...« Zerstreut kratzte er sich über den Kopf. »Es war nicht schön ... meistens. Es war ... verzweifelt ... jämmerlich ... meistens war ich sturzbetrunken. Nein. Ich war *immer* sturzbetrunken. Es ist nie um ... Liebe gegangen. Es war mehr wie ... Sport. Oder ... ich weiß nicht ... Essen. Es hat nie etwas bedeutet ... Aber ich *habs* getan. Ich ...« Moritz bemerkte, wie seine Finger zitterten. »Das hier ist *nicht* das erste Mal für mich. Es ist das ... ich weiß nicht ...« Seufzend setzte er sich aufs Bett und verbarg sein Gesicht in den Händen. »Hundertste vielleicht ... Ich hab nicht gewartet. Ich hab ... nicht gewartet.« Moritz' Bauch krampfte sich zusammen. »Ich hab mich kaputtgemacht. Ich *bin* kaputt. Ich hätte dich um ein Haar ... und ich hätte es nicht einmal richtig gemerkt ... genossen ... ich ... Scheiße.« Moritz stand auf und stürzte aus dem Zimmer, eilte ratlos in der Küche auf und ab, und weil er nicht wusste, was sonst tun, kam er doch wieder zurück.

Philipp saß noch immer auf dem Bett. Reglos. Stierte auf das Laken.

»Es tut mir leid«, presste Moritz hervor, lehnte sich mit dem Rücken an den Türrahmen und rutschte daran runter, bis er auf dem Boden hockte. Er stützte die Ellenbogen auf die Knie, krallte die Finger ins Haar, schnaubte verzweifelt. So hatte er sich die Sache nicht vorgestellt, als sie küssend Richtung Schlafzimmer gestolpert waren. So hatte er sich die Sache überhaupt nie vorgestellt. *Wenn* er sich denn diesen Gedanken erlaubt hatte, war es immer schön gewesen. Perfekt. Eine ekstatische Choreografie, sanft und wild zugleich, zärtlich und versaut. Einfach perfekt eben.

Nie hatte er sich vorgestellt, dass er Philipp erst beinahe ... und dann zwei Meter neben dem Bett auf dem Boden hocken würde, um darüber zu jammern, dass er massenhaft unbedeutenden Sex gehabt hatte. Wenn er auch nur ansatzweise geahnt hätte, dass sie jemals an diesen Punkt geraten könnten, dass jemals die Situation eintreten könnte, in der ihm egal war, dass Philipp sein Bruder war ...

Oh verdammt! Was machte er sich vor von wegen kaputt sein? Er wollte seinen Bruder vögeln. Das *war* kaputt, ob er hundert Kerle gehabt hatte oder so jungfräulich war wie Philipp.

»Wie ist es?«, fragte Philipp plötzlich.

»Hm?« Moritz fuhr zu ihm herum.

»Wie fühlt es sich an?«

»Nein, Philipp ...«

»Ist es anders? Mit verschiedenen Männern? Fühlt es sich immer anders an?«

»Philipp ...«, wehrte Moritz ab.

»Ich will es wirklich wissen.« Philipp kletterte übers Bett, um sich Moritz zuzuwenden. Sein Blick war offen und gespannt, keineswegs beleidigt oder sauer. »Ist es immer ... gleich? Oder, na ja, du weißt schon ..., kommt es darauf an, ob einer ... wie einer gebaut ist oder wie er ... es macht?«

»Ich glaube nicht, dass ich mit dir darüber reden will«, meinte Moritz.

»Wieso nicht?«

Aus irgendeinem Grund fühlte sich Moritz plötzlich in das Hotelzimmer zurückversetzt. Als er nicht hatte zugeben wollen, dass er Angst hatte und Philipp verletzt war, weil er ihm nicht vertraute. »Ich will dir nicht wehtun.«

Philipp musterte ihn einen Augenblick, dann rutschte er vom Bett, um sich auf den Boden zu setzen. »Ich werde nie ... solche Erfahrungen sammeln können«, begann er. »Ich werde nie vergleichen können. Nicht so wie du.«

Moritz gab es einen Stich ins Herz. »Philipp ...«

»Es ist okay. Das muss ich nicht. Ich bin froh, wenn ich *überhaupt* jemals ...« Er schluckte. »Aber ich würde es gerne wissen. Ob ich was ... verpasse.«

»Wie kommst du auf die Idee, dass du nie ...« Moritz unterbrach sich. Was redete er denn da? Er hatte doch gar kein Interesse daran, dass Philipp je einen anderen so nah an sich heranließ, wie ihn. Es war nicht dasselbe, ob Moritz im Suff herumvögelte, oder sich Philipp jemandem weit genug öffnete, um mit ihm Sex haben zu können. *Sollte* Philipp je einen anderen an sich heranlassen, dann, weil er ihn liebte, weil es mit Moritz vorbei war.

Und das –

– wollte Moritz auf gar keinen Fall.

»Du verpasst nichts«, sagte er. »Zumindest nicht, wenn du es so machst wie ich.« Es war eigenartig, so mit Philipp zu reden. Überhaupt mit jemandem darüber zu reden, was in ihm konkret vorging. »Die Sache selbst ... ist ... nicht so ... relevant. Also, es ist *schon* relevant, aber nicht so ... wie du es dir vielleicht vorstellst.«

Gespannt hörte ihm Philipp zu.

Moritz löste sich von seinem Platz und krabbelte zu ihm, setzte sich, den Rücken ans Bett gelehnt, neben ihn und nahm seine Hand. »Es ist wichtiger, mit *wem* man es macht, als *was* man macht.«

»Okay«, sagte Philipp aufmerksam.

»Ich habe nie jemanden gut genug kennengelernt, um mehr in ihm zu sehen als ... ähm ... einen Körper mit ... den richtigen Dingen an der richtigen Stelle. So gesehen sind sie alle irgendwie zu einem geworden. Oder ... äh ... zwei ... beziehungsweise waren es eher ... Kategorien.«

Ungebrochen hing Philipp an seinen Lippen.

»Also zum Beispiel die, die *ich* ficke und die, die *mich* ficken.« Moritz blickte Philipp an. »Willst du das *wirklich* hören?«

»Ja«, sagte Philipp leise.

»Okay ... also ... dann gab es die, die ich mit nach Hause nehme, und die, die ich auf gar keinen Fall mit nach Hause nehme, und die ...«

»Warum?«, fragte Philipp.

»Ähm ... das ist schwer zu ... Manche haben etwas an sich ..., etwas ... man möchte sie einfach nicht bei sich zu Hause haben ... man ... äh ... vertraut ihnen nicht.« Aber hat Sex mit ihnen. *Sehr* sympathisch.

»Verstehe.«

Moritz schaute ihn perplex an. »*Das* verstehst du? Ich habe Sex mit Leuten, die ich nicht einmal in die Nähe meiner Wohnung lassen würde, und du *verstehst* das?«

»Ja.«

Moritz runzelte die Stirn.

»Ich stelle mir manchmal vor, mit Leuten, mit denen ich niemals auch nur ein Wort reden könnte ... dass wir nur, du weißt schon ... wortlos ... und das wars.«

»Oha«, machte Moritz.

»Was?«

»Also wenn du *das* willst ...« Moritz musterte Philipp. »... das wäre kein Problem.«

»Nein!«, stieß Philipp sofort aus und wurde blass. »Das ist nur ... eine Idee ..., nicht ... ich will das nicht ...«

»Schon gut, schon gut«, beruhigte ihn Moritz und legte ihm eine Hand um die Schulter. »Ich würde das ohnehin nie zulassen.« Behutsam drückte er ihn an sich und küsste seine Schläfe. »Du gehörst mir.«

Philipp lachte nervös, schmiegte sich an ihn, schaute ihm verlangend in die Augen, dann fanden sich ihre Lippen und für eine Weile wurde es still in der Wohnung, sprachen sie nur über einen langen, innigen Kuss.

Als sie sich lösten, strich Moritz Philipp eine Strähne hinters Ohr. »Stört es dich nicht, dass ich andere hatte?«

Philipp wurde ein wenig rosa. »Im Gegenteil.«

Moritz hob verwundert die Augenbrauen.

»Es macht mich sogar ein bisschen ... an ...« Philipp schluckte und senkte verlegen den Blick. »Dass dich andere berührt haben, dass du Sex mit anderen hattest ...«

Überwältigt sog Moritz Luft durch die Zähne. Philipps Geständnis zupfte ganz ordentlich an dem sich immer wieder aufbäumenden Schwanz. »Das kommt ... äh ... *unerwartet*.«

Philipp legte ihm eine Hand aufs Knie, strich mit den Fingerkuppen talwärts. »Es ist ein bisschen, als würde ich ... auch etwas davon haben«, erklärte er leise, streichelte über die Hoden und umfasste beherzt den Schaft. Ohne den Blick vom Schwanz zu nehmen, rückte er etwas ab, um sich besser über die Erektion neigen zu können.

Stöhnend warf Moritz den Kopf in den Nacken und spreizte einladend die Schenkel. Beherzt leckte ihm

Philipp über die Eichel und schloss seine weichen Lippen darum.

»Oh, Gott, ja«, stieß Moritz aus, bäumte sich auf und krallte die Finger in den Teppich. Wie verflucht geil war es, in Philipps heißen Mund zu gleiten, seine Lippen an seiner Härte zu spüren, von seiner Zunge umspielt zu werden. Er begann zu jammern, als hätte er Schmerzen, und irgendwie hatte er das auch. Die seit Stunden an- und abschwellende Lust quälte sich elend zäh aus ihm heraus, und als er endlich kam, begann Philipp auch noch an ihm zu saugen.

Ein Funke knipste Moritz das Hirn aus. So war er seit Jahren nicht mehr geblasen worden. Oh, verdammt, so hatte es nur Philipp drauf. Nicht, weil er so gut war, sondern weil *er* es war. Weil es eben einen gigantischen Unterschied machte, mit wem man es trieb und wie sehr man ihn liebte. Und vor allem, dass man sich davor nicht mit einer halben Flasche Scotch betäuben musste.

Benommen vor Lust kletterten sie wieder aufs weiche Bett, schlangen Arme und Beine umeinander, hielten sich fest und genossen, dass sie endlich zusammen waren. In tiefen Seufzern sogen sie den Duft des anderen auf, spielten mit den Haaren des Geliebten, zogen die Konturen ihrer Körper nach und registrierten genau alle Veränderungen der letzten fünf Jahre.

Moritz löste sich träge aus der Umarmung und begann Philipp überall zu küssen, erkundete jeden Millimeter mit Lippen, Zunge und Fingerkuppen. Er roch an ihm, knabberte an ihm und presste manchmal einfach nur das Gesicht auf seine warme Haut, um seine Nähe zu genießen.

Wie hatte er sich nur so lange dagegen sträuben können?

Allmählich wurde er wieder hart und die alte Sehnsucht, sich in Philipp zu versenken, kam mit voller Wucht zurück. Er küsste ihm den Bauch, die Brust, schnappte nach seinem Kinn, nach seinen Lippen. Dann schaute er Philipp tief in die Augen und versank in diesem glücklichen, verliebten Funkeln. »Ich will dich«, raunte er, und um klarzustellen, was er meinte, zog er ihm ein Knie zur Brust, streichelte die Unterseite des Schenkels abwärts bis zu jener Stelle, die er erobern wollte, und schob einen Finger hinein.

Philipp keuchte auf, biss überwältigt in die Luft und nickte mit glänzenden Augen.

Oh Gott, allein diese Zustimmung brachte Moritz' Blut zum Kochen. Hastig streifte er ein weiteres Kondom über, verteilte, ohne Philipps Gesicht auch nur einen Moment aus den Augen zu lassen, reichlich Gleitgel auf seinem Glied und zwischen Philipps Backen und weitete den Muskel sanft mit zwei Fingern.

Schließlich setzte er an, doch ehe er in ihn drang, schlang er die Arme um ihn, flüsterte »halt dich an mir fest« und drückte Stirn an Stirn und Nase an Nase. Erst dann erlaubte er sich den so sehr ersehnten Stoß.

Philipp zuckte, japste nach Luft und klammerte sich bebend an Moritz, der sich langsam tiefer schob, immer tiefer, bis seine Leisten gegen Philipps Backen drückten. Zitternd vor Anspannung hielt Moritz inne, streichelte Philipp übers Haar und sah ihm tief in die Augen. »Alles gut? Alles in Ordnung?«

Auf Philipps Haut glänzte ein Schweißfilm. Sein Gesicht war angespannt. Seine Augen groß. Der Mund überwältigt geöffnet. Er atmete stockend, aber er nickte.

»Sicher?«, fragte Moritz.

Wieder nickte Philipp, doch er schien nicht ganz hier zu sein.

»Soll ich aufhören?«, versuchte es Moritz von der anderen Richtung.

Philipp schüttelte den Kopf, stöhnte ein hastiges »Nein.«

»Dann mach ich weiter«, schlug Moritz vor.

»Ja«, hauchte Philipp.

Moritz fing seine Lippen, küsste ihn, ohne sich in ihm zu bewegen, und erst, als Philipp den Kuss mit Elan erwiderte, holte er für den ersten Stoß aus.

Gänsehaut knisterte auf Philipps Körper. Er ächzte in den Kuss, klammerte sich an Moritz, schlang die Beine um ihn und gab sich ihm hin.

Ein paar weitere Stöße beherrschte sich Moritz noch, bewegte sich langsam, vorsichtig, achtete auf jede Reaktion an Philipps Körper, forschte in seinem Blick, doch als er sicher war, dass alles gut war, dass es Philipp gefiel, ließ er die Hemmungen fallen.

Er hatte nicht gewusst, dass man *so* ficken konnte. Was für Energien er dabei freisetzen konnte, wie er sich vergessen konnte, wie sehr er sich treiben lassen konnte, wie befreiend und befriedigend es sein konnte. Noch nie hatte er sich so ausschließlich darauf konzentriert, noch nie war ihm so bewusst gewesen, *was* er tat, *während* er es tat. Er wurde so ausgefüllt von dem Genuss, dass ihm war, als dringe Philipp in *ihn* ein.

So war es also, zu verschmelzen, *eins* zu werden. Es war viel schöner, viel intensiver als er es sich je erträumt hatte.

Sie kamen nur Sekunden hintereinander, Blick in Blick, verzweifelt stöhnend, dann sanken sie schweißgebadet in die Laken, keuchten, befriedigt, glücklich.

Moritz wollte Philipp nie wieder loslassen, drückte ihn fest an sich und bekundete immer und immer wieder: »Ich liebe dich. Ich liebe dich.«

37|Sieg oder Kapitulation

Gegenwart

Moritz zuckte aus dem Schlaf hoch. Ein paar Sekunden war er verwirrt, wusste nicht, wo er war. Er hatte geträumt, dass er und Philipp ...

Nein! Er hatte nicht geträumt.

Philipp lag in seinem Arm, sie waren beide splitternackt, verschwitzt, verklebt, die Laken feucht. Irgendwo neben dem Bett lagen drei oder vier gebrauchte Kondome verstreut. Ein bisschen tat Moritz Philipps Arsch leid, aber kaum hatten sie sich halbwegs erholt, hatten sie es wieder und wieder tun müssen. Einmal hatte Moritz sogar angeboten, die Rollen zu tauschen, obwohl er es nicht so gerne mochte, penetriert zu werden. Beziehungsweise hatte er es bisher nur über sich ergehen lassen, wenn der andere ein überzeugend dominanter Kerl war, der genau wusste, was er tat – und das war Philipp beileibe nicht. Aber er hätte es zugelassen. Weil er mit Philipp immer und immer wieder verschmelzen wollte, nicht aber seinen Arsch wund vögeln. Immerhin wollte er es auch noch nachts mit ihm treiben, und morgen früh, und bevor sie zu Mutters Geburtstagsfeier gingen.

Aber Philipp meinte beim letzten Mal »beim nächsten Mal« und danach waren sie einfach weggepennt.

Noch einmal Glück gehabt. Nein. Nein, so dachte Moritz nicht wirklich. Eigentlich freute er sich sogar schon darauf, Philipps Gesicht zu sehen, wenn er die Erfahrung aus dieser Perspektive machte. Vielleicht war es ja gar nicht so unangenehm mit ihm. Immerhin schien auch Philipp jetzt zu den Männern zu gehören, die es liebten, genommen zu werden. Also musste da doch was dran sein. Und wenn es auch nur annähernd so gut war, von ihm gevögelt zu werden, wie ihn zu vögeln, war es vielleicht wirklich etwas, das Moritz noch begeistern konnte.

Aber jetzt musste er pinkeln und dringend etwas trinken. Ihm klebte die Zunge am Gaumen. Andererseits wollte er Philipp nicht loslassen. Er betrachtete ihn im Schlaf, strich ihm Strähnen aus dem Gesicht, befühlte die Stoppeln auf seinen Wangen. Herrgott war der Kerl schön und süß und toll und einfach ... alles. Wie hatte er sich je mit irgendetwas anderem zufriedengeben können?

Wobei ... *zufrieden* ... Das war er ja nicht einmal ansatzweise gewesen.

Jetzt war er es.

Er war ... glücklich. Richtig, richtig glücklich.

Probeweise holte er den Gedanken hoch, dass Philipp sein Bruder war. Änderte nichts. Er musterte ihn, dachte: Bruder, Bruder, Halbbruder, Halbbruder, aber nichts. Es jagte ihm keinen Schrecken mehr ein. Es änderte nichts an seinen Gefühlen. Es war ihm ... egal.

Wie war das passiert? Und vor allem wann? Noch gestern ... noch heute Vormittag hatte er ganz anders gedacht. Vielleicht war das Vaters Verdienst. Dieser impertinente Versuch, ihn zu kaufen, dieser bescheuerte Spruch, ohne Philipp wäre er besser dran. Wäre er nicht. Im Gegenteil. Sollte es ein Paralleluniversum geben, in dem er Philipp nie begegnet war, wäre es trist, öd, fahl.

Gott, wie sehr hasste er seinen Vater dafür, dass er behauptet hatte, Philipps Leben wäre nicht lebenswert.

Niemals wollte er so enden wie Vater. Niemals wollte er jemandem erzählen müssen, es spiele keine Rolle, mit wem man das Leben verbrachte. Denn – verdammt – es *spielte* eine Rolle. Mit niemand anderem wollte Moritz Arm in Arm im postkoitalen Koma liegen und darauf warten, dass ihm die Nieren explodierten, als mit Philipp.

Moritz schaute sich um. Hier also würde er ab jetzt leben. Das hier war nun sein Zuhause. Das Loft konnte sich Vater sonst wohin schieben. Sein Geld auch. Moritz würde Armins Angebot annehmen, mit Philipp zusammen sein und es darauf ankommen lassen, dass Vater seine Ehe seinetwegen zerstörte. Das hatte er doch ohnehin schon vor langer Zeit getan.

Vielleicht war es der Kinnhaken.

Vielleicht lag es daran, dass er Vater endlich einmal saftig Kontra gegeben hatte. Dass er sich ihm widersetzt und sich selbst bewiesen hatte, dass er keinerlei Macht über ihn hatte, weswegen Moritz plötzlich so hemmungslos zu Philipp stehen konnte. Vielleicht hatte er sich damit befreit.

Moritz schluckte. Er musste daran denken, wie er ihn in Vaters furchtsamen Blick Philipp entdeckt hatte.

Sollte er es wagen?

Wollte er es wagen?

Er atmete tief durch, sammelte sich, dann betrachtete er Philipp und suchte ... suchte, was er niemals finden wollte. Doch. Ja. Es *gab* Ähnlichkeiten. Aber irgendwie nahm Moritz sie umgekehrt wahr. Nicht Philipp sah Vater ähnlich, sondern der Vater Philipp. Und das bedeutete, dass der Vater ein Scheißglück hatte, denn Moritz war nur zu bereit, ihn Scheiße fressen zu lassen. Aber er würde darauf verzichten. Philipp zuliebe. Weil er auch sein Vater war, und weil er seinem Vater Philipp verdankte.

Oh, das war immer noch krank.

Moritz musste jetzt aber schon wirklich, wirklich, wirklich dringend pinkeln. Vorsichtig zog er den Arm unter Philipps Nacken hervor und drückte ihm kleine Küsse auf die Schläfe, als er im Schlaf leise stöhnte. Dann schwang er sich sachte aus dem Bett und eilte ins Bad.

Im letzten Augenblick.

Was er im Spiegel sah, gefiel ihm. Er wirkte glatt, weich, gelöst ... richtig gutaussehend. Okay, er wusste, dass er nicht schlecht aussah, hatten ihm genug Männer gesagt, auch Frauen, aber selbst gesehen hatte er es nie. Jetzt aber konnte er es sehen. Er wirkte so anders ... Konnte das nur daran liegen, dass er den Kampf aufgegeben hatte?

Hatte er kapituliert oder gesiegt?

Spielte es eine Rolle? Nur wenige Meter entfernt schlummerte der schönste, liebenswerteste Kerl unter der Sonne und war ihm verfallen, und er war ihm verfallen. Was spielte sonst noch *irgendeine* Rolle?

Eben.

Moritz tappte in die Küche, befüllte ein Glas mit Wasser, trank. Noch eines, trank. Er kippte ganze vier Gläser runter und schnupperte unter seinen Achseln. Er brauchte dringend eine Dusche.

Nein. Brauchte er nicht. Sie waren noch *lange* nicht fertig.

Lächelnd marschierte er wieder ins Zimmer zurück, wo Philipp nach wie vor döste. In der Nacht, in der Moritz bei Armin den Rausch ausgeschlafen hatte, hatte Philipp seinen Rucksack ins Bett geholt und ihn während des Schlafs umklammert. Das hatte er Moritz einfach so erzählt. Er schämte sich wirklich für gar nichts, der süße Kerl.

Und er fand auch noch geil, dass Moritz Erfahrung aus dem Exil mitbrachte. Konnte man das fassen? Womit hatte er das verdient? Okay, es hatte einen Preis. Irgendwann würden die Leute herausfinden, dass sie Brüder waren – kein Geheimnis währte ewig, aber bis dahin ...

Moritz krabbelte auf Philipp zu und küsste ihn vorsichtig auf den Mund.

»Mhnmmn«, murmelte Philipp, streckte sich und schlug die Augen auf.

Dieses Lächeln, als er Moritz sah!

Dieses Strahlen!

Dafür konnte man Welten in Brand stecken!

Philipp streckte die Arme aus, schlang sie um Moritz' Hals und zog ihn an sich. »Wie lange haben wir geschlafen?«

»Kommt darauf an.«

»Worauf?«

»Es ist neunzehn Uhr dreißig. Rechne es dir aus.«

Philipp begann breit zu grinsen. »Dann haben wir noch die ganze Nacht vor uns.«

»Und den morgigen Tag und den Tag darauf ... nächste Woche, nächsten Monat ... nächstes Jahr ...«

»Du bleibst wirklich, ja?«, fragte Philipp und schielte Moritz glücklich an.

»Bis du mich satthast. Und dann bleibe ich trotzdem. Nur um dich zu ärgern.«

Philipp lachte. »Ich werde dich *nie* satthaben.«

»Oh, wenn ich erst einmal alt und fett und grummelig bin.«

»Dann bin ich auch alt und fett und grummelig.«

»Du? *Niemals.* Du bleibst immer wunderschön«, hauchte Moritz und fing Philipps Lippen für einen Kuss. Schnell wurde er inniger. Die Leidenschaft entfachte erneut, sie wurden hart, gierig, schlangen Arme und Beine umeinander, rieben ihre Erektionen aneinander, schnurrten und stöhnten und wälzten sich im Bett herum ...

Plötzlich riss Philipp die Augen auf, ruckte zurück und plumpste mit dem Hintern voran aus dem Bett. »Papa!«

Moritz fuhr herum.

Der Vater stand in der Tür. Ein Blick wie ein Todesstern. Das Haar stand ihm zu Berge, die Unterlippe war geschwollen.

Sofort sprang Moritz aus dem Bett, ungeachtet seiner Nacktheit, ungeachtet seiner Erektion, ballte die Fäuste und stellte sich kampfbereit hin. »Na los! Komm her! Versuch uns auseinanderzubringen.«

Instinktiv machte der Vater einen Schritt rückwärts, sein Blick wurde noch finsterer. »Das ...«, knurrte er, seine Stimme vibrierte vor Hass, er stieß mit seinem vor Anspannung zitternden Zeigefinger in die Luft. »Das ... wird ein Nachspiel haben. Glaubt ja nicht, dass ihr *damit* durchkommt! Ich habs dir geschworen, Moritz, ich hab es dir geschworen.« Dann drehte er sich um und stapfte davon.

Die Haustür knallte gleich zweimal auf und zu, dann startete der Motor des Kastenwagens und der Vater brauste davon.

»Was denkst du, hat er jetzt vor?«, fragte Philipp leise.

»Nichts«, knurrte Moritz und blieb noch eine Weile alarmiert stehen, ehe er sich umdrehte, wieder ins Bett kam und Philipp an sich zog.

Die Lust war ihnen vergangen.

»Wie wichtig ist dir die Zusammenarbeit mit meiner Mutter«, fragte Moritz schließlich, den Blick an die Zimmerdecke geheftet.

»Du denkst, er sagt es ihr?«, fragte Philipp.

»Ich glaube nicht. Aber *wenn* ...«

»Oh.«

»Wir müssen vielleicht raus aus dem Haus«, überlegte Moritz weiter. »Und meine Teilhabe an Armins Geschäft ... Schwer zu sagen, auf wessen Seite er stehen wird.« Er bemühte ein schiefes Grinsen. »Immerhin bist du nicht Melanie, also ... vielleicht ist es ihm ja egal.«

»Und wenn nicht?«, fragte Philipp vorsichtig.

»Wir finden schon einen Weg.« Moritz küsste Philipp auf die Schläfe. »Gemeinsam.«

38|Hmhmhmhm

Gegenwart

Philipp lief in der Küche auf und ab. Er hatte sein Haar im Nacken zusammengebunden und trug eines seiner weiten mittelalterlich angehauchten Hemden. Es hatte einen V-Ausschnitt und war über der Brust geschnürt. Oh, Moritz liebte es, wie er seinen schönen Hals präsentierte – und diese langen, geilen Beine in diesen engen schwarzen Jeans ...

Er selbst trug ebenfalls ein Hemd, das allerdings ein wenig knapp saß und seinen muskulösen Körper betonte. Etwas Schickes, das nicht darauf ausgelegt war, jemanden flachzulegen, hatte er nicht. Philipp war ein wenig wuschig geworden, als er damit aus dem Bad gekommen war, aber seine Nervosität überschattete die Geilheit.

Vaters Besuch gestern Abend hatte die Leidenschaft fürs Erste gelöscht. An ihre Stelle war die Angst vor heute getreten. Würde der Vater Mutters Geburtstagsfeier nutzen, um sie und sich selbst zu denunzieren? Oder würde er die Beine stillhalten, wie Moritz vermutete.

Philipp drückte hastig Beruhigungstabletten aus einer Blisterpackung und schluckte sie mit etwas Wasser runter. Die Hand mit dem Glas zitterte, die Knöchel seiner Finger traten weiß hervor. Als er es abstellte, rutschte es ihm davon und schlug – immerhin ohne zu zerbrechen – auf die Arbeitsfläche. Dennoch zuckte er heftig zusammen.

Moritz kam auf ihn zu, schlang von hinten die Arme um ihn und küsste ihn auf den Hals. »Hey, mach dir keine Sorgen.«

Mmm, seine Vorliebe für fließende Stoffe und halsfreie Schnitte war wahrlich berückend. Moritz öffnete den Mund und begann an Philipps Hals abwärts zu knabbern, während er mit den Händen unter den Saum des Hemdes fuhr und über den warmen Bauch strich. Ginge es nach ihm, könnten sie noch eine schnelle Nummer schieben, ehe sie losfuhren, aber Philipp schrammte seit Stunden an einer Panikattacke entlang. Immerhin ließ er sich durch ein wenig Fummeln ablenken und beruhigte sich etwas – wenn auch nur für Augenblicke.

Auch jetzt lehnte er sich mit einem leisen Stöhnen gegen Moritz und neigte den Kopf, damit er mit den Lippen besser zum Hals hinkam. Aber einen Atemzug später wurde er schon wieder zappelig. Moritz zog die Hände unter dem Hemd hervor, drehte Philipp zu sich herum und schlang die Arme um ihn. »Komm her. Alles wird gut.«

Es war nicht nur Vaters mögliche Rache, die Philipp so fertigmachte, sondern die Feier im Allgemeinen und die Tatsache, dass sie gemeinsam auftauchten und wahrscheinlich ein Coming-out vor sich hatten. Dafür war Philipp eigentlich ziemlich gelassen.

Immerhin wusste die Mutter bereits, dass es schwul war. Ob sie es bei Moritz wusste – schwer zu sagen. Vielleicht zählte sie ja eins und eins zusammen. Sie hatte ihn nie wegen einer Freundin gelöchert. Den einzigen Trip in diese Richtung hatte Moritz beim Sektempfang im Wohnzimmer gewittert, aber nachdem Armin ihn immer noch lieber töten würde, als ihm seine Tochter zu geben …

Diese Geste gestern, als die Mutter Philipps Hand genommen und Moritz gebeten hatte, zu bleiben, ging Moritz nicht mehr aus dem Kopf. Ahnte sie, was zwischen ihnen war? War sie deswegen auf einmal so schnell abgehauen, nachdem sie zuvor eine Stunde lang ohne Zeitdruck hier herumgesessen und von Kunst gelabert hatte? Vielleicht hatte sie ja bemerkt, dass sich Moritz und Philipp jeden Moment anspringen würden.

Aber sie wusste nicht, wer Philipp war.

»Lass uns fahren«, sagte Moritz, gab Philipp einen Kuss und löste die Umarmung.

Als Moritz den Wagen vor dem Elternhaus parkte, registrierte er Armins silbernen Sportwagen ein paar Autos weiter. Dass er auch geladen war, hatten weder die Mutter noch er selbst noch Vater gesagt.

»Was ist?«, fragte Philipp.

»Hm?«

»Du machst die ganze Zeit *hmhmhmhm*.«

»Ich frage mich nur, seit wann Armin dauernd bei meinen Eltern herumhängt. Er wäre früher nicht einmal durch diese Gasse gefahren, ohne zu fürchten, dass ihm Vater mit einem Rechen den Lack zerkratzt.«

»Wirklich?«

»Und er *hätte* ihm den Lack zerkratzt.«

»Vielleicht ist er hier, weil er dich überzeugen will«, mutmaßte Philipp.

Moritz zischte belustigt. »Und warum sollte *mein Vater* da mitspielen? ... *Unser* Vater ... verdammt ... wie das klingt.«

»Ich würde dich jetzt gerne küssen«, sagte Philipp leise.

Moritz fuhr zu ihm herum. »Was? *Hier?*« Nicht, dass er ein Problem damit hatte, aber in Gegenwart anderer

Leute hatte sich Philipp bisher nie auch nur ansatzweise genug öffnen können, um Zuneigung einzufordern.

»Ja.«

»Ist das ... ähm ... nur eine verruchte Fantasie, oder willst du, dass ich dich wirklich ...«

»Wirklich«, sagte Philipp, blickte Moritz mit großen Augen an und schnappte nach Luft.

Das ließ sich Moritz nicht zweimal sagen – oder, warum eigentlich nicht? – und neigte sich zu Philipp. Die Lippen so nah, dass sich ihre Nasen berührten, hauchte er: »Sag es noch mal.«

»Ich will dich jetzt gerne küssen«, flüsterte Philipp.

»Dann tus.« Moritz schielte Philipp aus dieser Nähe herausfordernd an, dann spürte er schon diese geliebten, weichen Lippen. Überwältigt stöhnte er auf und wurde schneller hart, als er bis drei zählen konnte. Im Auto vor dem Elternhaus knutschen. War das nicht so ein klischeehaftes Teenagerding? Scheiß drauf, Moritz *liebte* es. Minutenlang erforschten sie den Mund des anderen und tauschten den Geschmack, bis ihre Herzen im gleichen Takt schlugen.

Als sie sich lösten, war Moritz nervöser als zuvor.

Philipp viel entspannter.

Sie waren gleichauf.

»Okay«, krächzte Moritz und prüfte mit einem flinken Griff, ob seine Erektion nicht zu verräterisch war. »Lass uns reingehen.«

Als sie den Garten betraten, hätte Moritz Philipp am liebsten an der Hand genommen. Rund vierzig Leute, die sich ziemlich zurechtgemacht hatten, standen in Grüppchen beisammen, hatten Sektgläser in der Hand und betrieben Small Talk. Die meisten waren Kunden aus Mutters Laden, Künstler, deren Werke sie verkaufte, ein paar Nachbarn, ein paar langjährige Freundinnen und ein paar Leute aus Mutters Familie. Onkel Richard, Tante Mona, Katja, eine Cousine, Simon, ein Cousin und noch ein paar, deren Verwandtschaftsgrad Moritz nicht genau kannte und die er seit über fünf Jahren nicht mehr gesehen hatte.

Bald würde es sehr unangenehm werden. In diesem Moment verstand Moritz verdammt gut, wie sich Philipp in Gegenwart anderer Menschen fühlte. Oder zumindest hatte er jetzt eine bessere Ahnung davon. Er hatte immerhin keine Beruhigungsmittel gebraucht, um es hieher zu schaffen, auch wenn er jetzt kurz davor war, Philipp zu fragen, ob er nicht doch welche für ihn dabei hatte.

Da entdeckte ihn auch schon die Mutter, warf die Hand in die Luft und jubelte: »Juhuuu Moizilein!«

»Gott, steh mir bei«, murmelte Moritz und drehte sich kurz zu Philipp um. »Geht es?«

Philipp nickte.

»Wenn du willst, warte im Wohnzimmer, ich komm dann ...«

»Ich bleib bei dir«, sagte Philipp entschlossen, die Lippen zu einem Strich gepresst, die Schultern hochgezogen.

So hatte Moritz ihn schon lange nicht mehr gesehen. Es gab ihm einen Stich im Bauch. »Du musst nicht.«

»Ich will aber.«

Moritz blickte zwischen ihnen runter und streckte unauffällig einladend die Finger aus.

»Vielleicht ... noch nicht ...«, presste Philipp hervor.

Da war auch schon Mutter bei ihnen, die halbe Verwandtschaft im Schlepptau, und für Minuten hieß es nur: »Du bist ja so groß geworden.« »Mein Gott, wie die Zeit vergeht.« »Hilfst du Papa im Geschäft?«

Geduldig ließ Moritz den Überfall über sich ergehen und wehrte ihn mit knappen Antworten ab. Immer wieder glitten aufmerksame Blicke zwischen ihm und Philipp hin und her. Ja, er ist *auch* Familie, dachte Moritz bitter.

»Und das ist Philipp«, flötete die Mutter und erklärte, dass jeder bereits eines seiner Bilder in seinem Wohnzimmer hängen hatte, und dass sie ihn bloß nicht bedrängen sollten, denn er wäre eine dieser *scheuen Künstlerseelen*, die sich nicht gern in der Öffentlichkeit blicken ließen.

Philipp rang sich ein höfliches Lächeln ab, doch seine Lippen waren völlig verschwunden, so fest presste er sie zusammen. Mit jedem Wort, das Mutter über ihn und seine Kunst verlor, zog er seine Schultern ein bisschen höher.

»Wir holen uns was zu trinken«, sagte Moritz rasch und bugsierte Philipp aus der Gefahrenzone.

»Danke«, flüsterte Philipp, als sie am Tisch mit den Getränken ankamen, und pflückte sich etwas Alkoholfreies heraus, während Moritz zielsicher zum stärksten Drink griff, den er finden konnte, und in einem Schluck runterkippte.

»Hai.« Melanie stakste herbei und schaute breit grinsend zwischen Moritz und Philipp hin und her. »Krise überwunden?«, fragte sie Moritz mit einem Augenzwinkern.

Rasch wechselte er mit Philipp einen Blick und spürte, wie er rot anlief.

Melanie neigte sich an Moritz' Ohr und flüsterte: »Ich beneide dich.«

In dem Moment kam Armin herbei und schaute düster zwischen Melanie und Moritz hin und her. Dann setzte er ein breites Grinsen auf. »Und? Schon über das Angebot nachgedacht?«

Moritz nickte. »Ich komme am Montag vorbei, wenn das Okay ist.«

»Immer. Jederzeit«, rief Armin überschwänglich und breitete großzügig die Arme aus. Die halbe Partygesellschaft drehte sich nach ihm um. Er genoss es sichtlich, im Mittelpunkt zu stehen, und prüfte mit einem raschen Blick, wessen Bewunderung er geerntet hatte. Dann musterte er Philipp von Kopf bis Fuß, Moritz von Kopf bis Fuß, wieder Philipp, blickte hin und her und begann breit zu grinsen. »Der Herr Zisser also«, sagte er zu Moritz und zwinkerte. »Hätte ich mir irgendwie denken können.«

Oh, Herr im Himmel! Moritz vermied es, zu Philipp zu blicken, um nicht verräterisch zu wirken, dann kam ihm, dass es verräterisch wirkte, wenn er ihn jetzt ignorierte, schaute ihn an, bekam einen Stich im Bauch und sein Gesicht begann heiß zu pulsieren. Verlegen fuhr er sich durchs Haar und tat so, als wollte er sich einen weiteren Drink aussuchen.

»Schon in Ordnung«, meinte Armin gönnerhaft.

»*Was* ist in Ordnung?«, fragte die Mutter, stellte ihr leeres Glas ab und schenkte sich nach. Ihr Blick wanderte zwischen Armin, Melanie, Philipp und Moritz hin und her. »Gibt es was?«

»Nein, nein«, flötete Melanie, zuckte mit den Schultern und schlenderte davon, langsam genug und nicht weit genug, um noch mithören zu können.

»Hast du ihm gesagt, dass du das Angebot annimmst?«, fragte die Mutter Moritz.

»Oho«, machte Armin und zog die Brauen hoch.

»Kein Wort vor Wolfgang«, zischte die Mutter. Ihr Blick fiel auf das Glas Limonade in Philipps Hand. »Kein

Sekt? Ach so ... ah ... Entschuldigung, hab nicht daran gedacht.«

»Schwere Nacht gehabt, was, ha ha ha«, lachte Armin. »Mein Hübscher hier weiß auch, wie man feiert, was?« Lachend klapste er Moritz auf die Schulter, dann winkte er ab und wandte sich zum Gehen. »Hey«, rief er, als er sich bereits ein paar Schritte entfernt hatte, drehte sich dynamisch herum, schnippte mit den Fingern und zeigte auf Moritz. »Montag, neun Uhr. Büro.«

Moritz nickte, dann stolzierte Armin davon, den Kopf nach dem nächsten Publikum gereckt.

Im Augenwinkel bemerkte Moritz, dass Philipp ihn eigenartig anstarrte. »Was ist?«, fragte er und warf seiner Mutter einen verlegenen Blick zu.

Philipp neigte sich so nah zu ihm, dass sich fast ihre Schläfen berührten, und fragte: »Ist er ... auch ...?«

Moritz runzelte die Stirn. »Auch *was?*« Dann fiel der Groschen. »Nein ... er ist nur eine Nervensäge.«

»Moizi!«, zischte die Mutter.

»Ist doch wahr.«

»So redet man nicht über seinen zukünftigen Geschäftspartner!«

»Ach was, für ihn ist das eine Auszeichnung. Für ihn ist *alles* eine Auszeichnung.«

Die Mutter schüttelte tadelnd den Kopf, dann registrierte sie, dass sich Philipps und Moritz' Handrücken berührten ...

Moritz zuckte zurück, doch Philipp streckte flink den kleinen Finger aus und hakte sich bei ihm ein. Verwundert fuhr Moritz zu ihm herum. Philipps Mundwinkel zuckten für ein scheues Lächeln, seine Augen funkelten verliebt. Aufgeregt schaute Moritz zu seiner Mutter. Sie schmunzelte, warf ihnen einen wissenden Blick zu und marschierte wortlos davon.

Moritz wurden die Knie weich. Sein Bauch spielte Schleudergang. Sein Herz hämmerte wie verrückt. »Sie ... weiß es«, faselte er.

Philipp fing seinen Blick auf, lächelte zuckersüß und drückte den Finger.

»Herr Zisser?«

Erschrocken fuhr Philipp herum. Einer von Mutters Kunden stellte sich ihm vor und begann, über seine Bilder zu sprechen. Philipp verspannte sich, aber er nickte, lächelte, die Lippen zu einem Strich gepresst und schaffte es irgendwie, einen Small Talk zu führen, ohne ein einziges Wort zu sagen. Nach einigen Minuten marschierte der Kunde zufrieden davon und gesellte sich zu einer Gruppe, die sich geschlossen unauffällig zu Philipp umdrehte.

»Wow«, bemerkte Moritz. »Also für die Vernissage bist du schon mal fit.«

»Die meisten wollen sich nur selbst reden hören, die merken gar nicht, wenn man nichts sagt«, erklärte Philipp und strahlte Moritz an. »Hat mir deine Mutter beigebracht.«

»Scheint zu klappen. Sollte ich auch mal versuchen.«

Wieder trat Philipp so nahe an Moritz heran, dass sich ihre Arme berührten, und flüsterte: »Ich liebe dich.«

Moritz' Herz setzte für einen Schlag aus, rumpelte dann umso schneller drauflos. Ein Liebesgeständnis in Gegenwart von vierzig Leuten? *Das* war definitiv eine neue Seite an Philipp.

»Ich dich auch«, flüsterte Moritz, dann entdeckte er Vater. Er kam gerade aus dem Haus. »Oh-oh.«

Der Vater trug seinen feinen Anzug und hatte sein Haar zurückgegelt. Als er die allgemeine Aufmerksamkeit bemerkte, strich er über die Krawatte, nickte zum Gruß und eilte zur Mutter, um die Verwandten zu begrüßen.

»Einfach cool bleiben«, schlug Moritz vor und war alles andere als cool. Rasch griff er nach einem weiteren Drink und kippte ihn mit einem Schluck runter. Aus dem Augenwinkel beobachtete er, wie die Mutter etwas sagte und sich prompt die Köpfe der Verwandten zu ihnen herumdrehten. Vaters Blick verfinsterte sich. Er löste sich aus der Unterhaltung und stapfte über die Wiese herbei.

Scheiße.

»Ihr bindet es also schon jedem auf die Nase?«, knurrte er.

»Lass uns in Ruhe«, fuhr Moritz ihn an.

»Wisst ihr, wie man das nennt, was ihr da treibt?«, fragte der Vater verächtlich. »Blutschande. Inzest. Das ist kriminell!«

Moritz schluckte. Vor langer Zeit hatte er mal im Internet recherchiert, ob man ihm anlasten konnte, was er damals mit Philipp getrieben hatte, aber zu homosexuellen Geschwistern waren die Angaben immer irgendwie uneindeutig gewesen. Betroffen blickte er zu Philipp, der mit dem Kiefer mahlte – nicht aus Unsicherheit, sondern entschlossen, verärgert.

»Himmel, ihr seid *Brüder!*«, zischte der Vater. »Ekelt euch denn gar nicht vor euch selbst?« Er rang mit den Händen. »Ist euch überhaupt nichts heilig?«

Moritz packte Philipps Hand – der den Griff sofort kräftig erwiderte – machte die Brust breit und hob energisch das Kinn. »*Er* ... ist mir heilig.« Philipp nickte trotzig zustimmend.

»Oh Gott«, stöhnte der Vater und verdrehte die Augen. »Das darf doch nicht wahr sein.«

»Was ist denn los?«, fragte die Mutter, die plötzlich hinter Moritz und Philipp stand.

»Ich weiß nicht«, sagte Moritz hart und funkelte den Vater herausfordernd an.

Der Vater erwiderte den Blick gereizt. Sekundenlang starrten sie sich erbittert an – ein schweigsames Kräftemessen. Dann wandte sich der Vater an die Mutter. »Susanne ... wir müssen reden.« Er drängte sich zwischen Moritz und Philipp, sodass sie sich loslassen mussten, legte der Mutter eine Hand zwischen die Schulterblätter und schob sie Richtung Haus. Im Weggehen warf er Moritz über die Schulter einen triumphierenden Blick zu.

Scheiße.

Philipp schluckte. »Denkst du, er sagt es ihr?«

»Nein«, behauptete Moritz. »Er blufft.«

»Bist du dir sicher?«

»Er hat mir das Geschäft, dreihunderttausend Euro und das Loft angeboten, um seine Ehe zu retten. Und damit ich die Finger von dir lasse. Er wird den Teufel tun, ihr eine Sache zu gestehen die dreiundzwanzig Jahre zurückliegt.«

»Was?« Philipp starrte Moritz fassungslos an. »Er hat *was?*«

»Hm?«

»Er hat dir all das angeboten, damit du dich von mir fernhältst?«

»Das spielt keine Rolle«, knurrte Moritz. »Das Angebot war inakzeptabel.«

Im nächsten Augenblick landeten weiche Lippen auf seinem Mund. Philipp schlang die Arme um ihn und eroberte ihn gierig mit der Zunge.

Okay, dachte Moritz, legte Philipp behutsam die Hände auf die Taille und schielte an ihm vorbei in rund vierzig neugierige Gesichter, ich denke, jetzt sind wir out. Aufgeregt schloss er die Augen, versuchte das Publikum auszublenden und nur noch Philipp zu spüren. Er roch seinen Duft, fühlte seinen warmen Körper, schlang die Arme um ihn und vergrub das Gesicht an seinem Hals. Er wollte nie wieder die Augen öffnen, wollte für immer an Philipp geschmiegt stehen bleiben, oder zumindest so lange, bis die Party vorbei und alle Gäste gegangen waren.

Doch dann spürte er, wie sich die Stimmung veränderte. Es wurde stiller. Kälter. Erst dachte er, das wäre ihretwegen, doch als er blinzelte, sah er, dass alle Gäste zum Haus blickten.

Hinter der Terrassentür im Wohnzimmer braute sich ein Gewitter zusammen. Die Mutter lief auf und ab, griff sich an den Kopf, an die Brust, fuchtelte wütend mit den Armen. Der Vater gestikulierte zwar ebenfalls wild, aber eher devot, wobei er mit einer Hand immer wieder hinaus zu Moritz und Philipp zeigte. Durch die Glastüren drang Mutters Stimme. Das meiste war unverständlich, aber Worte wie »Schwein« und »elendes Schwein« und »du elendes Schwein« polterten heraus bis zu den Gästen.

Moritz wurden die Knie weich. »Scheiße.«

Die Mutter stürzte aus dem Haus, knallte die Terrassentür so heftig hinter sich zu, dass es ein Wunder war, dass sie nicht zersplitterte, und wirkte einen Moment überrascht, dass der Garten voller Gäste war. Ratlos legte sie sich eine Hand auf die Stirn, schaute sich um und entdeckte Moritz und Philipp. Wutschnaubend stapfte sie auf sie zu, die Fäuste geballt, die Haare vor Zorn zerzaust.

Instinktiv stellte sich Moritz vor Philipp.

»Keine Sorge«, knurrte sie Philipp an. »Ich tu dir schon nichts.« Dann schnappte sie Moritz' Hand. »Mitkommen!«

»Mama ... ich ...«, begann Moritz, warf Philipp einen entschuldigenden Blick zu und ließ sich von ihr vor dem versammelten Publikum durch den halben Garten zerren.

Zögernd, mit etwas Abstand, folgte ihnen Philipp.

Als sie außer Blickweite von der Partygesellschaft waren, riss die Mutter Moritz herum und funkelte ihn wütend an. »Du hast davon gewusst?«

»Ich ... nicht als wir ... wir waren schon zusammen, als wir ...« Oh, verdammt.

»Du weißt es seit *fünf Jahren?*«, herrschte sie ihn an.

»Ich habe *versucht,* zu widerstehen ... aber ...« Moritz kamen die Tränen. »Ich liebe ihn, ich kann dagegen nichts machen.«

»Du weißt seit *fünf Jahren* davon und sagst mir nichts?« Ihr Blick huschte an Moritz vorbei zu Philipp. »Und du? Kein Wort? Nach all dem, was ich für dich getan habe?«

Philipp presste die Lippen zu einem Strich. Auf seiner Stirn entstand die tiefe Furche.

»Ich weiß, es ist nicht ... richtig«, presste Moritz unter Tränen hervor. »Moralisch ... aber *hier drin* ist es richtig.« Er schlug sich gegen die Brust. »Wir sind genau so Opfer wie du. Wir haben nicht gewusst, dass wir Brüder sind.«

Die Mutter runzelte die Stirn, blickte zwischen Moritz und Philipp hin und her, dann klappte sie den Mund auf und verdrehte die Augen. »Oh Gott ... oh ... oh Gott!« Sie griff sich an die Stirn, machte eine halbe Umdrehung und eilte ein paar Schritte weiter, um sich auf eine Gartenbank zu setzen. »Ach du liebe Güte.«

Mit verschwommenem Blick schaute Moritz zu, wie sie ihr Gesicht in den Händen verbarg, den Kopf schüttelte, und zu heulen begann.

»Mama.« Betroffen kam er auf sie zu. »Bitte bestraf Philipp nicht dafür.«

»Was?« Entnervt blickte sie zu ihm hoch. »*Was* willst du?«

»Philipp ... Er brauchte das Atelier, das Haus, die Vernissage ... all das ... lass es an mir aus, nicht an ihm. Okay?«

Verstört schaute die Mutter zwischen Moritz und Philipp hin und her. »Meinetwegen«, knurrte sie ungehalten und fuchtelte mit den Händen. »Lasst mich in Ruhe! Alle beide. Haut ab! Sagt Papa, er soll die Gäste heimschicken. Ich will niemanden mehr sehen.«

»Es tut mir leid«, jammerte Moritz. »Ausgerechnet heute, an deinem ...«

»Geh einfach!«, fuhr sie ihn an. »Und nimm Philipp mit.«

Ratlos blieb Moritz stehen, wollte etwas sagen, dann schnaubte er, drehte sich um und eilte an Philipp vorbei Richtung Haus. Kaum war er an ihm vorbei, hielt er inne, machte einen Schritt zurück und packte ihn an der Hand.

»Was ist los?«, fragte Armin, der ihnen wie ein alarmierter Pfau entgegenstolzierte.

»Sie und Papa haben gestritten«, erklärte Moritz ungeduldig, ohne stehen zu bleiben. Als er registrierte, dass sich Armin zu ihr auf den Weg machte, rief er ihm nach: »Sie will jetzt alleine sein.«

39|Halb Glück – halb Wehmut

Gegenwart

Pliep-Pliep-Pliep.

Träge drehte sich Moritz herum und schaltete im Halbschlaf den Wecker aus. Ein paar Sekunden blieb er wie erschlagen liegen. Sekunden, in denen er wieder in seiner Wohnung in der Stadt war. Er würde in die Küche schlurfen, im Stehen mit dem Hintern ans Spülbecken gelehnt ein Müsli hineinschaufeln und dann zur Versicherung fahren, um einen weiteren öden Tag ...

Moment.

Moritz blinzelte, drehte sich herum und war mit einem Mal hellwach. Neben ihm, auf dem Bauch, lag Philipp und schlief. Das erdnussblonde, lange Haar verbarg sein Gesicht, seine Atemzüge waren tief und friedlich. Ein süßer Stich fuhr durch Moritz' Bauch. Halb Glück, halb Wehmut. Obwohl er nun schon die vierte Nacht an seiner Seite verbracht hatte, konnte er in den ersten Minuten des Tages noch immer nicht glauben, dass er sich *dazu* entschieden hatte. Eine kleine Welle der Angst überkam ihn, Gefühle von Schuld und Reue. Das hier war nicht richtig. Es war gottverdammt nicht richtig. Aber er wollte um nichts in der Welt woanders sein.

Zärtlich strich er die Strähnen aus Philipps Gesicht, um ihn zu betrachten. Würden diese schlechten Gefühle irgendwann verschwinden? Würde er eines Tages mit ganzem Herzen und ganzer Seele genießen können, dass er mit Philipp zusammen war? Immerhin verschwanden diese nagenden Schuldgefühle, wenn Philipp ihn verliebt anstrahlte. Manchmal kamen sie im

Laufe des Tages für ein paar Stiche wieder, dann eilte Moritz, egal wo im Haus er sich gerade befand und was er oder Philipp gerade machten, zu ihm, um ihm in die Augen zu sehen, um ihn zu küssen, um sich zu vergewissern, dass alles gut war.

Seit dem Eklat auf Mutters Geburtstagsfeier hatten sie nichts mehr von Vater oder Mutter oder sonst jemandem gehört. Sie hatten es aber auch nicht darauf angelegt, sich daheim verbarrikadiert und sich an ihre Zweisamkeit geklammert. Egal was passieren würde, sie würden zusammenbleiben. Sie besprachen die Möglichkeit, gemeinsam in die Stadt zu ziehen, wo sie sich in Moritz' Wohnung einrichten konnten, bis sie eine bessere Alternative fanden. Philipp war dafür – Hauptsache, sie waren beisammen, Phobie hin oder her, er würde ihr in den Arsch treten. Für diese Entschlossenheit hatte ihn Moritz geküsst, mehrmals, lange, intensiv, aber er wusste auch, dass Philipp das nur aus einer anderen Angst heraus behauptete. Dieselbe Angst, die auch Moritz plagte: dass sie einander wieder verlieren könnten. Dass ihre gemeinsame Zeit ein knappes Ablaufdatum hatte. Dass diese wenigen Tage hier eine Ausnahme waren, ein schöner Traum, der schneller vorbeigehen konnte, als sie bis drei zählen konnten. In dieser Not erklärten sie sich sogar dazu bereit, nötigenfalls in den Wäldern zu leben wie Wilde.

Ehe er sich aus dem Bett rollte, neigte sich Moritz über Philipp und küsste ihn auf die Schläfe. In einer Stunde hatte er den Termin bei Armin. Die Aussicht auf das, was ihn erwartete, lähmte ihn. Sollte Armin – die Chance war zwar gering aber nicht unmöglich – noch nicht wissen, wer Philipp war, würde er es ihm vor Vertragsunterzeichnung gestehen. Es würde ohnehin rauskommen, und sei es, weil der Vater es ihm sagte, aus

Wut, aus Trotz, weil Moritz Armins Angebot annahm, oder weil er trotz allem mit Philipp zusammenblieb. Zudem war es vielleicht tatsächlich rechtlich relevant.

Um der Nervosität Herr zu werden, absolvierte Moritz in der Küche Liegestütze, Bauchübungen und Klimmzüge bis zur Erschöpfung. Dann duschte er und schlich noch einmal ins Zimmer, um Philipp ein wenig beim Schlafen zuzusehen. Kurz überlegte er, ihn zu wecken, um sich von seinem verliebten Lächeln streicheln zu lassen, um sich Mut und Zuversicht durch einen Kuss zu holen, doch dann stand er unverrichteter Dinge auf und schlich aus dem Haus.

Moritz registrierte, dass der Vater seinen Laden nicht geöffnet hatte. Auch der Kastenwagen stand nicht vor dem Geschäft. Bei *Sportartikel Rainer* hingegen herrschte bereits morgendlicher Hochbetrieb. Zwar waren noch keine Kunden da, aber alle Lichter brannten und die Mitarbeiter wuselten hektisch herum, sortierten Lieferungen ein und kontrollierten, ob alles ordentlich und ansprechend aussah.

Obwohl Moritz wusste, wo Armins Büro war, ließ er sich dorthin begleiten, bestand aber dann darauf, sich selbst anzukündigen. Er wartete, bis der Mitarbeiter wieder gegangen war, schloss die Augen, atmete tief durch und klopfte.

»Ja«, sagte Armin im geschäftsmäßigen Tonfall.

Zögernd öffnete Moritz die Tür und steckte den Kopf ins Büro – jeden Muskel angespannt.

»Ah, Moritz, schön, sehr schön.« Rasch erhob sich Armin von seinem Stuhl hinterm Schreibtisch, eilte auf ihn zu und warf einen kurzen Blick auf seine Rolex. »Pünktlich wie die Sonnenuhr. Freut mich, dass du gekommen bist.« Er lächelte etwas wehmütig, zwinkerte mit beiden Augen und legte Moritz eine Hand auf die Schulter, um ihn zur ledernen Sitzecke zu schieben.

»Ich bin eigentlich nur hier, um ...«

»Setz dich.« Armin schloss das Büro ab und eilte zum Schrank, in dem sich eine Bar befand. »Was trinkst du?«

»Nichts. Ich ...«

»Scotch, so weit ich mich erinnere.« Gut gelaunt stellte Armin zwei Whiskygläser bereit und öffnete die Flasche.

»Es ist erst neun«, entgegnete Moritz schwach.

»Hat letztens nicht so ausgesehen, als würdest du dich an angemessenen Zeiten halten, um mit dem Trinken anzufangen«, meinte Armin fröhlich, schnappte die Gläser, stolzierte herbei und reichte Moritz eines. »Aufs Geschäft.«

Aufs Geschäft? Dann hatte er also nicht vor, das Angebot zurückzuziehen? Dann wusste er offensichtlich noch nicht bescheid. Zurückhaltend nippte Moritz am Glas.

»Wunderbar«, stöhnte Armin, himmelte einen Augenblick die bernsteinfarbene Flüssigkeit an, dann stellte er das Glas auf den Couchtisch und eilte zum Schreibtisch. »Und jetzt lass uns den trockenen Teil hinter uns bringen.« Geschäftig suchte er die Unterlagen zusammen.

Ich muss dir vorher etwas sagen, formulierte Moritz im Geiste und starrte ins Glas. Ich schlafe mit meinem ... Du weißt ja, dass ich mit Philipp zusammen bin. Er ist ... Bevor wir die Verträge unterzeichnen, solltest du wissen, dass ich eine Beziehung mit meinem ... Ach verdammt!

»Also ...« Armin ließ sich neben Moritz aufs Sofa nieder und wedelte mit den Unterlagen. »Ich hab schon mal von meinem Anwalt ausarbeiten lassen, wie ich mir die Sache vorstelle. Ist nur provisorisch, du kannst noch Änderungen anregen, aber ich denke« – Armin grinste selbstgefällig und reichte Moritz die Papiere – »das sollte dir mehr als entgegenkommen.«

Flüchtig blätterte Moritz durch die Seiten, ohne zu lesen, und legte den Vertrag auf den Couchtisch. Sein Kopf dröhnte. »Ich kann nicht ... ich ...« Verdammt, verdammt, verdammt.

Alarmiert blickte Armin ihn an. »Moritz?!«

»Ich sollte ... *muss* dir etwas ...«

»Sag jetzt nicht, dass du es dir anders überlegt hast«, meinte Armin ungehalten. »Ich habe mit dir gerechnet.«

»Es ist wegen ...« Moritz schluckte. »Ich weiß nicht, ob du mitgekriegt hast, worum es in dem Streit auf der Feier ging ...« Aus dem Augenwinkel warf er Armin einen vorsichtigen Blick zu.

Armin schaute ihn ernst an, sagte aber nichts.

»Es gibt einen Grund, warum ich abgehauen bin, vor fünf Jahren«, begann Moritz und verkeilte die Finger im Schoß. »Ich war damals schon mit Philipp ... zu-zusammen und ... also ... ich habe nicht gewusst ... *wir* haben nicht gewusst ...« Er schluckte. »Als Philipps Mutter gestorben ist, haben wir erfahren, dass ... also ... dass er ... er ist ... Mein Vater hat vor langer Zeit eine Affäre mit ihr gehabt und Philipp ist ...« Moritz schloss die Augen. »Mein Bruder.«

Stille.

Der Druck in Moritz' Schädel verstärkte sich, pochte gegen die Schläfen, brannte in den Augen. Sein Hals schwoll zu.

Armin schien die Luft anzuhalten, dann seufzte er tief, griff nach seinem Scotch auf dem Couchtisch und trank einen Schluck. »Starker Tobak.«

»Ich weiß«, krächzte Moritz und drückte die Handballen gegen seine Augen, um die Tränen zurückzuhalten. Scheiße, er war so wund. Dabei hatte er gedacht, jetzt, wo er endlich mit Philipp zusammen war, wäre diese Zerschundenheit Geschichte.

»*Deswegen* dein Absturz letzte Woche«, schloss Armin. »Weil du denkst ...«

Moritz nickte. »Papa hat mir den Laden angeboten, dafür, dass ich mich von Philipp fernhalte ... aber ich ... kann nicht ...« Er verbarg das Gesicht in den Händen. »Ich habe gekämpft, wirklich, aber ich ...« Bebend atmete Moritz durch, wischte sich über die Augenwinkel, die verstopfte Nase und blickte Armin entschlossen an. »Ich liebe ihn und ich werde mit ihm zusammen sein, auch, wenn das bedeutet, dass ich ... dass *wir* weg müssen von hier.«

Auf Armins Stirn standen tiefe Falten. Er musterte Moritz ernst, mahlte mit dem Kiefer.

»Ich würde gerne dein Angebot annehmen, aber ich weiß, dass du das nicht ...«

»Er wollte dich kaufen?«, unterbrach ihn Armin. »Wolfi wollte dich mit Philipp *erpressen*?«

Moritz schluckte, nickte, senkte den Blick. »Deswegen hat er es Mama erzählt, auf der Feier. Damit sie uns auch ... damit sie auch gegen uns kämpft.«

»Trink aus!«, befahl Armin, kippte selbst den Rest des Scotchs runter und stand auf.

Wie befohlen leerte Moritz das Glas und erhob sich. »Danke für dein großzügiges Angebot. Es tut mir leid, wie es gekommen ist ...«

»Warte!« Armin eilte zum Schrank, öffnete eine weitere Tür – dahinter verbarg sich ein Tresor –, tippte den Code ein und stopfte etwas in seine Sakkotasche.

Dann schnappte er einen Schlüssel vom Schreibtisch und stürmte aus dem Büro. »Komm mit.«

Zögernd marschierte ihm Moritz hinterher.

Armin rief seinen Mitarbeitern zu, dass er voraussichtlich erst mittags wieder kommen würde und eilte auf die Straße hinaus zu seinem silbernen Sportwagen. »Einsteigen!«

»Wo fahren wir hin?«, wollte Moritz wissen.

»Steig ein!«

Du hast getrunken, dachte Moritz, öffnete aber widerstandslos die Beifahrertür und schlüpfte gehorsam auf den bequemen Autositz.

Armin kramte aus dem Handschuhfach ein Bonbon hervor, bot Moritz eines an – er lehnte dankend ab –, und ließ den protzigen Motor aufheulen. Mit konzentriertem Blick lenkte er auf die Straße und raste geschmeidig aber gefährlich durch den Morgenverkehr. Der Geruch von Maracuja erfüllte den Innenraum des Wagens.

Beunruhigt krallte sich Moritz in den Sitz. »Wohin …«, begann er, dann realisierte er, dass Armin das Viertel ansteuerte, in dem die Eltern lebten. Sein Bauch verkrampfte sich. »Was wollen wir hier?«

Ohne die Frage zu beantworten, steuerte Armin auf das Haus zu und parkte in der Auffahrt, als wohnte er hier. Vaters Kastenwagen fehlte. Immerhin. Moritz entspannte sich ein wenig.

Entschlossen sprang Armin aus dem Auto, marschierte um die Motorhaube herum und öffnete die Beifahrertür. »Aussteigen! Mitkommen!«

»Wieso? Sag mir erst, was wir hier machen«, bat Moritz.

»Los!«, befahl Armin und nickte auffordernd mit dem Kopf.

Widerwillig kroch Moritz aus dem Wagen. Seine Knie waren weich wie Butter. Obwohl er lieber in die entgegengesetzte Richtung davonlaufen wollte, folgte er Armin zum Eingang. »Ich bin *hierfür* noch nicht bereit«, gestand er.

Unbeeindruckt drückte Armin die Klingel.

»Bitte! Lass uns wieder fahren«, bat Moritz, da öffnete sich schon die Tür.

Die Mutter wirkte kleiner als sonst, zerstört, zerknittert. Im ersten Augenblick schien sie Armin und Moritz gar nicht zu erkennen, starrte sie an wie Zeugen Jehovas, abweisend, fern, dann leuchtete die Erkenntnis in ihrem Gesicht auf – und Überraschung.

Moritz' Brust zog sich zusammen. In den vergangenen Tagen hatte er eine dicke Mauer zwischen sich und seiner Mutter errichtet, um sich gegen die kommenden Angriffe zu wappnen. Aber jetzt stürzte der Schutzwall mit nur einem Blick ein. Es tat richtig weh, sie zu sehen. Moritz musste daran denken, wie sie ihn vor wenigen Tagen genau auf dieser Schwelle an sich gedrückt hatte, so glücklich, ihn wiederzusehen. Er wünschte sich diese bedingungslose Liebe zurück, sehnte sich danach, für sie wieder der kleine Junge zu sein, der nie daran hatte zweifeln müssen, ob sie ihn liebte. Nicht einmal, wenn er Scheiße gebaut hatte. Aber eine Glasscheibe mit einem Tennisball einzuschlagen oder aus Neugier einen Busch anzuzünden, war nicht dasselbe, wie mit dem eigenen Bruder zu vögeln.

Statt etwas zu sagen, nickte Armin zum Gruß und nahezu unterwürfig machte die Mutter einen Schritt zur Seite, damit er eintreten konnte.

Moritz' Gedärme verknoteten sich. Unsicher sah er ihr in die Augen.

In ihrem Blick saß Traurigkeit, Enttäuschung aber auch Furcht. Sie wirkte, als würde sie sich entgegen ihrer Natur, entgegen ihres eigentlichen Wunsches, zurückhalten, ihn zu umarmen. Einen Moment lang erwog Moritz, diesen Schranken zu überwinden und sie selbst in die Arme zu schließen. Ließ es aber bleiben. Vielleicht irrte er sich. Vielleicht wünschte er sich bloß, dass sie ihm verzieh.

Statt Armin ins Wohnzimmer zu folgen, bog Moritz in die Küche ab. Vom Flur her hörte er, wie die Mutter leise die Haustür schloss und sich schnäuzte. Um etwas zu tun, holte er ein Glas aus dem Schrank und füllte es mit Leitungswasser.

Kurz darauf ertönte ein ungehaltenes »Susanne!« aus dem Wohnzimmer.

Rasch stellte Moritz das Glas ab und schaute nach, was los war.

Armin hielt die Mutter an einem Oberarm fest. »Du musst es ihm sagen!«

»Nicht jetzt, nicht heute«, entgegnete sie und versuchte, sich loszureißen. »Ich brauche noch Zeit.«

»Du hast genug Zeit gehabt. Ist dir eigentlich klar, wie lange er schon unter der Situation leidet?«

Verstört blickte die Mutter ihn an. »Was redest du da.«

»Er ist nicht wegen Wolfi abgehauen«, erklärte Armin.

»Natürlich! Weswegen denn sonst?«

Bitte nicht, Armin! Bitte ...

»Er war in Philipp verliebt!«

Scheiße. Moritz schloss die Augen.

»Unsinn«, entgegnete die Mutter und schüttelte den Kopf. »Woher willst du das wissen?«

»Er hat es mir gesagt«, erklärte Armin. »Außerdem ... erinnere dich, sie haben doch wirklich *ständig* zusammengesteckt.«

»Das hat nichts zu bedeuten.«

»Sie waren ein Paar«, beharrte Armin und blickte sie fest an. »Damals schon.«

»Er hat recht«, hörte sich Moritz sagen.

Die Mutter und Armin fuhren zu ihm herum.

»Wir haben nicht gewusst, dass wir ... Brüder ...« Moritz' Kopf verglühte, sein Herz raste flach, Bilder dieses schrecklichen Tages schoben sich in sein Bewusstsein. »Als ich es erfahren habe, bin ich abgehauen.«

Die Mutter wurde blass, öffnete den Mund, um etwas zu sagen, schloss ihn aber wortlos wieder.

»Ich wollte nie wieder zurückkommen«, gestand Moritz heiser. Seine Augen begannen zu brennen. »Um nicht ... um ihm nicht ...« Sein Blick wurde verschwommen. »Aber ich liebe ihn. Mehr als je zuvor.« Tränen stürzten über seine Wimpern. »Ich weiß, es ist falsch. Ich weiß, es ist ... krank, das braucht ihr mir nicht zu sagen. Ich habe mich fünf Jahre damit herumgeschlagen. Ich sollte die Finger von ihm lassen, aber ich kann nicht.« Stockend atmete er durch. »Und ich *will* es auch nicht mehr. Es hat also keinen Sinn, mich umzustimmen oder auf mich einzureden oder mich zu ... erpressen. Papa hat sich diesbezüglich bereits alle Mühe gegeben.« Moritz blickte seine Mutter verzweifelt an. »Ich weiß, dass wir unter diesen Umständen nicht erwarten können, weiter in deinem Haus zu bleiben.« Dann wandte er sich an Armin. »Oder, dass du mich als Teilhaber in deinem Geschäft willst.« Unerwartet befreit atmete Moritz durch. »Wir werden weggehen. Wir werden woanders unser Leben aufbauen, wo uns niemand kennt ... wo keiner weiß ...«

»Moizi!«, krächzte die Mutter erstickt und blinzelte Tränen weg. »Das habe ich nicht gewusst. Ich habe das nicht gewusst.« Sie stürzte auf Moritz zu, der zunächst alarmiert einen Schritt zurückwich, und schlang die Arme um ihn. »Geh nicht weg, Kind«, jammerte sie und drückte ihn fest an sich. »Geh nicht wieder weg. Du und Philipp – ihr könnt so lange im Haus bleiben, wie ihr wollt.«

Überwältigt japste Moritz nach Luft und legte vorsichtig die Arme um sie. Sie musste irgendetwas von dem, was er gesagt hatte, nicht verstanden haben. Sie konnte *unmöglich* gutheißen, dass er mit seinem Bruder vögelte. Vielleicht hatte sie diesen Aspekt überhört. Vielleicht sollte er es ihr mit mehr Deutlichkeit sagen.

Als sie ihn schniefend losließ, trat Armin an ihn heran und klopfte ihm auf die Schulter. »Das Angebot bleibt natürlich bestehen.«

Moritz begriff überhaupt nichts mehr. Dass sich Armin über die Situation hinwegsetzte, war vielleicht noch nachvollziehbar, er hatte schon öfter bewiesen, dass ihm am Arsch vorbeiging, was sich gehörte, aber die Mutter? Selbst wenn sie keine Brüder wären – Philipp war das Produkt einer Affäre ihres Mannes! Wie konnte sie das einfach so hinnehmen?

»Susanne«, sagte Armin ernst und legte der Mutter eine Hand auf die Schulter. »Es wird Zeit.«

Ihre Stirn zog sich in Falten. Sie schaute Moritz betroffen an, senkte den Blick und seufzte.

»Sonst mache *ich* es«, meinte Armin, klopfte sein Sakko ab, griff in die Innentasche und zog ein Kuvert hervor.

»Nein!«, sagte die Mutter rasch. »Ich mach das schon.«

»Was ist denn los?«, fragte Moritz, ein eigenartig bleiernes Gefühl im Magen.

»Wir müssen ...«, begann die Mutter zu Moritz und wandte sich an Armin. »Könntest du uns alleine lassen?«

Wenig begeistert zog Armin die Augenbrauen zusammen. »Ungern.«

»Bitte!«, sagte die Mutter scharf.

»Fünf Minuten«, meinte er verärgert, warf einen Blick auf das Kuvert in seiner Hand und steckte es – just in dem Moment, als die Mutter danach greifen wollte – wieder ein. »*Das* ist *mein* Part«, stellte er klar. Dann schenkte er Moritz ein eigenartig wehmütiges Lächeln, klopfte ihm gegen den Oberarm und marschierte hinaus auf die Terrasse.

»Was ist denn los?«, fragte Moritz noch einmal.

Die Mutter seufzte und schaute sich um. »Besser, wir setzen uns.«

»Ihr macht mir Angst«, gestand Moritz, als er sich neben sie aufs Sofa setzte. Sie verzieh ihm einfach so, dass er mit Philipp zusammen war? Es war ihr wichtiger, dass er hier bei ihr war, als dass er mit seinem Bruder schlief? Gänsehaut überzog seinen Körper. »Bist du krank?« Dann fiel ihm Armins großzügiges Angebot ein, wie wichtig ihm war, dass er ehestmöglich in seine Firma einstieg, dass Melanie ihren Teil bekam, und dann das Kuvert – ein Befund? »Ist *Armin* krank?«

»Nein ...« Die Mutter lächelte beruhigend. »Keiner ist krank.«

»Gut.« Erleichtert atmete Moritz aus. »Was ist dann los?«

»Es geht um dich und ... Philipp ... im weiteren Sinne.«

»Vergiss es!«, Moritz sprang hoch. »Ich lass mir das nicht ausreden.«

»Setz dich!«, bat die Mutter.

»Papa hat mir das Loft, den Laden und dreihunderttausend Euro geboten, damit ich die Finger von Philipp lasse. Und ich bin *trotzdem* mit ihm zusammen. Es gibt also *nichts,* was du dagegen unternehmen kannst.«

Die Mutter runzelte die Stirn. »Papa hat versucht, dich zu bestechen?«

»Er hat mir sogar vorgeschlagen, eine Frau zu heiraten und ein Enkelkind für dich zu zeugen, damit wenigstens *einer* was davon hat, wo ich doch *ohnehin* mein Leben lang unglücklich bleiben werde.«

Die Mutter schnappte nach Luft.

»Ja. Genau! Wenn es also nur darum geht, mir Philipp auszureden, vergiss es!«

»Ich will ihn dir nicht ausreden«, meinte die Mutter besänftigend und klopfte auf den Platz neben sich. »Setz dich wieder zu mir.«

»Wieso nicht?«, fragte Moritz argwöhnisch, ohne sich von der Stelle zu bewegen. Sein Blick fiel kurz zur Terrasse, wo Armin auf und ab marschierte. »Wieso nehmt ihr beide das so locker hin? Ich meine ... ich schlafe mit meinem *Bruder* ... Nicht, dass ich mir das nehmen lassen würde, aber ...« Scheiße. Wie das klang ...

»Hör mir einfach zu«, bat die Mutter und deutete wieder neben sich aufs Sofa. »Bitte.«

Widerwillig setzte sich Moritz neben sie, jeden Muskel angespannt.

»Ich habe gewusst, dass Papa eine Affäre gehabt hat, damals«, begann sie.

»Was?«

Die Mutter schluckte. »Ich habe nicht gewusst, *wer* sie war, nur, dass er sie im Abendkurs kennengelernt hat.«

»Welchen Abendkurs?«

»Er wollte die Reifeprüfung nachholen, um zu studieren. Opa war strikt dagegen, weil er wollte, dass er ins Geschäft einsteigt.« Die Mutter winkte ab. »Aber darum geht es jetzt nicht. Das heißt ... indirekt geht es *schon* darum. Denn in den zähen Kämpfen rund um den Kurs habe ich Papa nach Leibeskräften unterstützt und ihm den Rücken freigehalten, damit er sich ganz aufs Lernen konzentrieren kann, und er ...«

»... hat dich mit Philipps Mutter betrogen«, schloss Moritz. Sein Magen zog sich zusammen. »So ein Arschloch.«

»Ja.« Die Mutter seufzte und senkte den Blick. »Ich war so eine Närrin.«

»Und das, obwohl du schwanger warst«, erinnerte sich Moritz.

»Was?« Verwundert blickte die Mutter ihn an.

»Du warst doch schwanger mit mir, als er ... dich betrogen hat.«

»Nein. Wie kommst du ...« Die Mutter runzelte die Stirn und schüttelte den Kopf. »Nicht am Anfang ... also ... das war ...« Sie atmete tief durch. »Als ich es herausgefunden habe, das mit ihm und ihr, war ich stinkwütend, wie du dir sicher vorstellen kannst.«

»Oh ja«, meinte Moritz und rollte mit den Augen.

»Ich meine, ich kämpfe dafür, dass er Zeit für *sich* hat und er ... vögelt mir einer anderen.« Beim Wort *Vögeln* blickte sie Moritz trotzig an. *Ja, deine Mutter weiß, was das bedeutet.* »Ich war außer mir. Ich wollte ihm wehtun, wollte ihn leiden sehen. Ich wollte ihm das Schlimmste antun, was ich ihm nur antun konnte.«

»Verständlich«, sagte Moritz und spürte, wie sich solidarisch die Bauchmuskeln anspannten.

»Ja ...« Die Mutter biss sich auf die Lippen, drückte die Fingernägel ins Papiertaschentuchknäuel in ihren Händen und seufzte. »Das hab ich dann wohl auch gemacht.«

Gespannt blickte Moritz sie an. »Und was ... hast du ...?«

»Was ist das Schlimmste, was man seinem Mann antun kann?«, fragte sie und blickte ihn verzweifelt an.

»Ich weiß nicht ...«, Moritz zuckte mit den Schultern. Was wäre das Schlimmste, das ihm Philipp antun könnte? Nein. Nein, *das* hatte seine Mutter bestimmt nicht gemacht. Sie war seine Mutter, verdammt, *so etwas* würde sie nie tun. Niemals!

»Ich habe mit seinem Erzfeind geschlafen«, platzte sie heraus.

Moritz klappte den Mund auf und zu. Er fühlte sich wie mit Eiswasser übergossen. »Du hast ihn ebenfalls ... be-betrogen?« Fassungslos musterte er sie von Kopf bis Fuß. Seine. Mutter. Hatte mit einem anderen. Geschlafen. In. Der. Ehe. Aus ... Rache. Das war ... billig. Das war ... kindisch. Das war ... so sah er sie nicht. So hatte er sie nie gesehen. Dass Vater ein Schwein war, damit lebte er seit fünf Jahren, aber dass sich die Mutter auf *sein* Niveau herabgelassen hatte.

»Mit seinem Erzfeind«, drang von weit her an sein Ohr.

Erzfeind. Erzfeind. Erzfeind. Moritz' Blick fiel hinaus auf die Terrasse, wo Armin, die Hände in den Hosentaschen, nervös auf und ab stakste und sich immer wieder hektisch herumdrehte, als hätte er einen Ruf vernommen. Wie selbstverständlich er sich neuerdings in diesem Haus bewegte ... Oh, mein ... »Nein!«, stieß Moritz aus, ohne zu bemerken, dass er laut wurde. »*Er?* Du hast mit *ihm* ...?«

Die Mutter folgte seinem Blick und nickte. »Mit nichts auf der Welt hätte ich Papa mehr verletzen können. Oder?«

Moritz schnappte mehrmals nach Luft, wollte aufspringen, aber er war wie ins Sofa getackert. »Du hast *ausgerechnet* mit Armin ...? Oh ... Scheiße.« Dann erinnerte er sich, dass sein Vater Armins Aufenthalt hier duldete. »Weiß Papa davon?«

Die Mutter schüttelte den Kopf. »Ich wollte es ihm sagen, aber ...«

»Liebst du ihn?«

»Wen? Armin?« Die Mutter schmunzelte und schüttelte den Kopf. »Nein. Nein. Ich war vielleicht ein bisschen in ihn ... verschossen, damals – aber nein, *geliebt* habe ich ihn nicht. Außerdem ...« Sie zuckte mit den Schultern und grinste schief. »Er war ja mit Marianne verheiratet, wie du weißt.«

»Und jetzt? Heute?«, bohrte Moritz nach und warf wieder einen Blick hinaus zu Armin. »Weil er ständig hier herumhängt.«

»Nein ... das ...« Die Mutter blickte verlegen zwischen Moritz und Armin hin und her. »Wir sind nur gute Freunde. Er hat eine schwere Zeit durchgemacht – wegen Marianne, du weißt schon –, und ich habe Papa nicht verzeihen können, dass du wegen seiner Sturheit weggegangen bist.« Sie runzelte die Stirn. »Er hat nie abgestritten, dass es seine Schuld ist. Aber er hat mich immer in dem Glauben gelassen, dass es ums Geschäft geht.« Sie schüttelte den Gedanken ab. »Jedenfalls sind wir uns wieder nähergekommen. *Platonisch.* Außerdem ... hast du ja uns *beide* verlassen und ... das ist der *eigentliche* Grund ...« Die Mutter schluckte schwer. »Um auf damals zurückzukommen ... Marianne ist schwanger geworden und wir haben – vernünftigerweise – die Affäre beendet ...«

»Affäre?«, hakte Moritz nach. »Ihr habt also *öfter* ...?«

»Ich war wirklich ... *sehr* wütend«, meinte die Mutter entschuldigend, warf einen kurzen Blick über die Schulter hinaus zu Armin und seufzte. »Außerdem hat er mir gegeben, was ich so dringend gebraucht ...« Sie räusperte sich und wandte sich wieder zu Moritz herum. »Wie auch immer. Wir haben uns getrennt und ... kurz später habe ich bemerkt, dass ich ebenfalls ... nun ja ...« Sie verzog verlegen den Mund. »... schwanger ...«

Moritz' Kinnlade klappte runter. Ein gruseliges, kaltes Gewicht klammerte sich mit glitschigen Tentakeln an seinen Körper. Er atmete nicht, sein Herz schlug nicht, er war ... gar nicht da. Nur eine Hülle, die *aussah* wie er, hockte neben der Mutter, und glotzte blöd.

»Moizilein«, sagte sie, blickte ihn furchtsam an und griff nach seiner Hand. »Was ich dir schon lange hätte sagen müssen ...«

»Nein«, würgte Moritz hervor und riss sich los. Seine Finger zitterten. »Nein ... sag es nicht ...«

»Was *mich* betrifft, warst du immer Papas Kind«, erklärte die Mutter hastig. »Als er erfahren hat, dass ich mit dir schwanger bin, hat er sofort die Abendschule aufgegeben und seine Affäre beendet. Er war wie ausgewechselt. Du glaubst ja gar nicht, wie sehr er sich über dich gefreut hat. Er liebt dich wie seinen eigenen ...«

»Hör auf damit!«, schrie Moritz und sprang hoch.

»Wir waren eine so glückliche kleine Familie«, fuhr die Mutter in flehendem Tonfall fort und rückte näher. »Wieso hätte ich das kaputtmachen sollen, indem ich ihm sage ...? Außerdem hat ja immer die Möglichkeit bestanden, dass du *wirklich sein* Kind ...«

Moritz wurde schwindelig. »Dann weißt du es nicht sicher?«

Die Mutter senkte den Blick. »Ich wollte es nie wahrhaben. Habe es verdrängt ... aber *er* ...« Sie deutete mit einem Kopfnicken Richtung Terrasse. »... hat darauf bestanden ... Als du bei ihm die Lehre gemacht hast, hat er die Gelegenheit genutzt ...«

»Ja?«, fragte Moritz ungeduldig und registrierte, dass er schrie.

»Er hat einen ... Test ...« Die Mutter zog die Schultern hoch und drückte das Papiertaschentuchknäuel gegen ihre Nase.

Moritz' Knie begannen zu schlottern. Das Kuvert! Sein Herz raste. Jede Zelle in seinem Körper vibrierte. Atemlos starrte er zu Armin hinaus. Deswegen das Geschä...

»Wolfgang!«, stieß die Mutter plötzlich erschrocken aus, und noch ehe Moritz begriff, was geschah, stürzte sein Vater durchs Wohnzimmer hinaus auf die Terrasse, holte aus und traf Armin, der ihn zu spät bemerkte, direkt am Kiefer.

»Du Schwein!«, schrie der Vater und holte noch einmal aus, doch Armin hatte sich schneller gefangen als erwartet und fing den Hieb souverän ab. Er war deutlich kräftiger als der Vater und statt zuzuschlagen, hielt er ihn fest, woraus sich ein wildes Gerangel ergab.

»Du Schwein, du verdammtes Schwein!«, knurrte der Vater.

»*Wer* ist hier das Schwein«, konterte Armin.

Sie ächzten und schnauften, zerrten einander an den Kleidern, versuchten, Oberhand zu gewinnen und waren binnen Sekunden beide knallrot und zerzaust. Es sah wenig würdevoll aus. Nicht so, wie in Filmen sondern mehr wie eine Schulhofrangelei.

Die Mutter sprang hoch, die Hände vor den Mund. »Wolfgang ... hör auf ... Wolfgang ... bitte ... nein ...«

Einen Moment war Moritz wie gelähmt, dann stürzte er hinaus zu den beiden Männern und warf sich dazwischen, ohne recht zu wissen, auf wessen Seite er eigentlich stand. Entsprechend ratlos und wahllos teilte er in beide Richtungen aus und schützte abwechselnd den einen oder anderen.

»Hört auf! Hört auf!«, schrie die Mutter.

Irgendjemand, wer es war, bekam Moritz vor lauter Arme nicht mit, verpasste ihm einen derartigen Schlag gegen die Schläfe, dass er für eine Sekunde die Besinnung verlor. Die Knie unter ihm gaben nach wie Mehl. Er spürte sich fallen, ohne etwas dagegen unternehmen zu können.

»Moizi!« Die Mutter stürzte herbei.

Die Männer stoben schnaufend auseinander.

»Lass mich los!«, fuhr Moritz sie an und schüttelte sie ab. »Lass mich in Ruhe, lasst mich alle drei in Ruhe!« Benommen versuchte er, auf die Beine zu kommen, doch der Schwindel zwang ihn auf die Knie zurück. Verdammt!

»Komm her«, sagte Armin keuchend und packte ihn an einem Arm, um ihn hochzuziehen.

Obwohl dankbar über die Hilfe, wand sich Moritz aus seinem Griff, sobald er stand, und wankte ein paar Schritte von ihm weg. Die Schläfe pochte, die Haut über dem Wangenknochen brannte, aber er erlangte allmählich wieder das Gleichgewicht zurück.

»Verschwinde von hier! Das ist *mein* Haus. Du hast hier nichts zu suchen!«, fuhr der Vater Armin an.

»Das hast du nicht allein zu bestimmen«, ging die Mutter dazwischen. »Das ist auch *mein* Haus!«

»Ja, du ... du ... Schlampe! Nimm deinen ... Stecher nur in Schutz!«

»Hey!«, knurrte Armin und ballte drohend die Fäuste.

Moritz schnaubte, drehte sich um und marschierte kopfschüttelnd zurück ins Haus.

»Warte!«, rief Armin, eilte ihm hinterher und fing ihn im Flur ab. Er schnaufte immer noch vom Kampf. »Hat sie es dir gesagt?«

»Das ändert *nichts* zwischen uns«, meinte Moritz und warf ihm aus dem Augenwinkel einen düsteren Blick zu. *Komm Melanie zu nahe, und ich brech dir alle Knochen.* Oh, Scheiße ... *jetzt* war klar, warum er gar so erpicht darauf gewesen war, dass er sich von ihr fernhielt. Oh, Mann.

»Hier ...« Armin griff in die Innentasche seines Sakkos und reichte ihm das Kuvert. »Ich weiß, es war nicht ganz legal, ihn ohne deine Einwilligung zu machen, aber ...« Er lächelte und legte Moritz eine Hand auf die Schulter. »Ich bin froh über das Ergebnis und ich hoffe – *denke* – du wirst es auch zu schätzen wissen.« Sein Lächeln wurde breiter. »Vor allem in Hinblick auf deine ... *Situation.*«

»Welche Situation?«, fragte Moritz. Im Hinterkopf juckte etwas, er konnte es noch nicht greifen, aber es galoppierte mit rasender Geschwindigkeit näher.

»Kannst du fahren?«, fragte Armin und pflückte den Schlüssel seines Sportwagens aus der Hosentasche.

Von der Richtungsänderung des Gesprächs leicht überfordert, nickte Moritz. »Klar. Wieso nicht.« Etwas ratlos sah er zu, wie ihm Armin den Autoschlüssel in die Hand drückte.

»Ich nehme an, du wirst jetzt auf dem schnellsten Weg nach Hause wollen«, meinte Armin grinsend und zwinkerte. »Fahr trotzdem vorsichtig, ja?«

»Okay«, sagte Moritz leicht verwundert. Ihm schwirrte nicht bloß der Kopf, ihm war, als würden tausend Hubschrauber darin landen. Ihm war, als wäre sein Körper eine Maschine, die man ihm eben erst anvertraut hatte, und die er nur mit äußerster Konzentration steuern konnte. Irgendwie war ihm etwas entgangen. Ein nagendes Gefühl machte sich in ihm breit. Irgendetwas Entscheidendes hatte er vergessen, übersehen, nicht begriffen.

40|Fünf Jahre

Gegenwart

»Wie ist es gelaufen?«, fragte Philipp, als Moritz das Haus betrat, eilte ihm entgegen, drückte ihm einen Kuss auf die Lippen und umarmte ihn.

Noch immer wie betäubt gab sich Moritz der Umarmung hin und fand erst darin allmählich wieder in seinen Körper zurück. Philipps Duft, seine Wärme, seine Hände, die ihm über den Rücken streichelten. Er war zu Hause. Zu Hause. Und nach dem Chaos, das ihm immer noch den Geist vernebelte, gab es nichts Schöneres. Ein bisschen fühlte sich Moritz, als wäre er von einem Krieg heimgekehrt. Er atmete tief durch und drückte sich so fest an Philipp, wie er konnte. Er war da, wo er hingehörte. Scheiß auf Armin, Vater, Mutter oder sonst wen ... *das* hier war sein Leben.

»Ist schon gut«, nuschelte Philipp an seinem Hals und rieb ihm tröstend über den Rücken. »Ist schon gut. Dann gehen wir eben zusammen weg.«

»Was?« Verstört löste sich Moritz aus der Umarmung.

»Es ist nichts daraus geworden, oder?«, fragte Philipp, blickte ihn besorgt an und strich ihm mit Daumen und Fingerrücken abwechselnd über die Wangen und Augenwinkel. »Ach Liebster ...« Auf seiner Stirn stand die tiefe Furche, er seufzte und drückte ihm flinke Küsse aufs Gesicht. »Ich liebe dich.« Behutsam schlang er die Arme um Moritz, drückte ihn. »Es ist in Ordnung. Dann gehen wir eben in die Stadt, wie wir besprochen haben.«

»Armin ist mein Vater«, platzte Moritz heraus.

Philipp erstarrte in der Umarmung, pustete ihm ein: »Was?« gegen den Hals.

»Das ist so eine wirre Racheaktion«, erklärte Moritz und wusste nicht, warum er ausgerechnet diesen Aspekt aufgriff.

Philipp löste sich aus der Umarmung und schaute ihn verwundert an. »Rache?«

Irgendwie fehlten Moritz die Worte. Seine Mutter hatte viel gesagt, aber nichts davon schien das zu sein, worauf es ankam. Er erinnerte sich an Armins Kuvert und zupfte es aus seiner Gesäßtasche, hielt es Philipp hin.

»Was ist das?«, fragte Philipp. Als er den Briefkopf erkannte, stellte eine Gänsehaut seine Härchen auf. Vor fünf Jahren hatten sie schon Mal einen Befund dieses Labors in den Händen gehalten.

Moritz beobachtete Philipp, als wäre er der Sprache in diesem Brief nicht mächtig und warte auf eine Übersetzung. »Und?« Er war immer noch nicht ganz hier. Dafür kitzelte etwas sein Kinn, und als er sich kratzte, stellte er fest, dass es Wasser war. Salzwasser. Überrascht registrierte er, dass seine Wangen nass waren. Wieso ...?

Philipps schöne Lippen zuckten. Sein Blick huschte immer wieder über die Zeilen, flitzte kurz hoch in Moritz' Gesicht, dann wieder auf das Blatt Papier. Er wurde bleich, oder es wirkte nur so, weil sich seine Augen röteten. Das Blatt in seinen Fingern begann zu zittern. Er schnappte nach Luft, blickte Moritz wieder an, wieder auf den Text, ihm wieder in die Augen, wieder auf die Buchstaben. Mit jedem Mal hatte er mehr Tränen in den Augen. Sein Brustkorb hob und senkte sich immer heftiger.

»Was ist?«, fragte Moritz, aber allmählich brach durch sein Bewusstsein, was dieser Brief bedeutete. Ihm wurde die Luft knapp, sein Herz hämmerte immer verrückter.

Mit zitternden Fingern streckte ihm Philipp den Zettel entgegen, drehte sich um, machte einen Schritt, knickte mit einem Knie kurz ein. Flink hielt er sich an der Wand fest, griff sich an den Kopf und flüsterte irgendetwas, das Moritz nicht verstehen konnte. Dann ging ein Ruck durch ihn und im nächsten Moment sank er in sich zusammen, als wäre er eine Marionette, deren Schnüre man durchschnitten hatte.

Mit einem Satz war Moritz bei ihm, schob ihm gerade noch die Hände unter die Achseln, doch Philipps kraftloser Körper war zu schwer, seine eigenen Knie zu weich. Sie polterten zusammen zu Boden und für eine Sekunde fühlte sich Moritz wieder auf die Terrasse zurückgesetzt, wo ihn einer seiner ... *Väter* fast K.O. geschlagen hatte. Dann fand er sich halb auf Philipps leblosem Körper liegend wieder.

»Philipp?« Moritz rüttelte an ihm, drehte ihn herum, strich ihm die Haare aus dem Gesicht. »Philipp!« Verzweifelt drückte er ihm einen Kuss auf die Stirn.

Mit einem Ruck, wie vorhin, ehe er in sich zusammengesunken war, stürzte Philipp wieder ins Bewusstsein. Er ruderte panisch mit den Armen, als befände er sich noch im Fall und wollte sich wo festhalten, und erwischte Moritz' Hemd. Mit geweiteten Augen fuhr er zu ihm herum, und als er ihn erkannte, beruhigte er sich, die Finger in den Stoff gekrallt, als befürchtete er, er wollte weggehen.

»Hey«, sagte Moritz sanft, strich ihm über den Kopf und drückte ihn an sich. »Alles ist gut.«

Das war es also, was Philipp damals gemeint hatte damit: zu viele Informationen. Licht aus. Systemabsturz.

Philipp atmete stockend und minutenlang saßen sie im Flur auf dem Boden und hielten sich aneinander fest. Der Schock über Philipps Zusammenbruch überschattete den anderen Schock – beziehungsweise vertagte ihn. Jetzt ging es nur mal darum, dass es ihm wieder besser ging, und Moritz konnte diesen kleinen Aufschub ebenfalls mehr als gut gebrauchen.

»Hast du aufs Datum geschaut?«, flüsterte Philipp schließlich.

»Ich habe noch *gar* nicht ... gelesen, was da drin steht«, gestand Moritz.

Überrascht richtete sich Philipp auf und sah ihm ins Gesicht. »Wieso?«

»Ich habe Angst.«

»Wovor?«

»Dass es ... durchdringt ... zu mir. Wenn ich ... erst mal begreife, was das heißt ... was das für die vergangenen fünf Jahre heißt ...« Moritz' Magen verkrampfte sich. »Wenn mir bewusst wird, dass ich mich umbringen wollte, weil ... und dass ich mich systematisch kaputtgemacht habe, weil ... dass ich vielleicht nie, nie wiedergekommen wäre, weil ... und du ... dein Schlafwandeln ... wenn du von einem Auto oder Zug erwischt worden wärst ... einfach nur, weil ... weil ...« Moritz' Hände begannen zu zittern, sein Herz raste, er atmete tief durch. »Wenn ich das an mich ran lasse, weiß ich nicht ... ich weiß nicht, was dann mit mir passiert.« Der Inhalt dieser Erkenntnis hing wie eine riesige Betonkugel über ihm. Seine Augen füllten sich mit Tränen. »Ich kann diesen Gedanken nicht einmal zulassen.« Moritz tippte sich gegen die Schläfe. »Es geht nicht rein und ich weiß nicht ... so sehr es all das ist, was ich mir wünsche ... ich weiß nicht, ob ich das ... kann ... will.«

»Okay«, flüsterte Philipp und blinzelte eine Träne weg. »Ist okay.«

»Nein, ist es nicht«, piepste Moritz mit bebendem Kinn und schüttelte den Kopf. Er hob seine Hand. Sie zitterte. »Siehst du? Ich dreh durch. Ich bin nur noch ... einen ... Tick ... davon entfernt ... völlig ... den Verstand ... ich ... scheiße ... ich ...« Ein Schluchzen drängte sich aus seiner Kehle. »Hilfe.« Ein weiteres Schluchzen entkam ihm. Sein Gesicht brannte, sein Kopf wollte explodieren. »Hilfe.« Sein Körper krümmte sich, er heulte, ohne richtig zu bemerken, dass er heulte. Als würde sein Körper einfach ohne ihn weitermachen.

»Halt dich fest«, flüsterte Philipp und schlang die Arme um ihn. »Halt dich an mir fest.«

Moritz krallte die Finger in sein Hemd, doch er war gar nicht richtig da, es fühlte sich falsch an, verlogen, nichts passte mehr zusammen. Fünf Jahre. Fünf verdammte Jahre. Fast zweitausend Tage Scheiße. Zweitausend Tage Qual, Saufen, Herumficken, Heulen, weil er nicht den hatte kriegen können, den er mehr als alles wollte.

Für. Nichts.

Es hatte nie auch nur eine Sekunde gegeben, in der das, was sie wollten, falsch gewesen war.

Und doch hockte so viel *Falsch* in Moritz' Schädel, so viele Schuldgefühle, sinnlose, unnötige ... obwohl die ganze Zeit ... die ganze Zeit ... verdammt!

Hastig wand sich Moritz aus der Umarmung. Ein Schrei bahnte sich vom tiefsten Grund seiner Seele hoch. »RAAAAARGH!« Er fuhr herum und rammte die Faust gegen die Wand, bis seine Fingerknöchel knackten, und sprang hoch. »RAAAAAH!« Kopflos stürzte er in die Küche und trat so heftig gegen eine Schranktür, dass sie aus der Verankerung brach und zu Boden polterte. Mit einem weiteren Schrei riss Moritz die Mikrowelle von ihrem Platz und schleuderte sie in die andere Ecke der Küche.

Fünf verdammte Jahre. Er hätte sich um ein Haar umgebracht! Er wollte *nie, nie* wiederkommen. Er hätte nie erfahren, dass er und Philipp sich lieben durften. Ein Leben ungelebt. Eine Liebe ungeliebt. Und das nur, weil ... weil ...

Scheiße!

Und zugleich musste er dankbar sein. Der Albtraum ging weiter. Es war die Hölle, die Hölle und doch, es war ... *gut.*

Heulend lehnte sich Moritz gegen den Kühlschrank und sank an ihm abwärts. Erstmals kam der Gedanke an. Klar und rein und harmlos in all seinem Schrecken. Armin ist mein Vater. Armin. Und wer war dann ... *Papa?* Er war Wolfgang. *Philipps* Vater. Wolfgang – Philipp. Moritz – Armin. Sie waren nicht ... verwandt. Sie waren keine ... Brüder. Sie waren *keine* Brüder. *Keine* Brüder. Sie waren ein scheißeverdammt noch mal ganz gewöhnliches Liebespaar.

»Moritz?« Mit dem Zettel in der Hand betrat Philipp zaghaft die Küche. Er warf einen Blick auf die Mikrowelle in der Ecke, umringt von geplatzten Gewürzgläsern, deren intensiver Geruch allmählich den Raum füllte, musterte die auf dem Boden liegende, zersplitterte Schranktür.

»Es tut mir leid«, presste Moritz erschöpft hervor.

»Ist nur Zeug«, meinte Philipp und stieg über die Trümmer auf ihn zu. »Wie geht es dir jetzt?«

Moritz nickte und atmete tief durch. »Das war noch nicht alles.«

»Ich weiß.«

»Ich leg ihn hier rein, falls du bereit bist ...«, meinte Philipp, faltete den Vaterschaftstest und legte ihn in eine Schublade.

»Danke.« Moritz wischte sich die Tränen aus den Augenwinkeln und streckte die Hand nach Philipp aus.

Philipp griff zu, wollte sich zu ihm setzen, aber Moritz erhob sich. Seine Knie schlotterten. Sein Herz raste. »Komm her ... mein ... *Freund.*« Er legte Philipp die Hände an die Wangen, blickte ihm tief in die Augen – Liebster, Freund – öffnete den Mund und schnappte nach seinen Lippen, diese weichen schönen Lippen.

Philipp stöhnte auf, hielt sich an ihm fest, ihre Zungen berührten sich, glitten aneinander tiefer in den anderen Mund. Oh Gott, es war perfekt. Es war so rein, so perfekt, so ... unbeschwert.

Vielleicht lag es an der Wut und der Verzweiflung oder an der Erleichterung, oder schlicht an diesem wunderbaren Geschmack, diesem sanften Spiel des Kusses, aber Moritz war mit einem Mal so erregt, dass es schmerzte.

»Komm mit«, hauchte er in den Kuss, packte Philipp an der Hand und zerrte ihn ins Schlafzimmer. Hastig riss er ihm die Kleider vom Leib, riss sich selbst die Kleider vom Leib, ließ sich aufs Bett plumpsen und zog Philipp mit sich. Nackt wälzte er sich mit ihm hin und her, küsste ihn wild, rieb ihre Erektionen aneinander. Dann hob er ihn über sich und klemmte ihn zwischen seine Schenkel. Er spuckte in die Hand, langte zwischen ihnen abwärts und dirigierte Philipps pochende Härte vor seinen After.

Als Philipp das bemerkte, zuckte er zurück und starrte Moritz verblüfft an. »Mo ...«

»Fick mich«, bat Moritz, legte ihm die Hände an die Wangen, drückte ihm einen weichen Kuss auf die Lippen und sah ihm tief in die Augen. »Bitte fick mich.«

Philipp blieb der Mund offen stehen.

»Los!«, flüsterte Moritz und presste ihm die Fersen auf den Hintern.

»Aber ...«

»Ist schon in Ordnung«, sagte Moritz und spuckte zur Sicherheit noch einmal in die Hand, um die Nässe zwischen seinen Backen zu verteilen. Dann packte er wieder Philipps Schwanz und führte ihn zur richtigen Stelle.

Vorsichtig kippte Philipp das Becken und drückte sich hoch konzentriert gegen die Enge. Er atmete stockend, und als er plötzlich eindrang, öffnete erstaunt den Mund und starrte Moritz überfordert an.

»Ja ... ja ... weiter«, stöhnte Moritz, ließ seinen Schwanz los und legte Philipp die Hände in den Nacken, um ihm weiter in die Augen zu sehen, während sie allmählich eins wurden. Sein Hintern kämpfte ein wenig damit, ohne Vorbereitung erobert zu werden, und ohne eine halbe Flasche Scotch intus, nahm er jeder Zentimeter, den Philipp in ihn glitt, nur allzu bewusst wahr. Das deutliche Völlegefühl, das ihm die Nüchternheit erlaubte, überrumpelte ihn.

Philipp hielt den Atem an. Gelegentlich zuckte sein ganzer Körper. Seine Armmuskeln zitterten vor Anstrengung und seine Augen weiteten sich, je tiefer er drang. Erst, als er Moritz vollständig erobert hatte, fand er seinen Unterkiefer wieder, schluckte und schloss leise stöhnend die Augen.

»Oh Gott«, wisperte er erregt und blickte fasziniert an sich runter.

Obwohl es Moritz bisher nicht besonders schätzen gelernt hatte, genommen zu werden, liebte er es, wie unmittelbar Philipp ihn ausfüllte. Er liebte es, ihm zuzusehen, wie überwältigt, wie begeistert er war. Er liebte es, seine ersten, zaghaften Stöße mitzuerleben, das rasch wachsende Selbstvertrauen, und wie allmählich sein Trieb die Kontrolle übernahm. Er liebte es, wie er sich an Moritz krallte, verzweifelt vor Lust, und sich nach einem kurzen, heftigen Ritt keuchend in ihm entlud.

Zu seiner größten Überraschung aber reichte der süße Orgasmus seines Liebsten, die bloße Stimulation durch seinen Schwanz und die Wärme seines Spermas aus, um zu kommen. Dabei hatte sich Moritz schon darauf eingestellt, sich hinterher selbst zum Ende zu bringen.

Schwitzend und schnaufend lagen sie sich hinterher in den Armen, überwältigt von der neuen Erfahrung. Ob es auch nur annähernd so schön gewesen wäre, wenn sie in jener Nacht im Hotel aufs Ganze gegangen wären?

Spielte es eine Rolle?

Moritz drückte Philipp an sich, küsste ihn und säuselte: »Ich liebe dich.« Erstmals seit fünf Jahren stellten sich keine Schuldgefühle ein, kein Aber, kein *das darfst du nicht*. Seine Liebe floss so natürlich und direkt heraus wie damals, als sie noch keiner Brüder gewesen waren, und für wenige Augenblicke war ihm, als wäre seitdem keine Sekunde vergangen, als wären all das Drama und die verlorenen fünf Jahre nie passiert.

41|Unverkäuflich

Sechs Monate später

Unverkäuflich stand unter dem meist nachgefragten Gemälde. Ein Bild vom See. *Ihrem* Seeufer.

Leute schoben sich murmelnd von Ausstellungsstück zu Ausstellungsstück, blieben kurz stehen, nippten an ihrem Sekt oder bissen in ein Canapé und gingen weiter.

Susanne hielt Philipps Hand, als wäre er ihr jugendlicher Liebhaber, und spielte Sprachrohr zwischen aufdringlichen Fragen und Philipps Blicken. Nicht immer übersetzte sie richtig, nicht, weil sie seinen Blick falsch deutete, sondern weil sie die Fragenden nicht vor den Kopf stoßen wollte.

Völlig Fremden gegenüber konnte Philipp den Mund noch immer nicht öffnen. Aber mit Susanne, klar, Moritz, sowieso, und auch mit Armin und Melanie konnte er sich mittlerweile gut unterhalten, sowie drei oder vier weiteren Leuten, andere Künstler oder besonders nette Kunden. Je mehr Routine er sammelte, umso leichter gingen ihm Gespräche von der Hand. Hinzu kam, dass er Moritz imponieren wollte. Das hatte er zwar nicht nötig, beileibe nicht, aber wenn es ihm half, aus sich herauszugehen, warum nicht? Es verlieh ihm immer einen Selbstvertrauensschub, wenn er bemerkte, dass er es konnte, dass er diese soziale Sache besser drauf hatte, als er dachte.

»Darf ich was fragen?« Melanie lehnte sich neben Moritz an eine Säule. »Dieses Bild ... *unverkäuflich* ... hat das was mit den versauten Zeichnungen zu tun, die er heimlich hortet?«

Ein Grinsen zwang sich in Moritz' Gesicht. Mittlerweile hatte ihm Philipp die Bilder gezeigt, und ... wohow ... er konnte vielleicht nicht so gut *sagen*, was er wollte, aber verdammt, er konnte es sehr präzise zeichnen.

»Also ja«, riet Melanie und biss in ein Brötchen. »Ich grüble ja immer noch, wann ich die Zeichnung von dir veröffentliche. Ich habe mir gedacht, vielleicht stelle ich sie ins Internet.«

»Untersteh dich«, knurrte Moritz, aber eigentlich war es ihm egal. Die Zeichnung war brillant und er war mittlerweile ein Mann, kein Junge mehr. Man würde ihn darauf nicht erkennen.

»War ein Scherz«, meinte Melanie schließlich, musterte Philipp und seufzte. »Wenigstens bleibt er in der Familie.«

Moritz fuhr zu ihr herum. »Sei nicht so blöd.«

»Ich meine ja nur. Hättest *du* ihn nicht gekriegt, ich hätte ihn genommen, und wenn ich mich für ihn einer Geschlechtsumwandlung hätte unterziehen lassen müssen.«

»Du sollst nicht blöd sein«, wiederholte Moritz lachend.

»Hey ... wenn er *dich* liebt, wäre es nicht so unwahrscheinlich, dass er auch an mir was findet, oder?«

»Träum weiter.«

»Ich verzieh mich«, meinte Melanie, als Armin auf sie beide zu stolzierte.

»Und sie haut ab«, bemerkte Armin und strahlte Moritz an. »War ein guter Deal, den du da heute ausgehandelt hast. Gratuliere.«

»Danke.«

Obwohl Moritz nun schon einige Monate wusste, dass Armin sein Vater war, gelang es ihm noch nicht, ihn so zu sehen. War vielleicht auch nicht wichtig. Sie waren Geschäftspartner, arbeiteten jeden Tag bis zu zwölf Stunden zusammen – vielleicht stellte sich ja irgendwann ein Vater-Sohn-Gefühl ein.

In Gedanken nannte Moritz *Wolfgang* immer noch Vater, und auf einer bestimmten Ebene würde er das auch immer bleiben.

»Wird dein ... *Philipps* Vater auch kommen?«, fragte Armin.

Moritz war nicht der Einzige, der Probleme mit der neuen Situation hatte. Auch Philipp tat sich schwer, Wolfgang *seinen* Vater zu nennen, und dabei Moritz auszusparen. Als hätte er ihn ihm weggenommen. Einfachheitshalber einigten sie sich auf die Vornamen, aber gelegentlich rutschte immer noch *dein, mein, unser* Vater heraus.

»Ich weiß nicht«, meinte Moritz und zuckte mit den Schultern. Er hatte schon nach Wolfgang Ausschau gehalten. Nicht bewusst, aber ihm wäre nicht entgangen, wenn er erschienen wäre. Seit heraus war, dass Moritz Armins Sohn war, hatte sich Wolfgang völlig zurückgezogen. Zuerst hatte er Susanne verlassen und war in sein Loft übersiedelt, dann hatte er den Laden an Baumann verkauft, dessen Sohn daraus einen Handyshop machen wollte, und war für einige Wochen auf Weltreise gegangen. Keiner wusste, ob er schon zurück war. Mit Philipp hatte er seit dem Eklat nur einmal Kontakt aufgenommen – indem er ihm eine Postkarte aus Singapur geschickt hatte, mit einem kleinen Zusatz: Grüß bitte auch Moritz von mir.

Na immerhin.

Er hatte zwar eine Einladung zur Vernissage bekommen, die Chance, dass er auch erschien, war jedoch gering. Susanne hatte das im Vorfeld ziemlich aufgebracht. »Philipp ist sein Sohn verdammt. Es ist seine erste Vernissage, er hat *da* zu sein!«

»So, genug geturtelt«, meinte Armin mit Blick auf Susanne und Philipp. »Komm mit, wir holen uns unsere Liebsten zurück.«

Ach ja. Susanne und Armin waren seit einigen Wochen ein Paar. Was vermutlich der Hauptgrund dafür war, dass der Vater – äh – Wolfgang heute nicht hier erschien. Seine Noch-Ehefrau mit seinem Erzfeind zusammen zu sehen, die mit genau diesem Erzfeind ein Kind hatte, das nur entstanden war, weil er selbst eine Affäre gehabt hatte, aus der ein Kind entstanden war, das nun mit ... Ach herrje.

Armin tippte Philipp auf die Schulter. »Darf ich ablösen?«

Philipp fuhr herum, und als er Moritz sah, begann er übers ganze Gesicht zu strahlen. Er ließ Susanne los und schnappte Moritz' Hand, neigte sich so nah zu ihm, dass seine Haare die Wange kitzelten und flüsterte: »Ich liebe dich.«

ENDE

Weitere Bücher von Kooky Rooster

Kein schwuler Land
Zwischen Homophobie und Sehnsucht – schwule Liebe auf dem Land. Johan ist der ungekrönte König der Dorfjugend. Jedes Wochenende führt er seinen Hofstaat von einer Dorfdisco zur nächsten und spielt den homophoben Macho, der gerne Fäuste sprechen lässt. Doch sonntags sitzt er brav mit seinen Eltern beim Seilerwirt und schmachtet heimlich Stefan an, den Sohn des Hauses. Für ihn trägt Johan zum Essen das gute Shirt und absolviert einen vormittäglichen Körperpflegemarathon. Zu seinen Gefühlen stehen kann er jedoch nicht, denn in Johans Heimat ist man nicht schwul ...

Tote Poeten und Pickelstift
Während sich die Mitschüler ins pralle Leben stürzen, verkriecht sich Erik in seinem Zimmer und schreibt erotische Liebesgedichte. Dass er im vergangenen Jahr vom kleinen Fettsack zum schönen Schwan gereift ist, hat er noch nicht verinnerlicht. Den Blick gesenkt eilt er durch die Schulflure und hofft, unsichtbar zu sein – außer für Jonas, den coolen Typen mit dem Motorrad und der schwarzen Lederkluft. Seinetwegen tritt er der Theatergruppe bei und brilliert in der Rolle des Cyrano. Seinetwegen weiß er auch, wie es ist, sich nach jemandem zu verzehren, den er nicht kriegen kann. Denn Jonas ist Lehrer, mit Haut und Haar. Niemals würde er seine Karriere für eine Affäre mit einem Schüler aufs Spiel setzen. Allerdings hat Jonas eine Schwäche für Poeten und Erik ist ein Poet ...

Ben – Liebe am Abgrund
Ben ist einundzwanzig, Automechaniker, Sprayer, Bettnässer. Er ist generell zu nah am Wasser gebaut, errötet zu schnell, wiegt zu wenig, hat genug. Wenn das Tier schläft, streicht er am Bahndamm herum und besprüht verwitterte Wände. Er ist im Widerstand. Ihn treibt eine Mission. Alles, was er fürchtet, hasst, ihn vernichtet, trägt eine Uniform. Alles, was er braucht, liebt, ihn rettet, trägt eine Uniform. Das Grauen hat einen Namen: Jochen. Die Liebe hat auch einen Namen: Paul.

Satellit – Liebe in der Umlaufbahn
Der scheue Max kreist wie ein Satellit ständig um Sandra und Thomas herum und stellt damit deren Beziehung auf eine harte Probe. Um den lästigen Dauergast loszuwerden, beschließt Sandra, ihn mit ihrer besten Freundin Nicole zu verkuppeln. Max hat allerdings kein Interesse an der rassigen Schönheit, sondern ein Auge auf Thomas geworfen.

Iltis – Räudige Hunde
Erik, aufstrebender Juniorchef einer großen, traditionsreichen Firma, hat über die Feiertage seinen ehemaligen Studienkollegen Iltis eingeladen, einen liebenswerten Chaoten im Widerstand gegen den Kapitalismus und gesellschaftliche Normen. Das lang ersehnte Treffen weckt allerdings nicht nur Erinnerungen an Diskussionen über Systemtheorie ...

Ian Yery & der Hardcore Absolute Beginner
Mo, sportlich, selbstbewusst und Pazifist, entdeckt eines Tages, dass der Held eines Computer-Kriegsspiels ihm aufs Haar gleicht. Wenig amüsiert darüber sucht er Kontakt zu jenem 3D-Künstler, der sich dafür verantwortlich zeichnet, und trifft auf Nils, einen extrem menschenscheuen Hardcore Absolute Beginner. Zweiunddreißig, verliebt und ungeküsst – keine gute Ausgangsposition für Nils und eine Herausforderung für Mo.

Der Kuss – Die ganze Serie
Ein schwüler Sommernachmittag vor der Konsole, mit seinem coolen Nachbarn Lukas, endet für den siebzehnjährigen Michael in einer kopflosen Jagd nach der Liebe. Was als einfacher Kuss beginnt, weckt in den beiden Jungs nicht nur eine ungeahnte Leidenschaft füreinander, sondern auch eine ganze Menge Ängste und Missverständnisse.

Zuviel – Dick, sensibel ungeliebt
Der zart besaitete, übergewichtige Wolfgang weiß, wie sich Mobbing anfühlt, nicht aber, wie es ist, geliebt zu werden. Eine temporäre Personalrochade in der Firma gibt ihm die Chance, seinem Schwarm, dem ebenso hübschen wie verpeilten Simon, näher zu kommen.

Stiefbruder – Liebe meines Lebens
Clemens hat sich in seinen zwei Jahre älteren Stiefbruder verliebt. Doch ehe daraus etwas entstehen kann, trennen sich ihre Eltern und Clemens muss mit seinem Vater weit weg ziehen. Das Band zwischen den Stiefbrüdern Clemens und Jakob war schon immer stark, aber kann es auch die große räumliche Trennung überstehen?

Reingekracht – Familien-Bullshit-Bingo

Familienfeiern sind für Singles ein Horror. Nino und seine Schwester Julia spielen deshalb „Single-Bullshit-Bingo", bei dem derjenige gewonnen hat, dem zuerst die fünf nervigsten Fragen gestellt wurden, die man Singles auf Familienfeiern stellt. Diesmal allerdings, muss Nino alleine spielen, denn Julia bringt ihren neuen Freund Patrick mit. Blöd nur, dass sich Nino Hals über Kopf in ihn verliebt.

Fahr zur Hölle ... besinnliche Zeit

Jede Weihnachten legt Thomas alleine die Strecke von tausend Kilometer zurück, um mit seiner Familie Weihnachten zu feiern. Dieses Jahr allerdings hat er einen unvorhergesehenen Mitfahrer: Tobias, den einzigen Mann, der den sonst so besinnlichen Thomas auf die Palme bringen kann.

Die Wiederkehrer – Männer weinen nicht

Stell dir vor, am Ende deines heterosexuellen und etwas außer Kontrolle geratenen Lebens, triffst du auf deinen sexsüchtigen, alkoholabhängigen Schutzengel, der im Zuge des 12-Stufen Programms an dir eine Wiedergutmachung leisten will. Allerdings stellt er eine Bedingung: Du sollst einen Mann lieben!

FUCK – Ein mechatronikerotischer Roman

Simon ist ebenso unsterblich wie heimlich in Leopold verknallt – den hübschen Kollegen mit dem Viagrablick. Leider ist er ist zu feig, ihn anzusprechen. Doch dann materialisiert sich in seinem Bad ein über drei Meter großer Roboter und gewährt ihm drei Wünsche.

Kussbilanz
Kurzgeschichten – Band 1
Wissen Sie, wie es ist, wenn man liebt? Vermutlich. Vermutlich wissen Sie es. Aber wissen Sie, wie es ist, wenn man jemanden liebt, den man nicht lieben darf? Diese und ähnliche Fragen stellen sich die Protagonisten in den vorliegenden Kurzgeschichten. Gesellschaftliche Konventionen, Scham oder Angst – es gibt immer einen Grund, seine Sehnsüchte zu verbergen. Wie Basti, der Liebe für eine Verschwörungstheorie hält, Marius, der bereits mit siebenundzwanzig Jahren überzeugt ist, nie wieder zu küssen, ein Laborassistent, der sich zwanzig Jahre lang heimlich nach seinem Professor verzehrt, das Wiedersehen alter Freunde, die verschiedener nicht sein könnten, und ein Neurotiker, der Diagnosen und Nebenwirkungen ebenso leidenschaftlich sammelt, wie Kussvideos. Ungewöhnlich, bittersüß, herzzerreißend und ein bisschen abgedreht – wo Kooky draufsteht, ist Kooky drin.

Kussbilanz
Kurzgeschichten – Band 2
Was haben das Appell-Ohr, der Butterfly-Effekt, eine Straight-Parade, Türrahmen und Fiona gemeinsam? Liebeskranke Männer, die auf Männer stehen und dabei den einen oder anderen etwas neurotischen Umweg nehmen. So wie Lukas, der sich freiwillig für ein Schulprojekt meldet, in dessen Rahmen er einen Jungen küssen muss; oder Pauls Nachbar, der nach dem Schauspielunterricht eine mehr als verstörende Affaire mit Türrahmen eingeht; Theo, der auf sein Recht pocht, kein Privatleben haben zu müssen, um einen Partner zu finden; und ein experimentierfreudiger Student, der im Was-wäre-wenn-Spiel seines Kommilitonen verlo-

rengeht. Und schließlich gibt es da auch noch diese etwas andere Welt, in der sich Heteros outen und um ihr Recht auf Ehe und Elternschaft kämpfen müssen. Kussbilanz Band 2 darf man als den fröhlicheren aber nicht weniger herznahen Bruder des ersten Bandes verstehen.